그녀를 얻는 남자

그녀를 잃는 남자

그녀를 얻는 남자, 그녀를 잃는 남자

초판 1쇄 찍은 날 ┃ 2013년 7월 24일
초판 1쇄 펴낸 날 ┃ 2013년 7월 31일

지은이 ┃ 오월
펴낸이 ┃ 서경석

편 집 장 ┃ 권태완
편집책임 ┃ 장미연
편　　집 ┃ 손수화

펴낸곳 ┃ 도서출판 청어람
등록번호 ┃ 제1081-1-89호
등록일자 ┃ 1999. 5. 31
어람번호 ┃ 제5-0341호

주소 ┃ 경기도 부천시 원미구 심곡2동 163-2 서경B/D 3F (우) 420-822
전화 ┃ 032-656-4452 팩스 ┃ 032-656-4453
http://www.chungeoram.com
E-mail ┃ chungeoram@chungeoram.com

ⓒ 오월, 2013

ISBN 978-89-251-3378-2 03810

Chungeoram romance novel • 오월 장편 소설

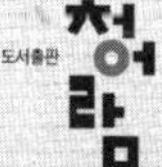

목 차

제1장

프롤로그

이브닝 근무를 끝내고 들어와 잠든 것은 새벽 두 시. 두터운 커튼으로도 오전의 햇살을 가릴 수는 없었다. 여느 때보다 더 밝은 걸 보니 눈이 꽤 쏟아진 모양이었다. 비척거리며 일어난 주형은 커튼을 걷었다. 기척을 느꼈는지 황구가 정원에 있는 제집에서 뛰어나와 주형을 보며 펄쩍펄쩍 뛰었다. 역시 눈이 쌓여 있었다. 날은 반짝거리게 개어 있었다. 아마도 올해의 마지막 눈이겠다 생각하며 주형은 길게 하품했다. 그리고 거실로 향했다. 거실 탁자에 이질적인 무언가가 눈에 들어왔다. 커다란 상자.

—재탄신일 축하. 가족 일동.

가족 일동이라고 쓰인 글자 곁에는 세 개의 까만 지문이 날인되어 있었다. 가족 일동이라고 쓰여 있지만 형의 글씨다. 카드는 어머니가 고르셨겠지. 출근길에 귀찮게 이런 걸 쓰라고 한다며 투덜거렸을 형의 얼굴이 떠올라 주형은 씩 웃었다.

12월 17일, 다섯 살의 주형이 심장 수술을 했던 날.

주형은 이제 반 뼘 정도의 빛바랜 흉터만 남아 있는 가슴 한가운데를 습관처럼 손바닥으로 문질렀다.

'내 카드도 도착했겠네.'

날인된 각각의 지문이 누구의 것인지 맞추어보려고 애쓰며 주형이 생각했다. 글씨를 쓸 줄 알게 된 이후로 어머니는 주형에게 해마다 연말이면 두 장의 카드를 쓰게 했다. 한 장은 주형의 집도의였던 흉부외과 교수를 위한 것이고, 다른 한 장은 입원 기간 동안 그를 유난히 예뻐했던 간호사를 위한 것.

대학에 입학하고, 이제는 부원장이 된 집도의를 찾아갔을 때 그는 대뜸 '흉터 좀 보세'라며 주형을 재촉했었다. 당황한 얼굴로 셔츠를 걷어 올리자 가슴 한복판의 흉터를 확인한 그는 껄껄 웃으며 주형이 몰랐던 이야기를 해주었다.

"부부가 들어왔는데, 남편은 어디서 논문까지 구해서는 수술법까지 잔뜩 공부해 왔고, 아내는 그런 남편이 영 못마땅한 얼굴이더라고. 걱정하는 방식이 달라서 다투는 일이야 부지기수니까 그런가 보다 했네. 그런데 자네 모친이 뭐라고 하셨는지 아나? 수술은 선생님의 영역이니 제가 뭐라 말씀 안 드립니다. 대신 하나만 부탁합니다. 교수님, 흉터 적게 남게 예쁘게 열어서 곱게 꿰매주세요, 라고 하시더군. 하하하."

어머니의 부탁대로 곱게 꿰매진 덕에, 주형은 자신이 심장 수술을 받았다는 사실을 많은 순간 잊어버리고 지냈다. 그렇지만 어머니는 속내를 잘 내보이지 않는 담담한 성격이 그 수술에서부터 비롯된 것이라고 굳게 믿고 계신 듯했다. 얼마간은 맞는 말인지도 몰랐다. 다섯 살의 주형은 숨어버린 혈관 때문에 발등에까지 바늘을 꽂는데도 눈을 깜빡깜빡 하며 그 모습을 지켜보는 아이였다고 했고, 집도의도 '자네는 유난히 울지 않는 아이였다' 고 기억하고 있었으니까.

가슴팍을 문지르던 손을 떼어낸 주형은 상자를 열었다. 여덟 조각의 타르트가 둥글게 원을 그리고 있었다. 치즈타르트, 요거트 타르트, 마론타르트, 호두타르트가 각각 두 조각씩.

진짜 생일과 똑같이 식탁에 미역국과 찰밥이 차려져 있을 것이란 걸 알았지만 주형은 달콤한 것의 유혹에 넘어갔다. 그리고 밤 크림이 모양 좋게 쌓여 있는 마론타르트를 집어 베어 물었다. 입안과 코끝이 밤과 크림의 향기로 풍성해졌다. 주형은 기분 좋은 얼굴로 주방을 향해 걸음을 옮겼다. 커피가 필요했다.

느긋하게 케이크와 커피로 아침을 보낸 그가 향한 곳은 의학도서관. 오프를 보내기에 나쁘지 않은 장소였다. 도서관은 남향이고, 그래서 창가에는 볕이 잘 들었다. 치익 하고 김이 새는 소리와 함께 땅, 땅, 땅, 밸브가 움직이는 소리가 들렸다. 오래된 스팀식 난방 시설이 내는 소음이었다. 그리고 특유의 습기 어린 김 냄새가 도서관의 책과 종잇장 사이에 스며들었다. 다음 해 여름 즈음 시작될 난방 공사가 끝나고 나면 오래된 의학도서관도 시스템 난방 시설을 갖추게 되겠지만, 어쨌든 그건 아직 일어나지 않은 일이었다. 주형은 다리를 길게 뻗은 채 공기 중에 맴도는 온기 어린 냄새를 크게 호흡해 들이마셨다.

자리 앞에는 두꺼운 책이 아무렇게나 펼쳐져 있었다. 어제 응급실에 방문했던 여덟 살 남자아이는 약국에서 흔하게 먹는 어린이용 감기약을 먹고는 전신 발진에 호흡곤란 증상을 보였었다. 닥터의 오더 전에 미리 대처하지 못했던 것이 마음에 걸려 오프에 맞추어 도서관에 들렀는데, 공부는커녕 유리창에서 쏟아지는 따뜻한 겨울 햇살과 히터에서 나오는 훈기에 온몸은 노곤해지고 책은 눈에 들어오지 않았다.

도서관은 조용했다. 연말이고, 학부는 방학이 시작된 지 겨우 2주째였다. 사람이 많다면 도리어 그게 더 이상한 일일지도 모른다. 주형은 스윽 고개를 돌려 주변을 돌아보았다. 멀찍이 떨어져 있는 자리에 앉아 있는 누군가의 모습이 눈에 들어왔다. 겨울 오후의 노곤한 분위기를 누리고 있는 자신과는 다르게 한창 공부에 몰두하고 있었다. 앞에 놓인 책은 무게를 가늠하기 어려울 만큼 두꺼웠다. 그리고 사전으로 추정되는 무언가가 그 옆에 놓여 있었다. 차르르르, 한 손에는 펜을 쥔 채 책장을 훑어가던 그 사람은 필요한 것을 찾았는지 펜 끝으로 콕콕 종이 위를 찍었다.

고개를 기울이자 집중하고 있는 얼굴이 눈에 들어왔다. 어쩐지 익숙했다. 하얀 얼굴과 긴 속눈썹, 예쁜 모양으로 선을 그리며 내려오는 이마와 부드럽게 이어지는 코, 도톰하게 부풀어 오른 채 오므라든 붉은 입술. 집중할 때의 습관인 듯 미간을 살짝 찌푸리고 있었다. 나이는 비슷한 또래? 혹은 한두 살쯤 많아 보였다.

간호학과 선배인가? 아니다. 그렇다면 기억하지 못할 리 없었다. 같은 병원 직원인가? 생각해 봤지만, 그것도 아닌 것 같았다. 멀리서 보아도 의학이나 간호학 서적이 아니었다. 하지만 지나다 마주치면 무심결에 인사할 것같이 익숙했다. 이번엔 주형이 이마를 찡그렸다. 근처에 가서 얼쩡거리면 그쪽에서 먼저 아는 척을 하지 않을까? 아니면 먼저 아는 척을 해볼까?

주형이 기억을 더듬으며 관찰하는데, 앞에 앉아 있던 사람이 눈을 부비적거렸다. 펜을 놓고 한참이나 앞을 멍하게 바라보더니, 아무래도 졸음을 참기 어려웠던지 눈가를 꾹꾹 눌렀다. 그 모습에 어쩐지 시골에 살던 먼 친척집의 툇마루에 앉아 고개를 꾸벅이던 고양이를 보고 있는 것 같은 기분이 들었다. 귀엽다는 생각이 들어 입꼬리를 끌어 올리는데, 결국에는 졸음의 한계가 찾아온 모양이다. 책위로 몸이 푹 하고 꺼졌다. 그 순간 저도 모르게 소리 내어 웃을 뻔했다. 겨우 웃음을 눌러 참은 주형은 슬쩍 자리에서 일어났다.

호기심. 졸음에 겨운 고양이 같은 그 사람을 가까이에서 보고 싶었다.

주형은 몰랐지만, 그의 등 뒤의 누군가도 그를 관찰하고 있었다. 긴 생머리의 학생과 붉은 갈색으로 예쁘게 물을 들여 산뜻하게 파마를 한 학생. 둘 다 스물셋, 넷 즈음으로, 그중 붉은 갈색의 아이는 불까지 붉혀가며 소리 없이 발을 구르고 있었다. 그리고 주형이 자리에서 일어나 서가로 향하는 순간, 그의 등 뒤에서도 속삭임이 폭발했다.

"그 사람 맞아?"

“맞아! 내가 이 사람 만나려고 의학도서관에서 살았다니까?”
“근데 진짜 훈훈하다.”
“내가 그랬잖아, 저 키 좀 봐봐.”
“근데 이제 어떻게 하려고?”
“연락처 받고 싶어. 어떻게 하지?”
“그냥 들이대야지!”

자신을 향한 네 개의 눈을 알 리 없는 주형은, 천천히 서가 사이에 숨어들어 눈앞에 보이는 책 한 권을 대충 집어 들었다. 슬쩍 고개를 돌리자 붉은색 니트 스웨터 사이에 숨겨진 분홍빛 뺨이 눈에 들어왔다. 무방비 상태로 졸음에 겨워 잠든 얼굴. 왠지 웃음이 나왔다. 그리고 다시 한 번 언젠가 마주친 적이 있었던 것 같다고 생각했다.

성과 없는 관찰을 끝내고 자리로 돌아왔을 때 즈음, 주형을 훔쳐보며 속닥거리던 목소리도 잦아들었다. 드디어 결심한 모양이었다. 파르르 떨리는 붉은 갈색 머리칼의 손안에는 잘 접은 메모가 쥐어져 있었다. 자리에서 벌떡 일어난 붉은 갈색머리는 주형의 뒤통수에 대고 양손을 모은 채 제발, 제발 하고 뭘 바라는 건지도 모른 채 중얼중얼 기도했다. 그리고 주형이 앉아 있는 자리 곁으로 가 섰다.

“저기…… 저기요.”

주형은 길게 의자에 기대앉은 그대로 고개만 돌렸다. 책상 옆에 카키색의 야상점퍼가 서 있었다. 그와 눈이 마주치자 야상점퍼 위에 얹힌 머리가, 그리고 붉은 갈색의 머리칼이 긴장으로 파르르 떨렸다.

"저기…… 이거."

내민 것은 접히다 못해 엄지손가락에 꾸욱 눌린 자국이 남아버린 메모였다.

"알고 지내고 싶어서요."

도서관의 근로장학생인가 했던 주형은, 뭔가 다른 이야기란 걸 뒤늦게 깨닫고 그제야 자세를 바로잡았다. 손을 내밀자 툭 하고 커다란 손바닥 위에 메모지가 떨어졌다.

"그리고 이거…… 열심히 공부하시길래."

자양강장제 한 병. 거기에도 메모가 붙어 있었다. 열심히 공부한 건 아닌데. 그렇지만 주형은 일단 그것도 받았다. 입술을 축인 붉은 카키색의 야상점퍼가 그제야 후다닥 사라졌다. 그리고는 동시에 우당탕 하는 소리와 함께 등 뒤가 소란스러워졌다. 주형이 고개를 돌리자, 꺄악꺄악 하는 호들갑스러운 소리와 함께 검은 머리와 빨간 머리가 튀어 오르듯 자리에서 사라지는 것이 보였다. 그 모습에서 시선을 거둔 주형은 병에 붙어 있는 메모를 떼어냈다. '꼭, 꼭 연락 주세요'라는 애교스러운 동글동글한 글씨가 보였다. 다음으로는 손에 쥐어주었던 메모 차례.

—저 이상한 사람 아니구요, ○○과 XXX예요. 두 달 전에 여기 공부하러 왔다가 처음 보고 반했어요. 친하게 지내고 싶어서요.

010—0000—0000.

"문자 왔어!"

도서관 휴게실로 도피해 야단스럽게 동동걸음을 치고 있던 두

앳되고 귀여운 스물세 살들은 도착한 메시지에 소리를 질렀다. 하지만 잠시 후, 양손으로 휴대전화를 감싸 쥔 채 떨리는 손으로 메시지를 확인한 붉은 갈색머리는 그 자리에서 스르르 주저앉고 말았다. 그리고 생각했다. 그냥 책상 위에 있던 그 사람의 휴대전화를 들고 도망가 버릴 걸 하고.

〈좋게 봐주셔서 감사합니다. 그런데 지금은 만나고 있는 사람이 있어요.〉

희망조차 없게 발신번호도 없이 도착한 메시지. 누군가의 짝사랑이 도서관의 데워진 공기처럼 허공으로 아른아른 사라져 갔다.

집으로 돌아가야겠다 싶어 자리에서 일어난 주형은, 뒤늦게 앞쪽 책상의 붉은 스웨터가 사라졌다는 것을 알았다. 자리는 비어 있었다. 대신 이제 해가 지려는 듯 투명한 감귤빛으로 변한 햇살만이 그 빈자리를 채우고 있었다. 혹시나 싶어 창밖을 내다보았지만 도서관 밖에서도 흔적을 발견할 수는 없었다.

가방을 챙겨 들며 주형은 빈자리에 다시 시선을 보냈다. 도서관에 오면 또 볼 수 있을까? 못 볼 수도 있겠지. 그러다 그는 손에 쥔 메모를 다시 펼쳐 보았다. '두 달 전'이라는 단어에 눈길이 닿았다. 어차피 거짓 메시지였다면 조금 더 상냥한 내용으로 보낼 걸 그랬나. 두 달이나 기다려 꼭꼭 접은 쪽지를 주었던 야상점퍼에게 조금 미안한 기분이 들었다.

＊

다시 만나게 될지, 끝일지 모르겠다고 생각했었지만, 주형은 의외의 장소에서 분홍빛 뺨의 그 사람을 다시 만났다. 3학년 8반의 교실에서였다.

아슬아슬하게 시간을 맞추어 도착한 주형은 교실 앞문에 매달린 명패를 확인하고 소리 나지 않게 뒷문을 열었다. 이미 누군가가 교실 앞에 서서 학생들과 대화를 나누고 있었다. 자신을 초대한 친구를 찾으려 두리번거리던 그는 문득 앞선 강연자의 얼굴을 보고는 저도 모르게 목 아래로 낮은 소리를 울렸다.

'그 사람이다.'

고3 담임을 맡은 대학 친구가 강연을 해달라며 부탁한 자리였다. 몇 번이나 사양했지만 남자 간호사로 진로를 결정했던 주형의 경험이, 곧 학교의 울타리를 벗어날 십대들에게 분명 큰 도움이 될 거라는 말에 차마 거절하지 못했다. 그렇게 온 학교였는데 이런 자리에서 만날 줄이야.

"내가 입고 있는 옷, 나랑 잘 어울려요?"

저도 모르게 교실 뒷문에 멈추어 서서 그 사람에게 시선을 빼앗기고 있을 때, 반짝이는 얼굴로 아이들에게 질문을 던지는 목소리가 들려왔다. 생기롭고 청량한 목소리. 그래, 이 목소리 역시 분명히 어디선가 들어본 적이 있는데…….

"내 몸에서 어느 부분이 제일 눈에 띄어요?"

"다리요!"

짓궂은 여학생의 대답에 와르르 웃음이 터졌다. 당황스러울 만

한 답이었는데도 같이 깔깔거리며 웃는 얼굴이 무척이나 즐거워
보였다.

"고마워요, 알아봐 줘서. 맞아요. 내 몸 중에서 제일 좋아하는
부분이 다리예요."

허리를 살짝 비틀어 몸을 돌리자, 길게 뻗은 건강하고 예쁜 다리가
드러났다. 순식간에 다리에 대한 품평으로 교실 안이 왁자해졌다.

"자자, 이제 내 다리는 그만 보고. 아무튼, 그래서 나는 헐렁한
옷보다 슬림한 하의를 좋아해요. 그게 내가 보기도 좋고, 자연스럽
게 다른 사람의 시선도 끄니까요."

슬림핏이라며 손으로 허벅지께를 살짝 쓸어내리는 그 사람. 교
실 안의 열아홉 남자 고등학생들처럼 우우거리며 시선을 주고 싶
지 않았지만, 주형 역시 어느새 그 긴 다리에 시선을 빼앗겼다. 그
리고 고개를 들다 눈이 마주쳤다. 나쁜 짓을 하다 들킨 것 같아 멋
쩍게 웃자, 뒤이은 강연자라는 것을 알고 있다는 듯 그 사람이 주
형을 바라보며 방긋 웃었다.

그때였던 것 같다, 사소한 순간이 사소하지 않게 된 것이.

그저 눈을 마주치며 생기롭게 웃어준 것뿐이었는데……. 맞닿은
눈에 주형의 심장이 문득 요동쳤다.

"쇼핑몰에서 옷을 사면서 실패한 경험이 많을 거예요. 그건 그
모델에게 어울리는 옷이지, 내게 어울리는 옷이 아니기 때문이에
요. 나랑 잘 어울리는 옷을 고르려면 내 몸매를 잘 아는 게 가장 중
요하겠지요. 예쁜 옷이 아니라 어울리는 옷을 골라 입는 순간 패셔
니스타의 길목에 서게 되는 건데……."

시간이 정지되었다고 느낀 것은 주형뿐이었던 모양. 교단 앞의 그

녀는 자연스럽게 이야기를 이어가고 있었다. 주형은 몇 번 눈을 깜빡거려 시간과 공간을 주워 담고는 현실로 돌아왔다. 목이 말랐다.

"행복한 삶을 사는 것도 비슷해요. 멋지게 사는 연예인, 블로거, 유명인들의 모습을 흉내 내봤자 내 인생의 테러리스트가 되기 십상이에요. 그 사람이 그렇게 사는 게 행복하다고해서 내가 그 사람과 똑같이 살았을 때 행복할 거란 보장이 없으니까요. 마치 쇼핑몰의 옷처럼. 그래서 내가 어떤 사람인지, 그리고 어떤 순간에 행복함을 느끼는지 정확하게 이해하는 게 중요한 거예요."

"왔어?"

"어."

서 있는 주형의 곁에 어느새 아이들의 담임을 맡고 있는 친구가 슬쩍 다가왔다.

"질의응답 중이야. 끝나면 네 차례야."

"아, 어."

주형은 건성으로 고개를 끄덕였다.

"사실 난 내 장래희망이 뭐였는지 기억 안 나요. 그런데 중학교 때 친구의 장래희망은 생생하게 기억하고 있어요. 서점 주인이었거든요. 충격이었어요. 그 흔한 과학자도, 선생님도 아니고 서점 주인이라니. 그게 장래희망이 될 수 있는 건가?"

이 강연이 마무리되고 나면 곧이어 자신이 아이들 앞에 서야 한다는 것을 완전히 잊은 주형은 그녀의 이야기, 목소리, 혹은 입술에 귀와 시선을 빼앗겼다.

"그런데 생각해 보면 그 친구야말로 현명했던 것 같아요. 자신이 무엇을 할 때 제일 행복할지 누구보다 잘 알고 있었던 거죠. 서점 주인이 되는 것으로 충분히 만족스러운데, 그냥 난 공부를 꽤 잘하니까 의대를 가야지, 약대를 가야지 하는 것만큼 어리석은 일이 있을까요? 내가 어떤 사람인지, 얼마만큼 채워져야 행복할지, 행복이 충족될 수 있는 내 그릇의 모양과 크기를 고민하는 건 그래서 의미 있는 일이에요.”

의미 있는 이야기를 하고 있는 게 분명한데, 내용이 귀에 들려오지 않았다. 흘러내려 온 머리칼을 살짝 귀 뒤로 넘기는 손동작, 상기된 뺨으로 아이들과 눈맞춤을 하는 반짝이는 눈. 그러다 문득 교실 뒤에 서 있는 자신과 시선이 마주치면 쑥스러운 미소를 지으며 다시 아이들을 바라보는 모습. 주형의 시선이 조각조각 나뉘어 그 모습을 담았다.

“작은 그릇으로 행복해질 수 있다면 타인의 시선에 고군분투하며 스스로를 괴롭히지 마세요. 하지만 내가 더 큰 것을 가져야 행복하다면 안주하지 말고 어떻게든 스스로를 다그쳐서 더 열심히 노력하세요. 그래야 타인 때문에, 혹은 타인과 비교해 자신의 인생을 불행하게 만드는 일을 피할 수 있으니까요.”

호흡이 긴 문장을 내뱉고 나니 숨이 가쁜 모양이다. 살짝 입술을 축이며 숨을 고른 그 사람은 아직 볼이 통통한 열아홉들에게 말했다.

“행복하고도 많이 아픈 시간이 될 거예요. 그래도 돌이켜 보면 헤매고 아팠어도 분명히 아름다운 시간들이었어요. 십대를 무사히 마무리하게 된 것 축하해요. 그리고 이제 곧, 스무 살이 될 것도 축하해요.”

이제야 알겠다, 어떤 내용의 강연인지. 주형은 앞에 선 그녀가 이십대의 마무리를 하는 즈음의 나이라는 것을 유추해 냈다. 그리고 허리를 숙여 인사하고 다시 몸을 일으키는 그 사람과 또다시 눈이 마주쳤다. 이번에는 주형이 먼저 싱긋 웃어주었다. 그 웃음에 조금 놀란 듯 깜빡거리는 눈. 교실에 들어서기 전과 들어선 후, 공기의 흐름이 달라진 것처럼 느껴지는 것은 단지 자신만의 오해일까? 한 해의 끝을 달려가고 있는 지금, 주형은 문득 이 자리가 무언가의 출발점이 될지도 모르겠다고 생각했다.

✻

학교의 정문 근처, 익숙한 SUV 한 대가 대어져 있었다. 어둠 속에서 헤드라이트가 반짝반짝했다. 상헌이었다. 피곤한 듯 까칠한 얼굴의 연인이 차 유리창 너머로 은란을 바라보고 있었다. 다부진 체구에 힘을 완전히 뺀 채, 시트에 깊이 몸을 묻고 앉아 있는 모습에서 피곤함이 비쳤다.

"많이 기다렸어요?"

차에 올라타자마자 은란이 미안한 목소리로 물었다.

"괜찮아. 공부는 좀 했어?"

"피곤해서 별로."

은란이 지친 얼굴로 고개를 저었다. 이제 서른을 코앞에 둔 은란은 이제 막 법학전문대학원 첫해를 마무리 지었고, 네 살 차이의 상헌은 이미 검사로 재직 중이다. 은란이 보냈던 지루하고 막막한 공부의 시간을 상헌은 이미 십여 년 전에 지나 보냈다.

"왜?"

"오늘 학교 가서 아이들하고 이야기하고 왔거든요. 고작 삼십

분이었는데도 꽤 힘들었어요.”

전문 강사들은 어떻게 매번 한두 시간씩 강연을 하나 몰라. 은란이 혼잣말처럼 중얼거리며 고개를 내저었다.

“이야기?”

“응. 지난번에 말했잖아요. 고등학교에서 한다는 거.”

“아아, 그거.”

상헌이 건성으로 대꾸하며 차를 출발시켰다.

“혼자?”

“아니, 한 명 더 있었어요. 남자 간호사라던데.”

“남자 간호사?”

“응.”

“한심하군.”

시동을 거는 상헌이 중얼거렸다. 은란이 놀란 얼굴로 물었다.

“뭐가요?”

“스케일이.”

남자 간호사라니, 하는 중얼거림에는 그의 편견이 담겨 있었다. 은란은 이마를 찌푸렸다.

“난 오빠가 그런 식으로 말할 때 싫던데.”

찌푸린 은란을 보는 상헌의 얼굴은 오히려 뭔가 재미있는 눈치였다.

“참아봐. 네가 사랑하는 남자니까.”

어깨를 으쓱하는 그는 당당하기까지 했다. 몇 마디 덧붙이려던 은란은 입을 다물었다. 어떻게 이야기해도 상헌의 눈에 그 남자 간호사는 ‘스케일 작은 놈’이겠지. 자신이 한 말도 아닌데, 은란은 아이들보다 더 진지한 얼굴로 자신의 얼굴을 바라보며 귀를 기울이던 그 사람을 떠올리자 미안한 기분이 들었다.

"그래서 무슨 얘기 했어?"

"스물아홉을 마무리 지으면서 열아홉들에게 하는 이야기들, 뭐 그런 거요. 나는 이제 이십대가 끝나가는데, 그 시간에 진입하려는 아이들을 보고 있자니 기분이 이상했어."

재미있게 듣긴 하던데 정말 재미있어서 그런 건지 아님 착해서 열심히 들어준 건지 모르겠네. 걱정스러운 얼굴로 말하는데 심드렁한 상헌의 목소리가 들려왔다.

"난 별로 강연자들의 경험담을 신뢰하지 않는 편이라."

"응?"

상헌의 차가 부드럽게 커브를 돌았다. 좌우를 돌아보는 상헌의 턱에서 뺨까지 파릇하게 수염이 돋아나 있었다.

"어차피 네가 한 이야기도 언젠가는 누군가가 네게 해줬을 거야. 그런데 까맣게 잊고 있다가 지금에 와서 새로운 발견이라도 한 것처럼 어린애들에게 이야기하고 있는 거지. 이차피 직접 경험하지 않으면 아무 의미 없어. 결국엔 말의 낭비야."

핸들을 쥐고 있는 상헌의 말투는 무척이나 신랄했다.

"한 검사님, 오늘 일 힘들었어요?"

"뭐?"

"왜 이렇게 삐딱하지?"

은란이 이마를 살짝 찡그렸다. 상헌이 시니컬하게 입꼬리를 끌어 올리며 입을 다물었다. 생기로 반짝이는 서른아홉 명의 아이들과 한 명의 남자 앞에서 열정적으로 이야기하면서 들떴던 마음이 그의 몇 마디로 순식간에 식었다. 지나치게 부정적이긴 했지만 어느 정도는 타당하다는 것이 더욱 그렇게 만들었다.

그렇게 침묵 사이에서 얼마나 달렸을까, 상헌의 나직한 목소리가 둘 사이의 조용한 공기를 깨뜨렸다.

"은란아."

"왜요?"

퉁명스런 대꾸. 상헌이 피식 웃으며 물었다.

"오늘 자고 가도 돼?"

갑작스러운 질문에 은란은 곧바로 답하지 못했다.

"오늘 늦을 거라고 했는데도 삼십 분이나 기다리더니, 결국 그런 거였어요?"

"부정하진 않을게."

이 정직한 남자 같으니. 은란은 들릴 듯 말 듯 한숨을 쉬며 어깨를 늘어뜨렸다.

"예전에도 한 번 이야기했던 것 같은데, 집에는 보는 눈이 많아요."

은란의 라인 사람들은 대부분 201호가 '지금은 딸내미만 사는 강 판사 댁'이라는 것을 알고 있었다. 오랜만에 서울 집에 온 엄마에게 옆집 아주머니가 '그 집 딸, 남자친구 생겼나 봐요? 호호호호호' 하고 말하는 상황은 끔찍했다.

"그럼 우리 집으로."

당장에라도 방향을 돌려 그의 집으로 갈 것 같다. 은란은 눈을 휘둥그레 뜨며 핸들 위에 놓인 상헌의 손을 잡았다.

"그건 더 안 될 것 같은데."

자신이 외박하지 않는다는 거 알면서 무슨 생뚱맞은 이야기인지. 은란은 이번에는 조금 단호한 목소리로 거절했다.

"안 된다고?"

연거푸 이어진 거절에 상헌이 결국에는 이마를 찌푸렸다. 그러는 사이 차는 은란의 아파트 앞에 멈춰 섰다. 그리고 사이드 브레이크를 건 상헌의 입에서 예상치 못한 말이 튀어나왔다.

"하고 싶어."

은란의 입이 벌어졌다. 단단하게 팔짱을 낀 채 눈을 내리깔고 시선을 마주치는 상헌의 모습에서 이제는 노골적인 기운이 뿜어져 나왔다. 이러다 잡아먹히겠네. 은란은 주춤거리며 몸을 뒤로 뺐다.

"일 때문에 스트레스 폭발 직전이야. 필요해."

상헌의 낮은 목소리가 차 안을 채웠다. 차 안에 가득 찬 페로몬에 질식할 것 같았다. 사실 더 큰 문제는 거기에 마음이 약해진다는 점이었다.

"그 표정 별로 마음에 안 드는데."

"음……."

은란이 잃는 소리를 냈다.

"결정해. 내 집이야, 네 집이야?"

어차피 혼자 살고 있는데 남자친구를 집에 들이는 것, 외박을 하는 것이 뭐가 그렇게 대단한 일이어서 이렇게 호들갑인가, 때로는 그런 생각이 들 때도 있었다. 하지만 자신만 서울에 남겨둔 채 제주로 내려간 부모님의 걱정과 믿음을 배신하고 싶지 않았다.

"음."

갈등에 시달리던 은란이 다시 잃는 소리를 냈다.

"됐어."

이 남자의 자존심을 건드린 게 분명하다. 은란은 한숨을 쉬며 달래듯 조곤조곤 말했다.

"내가 부탁했었잖아요. 부모님 걱정하실 일 만들고 싶지 않아요."

"내 존재가 걱정할 일이야?"

욕구불만의 남자는 나이와 상관없이 폭군이 되거나 어린애가 되어버린다. 어느 쪽이건 말이 통하지 않는다는 것은 같았지만 그래도 폭군보다는 어린애 쪽이 나았다. 다투고 싶지 않은 은란은 나긋나긋하게 달래는 쪽을 택했다.

"내가 키스해 줄게요, 아주아주, 찐하게."

달아오른 연인의 팔에 살짝 자신의 손을 얹었다. 손바닥 아래로 잔뜩 열이 오른 근육이 움찔거리는 것이 느껴졌다.

"하아……."

길게 한숨을 쉬는 상헌의 눈에 채우지 못하는 것에 대한 갈망이 이글거렸다. 은란은 최대한 간절하게 부탁하는 눈빛으로 연인을 바라보았다. 나를 어여삐 여긴다면 당신 속의 그 불길을 어떻게 좀 해줘요.

어둠 속에서도 그 간절함이 읽혔는지 바짝 굳어져 있던 상헌의 몸에 스르륵 힘이 풀렸다. 다시 차 안을 채우는 긴 한숨. 그리고 그가 자신의 안전벨트를 풀었다. 벨트는 왜? 은란은 순간 긴장했지만, 벨트를 푼 상헌은 그대로 차에서 내렸다. 그리고 반 바퀴를 돌아와서는 조수석의 문을 열었다. 차가운 바람이 휭하니 몰아쳤다.

"키…… 키스는?"

후다닥 차에서 내려서는 허둥지둥하는데, 상헌은 대답 없이 은란의 옷자락을 여며주었다. 여전히 얼굴은 조금 굳은 채였다. 은란이 애교스러운 얼굴로 살짝 입술을 깨문 채 뒤꿈치를 살짝 들자, 상헌의 두툼한 손이 은란의 입술을 덮었다. 무슨 일인가 싶어 눈을 동그랗게 뜨고 올려다보자 그의 얼굴에 그제야 웃음기가 돌았다.

“안 돼. 불붙이지 마.”

시작도 하지 마, 불붙으면 걷잡을 수 없을 것 같으니까. 말없는 상헌의 시선에서 여러 가지 말을 읽은 은란이 씩 웃자, 그도 어쩔 수 없다는 듯 웃는 눈으로 길게 한숨을 쉬었다. 그리고 은란의 양 볼을 꼬옥 쥐었다.

“좋아?”

“좋아요.”

볼이 잡힌 채로 끄덕끄덕거렸다. 내 남자가 참을 수 있는 남자라서 좋아요. 마주한 눈에서 내 남자의 열망이 사그라지는 것을 지켜보며 은란은 씨익 웃었다.

제 2 장

우 렁 각 시

〈어디야?〉

〈집.〉

'20분 안에 도착하니까 나와' 하는 메시지가 끝이었다. 은란은 후다닥 자리에서 일어났다. 워낙 바빠서 한 해의 마지막 인사도 제대로 하지 못하고, 내년에나 보는 게 아닌가 싶었는데 웬일이람? 상헌의 귀여운 짓에 은란의 얼굴에 생기가 돌았다.

"바쁘다면서요!"

아파트 앞에 주차된 상헌의 차에 잽싸게 올라탄 은란이 환하게 웃었다. 잔뜩 높아져 있는 목소리에 상헌이 피식 웃었다.

"못 볼 줄 알았어요."

"열심히 일했지."

시원시원한 대답에 은란이 기분 좋게 웃었다. 그 웃음에 입꼬리를 끌어 올리던 상헌은 차가 신호대기로 잠시 멈춘 사이 휙, 은란을 끌어당겨 품에 안았다. 그리고는 정수리 위에 진하게 입을 맞추고는 풀어주었다. 풀려난 은란은 핸들을 잡고 있는 남자친구의 몸에 애교스럽게 몸을 기대며 방긋 웃었다.

"우리 어디 가요?"

어디 가느냐고 물었을 때 답이 없더니, 주차장에 차를 대고서야 '늘 가던 데지 뭐' 라고 답하는 상헌. 한 해의 마지막 데이트라 조금은 기대했지만 역시나 전통주를 파는 단골 술집이었다. 오늘까지 꼭 술이어야 하는 걸까? 자리를 잡은 은란이 보일 듯 말 듯 한숨을 내쉬었다.

"며칠 있으면 새해니까 한 해를 돌아보면서, 느긋하게 카페에서 얼굴 보면서 이야기나 해도 좋을 텐데."

"그런 날에는 애인 얼굴 보면서 술 마시면 술맛이 갑절이지."

말이라도 못하면! 은란이 새침한 얼굴로 입을 삐죽거렸다. 연말인데다 정말 어쩌다 한 번 있는 평일 저녁의 데이트를 이런 식으로 술과 담배 연기 사이에서 하고 있자니 왠지 맥이 풀렸지만, 그래도 모처럼 느리게 마시는 술을 방해하고 싶지는 않았다.

대한민국의 다른 평검사들과 다를 바 없이 상헌은 늘 바빴다. 술도 일처럼 급하고 쫓기듯이 마시게 되어서 싫다고 할 정도로. 그러니 내가 봐줘야지. 옆 테이블에서 날아오는 담배 연기를 손으로 흘어 날려 보내며 은란은 상헌을 향해 밉지 않게 눈을 흘겼다.

"담배도 허락해 주시나요?"

"그건 안 돼요."

하나를 괜찮다고 했더니 두 개를 바란다. 은란은 휘휘 고개를 저었다.

"애인과 술에 담배까지 있으면 천국인데."

"한 검사님의 천국이 왜 하필 나한텐 천국이 아닐까요?"

넣어두라는 듯 은란이 담배케이스를 상헌 앞으로 밀었다. 그는 마음에 들지 않는다는 얼굴로 담배를 치우고는 대신 시원하게 술잔을 비웠다.

참 맛있게도 드시네. 은란은 턱을 괸 채 상헌을 새삼스레 관찰했다. 잘생겼다기보다는 든든하게 느껴지는 외모. 크지 않은 보통의 키에도 주변 사람들을 압도하는 분위기. 아마도 그건 어려서부터 계속해 온 유도로 다져진 다부진 체구, 그리고 가만히 있어도 풍겨 나오는 소위 엘리트 냄새 때문일지도 모른다.

"왜 그렇게 쳐다봐?"

은란의 시선에 상헌이 물었다.

"오빠한테서는 똑똑한 냄새가 나."

바보 냄새는 들어봤어도 똑똑한 냄새는 또 무슨 말인지. 상헌이 입꼬리를 올렸다.

"가만히 있어도 엘리트 냄새는 숨겨지질 않는단 말이죠."

"아닌데, 엘리트."

아니긴. 그는 법대에 입학하고 얼마 지나지 않아서 별생각 없이 민법책을 열어봤는데, 학교수업보다 재미있어서 사법시험용 수험서들을 어쩌다 보니 열심히 공부하게 됐단다. 그랬더니 1차에 턱 하고 합격을 해버렸고, 또 어찌저찌 하다 보니 이듬해에 2차 시험에 합격해 있었다고 했다.

물론 이건 겸손의 말이란 걸 모르지 않는다. 입으로는 '어찌어찌. 운 좋게' 라고 했지만, 수험 준비 기간 동안 하루에 열너댓 시간씩 앉아 있기만 해서 살이 10kg은 쪘었고, 빼느라 무척 고생했다고 했었으니까.

"내가 끙끙거리고 있는 거 보고 있으면 답답하지 않아요?"

일하면서 모교 대학원에 진학해 박사 과정까지 밟고 있는 남자에게 자신은 어떻게 보일까. 연인이 경쟁자도 아니니 비교할 필요도 없는데, 종종 자신이 아무리 달음박질쳐도 그의 곁에 나란히 서지 못하는 건 아닐까 하는 생각이 들 때가 있었다.

"대신 시험을 쳐주고 싶을 때가 있긴 하지."

중얼거리는 그의 목소리에 은란이 입술을 삐죽거렸다. 언젠가 은란이 정리해 둔 가답안을 보고는 고개를 저으며 '너 이렇게 해선 A⁺ 못 받는다' 하던 상헌. 왠지 얄미웠다. 얄밉다는 표정의 은란을 향해 상헌이 한마디 덧붙였다.

"공부 못해도 돼. 내가 먹여 살릴게."

"그 말 안 믿어요. 머리 나쁜 여자친구는 싫어할 거면서."

"예쁘니까 용서할게."

상헌의 농담에 은란이 파하하 하고 웃었다. 그리고 애교스런 얼굴로 그의 술잔에 쨍 하고 자신의 술잔을 부딪쳤다.

"천천히 마시는 술인데 빨리 취하네. 애인 얼굴을 앞에 두어서 그런가."

여느 때면 서너 병은 거뜬했을 텐데, 그간의 피로 때문인지 고작 두 병에 눈이 붉게 물들었다. 상헌은 손을 뻗어 눈앞에 있는 동그마한 하얀 얼굴을 쓰다듬었다.

"자, 한 잔 더."

그는 약간 술이 올라 몸이 따듯해졌을 때 자신의 연인이 얼마나 열정적으로 변하는지 잘 알고 있었다. 상헌은 홀짝, 술을 넘기는 은란의 얼굴을 흐뭇한 눈빛으로 바라보았다. 공부 잘하는 사람 다 싫어, 라며 투덜거리지만 은란은 충분히 똑똑하고 매력적인 여자였다. 그런데 그런 여자가 환하게 웃으며 자신을 기다리고, 입술을 삐죽이며 애교를 부리고, 투정을 부리고, 눈웃음을 친다.

다시 뺨을 도닥거리자 사르르 웃음 짓는 은란. 바라보며 마주 웃어 주던 상헌의 눈이 가늘어졌다. 다 좋은데 가끔 보이는 고집만은 마뜩찮단 말이지……. 하지만 오늘만은 어찌 되었건 상헌도 양보할 생각이 없었다. 그의 속셈을 전혀 상상하지 못한 채 기분 좋게 분홍빛으로 뺨을 물들인 은란의 얼굴 위로, 나른한 상헌의 눈빛이 따라붙었다.

"가야 돼요."

새벽 두 시 반. 깜빡 잠들었던 은란은 시각을 확인하고는 급하게 이불을 걷었다. 대리기사에게 운전을 맡긴 상헌은 은란을 집까지 데려다 주는 대신 자신의 집으로 향했다. 방향이 이상하다 싶었을 때에는 이미 그의 집 앞이었다. 그리고 결국에는 알딸딸하게 오른 술기운을 핑계 삼아 못 이긴 척 상헌에게 안기고 말았다.

마음이 급했다. 새해는 가족들과 맞을 생각으로 예약해 놓은 비행기는 점심 무렵의 것이었다. 얼른 들어가서 집도 정리하고 짐도 챙겨야 했다. 어둠 속에서 옷을 찾는 손길이 바빠졌다.

"자고 가."

"안 돼요. 짐 하나도 안 챙겼어요."

한 손으로 바닥을 더듬어 옷을 주워 올리며 은란이 대답했다.

"그런 건 금방 챙기잖아."

졸음에 겨운 목소리의 상헌은 팔을 뻗어 은란의 어깨를 끌어내렸다. 거위털 이불에 넘어진 은란은 그의 손길에서 벗어나기 위해 몸에 힘을 주었다.

"그리고 오빠 집에서 자고 가는 거 싫어요."

하루가 이틀이 되고, 이틀이 사흘이 되겠지. 그런 식으로 야금야금 '안 돼요, 안 돼요, 안 돼, 이러면 안 되는데, 되는데…… 돼요'로 만들고 싶지 않았다.

"내일 아침에……."

"응?"

상헌의 목소리가 잘 들리지 않았다. 은란은 잠에 취해 베개에 머리를 묻고 있는 그의 입가로 귀를 가져갔다.

"내일 아침에……."

집에 데려다 주고 출근한다는 이야기인가 싶어 괜찮다고 하려는데 상헌의 뒷말이 이어졌다.

"내일 아침에 한 번 더 안고 싶어."

반쯤은 잠든 상태에서 상헌의 목소리가 웅얼웅얼거렸다. 이 와중에 한 번 더를 외치는 솔직함에 어이가 없어 웃음이 나왔다. 그리고 느릿한 상헌의 손이 창을 향했다.

"그리고 밖에 추워."

은란의 시선이 창밖에 닿았다. 상헌의 말대로였다. 전날 내린 눈 때문에 꽁꽁 얼어버린 길. 칼바람이 부는 소리가 이중창 너머로 들리는 것 같았다.

"이 시각에 너 혼자 못 보내. 그러니까 자고 가."

망설임을 느꼈는지 상헌이 팔을 뻗어 조금 더 세게 은란을 끌어 안았다. 그리고 브래지어를 서슴없이 끌러 바닥으로 내던졌다. 잠결에도 한 번의 망설임이나 헛손질 없이 훅을 풀어 내동댕이치는 그 노련함에 당황한 은란은 베개로 급하게 몸을 가렸다.

"나 잠 깨려고 하는데……. 잠 깨면 한 번 더 할 거야. 그러니까 빨리 이불 속에 들어와."

그의 말 그대로 상헌의 목소리에서는 잠기운이 가신 게 느껴졌 다. 망설이던 은란은 결국 따스한 잠자리의 유혹을 이기지 못하고 열린 팔 아래로 몸을 숨겼다. 연인의 따스한 몸이 감겨들자, 그는 만족스러운 얼굴로 긴 숨을 내쉬었다. 금세 잠들어 버린 상헌의 품 안에 꼼짝없이 갇힌 은란은 혹여나 그가 깰까 긴장한 채 얕게 숨을 내쉬고 들이마시기를 반복했다.

그냥 고집을 부려서라도 집으로 바로 간다고 할걸. 아니야, 그래 도 올해 마지막으로 보는 건데 같이 있고 싶긴 했어. 그래도 외박 은 싫은데. 아아, 이미 다 늦었어.

한 박자 늦은 잡념들에 뒤척거리던 은란에게, 규칙적으로 들썩이 는 그의 숨소리가 자장가처럼 들리기 시작했다. 천천히 긴장한 몸에 힘이 풀리고, 졸음이 밀려왔다. 그리고 어느새 잠에 빠져들었다.

몇 시간 후. 이마를 따갑게 데우는 겨울 햇살에 눈을 떴을 때, 은 란의 곁에 놓인 휴대전화 알람이 요란하게 울고 있었다. 시계의 앞 자리는 '9'를 가리키고 있었다.

아홉 시 반.

시각을 확인하는 순간 은란의 머릿속에 두 가지 생각이 스쳐 지나갔다.

첫째, 비행기 시각까지 얼마 남지 않았다.

둘째, 결국 외박을 하고야 말았구나.

급하게 몸을 일으키자 이불이 몸에서 툭 떨어져 내렸다. 순간 어딘가가 쓰라려 저도 모르게 이마를 찡그렸다. 몸을 내려다보자 붉은 자국이 선명했다. 까슬한 수염이 따갑고 아프다고 했는데도, 도장을 찍어두는 거라며 고집을 피우던 상헌. 대부분은 오후 즈음이면 사라질 것들이었지만, 왼쪽 목덜미에 남겨진 자국 하나는 아주 약하게 핏방울이 맺혀 있었다.

쓰라림과 함께 갑작스레 밀려오는 왠지 모를 화. 이건 자신을 배려하지 않은 연인 때문일까, 아니면 본능에 굴복해 결국엔 연인의 집에서 밤을 보내 버린 스스로에 대한 실망감 때문일까.

다시 휴대전화가 진동했다. 메시지가 도착해 있었다.

〈일어났어? 깅은린, 오늘 내 우렁각시 노릇해 줄 거지? 기대한디.〉

건성으로 메시지를 읽던 은란은 우렁각시라는 문구에 미간을 살짝 찌푸렸다. 무슨 말을 하고 있는 건지 모르겠네. 다시 시각을 확인한 은란의 마음이 다급해졌다. 바닥에 이불이 나뒹굴고 있다는 것을 알았지만 챙길 여유도 없었다. 옷가지를 안아 든 은란은 급하게 욕실로 향했다.

*

"복 많이 받읍시다."

"아, 벌써부터 스터디라니."

새해의 세 번째 날. 그리고 첫 스터디. 투덜거림이 세미나실을 채웠다.

"대체 정초부터 이 시각에 스터디를 잡은 게 누구야?"

은란이 출력해 온 자료를 나누어 주며 물었다.

"나야, 나."

영화가 피곤한 얼굴로 눈을 부비적거렸다.

"언니, 이 시각까지 안 들어가 봐도 돼요?"

벌써 밤 열 시. 평소면 이미 집에 들어가 아이와 놀아주고 있을 시각에 학교라니. 놀란 은란이 영화에게 물었다.

"안 되지. 그래도 어떻게 해? 인턴 때문에 낮엔 도저히 시간이 안 나는데."

그렇다고 인턴하는 동안 책을 완전히 놓을 수도 없고. 영화가 한숨을 쉬며 피곤한 듯 목을 빙빙 돌렸다.

"길게 끌지 말고, 한 시간 안에 임팩트 있게 정리하고 끝내자."

영화의 목소리에 스터디원들이 모두 고개를 끄덕거렸다. 그때 은란의 휴대전화가 진동했다. 상헌이었다. 먼저 시작하라고 손짓한 은란은 전화를 받기 위해 세미나실을 빠져나갔다.

〈내려와.〉

밑도 끝도 없이 이게 무슨 말? 은란이 답하지 않고 잠시 사이를 두자 다시 상헌의 목소리가 이어졌다.

〈건물 앞이야. 삼 분 줄 테니까 가방 챙겨서 내려와.〉

학교라고? 은란이 화들짝 놀란 목소리로 대답했다.

"나 지금 막 스터디 시작했어요."

이번에는 잠시 상헌의 침묵. 하지만 길지 않았다.

〈하루 안 한다고 변시 안 떨어져. 빨리 내려와.〉

해가 바뀌고도 아직 한 번도 만나지 못해서 보고 싶긴 했다. 그렇긴 해도 이렇게 막무가내로 들이닥치다니.

"각자 맡은 부분 나눠서 코멘트 해야 돼요. 빠지기 힘들어요."

〈집에 불났다고 해. 아니면 도둑이라도 들었다고 하거나.〉

피곤한데 자꾸 이야기 길게 하게 만들래? 거절하는 은란이 마음에 들지 않았던지 상헌의 목소리가 묵직했다. 난처하게 왜 이럴까. 답하지 않자 상헌이 다시 말했다.

〈바쁜 시간 쪼개서 나왔는데 바람 맞힐 거야? 전화 받을 시간에 그냥 책 챙겨서 나와.〉

"통화 길어져?"

그때 빼꼼히 세미나실의 문이 열리고 영화가 고개를 내밀었다. 목소리를 들은 듯 전화기 너미로 상헌의 목소리가 다시 이어졌다.

〈강은란, 못 간다고 해.〉

"빨리 하고 내려갈 테니까 딱 십 분만 기다려요."

결국 순서를 바꾸어 급하게 자신의 발표만 마친 은란은 스터디 중간에 빠져나오고 말았다. 하지만 그렇게 콩 볶아 먹듯 짐을 챙겨 나온 것은 통화를 끝내고도 이십여 분이 지난 후였다. 고작 이십여 분이었는데도 팔짱을 낀 채 시트에 몸을 묻고 눈을 감은 상헌의 얼굴엔 기다림의 지루함이 배어 있었다.

"1분만 더 늦었으면 가려고 했어."

말도 없이 마음대로 들이닥치고서는 오히려 으름장이다. 조수석에 자리를 잡은 은란이 어이없다는 듯 웃자 상헌이 팔을 뻗어 머리칼을 흩뜨렸다.

"아, 오빠!"

"집에는 잘 다녀왔어?"

차에 시동을 걸며 그가 다정한 목소리로 물었다. 이제 와서 다정한 척해 봐야 소용없어요. 입술을 내밀고 있는 은란을 달래려는 듯 상헌이 씩 웃었다.

"난 우리 못된 은란이 보고 싶었는데. 나 혼자 보고 싶었던 것 같네?"

"……."

못됐다. 자기 마음대로 굴어놓고서는 저런 말이라니. 화를 내야 하나, 아니면 그냥 배시시 웃으며 풀어야 하나. 종잡을 수 없어 망설이고 있는데, 신호에 걸린 사이 그의 얼굴이 쑥 디밀어졌다. 화들짝 놀라 밀어내려는데 상헌의 입술이 묵직하게 입술을 덮어왔다.

이런 걸로 풀릴 줄 알고? 어깨를 밀어낸 은란은 능글거리며 웃고 있는 상헌의 미소에 한숨을 내쉬었다. 그리고는 이번 한 번만 봐준다는 얼굴로 그의 입술 위에 쪽 입술을 맞대었다. 화해의 입맞춤이 꽤 만족스러웠던지 상헌이 씩 웃었다.

"그런데 지금 어디 가요?"

설마 그냥 집에 데려다 주려고 그렇게 다그친 건 아닐 테고. 은란이 궁금한 얼굴로 물었다.

"우리 집."

우리 집?

그가 너무 당당하게 이야기해서 은란은 순간 자신이 뭔가를 잘 못 들은 건가 싶었다.

"어디요?"

"내 집."

제대로 들었구나. 힐끗, 자신을 바라보는 상헌의 모습을 보아하니 자신이 어떤 반응을 보일지 궁금한 모양이다. 한상헌, 정말 못됐다. 일부러 불을 당겨놓고서는 터지나 터지지 않나 기대하고 있는 저 눈빛이라니.

"오빠, 오늘도 '하고' 싶어요?"

은란의 도발적인 물음에 상헌의 웃음이 터졌다.

"그래. 넌 언제나 '하고 싶게' 만들거든."

마음에 드는 리액션인 모양이다. 즐거운 얼굴로 맞받아치는 상헌.

"흥. 열여덟도 아니고."

"왜 이래, 서른넷의 스킬을 열여덟 살짜리는 흉내도 못 낸다고."

여성지 끝자락 즈음에 나올 법한 불륜남녀의 대화 같다. 그리고 은란은 이 대화에서 석냥히 발을 빼고 싶었다. 오늘마서 그의 집에서 밤을 보내고 나면 정말 '안 돼요'가 '돼요'가 되어버릴 것 같았으니까.

"집 정리 안 하고 가도 뭐라고 안 할게."

"응?"

"너 그날 왜 그랬어?"

"뭐가요?"

"너 자고 간 날 집에 들어와 보고 깜짝 놀랐다. 이불은 내동댕이쳐져 있고……. 우렁각시처럼 청소에 요리라도 좀 해두고 갔을까 싶어 기대했더니. 전쟁터가 따로 없더만."

퇴근하고 돌아와 불을 켰을 때의 허탈함을 다시 떠올렸던지, 상헌이 고개를 설레설레 흔들었다.

우렁각시?

그가 기대한 것을 알아챈 은란이 허탈하게 웃었다. 우렁각시가 그런 뜻이었어? 그의 집에서 혼자 깨어났을 때 느낀 그 불편한 기분. 스스로에 대한 실망과 어쩔 수 없었다는 자기합리화 사이에서 갈팡질팡했던 아침. 하지만 그날 자신의 기분을 그는 짐작조차 못하고 있음이 분명했다.

"오빠, 난 손님이었잖아요."

"내 여자친구이기도 하지."

"가사도우미는 아니잖아."

"내 여자친구이기도 하잖아."

입씨름을 해봐야 설득할 수 없다. 따져 봐야 또 '난 그런 사람이야, 싫어도 어쩔 수 없어'라고 뻔뻔스레 대꾸할 테니.

"오늘은 손님 대접해 줄게."

은란의 대꾸 없음을 항복으로 이해한 듯 상헌은 의기양양해 보였다.

"아니, 내일 아침에는 맛있는 커피로 잠도 깨워줄게."

황당한 얼굴로 상헌을 바라보자 그가 장난스럽게 웃었다.

"집으로 간다고 했잖아."

그냥 한 소리가 아니라 진심으로 또 하룻밤을 보내고 가길 바라는 모양이었다. 이거 봐, 한 번이 어렵지 두 번, 세 번은 쉬워진다니까. 그러다 보면 어느새 제집처럼 드나들게 되고……

“오빠, 그냥 우리 집으로 가요.”

“어라, 강은란. 드디어 초대하는 거야?”

“아니, 그건 아니지. 나 그냥 집에 데려다 줘요.”

잔뜩 기대한 상헌의 목소리에 은란이 급하게 부정했다.

“아아, 그건 안 돼. 내 집, 아니면 네 집. 둘 중 하나만 택해.”

“한상헌 씨.”

슬슬 한계에 다다랐다는 것을 표시하려는 듯 은란이 나직한 목소리로 그의 이름을 불렀다.

“이것도 저것도 다 싫으면 어쩌라고?”

연이은 은란의 거절에 마음이 상한 듯, 상헌이 툭 말을 내뱉었다.

“매번 이 문제로 싸울래? 차라리 그럴 바에는 같이 살자. 같이 살면 되겠네.”

충동적인 그의 한마디에 갑작스럽게 차 안에 정적이 밀려왔다. 마침 차는 그의 집 앞에 도착했다. 멈추어 선 차. 사이드브레이크를 건 상헌이 시동을 껐다. 그리고 완전한 직막. 친친히 고개를 돌린 은란이 그를 바라보며 나직한 목소리로 물었다.

“오빠, 이거…… 프러포즈?”

제3장
우 연이 준 선물

"결혼해야 하나?"

"뭐?"

"은란이랑 결혼해야 하냐고."

"새해 첫 운동부터 왜 이래?"

도복의 옷깃을 쥐어 잡힌 상헌의 숨이 가빴다. 체육관 안임에도 불구하고 입김이 나왔다. 정부 시책을 모범적으로 따르고 있는 공공기관답게, 체력단련실의 온도는 실외와 얼마 차이 나지 않았다. 덜덜 떨리는 몸으로 스트레칭을 한 지 삼십여 분이 지나서야 몸이 풀려 대련을 시작할 수 있었다.

"게다가, 그걸 왜 나한테 물어?"

"유부남의 조언이 필요해."

"유부남이 별거냐?"

연수원에서부터 운동을 함께해 왔던 동기 태영과는 같은 지검으로 발령받은 후 매일 아침마다 함께 대련하고 있었다. 일에서 받는 스트레스를 풀기 위해서라도, 좋아하는 술을 더 오래 즐기기 위해서라도 운동은 필수였다. 태영이 다리를 걸자 상헌이 날렵한 동작으로 공격을 피했다.

"은란이 아버지 생각하면 빨리 결혼해야 할 것 같기도 하고……."

"강동운 판사님? 건강 때문에 퇴직해서 요양 중이라고 하지 않으셨나?"

"제주에 계시지, 사모님이랑."

"강 판사님 건강이야 은란 씨 처음 만날 때부터 그랬던 건데 새삼스럽긴."

"그렇긴 한데, 내 나이도, 은란이 나이도 있고."

"은란 씨가 결혼하자고 해?"

방심하는 사이 태영이 상헌의 온몸을 콱 쥐어 잡고는 힘을 쏟아 들어 메쳤다. 쾅, 하는 큰 소리와 함께 상헌의 몸이 바닥에 메다꽂혔다. 전신을 울리는 충격에 상헌이 끙끙거렸다.

"아, 좀 살살!"

태영이 도복을 추스르며 쓰러진 채 숨을 몰아쉬고 있는 상헌을 내려다보았다.

"바빠서 데이트할 시간 내기도 어렵다며. 그런 땐 결혼도 뭐, 나쁘진 않다."

"근데 뭔가 자꾸 삐걱거린단 말이지."

"삐걱?"

마무리 운동. 태영이 상헌의 등에 올라탄 채 몸을 눌렀다. 다리가 당기는지 끄으응, 하는 신음을 물었다.

"연애 초반에 한 3개월 다투다가 거의 일 년 넘게 다툰 적이 없었는데, 요새 자꾸 다퉈."

"뭘로 다투는데?"

"아…… 뭐…… 외박 같은 거."

상헌이 말꼬리를 흐렸다.

"에라이, 나쁜 놈."

태영이 고개를 설레설레 흔들며 혀를 찼다.

"데이트한답시고 이리저리 불편하게 옮겨 다니느니, 어차피 둘 다 혼자 살겠다, 좀 편하게 연애하자는데……."

"편하게 연애를 하고 싶은 게 아니라 그냥 같이 살고 싶은 거 아니신가?"

"그게 그런 건가?"

"데이트 비용이 아까워서 결혼했다는 커플도 분명히 있긴 하지. 은란 씨 반응은?"

"빼기는 하는데, 그게 진짜 싫어서 빼는 게 아니라 남들 눈 때문에 그런 것 같단 말이지."

"외박이 싫은 기색은 아니다?"

"그렇지. 게다가 프러포즈냐고 물어본 것도 은란이고……."

잠시 상헌의 말꼬리가 길게 늘어졌다.

"설마…… 은란이는 진짜 결혼하고 싶은 건가?"

앉은 채 발끝을 잡아당기던 상헌이 당황한 목소리로 말했다.

"목소리가 뭐 그래?"

"아니, 그게 진지하게 한 이야기는 아니었는데……. 게다가 난 아직 전혀 준비가 안 됐어."

"결혼을 준비하고 하는 사람도 있냐?"

"넌 하고 싶어서 했잖아. 프러포즈도 제수씨가 예상하지도 못한 순간에 먼저 했고!"

"그게 정말 예상하지도 못한 순간이었다고 믿다니."

태영이 '넌 역시 하수' 라는 눈빛으로 고개를 설레설레 흔들었다.

"그럼 그게 예상했던 순간이었다고?"

상헌은 태영의 부인이 집들이 때 했던 프러포즈 이야기를 생생하게 기억하고 있었다. 결혼에 회의적이었던 자신의 마음을 확 잡아끌었던 프러포즈였다고. 만난 지 일 년밖에 되지 않았었고, 자신과 한 번도 결혼 이야기를 해본 적이 없었기 때문에, 받는 순간에도 이게 내게 하는 프러포즈인지 믿을 수가 없었다고. 발그레한 얼굴을 붉혀가면서 행복하게 이야기하는 태영의 부인을 보면서, 여자 마음을 읽는 능력이라도 있나 싶어 내심 감탄했었던 터였다.

"한 번도 결혼 이야기를 해본 적이 없다며?"

"그래, 나와 하는 결혼이야기는 한 번도 한 적이 없었지."

"그런데?"

"대신 부모님의 결혼 생활, 친구의 결혼 생활, 아는 언니의 결혼 생활, 드라마에서 보는 결혼 생활, 인터넷에서 읽은 결혼 생활……."

순간 친구의 얼굴에 지친 표정이 지나가는 것을 상헌은 놓치지 않았다.

"그 표정은 뭐냐?"

평소의 표정으로 돌아온 태영이 조용히 상헌의 어깨를 두드렸다.

“잘 생각해 봐. 여자들은 직접 이야기하지 않는다고. 맥락으로 파악해 봐, 맥락으로.”

✳

“그게 나도 직접 아는 사람은 아니야. 옆 반 선생님이 소개해 준 사람이라서. 네가 달라고 하니까 주기는 하는데 뭘 어쩌려고?”

오프 날, 신입 간호사 오리엔테이션 때 발표를 부탁받은 주형은 도서관에 자리를 잡고 앉아 느릿한 동작으로 PPT를 만들고 있었다. 턱을 괴고는 무심한 얼굴로 마우스를 움직이던 그의 손이 천천히 느려졌다. 주변을 돌아봤지만 역시 어디에서도 은란은 보이지 않았다. 그간 우연히 만나면 어떻게 말을 걸까 숱하게 상상해 왔지만 한 번도 상상은 현실이 되지 못했다. 우연이 계속 이어지리라는 법은…… 역시 없겠지. 그래서 그날 그 기회를 놓치지 말았어야 했는데. 주형이 길게 한숨을 내쉬었다.

그날, 3학년 8반의 교실. 뭔가 시작될 것 같다는 주형의 부풀어 오른 마음은 채 몇 분도 되지 않아 완전히 김이 새고 말았다. 말 한 마디 섞지 못했으니까. 뒤늦게 친구에게 부탁해 이름과 전화번호를 건네받긴 했지만, 그 말 그대로 뭘 어떻게 할 수가 없었다. 강은 란이라는 이름을 알게 됐지만 여전히 떠오르는 사람이 없었다. 아니, 사실 이제는 그가 아는 사람인가 아닌가 하는 것은 중요한 문제가 아니었다. 자신의 머릿속에는 그 사람이 스멀스멀 차오르고 있는데, 상대는 자신의 존재에 대해 인식하지도 못하고 있다고 생각하면 맥이 풀렸다.

　강은란. 010—0000—0000.

　휴대전화에 저장되어 있는 번호를 내려다보던 주형은 얕은 한숨과 함께 자리에서 일어났다. 목이 말랐다. 만날 수 있을 사람이라면 만나는 거고, 아니라면…… 못 만나는 거겠지.
　"응, 나 오늘은 의도."
　정수기를 찾아 휴게실로 들어서는데 목소리 하나가 귀에 쨍 하고 박혀왔다. 반사적으로 고개를 돌리자 전화기에 귀를 대고 서 있는 옆모습이 보였다. 주형은 저도 모르게 그 자리에 멈추어 섰다가, 뒤따라 들어오던 누군가에게 밀쳐졌다.
　"죄송합니다."
　한 걸음 물러섰던 주형은 표정을 숨기지 못하고 눈앞에 서 있는 우연이 준 선물을 한참이나 바라보았다. 은란은 누군가 자신을 바라보고 있다는 것을 눈치채지 못한 듯, 통화에 열중하고 있었다.
　누구와 통화하고 있는 걸까.
　"그래서 오늘도 늦게 퇴근? 어쩔 수 없지. 주말에 봐요. 시간 안 되면 어쩔 수 없고."
　아…….
　우연히 만나게 되면 시작하려고 생각했던 첫 문장은 이제 아무런 의미도 없어졌다. 고작 네 개의 문장이었을 뿐인데도 대화의 상대방이 그저 친구나 아는 사람이 아니라는 것을 유추해 내는 것이 어렵지 않았다. 밀려오는 실망감. 차라리 머릿속에서 만남을 상상할 때가 나왔다. 주형은 맥 빠진 얼굴로 목적했던 정수기로 향했다.

"응, 끊어요."

통화를 마무리 짓는 모양. 물을 마시고 돌아섰을 때 휴게실을 빠져나가고 없었으면 좋겠다. 주형이 한숨을 쉬며 정수기에서 손을 떼어냈을 때였다.

"안녕하세요."

돌아선 순간, 눈앞에 은란이 서 있었다. 손등에 물이 튀었다. 급하게 물을 마신 주형이 당황한 얼굴로 일단 고개를 숙였다.

"아, 안녕하세요."

"저 기억나세요?"

물론, 물론이죠. 하지만 곧장 대답하지 못하고 머뭇거리자 은란이 웃으며 말을 이었다.

"작년 12월에 고3 대상으로 강연한 적 있으셨죠?"

나를 기억하고 있구나. 반가움에 주형의 심장이 쿵쾅거리기 시작했다.

"맞아요."

맞아요? 그간 상상했던 온갖 문장들은 다 어디 가고, 겨우 한다는 말이 맞아요? 임주형, 너 더 할 말은 없는 거야?

"부속병원의 간호사님이라는 이야기는 들었는데, 여기서 이렇게 만나네요."

"그러게요."

자신에게 인사하며 웃는 은란의 모습은 지난 한 달 동안 주형이 되새김질한 그 모습 그대로였다. 이곳에서 다시 마주친 것이 우연이라면, 은란이 제게 말을 걸어온 것은 기회일지도 모른다. 주형은 충동적으로 손가락으로 문 밖을 가리켰다.

"커피 한잔 마시려고 했는데⋯⋯. 괜찮으시면 나가서 같이 한잔 하실래요?"

갑작스러운 제안에 잠시 고민하는 것 같던 은란은 그러죠 뭐, 하며 어렵지 않게 승낙했다. 새로운 전개에 대한 약간의 흥분. 휴게실을 빠져나가며 주형은 긴장된 얼굴로 심호흡했다.

바람이 없는 날이었다.

그래도 새파란 하늘만큼이나 시린 추운 날. 두 사람은 볕이 잘 드는 도서관 곁 나무 근처에 섰다. 뜨거우니 조심하세요, 라며 건네는 아메리카노를 받아 들며 은란이 생긋 웃었다. 천천히 걸어 나온 두 사람은 볕이 잘 드는 도서관 현관 앞에 나란히 섰다.

"제 소개가 늦었네요. 임주형입니다. 응급실에서 간호사로 일하고 있어요."

"강은란입니다. 법전원 학생이에요."

법학전문대학원. 약간의 힌트를 얻었다. 처음 만난 날 보고 있던 두꺼운 책의 정체는 아마 법전이거나 교과서였겠지. 하지만 부족하다, 조금만 더.

"강연은 잘 들었어요."

그 말에 은란이 소리 내어 웃었다.

"그날 정말 열심히 듣고 계셔서 여러 번 당황했었어요."

쑥스럽다. 시선을 떼지 못하고 바라보던 것을 눈치챘던 모양이다. 하긴, 몇 번이나 눈이 마주쳤는데 모르는 게 더 이상할지도 모른다.

"내용이 좋아서요."

그렇다고 어떤 부분이 좋았냐는 질문을 하지는 않겠지. 주형은 시선을 빼앗겼던 것이 은란의 얼굴이나 다리가 아니라 강연의 내용이었다는 것을 설명이라도 하려는 듯 황급히 대꾸했다.

"그랬어요? 학생들 앞에서 이야기한 건 너무 오랜만이라서 긴장했었는데."

"처음이 아니었나 봐요?"

"대단한 건 아니었고, 대학교 입학한 지 얼마 안 됐을 때 모교 후배들 앞에서 진로상담 같은 것을 해줬었거든요."

모교 후배들, 진로상담.

순간 머릿속에 팡 하고 떠오르는 것이 있었다. 그간 품고 있던 의문이 한 번에 풀리자, 주형은 반가운 마음에 저도 모르게 크게 웃음을 터뜨릴 뻔했다.

'보자마자 바로 떠올리지 못한 건 나도 마찬가지지만, 전혀 기억을 못하는 건가? 좀 섭섭한데.'

여유를 찾은 주형은 종이컵 아래에 웃음을 숨긴 채, 커피에 얼굴을 묻고 있는 은란의 옆얼굴을 바라보았다. 왜 전혀 떠올리지 못했을까. 시선을 떼지 못한 채, 반가움과 섭섭함이 뒤섞인 얼굴로 제 손의 따뜻한 모카커피를 천천히 목으로 넘겼다. 그러니까 그게 벌써 십여 년 전의 이야기였다. 오래전의 기억을 더듬는 주형의 눈이 가늘어졌다.

수능을 갓 끝낸 주형은 부모님, 선생님과의 다툼으로 지칠 대로 지쳐 있었다. 배치표를 받아 들고는 간호대, 간호대, 간호대를 동그라미 치고 있는 주형을 아무도 이해하지 못했다. 네 성적이면 어느 학교 공대는 너끈한데, 교차 지원을 해도 경영대는 들어갈 텐데, 왜 하필 그 많은 전공 중에서 간호대냐, 정말 가고 싶다면 차라리 재수를 해서 의대를 준비해라. 원서를 쓰기도 전에 주변 사람들의 폭풍 같은 관심에 질식할 지경이었다.

그리고 대입 원서 접수가 시작되기 일주일 전, 한참 동안이나 주변 사람들에게 시달린 주형은 이제 간호대를 얼마간은 포기하고 있었다. 그냥 성적에 맞지도 않는 의대에 원서를 집어넣어 다 떨어지고 나면, 전문대 간호학과에 원서를 써버릴까 보다 하는 말도 안 되는 생각까지 하던 찰나에 만난 것이 은란이었다.

괜찮은 학교를 들어간 몇몇의 선배들이 '선배와의 대화' 라는 이름을 내걸고 학교를 찾아왔다. 교실 맨 뒷자리에서 창밖을 내다보며 심드렁하게 앉아 있던 주형은 뭔가 한마디라도 더 해주고 싶어 하는 저 선배를 골탕 먹여주고 싶었다. 그리고 질문을 하기 위해 손을 번쩍 들었다.

"간호대에 가고 싶어요. 남자가 간호대를 가는 건 어떻게 생각하세요?"

교실 안이 기득기리는 웃음으로 기득 찼다. 주형이 간호대를 지원하겠다고 하는 바람에 담임선생과 매일같이 교무실에서 티격태격하는 것을 같은 반 아이들도 잘 알고 있었다.

"괜찮은 선택이라고 생각해요."

간결한 답이었다. 저 정도는 나도 말하겠네. 주형이 다시 질문을 던졌다.

"이번에 제 성적으론 탑 5위 안에 있는 공대엔 들어갈 수 있을 것 같아요. 주변에선 차라리 재수해서 의대에 가라고 해요. 그런데 어차피 지금 점수로 의대는 무리고, 재수를 할 생각도 없어요. 그냥 간호대에 가고 싶어요. 이건 어떻게 생각해요?"

'점수가 아까우니까 생각을 바꿔봐요' 라거나, 혹은 원론적으로 '좋아하는 일을 해요' 라고 답하겠지. 뭐라도 대답해 보라는 듯 주형은 심드렁한 얼굴로 교탁 앞의 선배를 바라보았다. 약간 곤혹스러운 기색이 비치는 모습에서, 그는 미묘한 승리감을 느꼈다. 그리고 잠시 후, 선배의 입이 열렸다.

"우리 학교 간호학과 오면 되겠네."

'웰컴' 이라며 방긋 웃는 선배의 모습에 주형이 이마를 살짝 구겼다.

"좋은 학교의 간호학과가 똑똑한 여자만 가는 곳은 아니잖아요. 여자들은 기계공학과를 선택하면서 그런 고민 같은 거 안 하는 것 같은데."

방긋거리며 웃는 얼굴을 보고 있자니 왠지 배가 아프다. 주형이 이마를 살짝 찌푸렸다.

"인 서울(in 서울)의 대학교를 들어갈 수 있는 성적이라면 좀 낮은 학교라도 경영대를 가고 말지 간호학과를 왜 들어가? 어차피 낮은 점수로 갈 수 있는 학교도 별로 없는데, 취업이라도 잘되는 간호학과나 가자. 남학생이 간호학과를 선택하거나 선택하지 않는 이유가 이 두 가지밖에 없어요? 성적도 잘 나왔네, 잘됐다. 이 정도면 괜찮은 학교의 간호학과에 갈 수도 있겠다, 하는 지극히 평범한 세 번째 이유 같은 건 없고?"

"그거야 선생님이랑 부모님이……."

왠지 말싸움에 진 것 같은 기분에 주형이 투덜거리는 목소리로 항변하는데 선배의 말이 이어졌다.

“그런데 진짜 진지하게 간호대를 가고 싶긴 해요? 반항심 뭐, 그런 거 아니고?”

어이없다는 얼굴의 주형을 보며 선배가 다시 씨익 웃었다.

“성적도 잘 나왔다면서요. 그럼 왜 고민하는지 모르겠네. 우리 학교 와요, 합격하면 밥 사줄게.”

한 시간 동안의 이야기가 끝나고, 교실을 빠져나가는 선배의 뒷모습을 눈으로 좇던 주형이 짝에게 물었다.

“저 선배 이름이 뭐라고?”

“6반의 은규 누나라던데? 강은란인가?”

그랬었는데 전혀 기억을 못하고 있다는 말이지. 은란이 다니는 학교의 합격통보를 받았을 때만 해도 입학하면 반항심 운운하던 그 선배에게 연락을 해서 맛있는 밥을 사달라고 할 생각이었는데……. 입학과 동시에 까맣게 잊고 지냈고, 그렇게 9년의 시간이 지났다. 반가움과 신기함. 그리고 조금 놀려주고 싶은 짓궂은 마음이 교차했다. 주형은 웃는 얼굴로 은란에게 물었다.

“종종 의도에서 공부하세요?”

“네? 네.”

무슨 생각을 했던 걸까. 별다른 질문이 아니었는데 은란이 대답을 얼버무렸다.

“전 가끔 의도에서 누나 봤었거든요. 그래서 오늘 만나서 반가웠어요.”

누나. 십여 년 전 방긋 웃으며 자신을 반항아 취급했던 은란에 대한 장난이었다. 주형이 비죽이 웃었다.

당황한 얼굴로 주형을 바라보던 은란은 문득 발치에서 쿡쿡쿡 부리를 쪼며 제 쪽으로 달려드는 비둘기를 발견하고는 펄쩍 놀라 뒷걸음질쳤다. 화단에 걸려 넘어지겠다 싶어 주형이 팔을 뻗으려는 순간, 신발이 콘크리트 화단에 부딪혔다. 그리고 겨우내 얼음이 되어 버린 눈의 더께에 미끄러진 것은 순식간의 일이었다. 은란의 팔이 버둥거리는 것 같더니 커피가 새카맣게 하늘로 치솟았다. 주형이 어떻게 몸을 잡아챌 사이도 없이 순식간에 일어난 일이었다.

"앗, 뜨거!"

엉덩방아를 찧은 채 신음하는 은란. 차라리 컵을 던져 버릴 것이지, 쥐고 있던 컵에서 쏟아진 커피까지 뒤집어쓴 은란의 모습은 가관이었다.

"괜찮아요?"

놀려먹었던 것도 잠깐. 얼굴이 새빨갛게 달아오른 채 끙끙거리고 있는 은란을 보고 있자니 미안한 마음이 앞섰다. 손을 내미는데도 은란은 혼자 일어나 보겠다고 버둥거리고 있었다. 하지만 꽁꽁 얼어붙어 있는 얼음 바닥에 손을 짚어봐야 연거푸 미끄러지기만 할 뿐이었다.

"내 손 잡아봐요."

주형이 눈앞에 손을 들이밀고서야 은란의 고개가 들렸다. 내민 손을 엉거주춤 잡으려다 흙과 먼지로 더러워진 손바닥을 발견하고 멈칫거리는 것이 보였다. 주형이 나직하게 한숨을 쉬며 손을 낚아챘다.

"다친 데 없어요?"

엉거주춤하게 서서는 몸을 살피는데 저도 모르게 앓는 소리가 나오는 모양이다. 그렇게 세게 미끄러졌으니 아프겠지, 허리도, 엉덩이도. 그러다 커피 범벅이 된 카멜빛의 코트를 발견한 은란은 망연자실한 얼굴이 되었다. 조금 더 미안해진 주형이 손을 내밀었다.

"손 좀 줘보세요."

"아…… 쓰라려."

엉겁결에 내민 은란의 손을 잡아챈 주형이 앞뒤로 뒤집어 상태를 살폈다. 역시나 뜨거운 커피를 엎은 손등은 손가락까지 벌써 새빨갛게 익어 있었고, 넘어지면서 화단 나뭇가지를 움켜쥔 바람에 손바닥은 할퀸 자국이 잔뜩이었다. 엉망진창인 손을 내려다보는 은란의 이마가 찡그려졌다.

일단 손부터 식혀야 하는데 병원으로 갈까, 하던 주형의 눈에 무언가 밟혔다. 어제 내린 신선한 눈.

대체 무슨 일이 일어난 건지 머리가 제대로 상황을 파악하기도 전에, 휘청거리며 몸이 끌려가더니 손등 위로 날카로운 냉기가 덮쳐 왔다. 발치에 놓인 빈 종이컵이 제멋대로 굴러가는 소리가 들려왔다. 정신을 차리고 보니 은란의 눈에는 눈 더미에 파묻힌 자신의 손이 보였다.

"차, 차가워요."

더듬거리며 몸을 빼내려고 하는데, 주형이 뒤에서 고개를 젓는 것이 느껴졌다.

"조금만 더 있다가요."

조금만 더 언제까지? 은란은 자신의 등을 가두고 있는 모르는 남자의 가슴팍을 의식하지 않으려 애쓰며 입속으로 부질없이 숫자를 세기 시작했다. 하나, 둘, 셋, 넷……

손을 파묻은 눈 주위가 체온으로 둥그렇게 녹아들고, 우물쭈물 백이십사 즈음 셌을 때, 다시 쑤욱 식다 못해 진분홍으로 꽁꽁 언 손이 뽑혀 올라왔다.

"손이…….."

"상관없어요."

괜찮지 않은데……. 머뭇거리는데 주형이 턱짓으로 도서관을 가리켰다.

"휴게실에 있을래요? 병원 가서 연고 좀 가지고 올게요."

그리고는 은란이 뭐라고 대꾸하기도 전에 손에 자신의 종이컵을 쥐어주고는 사라졌다. 차갑게 얼었던 손은 그가 건네주고 간 모카 커피에 천천히 녹아들었다. 성큼성큼 병원으로 향해 걸어가는 주형의 모습을 은란은 뭔가에 홀린 얼굴로 바라보았다.

정신을 수습해 도서관으로 돌아온 은란은 창밖을 내다보다 방금 전까지 주형과 대화를 나누었던 나무 아래의 자리를 발견했다. 눈 사이에 까맣게 진 얼룩이 보였다. 아마 자신이 쏟아버린 커피의 흔적이겠지. 코트를 내려다보자 한숨이 나왔다.

애초에 말을 걸지 말 걸 그랬나? 모르는 척 지나칠까 했는데, 문득 상헌의 '스케일 작은 놈' 이라는 비난이 떠올랐었다. 확인하고 싶었던 건지도 모른다. 진지하고 차분한 눈빛의 그가 상헌의 오해와 다른 사람이라는 것을. 그렇지만 역시나 잘못한 것이었나 보다. 훈훈하고 선한 그의 모습을 보며 속으로 즐거워했던 벌을 받은 것 같다. 은란은 손등을 내려다보며 한숨을 내쉬었다. 차가운 물에 씻은 손은 본격적으로 화끈거리기 시작하고 있었다.

얼마 지나지 않아 주형이 휴게실에 나타났다. 곁에 앉은 그로부터 냉기가 끼쳐 왔다. 천천히 와도 괜찮은데…… 미안했다.

"상처 좀 봐요."

군더더기 말은 모두 생략, 주형이 곧장 손을 내밀었다. 커다란 자신의 손 위에 은란의 손을 얹은 그가 조심스러운 손길로 손등의 화상을 살폈다. 직업 때문인가? 분명 다른 사람이 자신의 손을 이런 식으로 만졌다면 무척이나 불쾌했을 텐데, 주형에게 맡긴 손은 당황스럽고 부끄럽긴 했지만 기분 나쁘지는 않았다.

그가 가져온 작은 종이가방에서 소독약과 소독 솜, 연고와 밴드 따위가 쏟아져 나왔다. 그리고 그는 은란이 뭐라고 묻거나 말할 사이도 없이 재빠른 손놀림으로 솜에 알코올을 묻혀 상처를 조심스럽게 닦아내고, 끈적거리는 화상연고를 바르고, 손바닥에 밴드를 붙여주었다.

꼼꼼하고 세심한 작업. 냉기가 가시고 한결 차분해진 얼굴로 상처를 치료하고 있는 그의 모습을 보고 있자니 그제야 은란도 조금 여유로운 기분이 들었다. 그리고 자신보다 한 뼘은 커다란 사람이 상처 주변을 입으로 불고 있는 모양새가 왠지 우스워서 피식 웃었다.

"왜 웃어요?"

"아무것도 아니에요."

"살 만한가 보네요, 꽤 쓰라릴 텐데."

괴롭히기라도 하려는 듯 훅 하고 손등에 조금 세게 입바람을 불었다. 동시에 화르르 손등이 불타는 듯 쓰라렸다. 은란이 윽 하고 비명을 삼키자 거 보라는 듯 주형이 짓궂은 얼굴로 손을 놓아주었다.

"만족했어요?"

자신을 향한 질문에 주형의 얼굴이 은란을 향했다.

“환자들한테 인기 많을 것 같아요.”

자신이 아니라 그 누구라도 이렇게 자신의 이 미미한 상처를 지구상에서 제일 심각하고 아픈 상처처럼 살펴봐 준다면, 그 자리에서 어린애처럼 아프다며 떼를 쓰고 어리광을 부리게 될 것 같았다. 은란의 말에 비상약을 정리해 넣으며 주형이 목 아래로 웃었다.

“몇 학년이에요? 거긴 3년제인 것 같던데.”

“올해 2학년 돼요.”

“이제 이 년 남았네요.”

“네.”

대답하고 있는데 문득 약들을 정리하는 주형의 손에 시선이 닿았다. 붉게 익은 손이 까칠했다. 아까 같이 눈 속에 손을 파묻느라 그렇게 된 거겠지. 채 녹지 않은 손을 보고 있자니 조금 미안했다.

“잠깐 기다릴래요?”

정리하고 있는 주형을 두고 다시 자리로 들어간 은란이 무언가를 가지고 나왔다.

“이거 좀 발라봐요.”

정신없는 와중에도 온기가 남아 있는 자신의 커피로 손을 녹일 수 있게 해준 그의 배려에 비하면 두세 박자는 늦은 것이었다. 하지만 조금의 보답이 되었으면 좋겠다는 바람이었다. 주형이 조금 놀란 눈으로 연한 분홍빛의 튜브를 받아 들었다.

일할 때면 하루에도 수십 번씩 알코올 소독을 하는 주형의 손은 비단 겨울이어서만은 아니더라도 꽤 버석하고 거칠었다. 제 거친 손이 은란에게 보였나 싶어 조금 쑥스러워하던 주형이 튜브의 뚜껑을 열자, 옅은 듯 농익은 장미 향이 공기 중에 맴돌았다.

휴게실 안에 훈훈한 장미 향이 감돌자, 짧은 인사 후 정신없이 몰아친 일련의 사건들에 긴장했던 두 사람 사이의 분위기도 조금은 부드러워졌다. 손등을 코끝에 가져가 옅게 코팅된 장미 향을 맡으며 기분 좋게 웃던 주형은 잊고 있었다는 듯 종이가방을 뒤적여 무언가를 내밀었다. 순식간에 휴게실을 채우는 파스 냄새.

"내일 아침에 허리가 좀 아플 것 같아서요."

웃으며 파스를 챙겨 드는 은란을 향해 주형이 천천히 입을 열었다.

"그리고…… 괜찮으면 가끔 연락하고 지내요."

✻

"강은란, 문 열어!"

현관을 두드리는 소리에 화들짝 놀란 은란이 책상 앞에서 일어났다. 의자를 중심으로 논문과 책들이 부채꼴 모양으로 펼쳐져 있었고, 발치에 놓인 레이저 프린터에서는 연거푸 인쇄물이 토해지고 있었다.

"강은란! 안에 있어?"

은란은 급하게 방을 빠져나갔다. 힐끗, 거실의 시계를 바라본 시각은 새벽 두 시. 새벽 두 시?

"뭐예요?"

대체 이게 무슨 난리람! 급하게 현관문을 열자 상기된 얼굴의 상헌이 서 있었다. 얼굴에 훅 하고 끼치는 알코올 냄새에 이마를 살짝 구기는데 상헌이 밀치듯 현관 앞에 들어섰다.

"너, 왜 연락이 안 돼?"

"응?"

"왜 연락이 안 되냐고!"

하루 종일 방에서 논문을 쓰느라 정신을 놓고 있었는데, 연락이라니. 무슨. 잔뜩 화가 난 상헌의 모습에 당황한 은란은 다시 제 방으로 들어가 출력된 논문 틈바구니 사이를 뒤져 휴대전화를 발굴해 냈다. 부재중 전화 일곱 건, 그리고 쌓여 있는 메시지.

"오늘은 하루 종일 집에서 논문 쓸 거라고 얘기했잖아요."

"그래도 연락은 받아야지."

"미안해요. 음악 틀어놓고 계속 하는 바람에 못 들었어."

방 안의 전신거울에 비친 제 몰골이 엉망이다. 제대로 안 풀릴 때마다 머리를 쥐어뜯으면서 글을 쓰는 바람에 머리칼은 쑥대밭에, 옷은 대충 걸친 실내복이었다. 이런 모습을 보여주고 싶지 않은데.

"살아 있는 거 알았으니까 가요."

방 안까지 따라 들어온 상헌의 등을 밀어내며 집 밖으로 몰아내려는데 그가 물었다.

"밥은 먹었어?"

"밥?"

"아침은?"

"아…… 바나나."

"점심은?"

"시리…… 얼."

"저녁은?"

"안…… 먹었는데."

성큼성큼 방을 빠져나간 그가 향한 곳은 주방. 바나나 껍질이 나뒹굴고, 시리얼 그릇이 개수대에 처박혀 있고, 커피잔이 산더미처럼 쌓여 있었다. 자국을 내고 남아 있는 원두들은 거기에 더해진 컬러풀한 옵션.

"이게 뭐냐?"

"미뤄둔 설거지거리죠."

대체 새벽에 쳐들어와서 뭐 하자는 건지. 은란이 한숨을 내쉬며 대꾸했다.

"뭐 타고 왔어요? 대리 불러줘요? 아니면 콜택시?"

"됐어. 자고 갈 거야."

코트를 벗어 식탁 의자에 걸어놓은 상헌이 찌푸린 얼굴로 싱크대에 놓인 컵 중 하나를 손가락 끝으로 끄집어 올려 헹궜다.

"나 논문 내일 열 시까지 제출이에요."

무슨 말을 하는 건가 싶어 황당한 얼굴로 그를 바라보는데, 몇 번 헹궈낸 컵을 집어 든 상헌은 두리번거리며 물을 찾았다.

"정수기 없어? 생수는? 끓여놓은 물은?"

황당한 얼굴로 그를 바라보던 은란이 전기포트에 물을 올렸다.

"집에 끓여놓은 물도 하나 없단 말이야? 넌 대체 어떻게 사는 거냐?"

논문이 열 시 마감이라는데, 물 가지고 타박하는 상헌의 모습에 어이가 없었다. 그리고는 뜨거운 물이 마음에 들지 않는지 얼음까지 찾는 상헌. 냉동실에서 꺼낸 얼음 몇 개를 띄워주자, 그는 여전히 마뜩찮다는 얼굴로 물을 마셨다.

"오빠, 나 진짜 바빠요. 좀 도와줘요."

"눈 와서 길 엉망이야. 여기까지 오는 데도 고생했어. 그런데 꼭 지금 내보내야 돼?"

등을 떠밀어 현관 앞으로 밀고 가자, 상헌이 투덜거렸다. 거실 창밖의 어둠 사이로 흩날리는 눈발이 보였다. 올해는 정말 눈이 많이도 오네. 곤란한 얼굴로 창밖과 상헌을 번갈아 보던 은란의 마음이 약해졌다. 여기서 자고 가도 다섯 시간밖에 못 잘 텐데 억지로 집에 보내면 네 시간 남짓 자고는 출근해야겠지. 피곤할 텐데……. 그런 망설임을 포착한 상헌이 천천히 은란의 허리를 끌어안고는 나직한 목소리로 귓가에 속삭였다.

“은란아, 비어 있는 집 들어가기 싫다.”

아아……. 결국 은란의 여린 마음을 제대로 건드린 상헌의 한마디. 은란은 한숨을 쉬며 제 허리를 끌어안고 있는 그의 팔을 천천히 풀었다. 그리고 제 방 옆의 비어 있는 은규 방을 가리켰다.

“일곱 시에 깨울 테니까 은규 방에서 자고 가요.”

은규 방이라는 말에 분명 그의 눈에는 아쉬움이 스치고 지나갔지만 은란 역시 더는 양보할 생각이 없었다. 그러지 뭐, 하며 고개를 끄덕거린 상헌이 욕실로 사라졌다. 애초에 작정하고 들이닥친 그를 이길 도리가 없었다. 은란은 고개를 설레설레 흔들며 자신의 손을 기다리고 있는 노트북이 놓인 책상으로 돌아갔다.

“강은란, 아침.”

깜빡 잠들었던 모양이다. 침대에서 한 시간만 자야지, 하고 들어갔던 것이 다섯 시가 넘어서였는데. 제 어깨를 흔드는 손에 억지로 눈을 뜬 은란은 자신을 내려다보고 있는 상헌의 얼굴에 이마를 찡그렸다. 간밤의 과음으로 푸석한 얼굴이긴 했지만 이미 출근 준비를 끝낸 모양이었다.

“아침 먹어야지.”

아침? 대답 대신 은란은 침대에서 일어나 앉아 눈을 껌벅거렸다.

“손님이 왔는데 물만 먹여 보낼 거야?”

“초대…… 한 적 없어요.”

목이 잠겨 한참이나 낮은 톤의 목소리가 흘러나왔다.

“집에 뭐 먹을 거 없어?”

연거푸 재촉하는 상헌의 목소리에 은란이 한숨을 쉬며 이불을 걷고 일어났다. 바나나 몇 개는 남아 있다. 여기에 우유나 커피 정도면 되겠지. 헝클어진 머리칼을 다시 묶으며 은란이 주방으로 향하자 상헌의 목소리가 등 뒤에 꽂혀왔다.

“강은란, 그래도 세수는 하지?”

졸음과 피곤으로 몽롱해서 그런지 화도 나지 않는다. 차가운 물에 세수를 하고 났더니 조금 정신이 들었다. 힐끗 시각을 확인했다. 일곱 시 반. 어차피 잠들기 전에 마무리는 했고, 한 시간 정도면 처음부터 끝까지 다시 확인할 수 있겠지. 식탁에 자리 잡고 앉은 상헌에게 바나나 몇 개와 우유 한 컵을 주고는 돌아서는데 그가 손목을 낚아챘다. 은란이 저도 모르게 윽 하고 신음을 삼켰다.

“다쳤어?”

“아, 화상.”

상헌의 시선이 뒤늦게 은란의 손등을 덮고 있는 얇은 거즈에 닿았다.

“뭐 하다? 뭘 해 먹다 그랬을 리는 없고.”

라면 하나 끓인 적 없는 것같이 깨끗한 가스레인지를 흘깃 살피며 상헌이 물었다.

“그냥.”

은란이 대충 얼버무리자 상헌이 다시 손을 잡아 쥐어 맞은편 식탁에 앉혔다.

“넌 안 먹을 거야?”

“마무리하고.”

은란이 팔을 빼내며 대꾸했다.

“그런 거 해봤자 경력에 도움도 안 돼. 몸 축내면서 고생할 시간에 차라리 집을 치워놓고 살면 건강해지기라도 하겠네.”

말하는 상헌의 시선은 다시 싱크대의 설거지거리로 향해 있었다.

“오빠가 치워줄래요?”

은란이 하품을 하며 묻자, 상헌이 어림없는 소리라는 얼굴로 싱크대에서 돌아섰다.

“어차피 자소서 한 줄 쓰려고 하는 거잖아. 의미 없어. 필드에선 쳐주지도 않는다고.”

은란이 건성으로 고개를 끄덕거렸다.

“고마운데요, 도움이 될지 안 될지는 내가 해보고 판단할게요.”

손을 들어 그의 말을 막아 세우자 상헌이 못마땅한 얼굴로 고개를 설레설레 흔들었다. 은란은 만약 그가 여기서 뭔가 한마디라도 더 한다면 당장 문밖으로 밀어낼 생각이었다.

“오늘도 일 열심히 해요.”

바나나로 간단히 아침을 때우고, 커피 한 잔에 정신을 수습한 은란이 머그잔을 든 채 상헌의 출근을 배웅하기 위해 현관 앞에 섰다.

“좋다.”

뭐가? 화내면서 들어와서는 이마 한 번 폈던 적이 없었으면서. 은란이 눈을 깜박거리자 상헌이 씨익 웃었다.

“네가 출근 배웅해 주니까 좋다고.”

“…….”

뭐라고 대꾸해야 할지 모르겠다. 머뭇거리고 있는데 간다, 하며 현관 문고리를 잡던 상헌이 돌아섰다.

“안정적으로 공부하고 싶다고 했었지?”

돌아보는 상헌의 시선이 어수선한 주방, 정리되지 않은 거실, 종이 더미에 파묻힌 은란의 방을 순차적으로 훑고 지나갔다. 그의 시선을 따라 집을 훑어가던 은란이 한숨을 쉬었다. 다시는 집에 들이지 말아야지.

“안정적으로 공부하고 싶다고 했었잖아, 예전에.”

그의 시선이 다시 은란에게 향했다. 물론 안정적으로 공부하고 싶기는 하다. 그의 의도가 무엇인지는 모르겠지만 어쨌든 틀린 말은 아니었던 터라 은란이 고개를 끄덕거렸다.

“그래, 간다. 끝내고 나면 밥 먹고.”

알았으니 얼른 가기나 해요. 은란이 거푸 고개를 끄덕이자 상헌이 한숨 섞인 목소리로 덧붙였다.

“만들지 못할 것 같으면 사 먹기라도 해.”

＊

아직 가시지 않은 숙취. 아직 다른 직원들은 출근 전이었다. 담배케이스를 집어 든 상헌은 천천히 흡연구역으로 향했다. 추위 속에서 피우는 담배가 괴로웠지만 어쩔 수 없는 노릇이었다.

생각보다 더 엉망이었다. 엉망인 주방, 엉망인 거실, 엉망인 방, 엉망으로 흐트러져 있던 강은란. 되새김질할수록 한숨이 나왔다. 밥을 해 먹은 흔적이 없는 주방, 비어 있는 냉장고. 아무리 혼자 사는 것이 처음이고, 제주에 계시는 은란의 어머니가 일일이 챙길 수 있는 상황이 아니라지만 너무한 거 아닌가.

연기 사이로 심란한 마음이 빼꼼빼꼼 새어 나갔다. 괜찮겠나. 이래서야 결혼하면 단추 하나가 떨어져도 세탁소의 손을 빌리게 될 것 같았다. 그러다 잠시 멈칫했다. 결혼하면? 결혼, 결혼, 결혼이라……

태영은 맥락을 짚으라고 했었다. 종종 툭툭 튀어나오는 대화 사이에서 읽어야 하는 맥락은 무엇일까. 담배를 비벼 끈 상헌이 마지막 담배 연기를 공기 중으로 날려 보내며 생각을 되짚었다.

그래, 결혼한 학교 동기 언니와 친하다고 했었다. 은란과 마찬가지로 일하다가 학교로 왔다고 했고, 결혼했는데 상헌보다 두어 살 많다고 했었다. 결혼해서 아이까지 가졌는데도 집에서 지원해 줘서 공부하고 있다던가? 아이를 두고 공부하기 쉽지 않을 텐데 남편이 심적으로 많은 도움이 되어서 성적도 좋다고 했던 것 같고, 또 무슨 이야기를 했더라……. 상헌의 눈이 가늘어졌다.

"언니는 결혼했으니까 오히려 안정적으로 공부할 수 있는 것 같아서 좋다더라고요."

분명 그런 이야기를 했었다. 일순 몸에 남아 있던 술기운이 확

달아났다. 태영의 조언에 따르면 그냥 흘려들었던 그 말 안에 뼈가 있을지도 모른다. 그리고 역시나 오늘도 은란은 안정적으로 공부하고 싶다고 했었다. 그러니까 은란도 결혼을 해서 안정적으로 공부하고 싶다, 이건가? 하지만 오늘의 강은란을 봐서는 자신의 짐만 늘어날 것 같은 기분이 들었다. 어디서부터 가르쳐야 강은란이 마누라 노릇을 제대로 할 수 있게 될런지……. 생각하는 그의 이마에 깊은 골이 팼다. 담배케이스를 쥔 손이 고민스럽게 톡톡톡 재떨이의 모서리를 두드렸다.

✳

주말 오전부터 갑자기 불러내더니 생뚱맞게 백화점이다. 어차피 명절 선물도 살 생각이었던 터라 같이 나왔는데, 북적거리는 곳은 질색이라던 사람이 웬일인가 싶었다.

"아버지 약주 하셔?"

"아직은 안 돼요."

고개를 저으며 대답한 은란이 두리번거리며 캐시미어 머플러를 찾았다. 제주의 겨울은 따스하지만 습하다. 북제주는 특히 그랬다. 햇살과 진눈깨비가 하루에도 몇 번이나 오갔다. 오락가락하는 날씨 속에서 아버지의 목을 데워줄 만한 따뜻한 머플러가 필요했다.

"그럼 양주는 안 되겠고."

곰곰이 생각하는 목소리. 머플러에 정신이 팔려 있던 은란의 정신이 번쩍 들었다.

"잠깐만. 우리 집 설 선물 챙기게요?"

은란은 당황한 얼굴로 상헌을 바라보았다. 그와 연애하고 세 번째 맞는 명절이지만 한 번도 서로의 부모님 선물을 챙긴 적이 없었다. 그런데 갑자기 왜?

"안 돼?"

"아니, 고맙긴 한데……."

고마운 거긴 한데, 부모님의 명절 선물을 챙기는 것이 연인들 사이에서 일상적인 것이던가? 이전까지의 연애에서는 한 번도 챙겨본 적이 없었던 탓에 조금 혼란스러웠다.

상헌은 은란이 처음으로 그 존재를 공개한 남자친구였다. 의도한 것은 아니었고, 어쩌다 보니 이야기하게 된 것. 아버지와 같은 업계에서 일하고 있는 사람이었고, 그러다 보니 존재를 밝히게 된 것일 뿐 특별히 의미를 둔 것은 아니었다. 하지만 이렇게 되면 남다른 의미를 부여하게 된다. 머릿속에 브레이크가 걸렸다.

"안 챙겨도 돼요."

부담스러울 일은 만들지 않으면 좋겠다고 생각한 은란은 다독이듯이 상헌의 팔을 잡아끌었다.

"오빠는 오빠 부모님의 설 선물을 챙기는 게 더 좋을 것 같아요."

"그건 준비해 뒀지."

당연한 것 아니냐는 상헌의 대꾸에 다시 할 말을 잃었다. 팔짱을 끼고 있는 손에 힘이 스르르 풀렸다. 주춤거리는 은란의 태도를 눈치챘던지, 상헌이 은란을 내려다보았다.

"왜, 부담돼?"

은란은 어떻게 대답해야 할지 몰라 어설프게 웃기만 했다.

"벌써 만난 지 1년 반이 넘었는데 어른들께 인사는 해야지."

첫 인사가 왜 하필 명절 선물인지 모르겠다. 상헌이 왠지 뭔가 다른 생각을 하고 있는 것 같지만, 왠지 즐거워 보이는 그를 은란은 막을 수가 없었다.

＊

"나 왔어요."

은란이 제주 집의 문을 열고 들어섰다. 그리고 현관 입구에 묵직한 한우꼬리 세트를 내려놓았다. 거실에 앉아서 밤을 까고 있던 아버지 강 판사가 몸을 빼어 은란을 돌아보며 왔냐 하며 웃었고, 주방에서 마무리 설거지를 하던 동생 은규와 어머니가 차례로 몸을 내밀었다.

"비행기 표 구하기도 힘들었다면서 뭐 하러 와."

짐을 받아 들며 엄마가 마음에 없는 말을 던졌다.

"에이, 제가 몇 해나 더 오겠어요."

은란이 엄마의 어깨를 와락 안으며 대꾸했다. 벌써 시른. 이렇게 네 식구가 지내는 명절과 제사가 몇 번이나 남았을까. 그렇게 생각하면 한 번, 한 번의 명절이 아깝고 소중했다. 그 말에 엄마가 은란의 엉덩이를 토닥토닥 했다.

설이라고 해도 특별히 북적이지는 않았다. 큰댁이 아니라 차례를 지내는 것도 아니었고, 부모님이 제주로 내려온 이후론 친인척들이 추석 때 찾는 것도 아니었다. 그저 가족들끼리 오랜만에 모여 시간을 보내는 자리. 그래서 전날 밤늦게까지 엄마와 수다를 떨다 잠든 은란은 설 아침, 아침 떡국을 먹고는 소파에 누워 까무룩 잠이 들었다.

설핏 잠이 들었을 때 이마를 부드럽게 쓸어내리는 손길에 어설프게 잠이 깼다. 따듯하고 마른 손바닥. 은란은 감은 눈을 뜨려고 했지만, 졸음에 겨운 눈은 떨어질 줄 몰랐다. 잠결에도 은란은 그것이 아버지의 손바닥이라는 것을 알았다. 소파에 누운 은란의 곁에서 텔레비전을 보시던 아버지의 손이 이마를 쓸어내리고 있었다. 아버지가 어떤 얼굴로 자신을 내려다보고 계실지 눈을 뜨지 않아도 알 수 있었다.

'딸 말이라면 다 들어주지' 라며 엄마는 아버지에게 핀잔을 주곤 했었다. 그럴 때 교차하던 부녀간의 장난스러운 눈빛. 아마도 그때처럼 따스한 눈으로 보고 계시겠지. 이마를 쓸어내리는 바삭바삭한 손의 온기에 취하듯 졸음이 쏟아졌다. 은란은 다시 가물가물 잠이 들었다.

완전히 잠이 깬 것은 햇살이 거실의 한복판까지 넘어왔을 때 즈음이었다. 점심 즈음이 되었겠다. 어머니가 점심 준비를 하시는지 달그락거리는 소리가 들려왔다. 일어나려고 뒤척이는데 은규의 목소리가 들렸다.

"누나 깨워요?"

"그냥 자게 내버려 둬."

은란은 자신의 어깨에 어느새 따듯한 담요가 덮어져 있다는 것을 알았다. 잠든 사이 가족 중 누군가가 덮어두고 간 모양이었다.

"엄마 혼자 다 하시게요?"

"괜찮아."

일어나야겠다. 부스스 몸을 일으켰을 때 주방에서 엄마의 목소리가 넘어왔다.

"누나는 좀 아껴둬야겠다."

이불을 걷어내던 손이 멈칫했다. 아껴두어야겠다 하는 엄마의 목소리에 괜히 마음이 짠했다. 부스스한 머리를 털어내며 일어난 은란은 점심 준비를 하고 계신 엄마에게 다가가 등을 꼬옥 끌어안았다.

"나 아까워요? 이 집에서 10년은 더 뿌리 내릴 건데."

"징그러운 소리."

"왜요. 진짜 뿌리 내릴 거야."

그리고는 강아지처럼 엄마의 목덜미에 얼굴을 묻고는 코를 킁킁거렸다.

"누나 빨리 어떻게 해봐. 누나가 결혼 생각이 없으니까 나한테 불똥이 튀잖아."

"난 학교 졸업할 때까지는 결혼 생각 없거든?"

은란이 콧잔등을 찡그리며 대꾸했다.

"남자친구랑 그런 이야기 안 해?"

"별로. 아직 내가 학생이니까."

왠지 뜨끔했지만 건성으로 대꾸했다. 그러다 주방 한 곁에 세워져 있는 한우꼬리 세트에 시선이 닿자 한숨을 쉬었다.

"그럼 저건 뭔데?"

은규가 턱짓으로 한우꼬리 세트를 가리켰다. 은란은 대답 대신 끄응 하고 신음을 물었다.

"남자친구한테 잘 먹겠다고 이야기해 줘. 마음 씀씀이가 고맙네."

"난 좀 부담이 돼서."

“올라가면서 귤 두어 상자 챙겨가. 남자친구한테 부모님 드리라고 하고.”

“무거운데.”

부모님께 전해드리라고 하면 진짜 일이 복잡해질 텐데. 은란은 이마를 찡그렸다. 그런 투덜거림이 철없게 들렸던지 모친은 가볍게 눈을 흘겼다.

“난 네 나이 때 이미 은규를 가지고 있었어.”

“흐응.”

은란이 다시 심드렁하게 시선을 피했다.

“슬슬 결혼도 진지하게 생각해 봐.”

처음 듣는 결혼 독촉이었다. 은란은 묘한 얼굴로 엄마의 얼굴을 바라보았다. 스물아홉에서 서른으로, 딸의 나이 앞자리가 바뀐 것이 부모님께도 부담인 걸까? 하지만 엄마의 목소리에도 꼭 결혼을 시켜야겠다는 생각이 보이지는 않았다. 엄마 말대로 아까운 딸이겠지. 은란은 팔에 조금 더 힘을 주어 꼭 끌어안았다.

“난 그냥 지금이 좋아요.”

언젠가는 자연스레 두 분의 딸이 아니라 누군가의 아내나 내 아이의 엄마가 되겠지. 하지만 아직은 이마를 쓰다듬어 주는 온기가 있고, 사소한 주방 일조차 아까워하는 애틋한 마음이 있는 곳에서 조금이라도 더 머물고 싶다. 은란은 엄마의 목덜미에 얼굴을 묻은 채 나직한 한숨을 내쉬었다.

연휴는 길지 않았다. 제주에 조금 더 길게 머무르고 싶었지만, 개강이 몇 주 앞인지라 아쉬운 마음으로 떠나야 했다. 공항은 귀경

하는 사람들로 북새통을 이뤘다. 시간 여유를 넉넉하게 두고 온 은란이 탑승구에 다다랐을 때에는 아직 이륙 시각으로부터 30분 가까이 남아 있었다. 커피 한 잔을 사 들고 혼잡한 사람들의 틈을 피해 안쪽에 자리를 잡았다.

명절이라 유난히 가족 단위의 여행객이 많았다. 그리고 은란의 시선도 가족 무리들에 닿았다. 여느 때 같았다면 무심히 지나쳤을 풍경이었는데 이번 명절에는 왠지 눈에 밟혔다.

아빠의 가슴팍에 안겨 잠들어 있는 갓난아기와 그 곁에 선 아내.

'생글생글 웃는 모습이 좋아 보이네.'

한복을 예쁘게 차려입은 아내와 남편.

'여전히 손을 꼭 잡은 모양이 결혼 후 첫 명절인가 보네, 예쁘다.'

한복 곱네, 하며 중얼거리는데 문득 우렁각시 운운하던 상헌의 이야기가 떠올랐다. 심란하다. 왠지 번지점프대를 향하는 엘리베이터 안에 서 있는 기분이 들었다. 점프대 앞의 풍경은 어떨지, 점프한 후의 풍경은 어떨지 아직은 상상조차 되지 않았다. 하지만 왜 다가올 그 풍경이 설레지만은 않는 걸까. 은란은 저도 모르게 한숨을 내쉬었다.

✳

"집에는 잘 다녀왔어?"

명절이 끝나고 학교에서 만난 동기, 영화는 명절 전보다 한껏 얼굴이 밝아져 있었다. 은란보다 다섯 살 위. 결혼 칠 년차. 나이 차이는 났지만, 은란처럼 사회생활을 하다 뒤늦게 학교로 돌아온 케이스라 마음이 잘 맞았다.

“네. 언니는요?”

“시댁에서 특별히 부담 주는 것도 아닌데 명절은 왜 이렇게 체할 것 같은 기분이 드는지 몰라. 명절 지나니까 속이 후련하다.”

영화가 가슴을 팡팡 두드리면서 웃었다.

“친척들이 결혼하라고 재촉하진 않았어? 이제 슬슬 귀찮게들 하실 텐데.”

“언니, 전 결혼은 아직 잘 모르겠어요.”

함께 점심을 먹고 내려오는 길, 따듯한 커피를 넘기며 은란이 고개를 갸우뚱했다.

“남자친구가 결혼하자고 안 해?”

“음, 아직은요.”

농담처럼 같이 살자고 했지만 그건 진심에서 나온 프러포즈는 아니었으니까. 집에 건네고 온 한우꼬리 세트가, 명절 연휴가 끝나고 상헌에게 건넨 황금향 상자가 마음에 걸리긴 했지만 은란은 억지로 머릿속에서 밀어냈다.

“남자친구가 올해 서른넷이라며, 이제 이야기 나오겠네.”

“그런데…… 전 아직 생각 안 해봤거든요.”

“하긴, 난 별로 안 권하고 싶다.”

영화는 콧잔등까지 찡그리며 고개를 저었다.

“그냥 연애 실컷 하고, 이 남자 저 남자 다 똑같구나, 이제 연애는 그만하자 싶을 때 결혼해.”

영화의 시원시원한 목소리에 은란이 소리 내어 웃었다.

“농담 아니야, 남자들은 다 거기서 거기야. 본질적으로 자기 여자 앞에선 다 애가 되거든.”

그 말엔 동감. 은란은 고개를 끄덕였다. 만나는 시간이 길어질수록 상남자 같던 상헌의 거친 매력이 점점 온순하게 다듬어진다는 느낌을 받고 있던 터였다.

“언니는 뭐가 제일 힘들어요? 명절? 제사?”

“뭐, 명절이야 한 해에 두 번이고, 제사는 아직은 시어머니가 하시니까…….”

은란의 질문에 잠시 고민하던 영화가 생각났다는 듯 손뼉을 짝, 소리 나게 치더니 대답했다.

“내조.”

“내조요?”

생뚱맞은 단어에 은란이 눈을 동그랗게 떴다.

“나한테도 나 같은 마누라가 있으면 얼마나 좋을까 싶어. 내조는 남편한테만 필요한 게 아닌데, 우리 같은 고시생들한텐 마누라가 꼭 필요하다고!”

영화는 나도 아내가 있었으면 좋겠다며, 진지한 목소리로 ‘고시생 마누라 필수론’을 내세웠다. 내조받아야 할 자가 내조해야만 하는 게 얼마나 어려운 일인지 아느냐며 한숨을 쉰 영화는, 사짜 와이프 얻기 위해 남편이 뒷바라지 제대로 해줄 것 같더니 결국엔 내 뒷바라지 내가 해서 졸업하게 생겼다며 열변을 토했다. 농담 섞인 호소에 동조하며 웃었지만, 왜 영화의 얼굴에 자신의 얼굴이 오버랩되는 걸까. 웃음의 뒤끝이 씁쓸했다.

내조.

열람실 자리에 들어와 앉은 은란의 머릿속은 저 낯설고 어색한 두 글자로 가득 찼다. 내조라니. 결혼하면 내조해야 하나? 아마도? 그럼 나는 누가 내조해 주나? 상헌 오빠가? 내조하는 한상헌을 상상하기 어려웠다. 떨어져 사는 어머니가 일주일에 한 번 그의 집에 들러 청소를 해두고 반찬을 채워두시고 간다고 했다. 결혼하면 그의 어머니가 하던 일을 자신이 이어받게 되겠지.

잠깐, '아내'와 '엄마'가 같은 거였나?

거기에서 은란의 사고가 멈추었다. 가까운 사람들의 결혼을 보면서도, 이미 결혼 적령기에 다다른 남자와 연애를 하면서도, 그와의 결혼생활을 상상했던 적이…… 없었다. 내조라는 단어 하나에 은란의 머릿속이 복잡하게 진동했다. 상헌은 내조를 바랄까? 그리고 대체 그가 바라는 내조가 뭐지?

정신을 차려보니 백지 위에는 온갖 형태의 글씨로 내조가 뒤엉켜 있었다. 자신의 머릿속을 고스란히 쏟아낸 것 같은 그 낙서에 화들짝 놀라 펜을 놓는데 휴대전화가 진동했다. 주형이었다.

오가는 사람들을 심상한 눈으로 바라보며 서 있는데 멀리서 성큼성큼 걸어오는 주형의 모습이 보였다. 막 일을 끝낸 참인지 아직 하늘색의 간호사복 차림이었다. 라인 하나 들어가지 않은 뻣뻣한 면으로 만들어진 남자 간호사복이 저렇게 맞춤 정장처럼 어울리기도 힘들 텐데. 은란은 눈을 깜빡깜빡하며 멀리서 다가오는 주형의 벌어진 어깨와 남자다운 선을 관찰했다.

"지난번 연고랑은 고마웠어요."

은란의 손에는 종이가방이 들려 있었다. 상헌에게 준 것처럼 상자 가득은 아니지만 그래도 먹기 넉넉한 양의 황금향이었다.

“그냥 귤은 아니에요, 먹어보면 알겠지만.”

은란의 덧붙임에 주형이 씩 웃었다.

“잘 먹을게요.”

종이가방을 건네고 손을 빼내려는데 어느새 은란의 오른손이 그의 손아귀 안에 있었다. 깜짝 놀라 눈을 동그랗게 뜨는데, 주형은 표정 하나 바뀌지 않은 채 은란의 손을 감싸 쥐고는 손등을 확인했다.

“꽤 아팠을 텐데.”

“물집이 잡히긴 했었는데 괜찮았어요.”

세밀화라도 그릴 것 같은 꼼꼼한 관찰. 두 번째에는 조금 익숙해져 은란은 그가 자신의 손등을 살피도록 내버려 두었다.

“자국이 아직 남아 있네요.”

한참 후에야 주형이 이마를 살짝 찡그리며 손을 놓아주었다.

“네, 조금.”

“흉터가 생기지는 않을 거예요.”

흉터 생기지 말라고 연고를 열심히 발랐는데, 당연히 그래야지. 은란이 고개를 끄덕거리는데 주형이 물었다.

“요새는 의도에서 공부 안 해요?”

“네?”

기습적인 질문에 은란이 눈을 동그랗게 떴다.

“오프 때 가끔 의도 갔었는데, 안 보이는 것 같아서.”

“아아…….”

어떻게 대답해야 할지 몰라 머뭇거리고 있는데 주형이 이어 말했다.

“가끔 소식 궁금했는데.”

소식이? 왜? 영문 모를 얼굴을 하고 있는 은란의 반응이 재미있는지, 주형이 보기 좋게 눈웃음쳤다.

"아직 생각 안 나죠?"

뭐가? 눈을 깜박거리고 있는데 주형이 이어 말했다.

"자주 보면 좋겠어요, 생각날 때까지."

생각날 때까지? 하지만 주형은 거기에 대해 더 이야기해 주고 싶지 않아 보였다. 이상한 인사라고 생각했지만 그의 목소리가 그리 심각하지 않았던 탓에, 은란은 그 인사를 대수롭지 않게 넘겼다. 그리고 고개를 갸우뚱하고는 학교를 향해 걸음을 옮겼다.

제 4 장
끊어도 돼요

"뭐냐, 퇴근 후에 또 불러내고?"

왁자지껄한 국밥집에 앉은 태형이 소음 사이에서 이마를 찡그리며 상헌을 바라보았다.

"도움이 필요해."

"오호라, 드디어 프러포즈를 하시겠다?"

"지난 넉 달 동안 꾸준히 관찰해 본 결과, 원하는 것 같아서."

"언제 하려고?"

"은란이 중간고사 끝나고 나면 바로."

봄, 계절이 바뀌었다. 그리고 처음 농담처럼 프러포즈라는 단어가 나온 지 넉 달이 지났다. 사실 은란이 구체적인 이야기를 먼저 꺼낸 적은 없었다. 하지만 안정감을 원하는 것은 분명했다. 사실은 그 안정감이 자신과의 결혼에서 비롯되는 안정감인지도 확실치는 않았지만. 상헌이 그런 이야기를 털어놓자 태영이 어이없다는 얼굴로 말했다.

"뭐야, 확실한 게 하나도 없잖아. 은란 씨가 결혼을 원하는 건 맞아?"

국밥이 나오자 숟가락을 꽂아 넣은 태형이 휘휘 국물을 휘저었다.

"아마도."

"대체 제대로 파악한 게 뭐냐? 내가 그렇게 맥락을 파악해 보라고 했건만."

"아니, 결혼한 동기 이야기를 종종 하는 걸로 봐선 결혼을 원하는 것 같기도 하단 말이지."

"질문을 바꿔보자. 넌 이 결혼을 하고 싶은 거냐?"

"그 점에 대해서도 고민해 봤는데, 빈집에 들어가기 싫어지는 거 보니까 때가 된 것 같긴 하다. 특별히 미뤄야 할 이유도 없고."

"은란 씨 아직 학생이잖아. 내년이면 3학년이고."

"그러니까 이야기를 빨리 진행해야지. 은란이도 프러포즈를 하면 진지하게 고민하기 시작하겠지."

결혼하지 않을 이유가 없다. 결혼하지 못할 이유도 없다. 좋은 아내가 되어줄 여자친구, 넘치는 나이, 준비된 경제력, 싱글 생활에 대한 피로, 그리고 새로운 생활에 대한 기대. 그러므로 누군가 물꼬를 트면 본격적으로 진행될 이야기였다. 그리고 상헌은 그 물꼬를 자신이 트기로 했다.

"아무튼 프러포즈할 생각은 확실히 있어. 근데 어떻게 해야 할지 모르겠다."

“확실한 것은 하나도 없으면서 프러포즈부터 하겠다는 배짱 하나만은 칭찬해 주마. 그 용기가 그냥 나오는 건 아니지.”

빙글빙글 웃으며 태영이 대꾸했다.

“조언이나 해달라니까?”

“오글거리게 해줘. 그게 최고다.”

이번에는 태영의 목소리가 진지했다. 손에 쥔 수저에도 힘이 잔뜩 들어가 있었다.

“오글?”

상헌의 이마가 구겨졌다. 왠지 굴욕적인 표현이었다.

“분위기 있는 레스토랑, 스카이라운지, 편지, 피아노, 풍선, 동영상, 꽃, 알 굵은 반지, 명품 가방…….”

“그만, 그만.”

태영이 읊어대는 단어를 듣기만 해도 질릴 것 같은 얼굴로 상헌이 태영의 입을 막았다.

“설마, 정말 그게 여자들이 원하는 거야? 제수씨가 원했던 건 아니고?”

“안타깝게도 그 설마가 보통의 여자들이 바라는 거지.”

태영이 정색했다.

“아, 젠장. 저 중에서 그냥 레스토랑과 반지만으로 안 되나?”

“비교당하겠지. 결혼식장에 들어갈 때까지, 결혼식이 끝나서도, 신혼여행 비행기 안에서도, 신혼여행지에서도, 돌아와서도!”

태영의 말을 듣는 상헌의 표정이 더 일그러졌다.

“그냥 프러포즈 취소.”

“심약한 놈.”

이것도 버티지 못해서 결혼까지 이어지는 모든 과정을 어떻게 버티려고! 질책하는 눈빛의 태영이 고개를 휘휘 저으며 뜨거운 국물을 목으로 넘겼다.

"좋아. 레스토랑, 풍선, 반지."

"뭐, 욕은 안 먹겠네."

"울리고 싶어."

상헌의 나직한 목소리가 밥상 위에 깔렸다.

"뭐?"

"은란이를 울리고 싶다고. 감동에 젖어서 눈물, 콧물까지 훌쩍이는 걸 보고 싶다고."

이를 악문 것 같은 상헌의 말에 태영이 결국 숟가락을 놓고 키득거렸다.

"너 지금 뭐 게임 하냐?"

"비슷한 기분이야."

"이건 뭐 은란 씨가 몹도 아니고……."

✳

"저랑 사귀면 안 돼요?"

"안 돼요."

스물한 번째 프러포즈를 거절당했다. 화를 낼 법도 한데 주형의 목소리는 특별히 더 높지도 낮지도 않다. 등 뒤에서 들려오는 목소리를 가볍게 무시한 채, 주형은 주사기와 수액 따위가 든 트레이를 들고 잰걸음으로 닥터에게 향했다. 그 뒤를 절뚝절뚝, 목발이 따랐다.

“잘해줄게요.”

“물러나요.”

응급실 레지던트가 짜증스러운 목소리로 목발을 밀쳐냈다. 목발은 잠시 침묵하다 피 묻은 솜 따위를 받아 들고 다시 돌아 나오는 주형의 뒤를 따랐다.

“만나는 여자 있어요?”

주변 간호사들의 눈길이 총총히 주형을 향해 있었다. 저 번거로운 혹을 좀 어떻게 해보라는 눈짓이었다.

6주 전, 교통사고로 들어온 스무 살의 환자였다. 대학교 입학식 날, 그것도 학교 교문 앞에서 큰 교통사고를 당했으니 얼마나 속상하겠느냐마는, 당사자는 그 사고에 별로 개의치 않는 모양이었다. 팔, 다리 갈비뼈들이 모조리 한두 곳씩 부러지거나 금이 갔지만, 응급실에서 주형을 만났으니 그것으로 충분하다는 것이었다.

“방해돼요.”

의료폐기물 위에 솜을 털어내며 주형은 부러 좀 더 딱딱한 목소리로 말했나. 하지만 되레 역효과였다. 거절하는 목소리도 저렇게 좋은데 사랑을 속삭이는 목소리는 얼마나 더 다정할까. 목발의 얼굴에 핑크빛이 돌았다. 스무 살, 첫사랑. 눈에 보이는 것이 아무것도 없다는 것은 이해하지 못할 것이 아니었지만, 일터의 껌딱지는 역시나 불편했다. 주형은 자신의 가슴팍에 겨우 다다르는 자그마한 체구의 목발을 향해 다시 말했다.

“환자분, 병실로 돌아가세요.”

“오빠.”

보통은 온화하고 부드러운 주형도 이런 순간에는 이마를 구기고 만다. 말이 통하지 않는 환자는 의사소통이 안 되는 신생아보다 못했다.

"이번 주 근무시간표는 어떻게 돼요?"

눈을 초롱초롱 뜨고 올려다보는 환자를 도저히 봐줄 수 없었던 듯 응급실 수선생이 성큼성큼 다가와 목발의 손목을 턱 하고 쥐었다. 주형은 부탁한다는 듯, 고개를 꾸벅 하고는 돌아서 다시 자신을 찾는 닥터에게로 향했다.

"최양미 양, 우리 양미 양은 이름에 걸맞게 양처럼 고집도 참 세네. 양미 양이 병실로 안 돌아가면 정형외과 간호사 선생님들이 닥터들한테 혼이 날까요, 안 날까요?"

"혼나도 상관없어요."

양미의 시선은 여전히 돌아선 주형의 등에 꽂혀 있었다. 파르르, 수선생의 이마가 눈에 띄게 경련했다.

"최양미 양. 간호사 아내를 둔 남편의 첫 번째 덕목이 뭔 줄 알아요?"

그제야 귀가 뜨인 듯, 양미의 몸이 수선생에게로 돌아섰다.

"첫째도 인내, 둘째도 인내, 셋째도 인내. 일에 지친 아내의 피로도 받아줄 수 있어야 하고, 잠투정하는 아내의 까칠함도 받아줄 수 있어야 하고, 휴일을 같이 보내지 못하는 아내의 바쁨도 받아줄 수 있어야 하니까."

이해가 된다는 듯 양미가 고개를 끄덕거렸다.

"그런데 우리 양미 양은 인내는커녕 일하는 것도 방해하고 있네? 그럼 응급실 팀 사람들이 임 선생을 싫어하게 될까, 좋아하게 될까?"

"그냥 닥치고 구경만 할게요."

어쩔 수 없지, 란 표정으로 양미는 목발을 절뚝거린 채 보호자 대기실에 앉았다. 그리고 턱을 괸 채 헤벌쭉 웃는 얼굴로 바쁘게 오가는 주형의 얼굴을 살폈다. 닥터에게 지시를 받는 얼굴도 잘생겼네, 모니터를 보고 있는 얼굴도 잘생겼네, 주사 놓는 모습도 잘생겼네, 환자를 안내하는 모습도 잘생겼네, 다 잘생겼네……. 양미의 눈에서 하트가 뿅뿅뿅 솟아 나오고 있었다.

"끝났어요?"

등 뒤에서 들려오는 목소리에 주형이 몸을 돌렸다. 간호사복을 벗은 그는 유니폼을 입고 있을 때와 달랐다. 애써 내색하지 않으려고 하는 것 같았지만 간호사복을 벗은 그는 조금 더 차가웠고, 그게 양미를 더 애달프게 했다.

"그냥…… 조심해서 가고, 내일 보자고요."

풀 죽은 양미가 우물쭈물 말했다.

"죄양미 씨."

"네?"

이름을 불러주자 양미의 얼굴이 금세 환해졌다. 그러나 주형의 표정에는 변화가 없었다.

"나 좋아해요?"

"네, 좋아해요."

아이돌 가수를 앞에 둔 십대 청소년도 양미와 같은 얼굴을 하지는 않을 것이었다. 대단한 보살핌이라도 받은 사람처럼 양미의 얼굴이 발그레해졌다.

“난 안 좋아해요.”

주형의 목소리는 여느 때와 다름이 없다. 더 차갑지도, 더 냉정하지도 않았으며 특별히 양미에 대한 피로나 짜증이 섞여 있지도 않았다. 하지만 특별히 매몰차지 않은 목소리로 듣는 거절은 묘하게 더 큰 상처가 되었다. 하지만 이런 거절은 벌써 지난 6주 내내 당하고 있는 것이다. 지면 안 된다. 양미는 입술을 축이며 뭐라고 항변하기 위해 입을 열었다. 하지만 주형이 한발 앞섰다.

“양미 씨는 그래도 좋겠어요, 이렇게 매일같이 찾아와서 내 얼굴이라도 보니까.”

자신을 바라보는 양미의 눈빛은 한껏 달아올라 있었다. 그 눈을 보며, 주형은 아마도 자신이 은란을 생각할 때의 눈빛과 비슷할지도 모르겠다는 생각을 했다.

설 즈음 마지막으로 보았으니 벌써 두 달이 가까워져 간다. 그저 짧은 에피소드로 지나칠 수도 있었던 사소한 사건들. 마음에 드는 사람이 있었는데 알고 봤더니 고등학교와 대학 선배였다, 게다가 남자친구까지 있었다, 그래서 어쩔 수 없이 포기했다. 그 정도에서 끝낼 수도 있을 사건이었는데 체념하기 쉽지 않았다. 왜? 시작도 채 하지 못했는데 꺾여 버려서? 스스로에게 계속 질문해 봤지만 아쉬움은 쉽게 거두어지지 않았다. 주형은 볼을 붉히며 제게서 시선을 떼지 못하는 양미에게 말을 이어나갔다.

“그런데 난 이제 막 끌리기 시작한 사람의 얼굴을 벌써 한 달 넘게 못 봤어요. 그래서 그 사람 생각 때문에 다른 건 눈에 안 들어와요. 양미 씨는 내 기분 알죠?”

주형의 시선이 마주 선 양미에게서 떠나 병원 로비 창 너머로 보이는 의학도서관으로 향했다. 오늘은 있을까, 아니, 오늘도 없겠지. 조금의 기대와 함께 도서관에 들어섰다가 맥 빠진 기분으로 돌아선 것이 몇 번인지. 그렇다고 막무가내로 법전원 앞에서 진을 치고 서 있을 수도 없었다.

그냥 정말 이대로 끝인 걸까.

주형의 한숨에 양미가 안타까운 얼굴로 입술을 깨물었다. 그리고 조용조용한 목소리로 그가 '내 기분 알죠?'라고 물었을 때 양미는 저도 모르게 애절한 목소리로 '알아요, 이해하고 말고요' 하고 주형을 위로할 뻔했다. 그러다 돌아서서는 벌써 저만치 걸어가고 있는 주형의 등을 바라보다 정신을 차리고는 눈을 치켜떴다.

대체 어떤 여자야!

*

"시험 잘 봤어? 고생했어. 잠깐 눈 붙이고 밤에 보자. 그래, 그래, 응."

전화를 끊고 돌아서자 태영이 빙글빙글 웃으며 서 있었다.

"뭐야?"

"오늘이 드디어 디데이이십니까?"

"그래. 드디어 그날이 오고야 말았다."

비장한 얼굴로 상헌이 대답했다.

"근데 은란 씨 피곤해서 이벤트가 제대로 되겠어? 오늘 중간고사 끝났다며."

"쇠뿔도 단김에 빼랬다고, 반지 계속 가지고 있으려니 근질근

질해서.”

“간밤에 좋은 꿈은 꿨냐? 은란 씨한테 단번에 YES!를 들어야지.”

꿈 이야기를 하자 상헌의 표정이 조금 어두워졌다. 잠시 생각하던 상헌이 목덜미를 만지작거리며 대답했다.

“사실 간밤에 계속 꿈꿨다, 끊어지지도 않고 계속. 운전하고 가는데 타이어가 터져. 스페어 타이어로 교체하려고 하는데 트렁크에 타이어가 보이질 않아. 그러다 타이어를 봤더니 또 말짱해. 다시 운전을 해. 이번엔 타이어가 빠져서 데굴거려. 다시 타이어를 주워다 끼워. 그런데 또 타이어가 빠져. 이 짓을 밤새 반복한 거지. 미치는 줄 알았다.”

“상당히 암시적인 꿈이군.”

“닥쳐.”

시험이 끝나자마자 집에 와서 가방을 던져놓고는 잠들어 버린 은란을 상헌은 몇 번의 전화로 억지로 깨웠다. 집으로 들이닥치고 싶었지만 시험이 끝나 나른하게 풀어져 있는 은란의 모습을 보면 계획과 달리 그 자리에서 덮칠지도 모른다. 잘 짜놓은 계획을 망치고 싶지 않았던 상헌은 아파트 앞에 진을 치고 기다렸다.

“먼저 이것부터.”

퀭한 얼굴로 길게 하품하며 은란이 차에 올랐다. 태우자마자 상헌은 꽃부터 내밀었다. 부케를 만들 때 쓴다는 라넌큘러스. 노골적으로 흰색이었다. 꽃집 주인 말대로 커다란 꽃을 소복이 모아 묶어놓으니 부케 같았다. 하지만 은란은 꽃 색깔에 의미를 부여하기보다는 그저 겹겹의 화려한 꽃다발에 감탄한 듯했다.

"웬 꽃이에요?"

은란이 꽃 사이에 얼굴을 파묻으며 물었다. 고개를 들자 까칠한 얼굴이 드러났다. 좀 푹 쉬게 할 걸 그랬나 약간 미안했지만 상관없었다. 어차피 프러포즈를 받고 나면 저 피로도 다 가실 테니까.

"생일 선물."

지금까지는 순조롭다. 슬금슬금 웃음이 나려는 것을 억누르며 상헌이 차를 출발시켰다.

"어디 가요?"

"와인 한잔하러."

가끔 가던 재즈 클럽인 모양이었다. 여전히 수면 부족으로 눈이 퉁퉁 부어 있었다. 눈두덩을 꾹꾹 누르며 은란은 아침 수업이 있으니 가능하면 빨리 마무리 짓고 들어가면 좋겠는데…… 라고 생각했다.

생각대로 종종 가던 재즈 클럽이었다. 두 사람이 도착했을 때에는 열한 시가 훌쩍 넘어간 시각이었다. 클럽의 라이브 공연도 마무리되어 가는 분위기였다. 손님들도 자리를 뜨고 빈자리가 드문드문 보이는 시각, 두 사람은 창가에 자리를 잡고 마주 앉았다.

"공연도 끝났는데요?"

은란이 길게 하품했다.

"와인 하고 싶어서."

"난 와인 말고 그냥 칵테일로 할게요."

마시고 들어가서 푹 잠들 수 있는, 약간 도수가 있는 칵테일이 뭐가 있더라……. 은란이 메뉴를 뒤적이며 대꾸했다.

"난 마티니."

은란의 주문에 메뉴를 보던 상헌의 고개가 치켜 올라갔다.

“도수 낮은 거 마셔.”

“그냥 한 잔 마시고 집에 가서 푹 자려고요.”

“모히토로 해.”

“싫어요.”

“됐어, 여기 모히토 한 잔이랑 블랙러시안 한 잔.”

“왜 나만!”

“네가 나랑 똑같아?”

두 사람의 다툼 사이에서 난처한 얼굴로 서 있는 종업원에게 됐어요, 하며 상헌이 주문을 마무리해 버렸다. 불만스러운 얼굴로 자신을 보는 은란의 이마를 검지로 지그시 누르며 상헌이 말했다.

“주름 풀어, 주름.”

“요새 왜 자꾸 그래요?”

“뭐가?”

“뭔가 이상해. 달라, 뭔가 달라.”

“다르긴 뭐가 달라?”

겉보기엔 달라진 것이 없었다. 하지만 뭔가 다른 방향으로 빠르고 정신없이 흘러가고 있다는 느낌이 들었다. 입 밖으로 소리 내어 말하지 않지만 언제부터인가 서로 의식하고 있는 그것.

은란은 상헌의 시선이 생뚱맞게 백화점의 출산, 육아 용품에 닿아 있거나, 그가 예비부부 특가세일을 하는 광고지를 유심히 읽으며 역시 신혼집에는 큰 소파가 필요하다고 이야기를 할 때면, 어떻게 반응해야 할지 몰라 저도 모르게 허둥지둥하곤 했다.

은란의 복잡한 머릿속과 상관없이 상헌은 자신의 주머니에 자리 잡고 있는 묵직한 벨벳 케이스의 무게에 미소 지었다. 그리고 저

투덜거리는 얼굴이 감동의 눈물로 바뀔 순간이 얼마 남지 않았다는 생각에 마음을 다스리며 카운터 쪽을 힐끔거렸다.

"아, 그리고 나 여름 방학 때 검찰 실무 나가고 싶은데, 오빠네 청으로 신청할까?"

"그래…… 아니, 뭐?"

두리번거리던 상헌의 시선이 은란에게로 튕겨져 돌아왔다.

"검찰 실무 수습."

"왜?"

"학교에서 할 수 있는 건 다 해보는 게 좋지 않겠어요?"

"원래 관심 있었어?"

"가서 어떤 일 하는지 보면 확실해지겠죠."

이번에 이마가 구겨진 쪽은 상헌이었다.

"그냥 사내변으로 들어가."

"사내변호사?"

"검찰, 로펌 다 너무 힘들어. 사내변호사가 일하기는 좋아."

은란의 대꾸가 없자 상헌이 디그쳤다.

"너 내가 일 이야기 안 하니까 여기 일이 만만하게 보이나 본데……."

"오빠, 나 판사 딸이에요."

어린애 취급하는 상헌의 말투에 은란이 기분 상한 목소리로 대꾸했다.

"밖에서 보는 거랑 안에서 보는 거랑 달라."

"그건 오빠가 이미 일하고 있으니까 할 수 있는 얘기인 거고, 나도……."

“너 참 말 안 듣는다.”

상헌이 말을 끊어내며 불만스러운 얼굴로 은란을 바라보았다. 어차피 경력사항에 도움 하나 안 된다고 이야기했는데도, 논문을 쓰느라 며칠 밤을 설치지 않나, 곁에서 자신이 얼마나 바쁜지 보면서도 이쪽 일에 관심을 보이질 않나. 왜 하나에서 열까지 자신이 하는 말에 ‘그럴게요’가 아닌지.

“내가 알아서 할게요.”

결국 제일 듣고 싶지 않은 대답까지 나왔다. 갑자기 담배 생각이 났다. 상헌이 한숨을 쉬며 소파에 깊이 몸을 기댔다.

“그래, 학교 다닐 때엔 이것저것 다 해봐. 근데 그냥 일은 편한 데서 해.”

은란이 무어라 더 할 말이 있는 모양이었지만 마침 테이블 위로 두 잔의 칵테일이 놓였고 대화는 그대로 흐지부지 마무리되었다.

칵테일이 도착하고 십 분 후에 이벤트를 부탁했으니 일단 이 까칠한 분위기를 가라앉히고 프러포즈 분위기를 조성해야 하는데…….예상치 못하게 오간 까칠한 대화에 상헌이 고민스러운 얼굴로 어떻게 분위기를 전환할 것인가 고민하고 있는데, 앞에 앉아 입술을 꾹 다물고 있던 은란이 순식간에 칵테일 두 잔의 위치를 바꾸고는 상헌이 주문한 높은 도수의 블랙러시안을 홀짝 마셔 버렸다. 보란 듯이 마음에 들지 않는 짓을 하는 은란이 황당해 상헌이 버럭했다.

“강은란, 말 좀 들어라!”

“내가 왜요!”

결국 은란의 목소리까지 높아지고 말았다.

“내가 너 잘되라고 그런 거지 못 되라고 하는 거야?”

상헌의 말에 은란이 헛웃음 지으며 고개를 설레설레 저었다.

"오빠, 그건 우리 엄마, 아빠가 나한테 하시는 얘기예요."

"부모님이 하는 말이건 내가 하는 말이건, 다 너 잘되라고……."

"기왕 이야기 나온 김에 이야기하는데, 나 오빠 딸 아니에요. 오빠는 가끔 나를 어린애처럼 대하더라."

여자친구로 보지 않으면 지금 내가 여기서 이렇게 프러포즈를 고민하고 있겠니? 욱하고 치받아오는 열기를 꾹꾹 누르며 상헌이 한숨을 쉬었다.

"인턴도 그래, 내가 여자친구이긴 하지만 내 인생은 오빠 인생이랑 완전히 별개……."

이해할 수 없다는 은란의 목소리에 상헌 역시 결국은 참아왔던 화가 터지고 말았다.

"너 검사 지원하면, 결혼은 어떻게 하고 아이는 어떻게 낳고 살려고 그래?"

결혼?

아이?

다시 반항적인 태도로 짙은 갈색의 칵테일을 목으로 넘기려던 은란의 손이 공중에서 딱 하고 멈추었다.

젠장, 이런 타이밍이라니!

그 순간 레스토랑을 흐르는 「Moon River」, 그리고 멀리서 다가오는 트레이에 실린 케이크, 트레이에 달린 핑크색 풍선들. 상헌의 시선이 은란의 얼굴과 어깨 너머를 바쁘게 오가자 은란이 고개를 돌려 뒤를 바라보았다. 그리고 자신에게 다가오는 핑크색 풍선 뭉치에 입을 벌렸다. 바퀴 달린 높은 은빛의 트레이가 탈탈탈거리며 앉아 있는 두 사람 곁에서 멈추자, 상헌이 체념하듯 가슴팍에서 작은 감색 실크 상자를 꺼냈다. 그리고 탁 하고 테이블 위에 내려놓았다. 순간, 은란의 시선이 테이블 위에 놓인 상자에 닿았다.

"강은란, 우리 결혼하자."

✳

머릿속에서 불규칙적으로 종이 울리고 있었다. 은란은 숙취로 정신없이 울리는 정수리를 꾹꾹 누르며 눈을 떴다. 다행히 자신의 집이었다.

기억이 잘 나지 않았다. 핑크색 풍선과 하트 모양의 핑크빛 케이크의 조화에 오소소 소름이 돋아 상헌에게 몇 마디 말을 하려고 했던 것 같은데, 어느 순간 약지에 반지가 끼워져 있었다.

주변에서 박수를 쳐준 것 같고, 이목이 집중된 상황이 낯간지럽고 당황스러워 남은 블랙러시안을 단숨에 삼킨 후에 모히토까지 또 삼켰던 것 같기도 했다. 그리고 상헌이 자신에게 무어라고 이야기하는 걸 한 귀로 흘려들으면서 그가 주문했던 스파클링 와인을 또 연거푸 마셨던 것 같다.

결혼하겠다고 했던가? 그 대목에서 기억이 끊어졌다. '나랑 결혼하는 거지?' 라고 상헌이 대답을 몇 번이나 재촉했던 기억은 나는데, 대답을 했던가? 고개라도 끄덕였던가? 정말 기억나지 않았다.

어이없어하던 상헌이 결국 조금 화를 냈던 것 같기도 하고, 흐느적거리는 팔다리를 움직이면서 상헌의 차에 탔던 것 같기도 했다.

기억이 단편적으로 이어졌다. 하지만 무엇보다 중요한 것은 자신의 네 번째 손가락에 끼워진 이 정체 모를 반지였다.

"이게 뭐야!"

밤사이의 알코올로 퉁퉁 부은 손가락을 반지가 옥죄고 있었다. 손가락 주변이 선홍빛이었다. 어젯밤 반지를 낄 때에도 맞지 않는 걸 억지로 껴 넣었는데, 손이 붓자 꽉 죄는 모양이었다. 세수할 때 비누칠을 하면 되겠지, 싶어 욕실로 가서 비누로 문질렀지만 빠져나올 생각을 하지 않았다. 주방으로 달려가 식용유를 컵에 붓고 손을 담가봐도 손만 미끄러질 뿐이었다. 얼음찜질을 해 부기를 빼야겠다 싶었을 때에는 이미 손가락이 처음보다 두 배는 부풀어 오른 상태였다. 벌써 한 시간이 훌쩍 지났다. 통증과 숙취로 머릿속이 폭발할 것 같았다. 눈물이 찔끔 나올 것 같은 고통에 은란은 옷을 대충 챙겨 입고 현관 밖으로 달려 나왔다.

끊어버릴 거야!

"이디가 이피서 오셨⋯⋯."

이른 시각의 응급실은 한산했다. 데이 근무를 갓 시작한 간호사들의 얼굴은 아직 생생했다. 자신의 발로 응급실에 걸어 들어온 은란을 보던 간호사는 움켜쥐고 있는 은란의 손을 보고는 입을 떡 벌렸다.

"이거 끊어야 할 것 같은데."

잠에 취한 얼굴의 응급실 레지던트가 눈을 부비적거리며 은란의 손가락을 쥐었다. 조심성 없는 레지던트의 손놀림에 은란이 비명을 삼켰다.

"절단기가 들어가겠어요? 손이 너무 부어서."

"어떻게든 끊어야지."

인턴이 등 뒤에서 중얼거리자 레지던트가 어깨를 주무르며 이마를 구겼다.

"끊어도 되죠? 비싼 것 같은데……."

어차피 끊어내지 않고는 빼낼 다른 방도가 없음에도, 레지던트가 반지를 가리키며 물었다.

"끊어도 돼요."

은란이 단호하게 대답했다. 끊어도 돼요.

"됐다!"

잠시 후, 땡그랑 하는 맑은 소리와 함께 반지가 트레이 위로 떨어졌다. 은란은 참고 참았던 긴 숨을 후욱 내쉬었다. 고통을 참아낸 눈가에 눈물이 대롱거리다 툭 떨어졌다. 안쓰러웠던지 간호사 한 명이 거즈로 은란의 눈물을 톡톡 두드려 닦아주었다.

"고생하셨어요. 아유, 상처 난 거 봐."

"약 발라 드릴 테니까, 집에 가시면 얼음찜질하세요."

연고를 상처 주위에 툭툭 두드리며 레지던트가 무심한 목소리로 말했다. 은란은 간호사가 건네는 티슈로 눈물, 콧물을 연신 훔치며 홀가분한 마음에 숨을 몰아쉬었다. 아침부터 이 몰골로 응급실에 뛰어오게 만든 상헌에 대한 원망의 마음이 부글부글 끓었다.

"여기, 반지 받으세요. 결혼반지 아니에요?"

끊어진 반지를 건네주며 간호사 한 명이 물었다.

"프러포즈 반지예요."

은란이 퉁명스럽게 대답했다.

"어이쿠, 더 큰일이네. 남자친구한테 혼나겠어요."

상처 주변에 붕대를 감으며 레지던트가 농담했다.

"여자친구 반지 호수도 제대로 모른 남자친구가 혼나야죠."

그때 들려오는 익숙한 목소리. 은란은 목소리의 주인을 향해 고개를 돌렸다. 팔짱을 낀 채 주형이 자신을 내려다보고 있었다.

로비의 유리창에 퀭한 얼굴의 여자가 서 있었다.

푸석푸석한 얼굴에 주름 잡힌 이마. 나이 마흔이면 자신의 얼굴에 책임을 져야 한다고? 그건 나이 서른에도 마찬가지일 것 같은데. 그럼 난처한 얼굴을 하고 있는 유리창 속 저 여자의 얼굴에 대해 은란도 스스로 책임을 져야 한다는 게 된다. 그렇게 생각하자 왠지 울적해졌다.

"오랜만이에요."

유리창 속 자신을 외면하며 부질없이 머리를 다시 묶고 있는데 뒤에서 주형의 목소리가 들려왔다.

"기다리기 싫었는데."

"왜요?"

"엉망이라서요."

자신의 부어오른 얼굴이 주형의 탓이 아님을 알고 있었다. 하지만 엉망진창이 된 아침, 저조한 기분을 숨기는 건 도라도 닦지 않은 이상 불가능했다. 은란의 대구에 주형은 잠시 멈추어 서서 부스스한 모습을 바라보았다.

"환자들이야 다 거기서 거기죠, 뭐."

자신만큼이나 퉁명스러운 말투. 예상치 못한 반격에 은란이 멍한 얼굴로 주형의 등을 바라보았다. 그의 등이 화를 내고 있는 것처럼 보이는 것은 단지 자신의 착각일까?

"무슨 일이에요? 할 말 있어서 기다리라고 한 거 아니에요?"

사람을 붙잡아놓고서는 혼자 가버리는 건 뭐람. 은란은 종종걸음으로 성큼성큼 앞서 가는 주형을 뒤따랐다. 급하게 따라가고 있다는 것을 분명 알 텐데도 그는 보폭을 좁히지 않았다. 달음질쳐 간신히 따라잡고서는 대체 왜 기다리라고 한 거냐, 시간 없으니 빨리 이야기하라, 고 재차 물으려 할 때, 은란은 자신이 하늘색 스쿠터 앞에 서 있다는 것을 알아챘다.

"타세요, 어차피 퇴근하는 길이니까."

그러고 보니 주형의 팔에는 헬멧이 하나 더 들려 있었다. 그가 던지는 헬멧을 받아 들던 은란은 밴드를 감아놓은 왼쪽 넷째 손가락의 통증에 끙 하고 앓는 소리를 냈다. 그 소리를 들은 주형이 은란을 향해 돌아서려는 듯 움찔거리다 모르는 척 표정을 감췄다. 대신 여전히 우물쭈물하고 있는 은란의 손에서 다시 헬멧을 받아 들고는 직접 머리에 헬멧을 씌워주었다.

"딱 맞네."

중얼거리던 주형은 허리를 숙여 달라붙듯이 가까이 얼굴을 가져다 대고는 끈을 슥 잡아당겨 조였다. 그리고 여전히 이 상황을 어떻게 이해해야 할지 모르겠다는 얼굴로 멍하게 선 은란을 향해 조금은 누그러진 목소리로 말했다.

"앉혀줘요?"

먼저 스쿠터에 올라앉아서는 은란이 앉을 공간을 내어놓은 주형. 뒤쪽으로 길게 몸을 빼고 앉은 그를 보며 은란은 초조함에 입술을 축였다. 아침 열 시 수업까지 한 시간여밖에 남지 않았다. 당장 집에 들어가 책을 챙겨 나오기에도 빠듯한 시간이다. 주형의 힘을 빌리는 게 가장 좋은 방법이라는 것을 모르는 바는 아니었지만……. 에잇, 모르는 바가 아니니까 그냥 조금 도움을 받지, 뭐. 에라, 모르겠다는 얼굴로 스쿠터 발판에 올라선 은란은 크게 심호흡했다.

시트콤 같은 아침이었다. 어제 다른 남자로부터 프러포즈를 받고 나서, 오늘은 그 반지를 끊어버리고 또 다른 남자의 품 안에서 스쿠터를 타고 있다. 주형의 가슴 아래 자리를 잡기까지의 조심스러운 기분은 까맣게 사라지고, 봄바람만 가슴 깊숙한 곳으로 경쾌하게 다가왔다. 부어오른 손에서 비롯된 불쾌한 아침이 썩 나쁘지 않은 오전으로 천천히 바뀌어가고 있었다. 신호를 기다리느라 8차선 도로의 한복판에 멈추어 서 있었을 때에는 달려오는 내내 제 뺨을 때렸던 긴 머리칼을 손끝으로 밀어내며 숨죽여 웃기까지 했다.

아파트 앞에 도착했을 때 즈음에는 아침의 불쾌함이 거의 다 누그러져 있었다. 은란은 헬멧을 벗어 주형에게 건네었다. 머리칼이 엉망진창이겠지만 기분이 좋아지자 이제는 그것도 별로 신경 쓰이지 않았다.

"물 닿지 않게 조심해요. 조금 나아지면 붕대는 풀어두는 게 좋고."

"그럴게요."

누가 간호사 아니랄까 봐. 은란은 고개를 끄덕였다. 자신은 기분이 한껏 좋아졌는데 주형은 여전히 퉁명스런 얼굴이다. 잠자코 멈추어 서서 은란을 바라보던 그가 길게 한숨을 쉬었다. 그 긴 한숨에 은란이 영문을 모르겠다는 얼굴을 하는데 주형이 물었다.

“학교 언제 끝나요?”

“오늘?”

잠시 생각하던 주형이 대답했다.

“모레.”

“모레는…… 수업은 일찍 끝나기는 하는데…….”

머릿속으로 수업시간표를 떠올리며 대답하는데 주형이 말끝을 가로챘다.

“의도에서 봐요. 다섯 시.”

“다섯 시? 그런데 왜?”

괜찮긴 하지만 왜? 은란이 의문을 품은 얼굴로 주형을 바라보았다. 그는 더 이상의 설명 없이 핸들을 꺾어 방향을 틀고는 휙 사라져 갔다. 멍하게 사라진 스쿠터의 뒷모습을 바라보던 은란은 뒤늦게 시각을 확인하고는 급한 마음으로 집을 향해 달음질쳤다.

제 5 장
도 시 락

"어이, 좋은 소식 들리더라."

"뭐가?"

법원 근처의 밥집에서 다른 지역에서 일하는 동기 변호사를 만났다. 상헌이 의사를 당겨 앉자마자 동기가 슬그머니 웃는 얼굴로 말했다.

"결혼 준비한다며?"

"뭐?"

"어제 양태영이랑 술 마셨거든. 한상헌 검사님이 연애 문제로 공사다망하시다는 얘기는 들었다."

자리에 앉은 지 채 몇 분이 되지 않아 펄펄 끓는 선지국이 테이블 위에 놓였다. 아, 양태영 이 입 싼 자식. 국그릇 위에 태영의 얼굴이라도 떠 있는 양, 상헌은 거친 손길로 국그릇을 휘저었다.

“프러포즈는 했냐?”

“아, 뭐.”

간밤의 프러포즈를 떠올린 상헌은 저도 모르게 이마를 찌푸렸다. ‘학교 가요, 수업 중, 점심 맛있게 먹어요’가 은란이 보낸 메시지의 전부. 평소와 다를 바 없는 일상적인 내용이었지만 그것만으로는 은란이 무슨 생각을 하고 있는지 도무지 감을 잡을 수가 없었다. 하얀색 라넌큘러스 다발의 의미는 이해했는지, 반지는 마음에 드는지 묻고 싶은 것들이 가득했지만 노골적으로 묻기에는 또 영 쑥스러워 입이 떨어지지 않았다.

“울었어?”

“뭐?”

“우리 와이프는 감동받아서 울었거든, 내가 프러포즈했을 때.”

의기양양한 동기의 얼굴. 그 말에 상헌의 수저질이 뚝 하고 멈추었다. 울지 않았다. 아니, 울지 않은 게 문제가 아니라…… 취했지, 강은란은.

“그래서 울렸냐고.”

“당연히.”

“오오?”

“그런 반지에, 그런 프러포즈에 울지 않으면 여자가 아니지.”

느물느물한 동기의 목소리에 울컥한 상헌이 목소리를 높여 대꾸했다. 그 말에 동기가 씨익 웃더니 말했다.

“모레 등산 뒤풀이 때 한번 불러봐. 얼굴 좀 보자.”

“안 돼, 얼굴 닳아.”

느릿느릿 수저질을 하는데 동기는 여전히 자신의 혼사 문제가 궁금한 모양이었다. 상헌이 고개를 저으며 거절했다.

"어디에 반해서 결혼하는 거야?"

어디에 반해서? 질문에 잠시 멈칫하던 상헌이 건성으로 대답했다.

"예쁘고 똑똑하지."

"그리고?"

"그리고?"

상헌의 반문에 동기가 덧붙여 물었다.

"뭔가 다른 매력은?"

"……못됐어."

대답하는 상헌의 입꼬리가 즐겁게 올라갔다.

"뭐?"

"나한테 하나도 안 지려고 들어. 고집도 징글징글하게 세지."

"그게 매력이냐?"

"지루하진 않잖아?"

가끔 짜증스럽긴 해도. 자신의 블랙러시안을 낚아채어 가서는 한 번에 마셔 버리던 은란의 고집스런 얼굴을 떠올리던 상헌이 어깨를 으쓱했다.

"살면서도 그런 생각이 드는지 봐라. 앞에서 져주고 뒤에서 이기는 여자를 만나야지. 지려고 하지 않는 여자가 뭐가 좋냐?"

상헌의 대답에 일찍 결혼해 벌써 결혼 5년 차인 동기가 고개를 설레설레 저었다.

"요리랑 그런 건 좀 해?"

"요리?"

생각해 보지 않았다. 상헌의 숟가락질이 멈추었다.

"놀러 갈 때 도시락 같은 거 싸준 적 없어?"

없다. 함께 도시락을 싸서 놀러 갈 만큼 여유 있는 시간을 가진 적이 없었으니까. 상헌이 고개를 저었다.

"잘됐네, 그럼 모레 등산 갈 때 도시락 좀 싸달라고 해."

동기가 부추겼다. 마침 사흘 후 토요일에 연수원 교수님을 모시고 같은 반 사람들끼리 등산을 가니, 여자친구도 뽐내고 요리 실력도 확인할 겸 도시락을 부탁해 보라는 것이었다.

"번거롭게 뭐 그런 걸 부탁해."

상헌이 손을 내저었다.

"어허, 아내 될 사람의 요리 솜씨조차 모르고 하는 결혼이 어찌 순탄할꼬."

과장된 표정으로 탁자를 두드려 가며 재촉하는 동기의 목소리에 상헌의 표정이 미세하게 흔들렸다. 그 틈을 놓치지 않고 동기가 쐐기를 박았다.

"기대하네, 친구."

✳

책상을 두드리는 펜의 소리가 요란하다. 책상이랑 싸우는 것 같다고 이렇게 힘주어 쓰지 말라고 했는데. 답안을 채우고 있던 은란이 어깨에서 힘을 살짝 풀었다. 빼곡하게 채워지는 까만 글씨가 단 한 글자도 빠지지 않고 머릿속에 들어간다면 얼마나 좋을까. 그렇다면 집에 와서까지 이렇게 책을 보지 않아도 될 텐데. 부질없는 생각을 하고 있는데 곁에 놓인 휴대전화가 울렸다.

〈우리 마누라, 들어가셨습니까?〉

마누라? 낯선 호칭에 은란이 휴대전화를 볼에서 떼어내어 전화를 걸어온 사람을 확인했다. 상헌이 맞는데.

"방금 뭐라고 불렀어요?"

〈왜, 이제 우리 마누라지 뭐.〉

"음……."

은란이 말꼬리를 흐리자 상헌이 물었다.

〈왜, 마음에 안 들어?〉

"조금 어색하긴 하네요."

은란이 솔직하게 대답했다.

〈이제 내 마누라 될 사람한테 마누라라고 부르는 게 뭐 어때서? 이제 익숙해져야지.〉

뭐가 재미있는지 상헌이 큰 소리로 웃었다.

〈그래서 말인데 마누라, 내가 우리 마누라한테 첫 번째 미션을 주지.〉

"……미션?"

생뚱맞게 무슨 소리람. 도대체 무슨 말을 할지 감이 잡히지 않는데 상헌의 즐거운 목소리가 뒤따랐다.

〈나 사흘 뒤에 등산 가는데 도시락 싸줘.〉

토요일에 연수원 때 같은 반이었던 사람들끼리 등산을 간다는 이야기는 이미 들어 알고 있었다. 하지만 도시락이라니? 이건 또 무슨 소리란 말인지. 은란이 혼란스러운 얼굴로 머리칼을 손가락으로 헤집었다.

〈그날 도시락 싸가서 너 자랑하려고.〉

뭐가 그렇게 좋은지 껄껄거리며 웃는 상헌의 모습에 은란이 차분한 목소리로 말했다.

"자랑은커녕 내가 부끄러워질 텐데?"

자취를 하고 있다는 것이 곧 요리를 잘한다는 뜻은 아니다. 게다가 상헌 혼자 먹을 도시락이라면 또 모를까, 연수원 반 사람들과의 모임에서 내보일 도시락이라니. 안 될 말이었다. 하지만 그에게는 은란의 이야기가 전혀 귀에 닿지 않는 모양이었다.

〈괜찮으니 이참에 제대로 해봐. 마누라잖아, 마누라가 싸주는 도시락 좀 먹어보자.〉

"도시락으로 자랑하지 말고 그냥 말로 자랑해요. 똑똑하고 예쁘다고."

은란이 농담을 섞어 다시 한 번 부드럽게 거절했다.

〈오늘 연수원 동기 만났는데, 자존심을 긁더라. 여자친구 요리 솜씨는 봤냐며. 남편 될 사람 자존심 세워준다고 생각해.〉

남편 될 사람. 은란은 만 하루 만에 자유로워진 자신의 왼손 약지를 내려다보았다. 상헌은 하루 만에 넉살 좋게 마누라라는 말도, 남편 될 사람이라는 말도 잘만 하는데 왜 자신은 그 말들이 다 남의 이야기같이 느껴지는지.

"오빠 자존심은 그런 걸로 긁힐 만한 거 아니잖아요."

〈이미 긁혔어. 그리고 똑똑하고 예쁜 건 기본에, 요리에 살림도 잘한다고 자랑하려고 그러지.〉

"그건 자랑이 아니라 거짓말인 것 같은데."

〈거짓말도 하다 보면 진짜가 되는 거야.〉

도저히 말이 통하지 않았다. 어이가 없어서 입을 떡하니 벌리는데, 상헌은 '난 다 잘 먹는 거 알지? 메뉴 고민은 하지 마'라며 즐거운 웃음과 함께 전화를 끊었다. 은란은 멍한 얼굴로 끊어진 휴대전화를 바라보았다.

이틀 후 오후.

수업을 끝내고 열람실로 돌아와 책장을 넘기고 있을 때 휴대전화가 진동했다. 무심한 얼굴로 휴대전화 액정을 들여다보던 은란의 미간이 살짝 찌푸려졌다.

〈마누라, 도시락 준비 잘 되어가지? 내일 아침에 가지러 갈게.〉

설마설마 했는데 정말 도시락을 준비해 줄 거라고 기대하고 있는 모양이었다. 황당한 얼굴로 액정을 들여다보던 은란이 키패드를 두드렸다.

〈그거 진심이었어요?〉
〈당연하지.〉

은란은 고개를 절레절레 흔들었다.

〈오빠 혼자 먹을 거라면 모르겠는데, 거기 연수원 교수님까지 오신다면서요.〉
〈상관없어. 주먹밥이라도 만들어봐.〉

〈그건 뭐 거저 만들어지는 줄 알아요?〉

도저히 말이 통하지 않는다.

〈강은란, 엄살 그만 부리고 얼른 마트로 달려가.〉
〈오빠.〉
〈김밥 집에서 사서 보낼 생각은 꿈에도 하지 마시고.〉
〈잠깐만, 한상헌 씨.〉
〈맛은 좀 없어도 모양은 예뻐야 되니까 신경 좀 써줘. 아니다, 반대여야 하나?〉
〈나 아직 오빠 와이프 아니에요.〉

은란이 뭐라고 해도 이미 이 남자의 귀에는 들리지 않는 게 분명했다. 일방통행 같은 상헌의 말이 이어졌다.

〈아니긴 뭐가 아니야, 내 마누란데.〉

그의 웃음소리가 들리는 것 같다. 은란이 급하게 키패드를 두드렸다.

〈농담 아니에요. 내가 잘하는 거면 다 해줄게. 못하는 거 억지로 시키지 말아요.〉
〈내일 등산 가려면 오늘 밤 새서 일해야 해. 마트 가서 장 본 건 나한테 영수증 청구하고.〉

〈오빠!〉

〈부장님이 부르신다. 마누라, 내일 아침에 보자!〉

거푸 그를 불렀지만 대꾸가 없었다. 황망한 얼굴로 불 꺼진 휴대전화 액정을 바라보던 은란은 도저히 이해할 수 없어 고개를 저었다. 대체 프러포즈가 뭐길래? 그게 뭐라고 이 남자가 이렇게 바뀌어 버린 거지? 헛웃음 치다 다시 휴대전화로 시간을 확인했다. 네시 반. 도시락? 그래, 내가 싸주고 만다! 은란은 입술을 깨물면서 자리에서 벌떡 일어났다.

몇 시간 후, 은란의 식탁 위에는 마트에서 장을 봐온 것들이 가득 놓여 있었다. 풀어놓은 재료들을 흘깃 훑는데 한숨이 새어 나왔다. 일단 김밥, 유부초밥, 샌드위치, 베이컨말이, 샐러드 따위의 재료들을 될 대로 되란 마음으로 사들였다. 겨우 하루 쓰고 찬장에 나뒹굴 것이 분명한 삼단 도시락도 샀다.

어차피 상헌에게 영수증을 청구할 거니까 상관없다는 마음으로 카트 안에 재료를 휙휙 집어 던질 때까지는 기분이 좋았는데, 그다음이 문제였다. 뭉텅이로 놓인 파릇파릇한 시금치를 보는데 한숨이 나왔다. 은란은 F가 가득한 성적표를 보는 기분으로 출력해 놓은 레시피를 집어 들었다. 저걸 푸른 것을 어떻게 다듬어서 어떻게 데치라고?

"앗, 뜨거!"

싱크대 위에 올려놓은 휴대전화가 진동했다. 그렇지 않아도 익숙하지 않은데 한 손으로는 데친 시금치를 아슬아슬하게 건지고,

또 한 손으로는 휴대전화를 집으려던 은란에게 결국 사고가 터졌다. 아차 하는 순간 시금치를 건져 올린 체에서 뜨거운 물이 쏟아졌다. 발등 위에서 느껴지는 화기에 은란은 자신도 모르게 펄쩍 뛰었다. 쿵 하고 아파트가 울렸다. 하지만 살펴볼 겨를이 없었다. 간신히 허둥지둥 가스레인지의 불을 끄고, 시금치를 차가운 물에 담근 은란은 젖은 손으로 휴대전화를 집어 들었다.

"여보세요."

〈어디예요?〉

주형의 목소리에 번뜩 약속이 떠올랐다. 시각을 확인하자 이미 여섯 시가 훌쩍 넘어 있었다.

"아, 미안해요. 갑자기 일이 생겨서 까맣게 잊어버렸어요. 뭘 만드느라고……."

차가운 물에 담긴 시금치를 헹구며 은란이 허둥지둥 대답했다.

〈뭘 만드는데요?〉

"도시……."

도시락이라고 대답하려는데, 그 몇 마디를 하는 잠깐 사이에 당근을 데치려던 냄비가 파르르 끓어올랐다. 이러다 데치는 게 아니라 삶아지겠네. 허둥지둥 가스레인지의 불을 끄려다 바닥에 내려놓은 음료수 꾸러미에 발이 걸렸다. 그리고 바닥에 무릎을 쿵 하고 찧었다. 묵직하게 바닥을 울리는 소리와 함께 와르르 음료수가 무너져 내렸다. 잠시 전화기 너머로 정적이 흘렀다.

바닥에 꿇은 무릎이 얼얼했다. 그리고 은란의 얼굴이 멍해졌다.

내가, 대체, 왜, 이런 걸 만들고 있어야 하는 거지?

결국 폭발하고야 말았다. 동기의 깐죽거림에 자존심이 상했다는 말을 듣고 났더니 도저히 거절할 수가 없어서 만들고는 있지만, 꼭 누군가에게 보여주기 위해서 도시락 같은 걸 내세워야 하나 싶었다. 게다가 아직은 아내도 아닌데!

분한 마음에 울컥 눈물이 터져 나왔다. 그리고 예상치 못하게 터져 나와 버린 눈물은 은란을 더욱 자극했다. 이런 말도 안 되는 일로 울고 있는 자신이 너무 어이가 없고 황당하고 웃겼다. 은란은 울면서 웃었다.

〈살아 있어요?〉

정적의 끄트머리에 주형의 조심스러운 목소리가 들렸다. 휴대전화를 붙잡은 채 혼자 울다가 웃다가 했으니 얼마나 놀랐을까. 은란은 겨우 목을 가다듬었다.

"살아 있어요."

코를 훌쩍거리는 소리가 전화기 너머로 들렸는지, 음…… 하고 뭔가 고민하던 주형이 입을 열었다.

〈집이죠?〉

은란은 팔을 뻗어 눈앞에 보이는 키친타월을 한 장 뜯어내 코를 팽 하고 풀었다. 소리를 들었는지 전화기 너머로 웃음소리가 건너왔다.

〈집이에요?〉

주형이 다시 확인했다.

"집이에요."

은란이 쓰레기통으로 휴지를 신경질적으로 던져 넣었다.

〈갈게요.〉

"장난 아니네요."

식탁 위, 식탁 아래, 그리고 싱크대에 널브러진 식재료, 칼, 도마, 도시락통을 눈으로 훑으며 주형이 고개를 절레절레 흔들었다.

"어디 봉사활동이라도 가요? 도시락 60인분?"

주형이 놀리듯 웃으며 바닥에 놓인 토마토 봉지를 집어 들어 식탁 위에 올려놓았다.

"3단 도시락이에요."

빨갛게 변한 코끝을 감추려 애쓰면서 은란이 턱짓으로 도시락통을 가리켰다.

"뭘 만들 생각인데요?"

주형이 자신의 백팩을 바닥에 풀어놓으며 물었다.

"저거요."

은란이 꼴도 보기 싫다는 얼굴로 출력된 요리 레시피들을 가리켰다. 물에 젖어 축축해진 레시피를 집어 든 주형이 몇 장을 넘겨 보더니 알겠다는 듯 고개를 끄덕거렸다.

"남자친구를 위한 도시락?"

은란은 대답 대신 입술만 삐죽거렸다. 이 몰골을 사진으로 찍어서 상헌에게 보내고 싶은 마음이 굴뚝같았지만, 차마 그렇게 하지는 못했다. 대신 딱 한 번만 멋지게 완성해서, 상헌에게 도시락과 마트 영수증을 던져 주며 '절대 두 번은 없다!'고 화끈하게 소리치고 싶었다.

부루퉁한 얼굴의 은란을 보던 주형은 피케 셔츠의 팔을 걷어 올렸다. 왠지 모르게 주방과 친숙해 보이는 그 몸짓에 은란이 눈을 깜빡거렸다. 주형이 다시 한 번 온갖 주방 도구들이 사방팔방에 널

브러진 카오스 상태의 주방을 둘러보고는 은란을 향해 한숨처럼 말했다.

“그러니까 일단, 요리는 설거지와 뒷정리가 먼저예요.”

달그락거리며 설거지를 끝낸 주형은 마른행주에 손을 닦아내며 본격적으로 김밥 재료를 준비하기 시작했다. 시작은 계란말이.

“끝을 살짝 들어서, 조금만 손목을 앞으로…….”

“이렇게? 맞아요?”

익은 달걀의 끄트머리를 뒤집개로 살짝 들어 올린 은란이 확인을 구하듯 주형의 얼굴을 바라보았다. 그리고 주형이 끄덕거리자 긴장된 손으로 끄트머리를 살짝 접었다.

“접힌 부분을 조금 들고 같은 방법으로. 맞아요, 잘하네.”

“아하하, 내가 또 하려고 하면 잘 한다니까요.”

의기양양한 은란의 목소리에 주형이 등 뒤에서 피식 웃었다.

하지만 역부족이었다. 주형이 등 뒤에서 열심히 코치해 주었음에도 은란의 계란말이는 멍석말이가 되어 있었다. 엉거주춤하게 말린 계란을 보며 실망하는 은란을 향해 주형이 어깨를 툭툭 두드렸다.

“괜찮아요, 김밥 속에 들어갈 거니까 못생겨도 돼요.”

못생겨도 된다는 말이 더 섭섭하다. 은란이 원망스러운 얼굴로 주형을 바라보자 그가 웃음을 터뜨리며 다시 달랬다.

“그래도 내가 처음 만들었던 계란말이보다는 예뻐요. 가능성이 있어.”

“처음 만든 게 언제였는데요?”

“아, 음…… 열한 살 때요.”

내 계란말이가 열한 살의 계란말이보다 아주 조금 더 가능성 있는 수준이라는 거지. 은란이 가능성만은 충만한 자신의 계란 멍석말이를 내려다보았다. 그리고는 젓가락으로 끄트머리를 잘라 입속에 넣었다. 그래도 맛은 좋네.

그저 주형의 손을 몇 번인가 거쳤을 뿐인데, 쟁반 위에는 당근, 단무지, 맛살, 시금치 따위의 김밥 재료가 가지런히 열을 맞추어 있었다. 은란이 계란말이를 물고 있는 사이, 주형은 다시 계란물을 부어 새로 계란말이를 만들고 있었다. 그 커다란 손으로 프라이팬을 움직여 가며 세심하게 계란을 말고 있는 주형의 솜씨에 감탄했다.

"나도 계란."

"응."

계란물을 여러 번 부어 틈 없이 단단하게 말린 계란말이를 보며, 주형의 어깨 너머에서 손뼉을 치고 있던 은란은 나도 계란, 하는 그의 말에 무심결에 팔을 뻗어 자신이 실패한 계란말이의 한 쪽을 주형의 입속에 넣어주었다.

"목도 마른데."

"물?"

우리 엄마보다 더 예쁘게 만드는 것 같네.

돌돌 말린 예쁜 계란말이에서 시선을 떼지 못한 채 종종걸음으로 컵에 정수기 물을 받아오던 은란은, 계란말이를 김발에 말아 꾹꾹 눌러 마무리하면서 자신을 향해 웃고 있는 주형을 보는 순간 번뜩 정신이 들었다. 은란은 탕 하고 소리 내어 물을 내려놓았다.

"놀리면 재밌어요?"

“귀여워서요.”

난 천장에 닿을 것같이 커다란 네가 그 큰 손으로 계란을 말고 있는 게 더 귀엽다. 은란이 콧방귀를 뀌며 고개를 돌렸다.

“김밥 재료는 다 준비된 건가? 말기만 하면 돼요?”

“그건 누나가 해요.”

행주에 손을 닦으며 주형이 대꾸했다.

또 ‘누나’ 다.

은란이 고개를 휙 돌렸다. 어느새 등 뒤에 와 있던 주형의 단단한 가슴팍에 얼굴을 부딪친 은란이 코를 감싸 쥐자, 주형이 몸을 숙여 은란의 얼굴을 확인했다. 다친 곳이 없는 것을 확인하고는 다시 은란을 돌려세워 김발을 가리켰다.

“남자친구 줄 거라면서요. 최소한 이 정도는 직접 말아야죠.”

왜 누나라고 부르냐고 물을 겨를도 없이 등 뒤에서 주형이 채근했다. 또 뭔가 그의 페이스에 말리는 기분이 들었지만, 일단 시간이 급했다. 벌써 저녁 시간이 훌쩍 지나 있었다.

“코치해 주는 거죠?”

“따라만 와요.”

자기만 믿으라는 듯, 주형이 씨익 웃었다.

“아, 곱다.”

또 한참의 시간이 흐른 후, 은란은 도시락통을 가득 채운 색 고운 김밥을 내려다보며 흐뭇하게 웃었다. 도시락통을 만지작거리고 있자니 뿌듯함이 밀려왔다.

열두 줄의 김밥을 쌌고, 네 줄은 옆구리가 터졌고, 세 줄은 속이 밀려 나왔지만 성공한 다섯 줄은 색도 곱고 모양도 예뻤다. 조심스럽게 칼질을 해서는 하나하나 높이를 맞추는 은란을 보며 주형은 느리다고 다그치지도, 재촉하지도 않았다. 그저 은란의 곁에서 뭔가를 또 볶거나 만들면서 잘했네요, 예쁘네요, 하며 웃었다.

"어?"

완성된 도시락을 흐뭇한 얼굴로 식탁에 내려놓은 은란은 다른 통을 채운 베이컨야채말이, 치즈토스트, 샐러드 따위를 보며 놀란 얼굴로 주형을 돌아보았다. 마무리 정리를 하는 듯 주형은 이제까지 쓴 칼과 그릇들을 설거지하고 있었다.

"이건 언제 만들었어요?"

"나머지를 같이 만들다가는 오늘 안에 집에 들어가기 힘들 것 같아서……."

주형이 고개를 돌려 은란을 바라보며 대답했다. 다리를 벌리고 있는 소시지 문어가 반지르르 예뻤다. 하나를 살짝 집어 입에 넣은 은란은 오물거리며 주형의 곁에서 팔을 걷어붙였다.

"요리는 별로라도 설거지는 잘하는데."

"그럼 마른행주로만 닦아주세요."

마치 내가 남의 주방에 와 있는 것 같네. 은란이 고개를 끄덕이며 주형으로부터 그릇을 받아 들었다. 물기를 닦아내는 은란의 손놀림을 내려다보는 주형의 시선이 왠지 즐거워 보였다.

"고마워요."

뚜껑을 덮어 완성된 도시락을 냉장고에 담는 순간 은란의 얼굴이 환하게 밝아졌다. 그러나 그 환희도 잠깐, 네 시간이 넘게 주방에서 종종걸음을 친 탓에 온몸이 쑤셔왔다.

“아, 정말 온몸이 아프네.”

은란이 어깨를 두드리는데 뒤에 서 있던 주형이 팔을 길게 뻗어 은란의 목덜미를 주물렀다. 움찔 놀라는 것도 잠시. 커다란 손이 목덜미를 부드럽게 마사지하자 자신도 모르게 노곤한 신음이 새어 나왔다.

“으으…… 시원하다.”

은란이 앓는 소리를 내자 등 뒤에서 주형의 나직한 웃음소리가 들려왔다. 그러다 손이 뚝 하고 멈췄다. 좋았는데, 아쉽게. 그때 등 뒤의 주형이 돌아서 앞으로 오더니 몸을 수그리고 앉았다. 이번에는 정말 화들짝 놀라 물러서는데 잠시만요, 라고 말한 주형이 은란의 발등을 살폈다.

“데였어요?”

“아, 어쩐지 쓰라리더라니.”

체에서 데친 시금치를 건지다 물이 쏟아졌던 것이 뒤늦게 생각나 발등을 내려다보자, 붉은 얼룩이 눈에 들어왔다. 아까부터 왠지 발등이 화끈거린다는 생각은 들었었는데……. 은란은 자신의 무딤을 책망하며 냉동실에서 얼음을 꺼내왔다. 투명비닐에 와르르 얼음을 담아 부어서는 발등에 가져다 대는데, 주형이 얼음을 낚아채어 가서는 다른 손으로 거실을 가리켰다.

“소파로 가요.”

시키는 대로 얌전히 소파에 가 앉아 있자, 얼음과 백팩을 든 주형이 그 앞에 자리를 잡고 앉았다. 이제는 왠지 이런 일이 익숙해질 것 같았다. 마치 뭔가 나쁜 짓을 하고선 처분을 기다리는 사람처럼 눈을 깜박거리고 있는데, 은란의 발등 위에 얼음을 내려놓은 주형의 손이 이번에는 소파에 앉은 은란의 왼손을 집어 들었다.

"손도 베였어요?"

검지에 핏방울이 배어 나오고 있었다. 당근 껍질을 깎겠다고 요란스럽게 굴다 날에 스쳤는데 허둥지둥하느라 잊어버리고 있었던 것이었다. '괜찮아요, 아픈 줄도 몰랐어요'라며 은란이 손을 휘휘 저었다. 깊지 않은 상처임을 확인한 주형은 다시 제자리에 손을 내려놓으면서 혼잣말처럼 중얼거렸다.

"누나는 진짜 손이 많이 가는 사람이네요."

주형의 가방 한쪽에는 비상약통이 자리 잡고 있었다. 지나치게 직업의식이 투철한 간호사라는 생각에 은란은 무심결에 웃었다. 그 웃음소리에 힐끔 은란을 바라본 주형이 물었다.

"잘하는 게 뭐예요?"

"네?"

"평소엔 이렇게 덤벙거리고, 요리는 엉망이고. 잘하는 게 뭐예요?"

"공부?"

은란이 농담처럼 대꾸했다.

"일상에 도움이 되는 걸로."

"길눈은 밝아요."

잠시 생각하던 은란이 씩씩하게 대답했다. 주형이 피식 웃었다.

"또?"

어깨를 두드리던 은란이 고민하다 생각났다는 듯 손뼉을 쳤다.

"손가락 힘이 세서, 마사지 같은 건 진짜 시원하게 잘하는데."

증명할 수 없는 것이 아쉽다는 듯 손을 내려다보고 있는데, 주형이 자연스럽게 그 손을 쥐고는 자신의 가슴 앞으로 끌어당겼다. 문득 은란이 물었다.

"원래 남자 간호사들은 다 그래요?"

"뭐가요?"

밴드를 붙여주며 주형이 물었다.

"여자 손잡고, 상처 살피고 그런 거. 원래 그렇게 익숙해요?"

"설마요."

주형이 이마를 찡그리며 발등에 놓인 얼음을 치웠다. 그리고는 고개를 들어 소파에 앉은 은란을 바라보았다. 잠시 사이를 두고 두 눈이 마주쳤다. 둘 사이에 흐르는 적막. 당황해서 눈을 깜빡깜빡하는데 주형이 은란의 눈에서 시선을 떼지 않은 채 나직하게 대답했다.

"나도 남잔데."

예상치 못한 답이었다. 그렇지, 임 간호사도 남자지. 그러고 보니 내 남자도 들이지 않으려던 집에 그를 들였다. 아무리 전화를 받았을 때 공황상태였다지만 겁도 없이 몇 번 만난 적도 없는 남자를 집에 들여? 갑자기 정신이 번쩍 들었다.

"그, 그런데 오늘 왜 보자고 했었던 거예요?"

은란이 급하게 화제를 전환했다. 뭔가에 홀린 것 같았던 시간이 지나가고, 낯선 남자가 집에 와 있다는 것을 의식하기 시작하자 집 안의 공기마저 어색하고 불편하게 느껴지기 시작했다. 발등에 알코올 솜을 두드리던 주형은 은란의 질문에 잠시 고개를 들었다. 둘만 놓인 공간을 의식하기 시작한 은란과 달리 편안해 보이는 얼굴이었다.

“별거 아니었어요.”

별거 아니라는 말투가 왠지 부루퉁하게 들린다. 이번에는 주형의 질문이 이어졌다.

“남자친구를 많이 사랑하나 봐요. 요리 잘 못하는 것 같은데 도시락도 싸는 거 보니까.”

뭐라고 대답해야 할지 모르겠다. 사랑하는 마음으로 싼 도시락이라고 하기에는 그 과정이 전혀 순탄치 않았으니까. 은란의 대답이 곧장 뒤따르지 않자 주형이 다시 고개를 들었다. 그의 눈을 보고 있자니 도저히 격렬히 사랑하기 때문에 이 도시락을 쌌다는 거짓말이 나오지 않았다. 은란은 솔직히 대답했다.

“남자친구가 졸랐어요, 만들어달라고.”

“만들기 싫었어요?”

“……조금.”

아니, 사실은 조금 많이. 속으로 중얼거리는데 지난번에 줬던 화상연고 남은 거 있죠? 하며 주형이 물었다. 은란은 한 발로 통통 뛰어 협탁 안의 연고를 찾아와 건넸다.

“아내…… 가 될 사람이니까 기대한 거 아닐까요?”

상헌을 옹호하는 듯한 주형의 이야기에 은란이 고개를 저었다.

“그렇지만 지금 내 머릿속엔 그런 게 들어 있지 않은 게 문제죠.”

“그럼 머릿속에 들어 있는 건 뭔데요?”

“음…… 어떻게 하면 이번 학기를 무사히 끝낼 수 있을까. 어떻게 하면 학점의 소수점 둘째 자리를 1이라도 올릴 수 있을까. 어떻게 하면 나도 만족하고 교수님도 만족할 수 있는 답안을 쓸 수 있을까."

진지하게 대답할 생각은 아니었는데.

대답하던 은란이 길게 한숨을 내쉬었다. 그래, 서른 살 미혼 여자의 머릿속을 가득 채운 것이 성적과 답안뿐이란 사실이 일반적이지 않다는 것은 분명했다. 그렇다고 해도 그 자리를 남자친구의 도시락이 차지할 것 같진 않은데.

"모범생이네요."

"그것도 스케일 작은 샌님 같은 모범생이죠."

끈적거리는 화상연고가 간지럽게 느껴졌다. 발을 꼼지락거리는데 주형이 움직이지 말라는 듯 핀셋으로 상처를 톡톡 두드렸다.

"멀리 보고 싶은데, 거기까진 안 되나 봐요. 작은 것에 집착하게 되고. 지금 머릿속에는 당장 이번 학기 생각밖에 없어요."

이번에도 물집이 잡힐 것 같은데…… 라며 중얼거리던 주형이 은란을 바라보며 말했다.

"그래도 지금 꽤 열심히 살고 있지 않아요? 생각보다 사람들은 어떤 인생을 살지에 대해 고민하지 않거든요. 머리 아프니까. 그런데 진지하게 고민하고 있잖아요."

오늘을 어떻게 살지 고민하면서 열심히 사는 사람이 5년 뒤도, 10년 뒤도 잘 살아내고 있을 것이다. 굳이 미래를 개척해 보겠다는 옹골찬 의지 같은 것이 없더라도 물이 아래로 흐르듯이 자연스럽게 순리에 따르듯. 흔한 이야기였음에도 주형의 담담한 목소리를 거쳐 나온 그 말은 왠지 위로가 되었다.

"그래도 누군가의 아내가 될 건데 현모양처에 대한 고민이 포함되지 않아도 괜찮을까요?"

은란이 일부러 삐죽한 목소리로 물었다. 분명 자신보다 한두 살은 어려 보이는 주형인데도 어른같이 느껴진다. 그건 그가 일하는 곳이 다른 곳도 아닌 응급실이기 때문일까.

"난 상관없는데."

주형이 어깨를 으쓱했다.

"난 상관없지만, 어차피 내가 남자친구인 것도 아니니까요."

뭐 어쩌겠냐는 얼굴로 주형이 솜을 휴지통으로 툭, 떨어뜨렸다.

✻

"예뻐요? 잘 만들었어요? 맛있어요?"

모니터에 은란의 얼굴이 떠 있다. 절단면이 우둘투둘한 김밥을 들고서도 좋아서 어쩔 줄 몰라 동동거리며 자랑하던 은란의 웃음이 생생하게 재생되었다. 주형은 자신도 모르게 빙그레 웃다가 급하게 표정을 바로잡았다.

큰일이다. 내 사람이 아니라고 다짐했는데 마음은 더 휘청거렸다. 다정한 목소리로 통화하고 있는 것을 발견했을 때, 응급실에서 커트를 당하는 순간에도 빛을 잃지 않고 있던, 넷째 손가락에 자리잡은 화려한 반지를 보았을 때, 채 숨기지 못한 붉은 코끝으로 투덜거리면서도 호흡까지 멈추어가며 남자친구가 먹을 김밥을 말고 있는 것을 바라볼 때. 역시 내 사람은 아니었던 거다 생각했는데…… 마음이 흔들렸다, 주체할 수 없을 만큼.

"그러다 혼날 텐데."

멍하게 서 있었던 모양이다. 주형은 등 뒤에서 들려오는 목소리에 퍼뜩 정신을 차렸다. 양미가 자신을 노려보고 있었다.

"그 여자 생각해요?"

양미의 말에 대꾸하지 않았다. 주형은 환자 확인을 위해 베드로 향했다.

"그 여자 몇 살인데요?"

주형의 무시에도 양미는 집요하게 주형의 뒤를 쫓았다.

"예뻐요? 뭐 하는 사람인데요? 설마 여기 간호사는 아니죠?"

"최양미 씨."

골절환자를 보러 응급실에 내려왔던 정형외과 교수가 양미의 목덜미를 잡아챘다.

"응급실에 정형외과 산 껌딱지가 하나 생겼다는 소문은 들었는데, 눈으로 보니 가관이네."

"이거 놔요. 선생님, 이거 좀 놔봐요."

양미가 버둥거렸지만, 별명이 황소인 정형외과 교수도 만만치 않았다.

"최양미 씨가 응급실 훼방 놓고 다닌다는 이야기 이제 안 듣고 싶은데."

교수의 질책에 곁의 레지던트와 인턴이 시정하겠습니다, 라며 꾸벅 고개를 숙였다.

"업무 방해하면 강제전원시킬 거니까 최양미 씨도 적당히 하세요."

정형외과 교수가 목덜미를 놓아주며 양미를 향해 단단히 일렀다. 입술을 삐죽인 양미는 속이 시원하다는 얼굴의 응급실 간호사들을 향해 입을 삐죽 내밀고는 주형을 향해 빽 소리를 질렀다.

"여자친구로 만들어 오던지요. 그러면 내가 포기할게!"

✳

"언니도 스트레스받지 않아요?"

아침에 찾아온 상헌은 무게에 만족스러워하는 얼굴로 도시락을 받아 들고 갔다. 지금쯤 맛있게 먹고 있을까? 생각하던 은란은 자신을 부르는 소리에 고개를 번쩍 들었다.

"세현이는 걱정 없잖아, 아버지 사무실에 들어가면 되는 거지."

"세현이 아버지 사무실도 서초동에 있나?"

"아니, 수원에서 퇴직하셔서 수원일걸?"

"그런데 은영이는 결혼도 했고, 남편이 의사니까 돈도 꽤 벌 테고, 학교로 돌아오려나?"

취업걱정으로 출발한 이야기는 첫 학기를 마치고 결혼해 신혼을 즐길 거라며 휴학한 여자 동기의 이야기로 건너뛰었다.

"난 안 돌아온다에 한 표."

"나도."

"설마, 한 학기 공부한 게 아까운데."

은란이 살짝 거들었다.

"뭐, 천천히 공부해서 느긋하게 시험 칠 수도 있죠."

누군가 그 말에 또 추임새를 넣었다.

"아, 은영이는 좋겠다. 남편도 의사, 시아버지도 병원장. 고생해서 공부할 필요 없잖아."

"여차하면 시아버지가 병원 법무팀에 넣어주지 않을까요?"

"그렇겠지?"

결국은 늘 그렇듯이 오늘도 공부나 합시다, 장래의 일은 그때 가서 고민합시다, 하는 허탈한 결론에 이르렀다. 그리고 이야기는 다른 화제로 넘어갔다.

은란은 젓가락으로 빈 그릇을 톡톡 두드리다 상헌을 떠올렸다. 오빠가 몇 년 차였더라? 지금 개업을 하면 조금 빠르려나? 오빠 정도면 대형 로펌도 가능하지 않을까? 검사 임용전형 장난이 아니던데, 당장 합격이라도 할 수 있을 것처럼 호기롭게 이야기했지만 지원은 할 수 있을까? 공부는 마음대로 되지도 않고, 오빠는 날 먹여 살린다고 했는데 뭐 하러 사서 고생하고 있지? 그냥 다 때려치우고 싶다.

그리고 문득 젓가락 장난이 멈추었다.

'다 때려치우고 싶다. 그냥 다 포기하고 오빠 아내로만 살면 편할 텐데.'

사서 고생이라고 주변에서 혀를 끌끌 차도, 그 고생조차도 내가 좋아서 하는 거라 괜찮다고 생각했는데 농담처럼 그걸 포기했다. 심지어 그 생각을 하던 순간, 공부에 대한 체념과 포기하고 싶다는 마음은 진심이었다.

부모나 친인척의 배경, 재산, 인맥 따위는 내 것이 아니고, 결국 내가 누군가에 따라 내 가치가 결정되는 것이라며, 자신의 가치를 높이기 위해 공부하러 돌아왔다고 말했던 당찬 강은란은 대체 어디로 간 거지?

은란은 멍한 얼굴로 빈 그릇을 내려다보았다.

〈은란 씨.〉

은란 씨?

발신인은 분명 상헌이었는데, 휴대전화 너머로 들려오는 것은 여자의 목소리다. 은란은 쥐고 있던 펜을 책상 위에 내려놓고 상대의 다음 말을 기다렸다.

〈안녕하세요. 은란 씨, 저 상헌 오빠 연수원 동기예요.〉

"아, 네. 안녕하세요."

〈오빠가 술을 좀 많이 마셔서요. 오셔야 할 것 같은데……. 죄송해요.〉

전화기 너머로 왁자지껄한 소리가 들려온다. 시각을 확인한 은란은 이해할 수 없는 얼굴로 전화를 끊었다. 고작 열 시. 게다가 상헌이 술을 좋아하지만 한 번도 취해서 사고를 친 적은 없었는데 대체 얼마나 마셨길래? 휴대전화와 지갑을 챙긴 은란의 손놀림이 급해졌다.

"강은란 왔구나!"

도착한 강남역 근처의 맥주 집. 문을 열자마자 환호성과 함께 박수 소리가 요란하게 터져 나왔다. 그리고 상헌이 싱글거리며 다가와 은란의 어깨를 감싸 쥐었다. 술 냄새가 확 끼쳐 왔지만 인사불성이 되어 은란의 손이 필요할 만큼은 아니었다.

"오빠, 대체 이게 무슨……."

그의 팔 아래에 갇혀 끌려가며 은란이 당황한 얼굴로 물었지만 상헌의 시선은 이미 은란이 아니라 왁자하게 모여 있는 등산복 차림의 동기들을 향해 있었다.

“자자, 형수님 오셨다.”

“형수님은 무슨!”

“안녕하세요, 은란 씨.”

“여기, 이쪽에 앉아요.”

정신을 차리고 보니 은란의 앞에는 가득 찬 맥주잔이 놓여 있었다.

“한 잔하세요, 한 잔.”

엉겁결에 잔을 비우고 났더니 또다시 박수 소리가 터져 나왔다.

“은란 씨, 미안해요. 상헌 오빠가 이런 방법 아님 은란 씨가 안 나올 거라고 하길래.”

전화를 걸어왔던 목소리가 생글거리며 다시 잔을 채웠다.

“한상헌, 꽉 쥐어 잡혀 사는구나? 여자친구 불러내는 것도 눈치를 다 보고. 놀랄 일이다.”

누군가가 상헌을 향해 깐족거렸다.

“쥐어 잡혀 살긴. 나 데리러 온 거 보고도 그런 말이 나오냐?”

겨우 정신을 차린 은란은 자신과 상헌을 향해 쏟아지는 관심들 사이에서 생글거리는 웃음으로 짓궂은 농담과 호기심 어린 질문을 피해갔다.

“은란 씨, 형 말로는 프러포즈받고 나서 감동받아서 울었다던데. 맞아요?”

쉼 없이 채워주는 술에 당황해 손사래 치고 있던 은란은, 테이블 너머로 들려오는 질문에 일순 동작을 멈추고 곁에 앉은 상헌을 바라보았다. 그렇지만 그의 시선은 여전히 은란이 아닌 동기들을 향해 있었다.

"그렇다니까? 자식, 왜 넌 사람 말을 못 믿냐?"

"아니, 내가 아는 상헌이 형은 여자를 감동시킬 만한 이벤트를 할 양반이 못 되는데."

도저히 이해할 수 없다는 목소리에 상헌이 씨익 웃으며 은란의 어깨를 감싸 안았다.

"예기치 못한 순간의 감동이란 건 눈물을 따르게 하는 법이거든."

예기치 못한 순간이긴 했지. 은란은 맥주잔을 집어 들었다. 목으로 넘어가는 맥주가 씁쓸했다.

"반지 좀 구경해요, 은란 씨."

반지. 은란이 당황해 제 왼손 약지를 바라보았다. 주위 사람들의 시선이 은란의 약지로 향했다. 그리고 반지 대신 그 자리에 감겨져 있는 밴드에 상헌의 얼굴을 바라보았다.

"어라? 반지 어디 있어?"

"아…… 다쳐서 잠시 빼뒀어요."

"이거 봐, 이거. 얘가 이렇게 덤벙거린다니까."

상헌의 장난스러운 말에 은란이 어렵게 미소 지었다.

"오늘 도시락도 내가 정말 얼마나 애걸복걸을 했던지."

애걸복걸? 맥주잔을 쥐고 있던 은란의 손에 힘이 들어갔다.

"아, 그 도시락, 김밥."

그리고 갑자기 주변을 채우는 웃음소리. 도시락과 김밥이 그렇게 우스운 단어는 아닐 텐데. 갑자기 전염되듯 퍼져 나가는 웃음에 은란은 당혹스러움을 숨기지 못했다. 그런 은란의 태도를 본 사람들이 한마디씩 위로의 말을 건네었다.

“아니에요, 은란 씨. 예뻤어요.”

아니에요, 예뻤어요? 은란이 설명해 보라는 듯 곁에 앉은 상헌의 얼굴을 바라보았다.

“김밥 어젯밤에 쌌어? 어머니는 새벽에 싸주셨던 것 같은데.”

“왜…… 요? 상했어요?”

“김밥이 굳었더라고.”

그래, 생각해 보면 엄마는 아침 일찍 소풍 도시락을 싸주셨던 것도 같았다. 그러니 여섯 시간 가까이 냉장고에 있었던 김밥이 갓 싼 김밥만큼 맛있기를 바라는 것은 무리겠지. 하지만…… 은란은 입을 꾹 다물었다.

“됐어, 다음에 잘하면 되지 뭐.”

상헌이 달래듯 은란의 어깨를 다독였다. 하지만 자신의 도시락을 구경한 사람들 앞에서 마냥 즐거운 표정을 짓고 있는 것은 쉬운 일이 아니었다. 어쩌지 못하고 굳어져 버린 은란의 얼굴을 보며 또 누군가가 달랬다.

“은란 씨, 괜찮아요. 여기 있는 여자애들 대부분은 은란 씨보다 더 못할 거니까.”

“그러니까 법조인 여자랑은 결혼하면 안 된다는 거야.”

“뭐? 오빠, 지금 그게 말이라고 하는 거예요?”

“아, 은란 씨도 로스쿨 다닌댔나? 미안해요, 농담이었어.”

“야, 그런데 로스쿨 그거 문제 있는 거 아니야?”

“그런 거 만들자고 한 놈들이 미친 것들이지.”

어깨를 감싸고 있던 상헌의 손이 천천히 풀어져 아래로 떨어지고, 어느새 그는 동기들과의 대화에 빠져 은란의 존재를 완전히 잊은 것처럼 보였다. 상헌의 동기들 역시 더 이상 은란이 흥미롭지 않았던지, 그들끼리의 논쟁에 빠져 있을 뿐이었다. 왁자한 테이블 위에서 종(種)이 다른 상품처럼 가만히 숨죽이고 있던 은란은 소리 없이 자리에서 일어나 가게 밖으로 나왔다.

강남역의 뒷골목은 술 취한 사람들이 내는 소음으로 왁자지껄했다. 불필요한 관심, 혹은 핀트가 어긋난 관심에서 잠시 피해 있자 마음이 조금 편해졌다. 시각은 어느새 자정이 훌쩍 넘어 있었다. 그리고 휴대전화에는 메시지가 도착해 있었다.

〈늦은 시각에 미안해요. 일이 방금 끝나서. 남자친구가 도시락은 맛있게 먹었대요?〉

글자에서 주형의 목소리가 들려오는 것 같다. 은란이 기운 없이 웃었다.

〈아니오.〉

짧은 메시지. 더 뭐라고 설명할 기운도 없었다.

〈왜?〉

다시 메시지가 도착했다. 뭐라고 설명해야 할까. 액정을 내리고 있는데 다시 메시지가 도착했다.

〈지금 전화할 수 있어요?〉

〈다음에요.〉

은란은 고개를 저으며 메시지를 찍었다. 생각할 시간이 필요했다. 자신이 몸 담고 있는 물살이 어딘가 멋대로 흘러가고 있는 것 같은데, 그대로 머물러 있어도 괜찮은 건지 헷갈리기 시작했다. 프러포즈 이후 갑작스럽게 달라진 그의 태도가 의미하는 건 대체 뭘까. 내 여자에 대한 보통 남자의 소유욕이나 과시용 정도로 가볍게 넘겨도 되는 걸까. 그의 그런 태도가 자신을 불편하게 한다고 이야기해도 되는 걸까. 아니, 정작 프러포즈 이후로 달라진 건 내가 아닐까…….

"왜 이러고 있어?"

내려가려는데, 담배를 들고 나오던 상헌과 마주쳤다.

"급하게 마셨더니 속이 별로라서."

은란이 대충 얼버무렸다.

"분위기 좀 맞춰주고 그러지 표정이 그게 뭐야?"

"……?"

"방금도 그러더라. 여자친구 성격이 장난 아닌 것 같다고."

담배에 불을 붙이는 상헌의 얼굴을 바라보던 은란이 천천히 입을 열었다.

"오빠."

"왜?"

입술 사이로 새어 나오는 담배 연기를 손바람으로 날려 보내며 상헌이 대꾸했다.

“취하지도 않았으면서, 취했다고 거짓말해서 나를 이 자리에 불러낸 거 오빠 아니었어요?”

은란의 말에 상헌이 미간을 찡그렸다.

“어차피 나랑 결혼하는 한 계속 볼 사람들이야. 기왕 온 거 잘 어울리면 안 돼?”

“어차피 계속 볼 사람들이었다면 정식으로 만나는 자리에서 제대로 소개시켜 줬으면 좋았을 텐데. 이런 식으로 거짓말해서 준비하지 못한 상태로 만나게 하기보다는.”

지지 않고 또박또박 대꾸하는 은란을 바라보는 상헌의 얼굴에 은근한 짜증이 비쳐졌다.

“그래, 됐다. 네가 다 맞네.”

“오빠.”

뭐라 더 이야기하려는데, 계단을 우르르 올라오는 소리가 들려왔다.

“어머, 은란 씨 먼저 나와 있었네.”

“형, 배낭이랑 챙겨왔어.”

“아, 고맙다.”

또 한바탕 요란스럽게 반가웠다, 또 보자 하는 인사들이 오갔다. 상헌과의 다툼은 얼굴 뒤로 숨긴 채 은란 역시 생글거리며 그의 동기들에게 인사를 건네었다. 사람들과 헤어지고 나서 큰길가에서 택시를 잡아탄 은란은 나직한 목소리로 상헌에게 말했다.

“오빠.”

“다음에 이야기해.”

눈을 지그시 감은 상헌은 무슨 말을 해도 듣고 싶지 않은 얼굴이었다.

"천천히…… 천천히 해요."

"……."

그에게서는 대답이 없었다.

"마음이 복잡해. 내가 누군가의 아내나 엄마로 살 준비가 되어 있는 사람인지 모르겠어요."

번쩍, 눈을 뜬 상현이 지금 무슨 말을 하는 거냐는 얼굴로 고개를 돌렸다.

"뭐가 복잡하고 뭘 모르겠다는 거야?"

"……."

이번에는 은란이 침묵했다.

"넌 생각이 너무 많아. 다들 자연스럽게 거쳐 가는 과정이라고."

은란이 여전히 입을 열지 않자 그가 덧붙였다.

"누구는 처음부터 아내고 남편이었나? 익숙하지 않아서 그래. 시간이 해결해 줄 문제야."

정말 그의 말대로, 시간이 해결해 줄 수 있을까. 은란은 시선을 떨군 채 꼭 쥔 손만 내려다보았다.

"가을에 등산 한 번 더 있을 거야. 도시락 그때 한 번 더 싸봐. 명예회복도 하고."

택시 안에 라디오라도 켜두었다면 그의 목소리가 이렇게 무겁게 어깨를 누르지는 않았을 텐데. 은란은 입술을 굳게 다문 채 눈을 감았다.

"마음 상한 건 아는데, 그래도 할 줄은 알아야지."

이제는 다그치는 것이 아니라 다독이는 것으로 전략을 바꾼 모양이다. 상헌이 뻐근한 목을 휙휙 돌리며 나직한 목소리로 말했다.

"어차피 너한테 큰 기대 안 했어. 천천히 배워가다 보면 구첩반상까지 차릴 수 있겠지. 그때까지 기다릴 만한 인내심은 있어."

구첩반상. 은란은 저도 모르게 탄식했다.

"난 어렸을 때 주말에 어머니가 식빵 구워주실 때가 제일 좋았거든. 우리 애들한테도 그런 추억을 만들어주고 싶어. 그러니까 네가 노력을 좀 해봐."

우리 애들. 듣는 순간 오소소 소름이 돋았다. 아내로서의 기대에 더해, 아이들의 엄마로서 그가 기대하는 것들이 얼마나 많을지 감히 상상도 되지 않았다. 은란은 느린 목소리로 대답했다.

"소질 없어요, 요리는."

"처음부터 잘하는 사람이 어디 있어? 하나씩 하다 보면 느는 거지."

변명하지 말라는 듯 상헌이 딱 잘라 말했다. 그리고 그런 그의 목소리를 들으며 은란은 자신이 한계에 다다르고 있다고 생각했다.

"싫어요."

목소리의 떨림이 숨겨지지 않는다. 은란은 무릎 위에 놓인 주먹을 꽉 움켜쥐었다.

"아무리 같은 일을 하는 부부라도 아내가 해줘야 할 몫은 있는 거야. 난 너한테 가계를 책임지라고 안 해. 부족하면 내가 회사 그만두고 개업을 해서라도 부족함 없이 해줄 거야. 대신 너는 아내의 몫을 해주면 좋겠다는 거고."

하지만 상헌은 결국 넘을 수 없는 선을 훌쩍 뛰어넘고 말았다.

그리고 택시가 천천히 은란의 아파트 앞에 멈추어 섰다. 미터기를 누르려는 기사의 손을 은란이 막아 세웠다.

"왜?"

프러포즈까지 했겠다, 이제는 당연히 자고 가려는 듯 배낭을 챙겨 드는 상헌의 손을 지그시 누른 은란이 차에서 먼저 내렸다. 그리고 천천히 택시 문을 닫았다. 그리고 유리창 너머로 보이는 상헌을 향해 나직한 목소리로 인사했다.

"조심해서 들어가요."

프러포즈의 순간도, 프러포즈를 받은 이후 일어난 모든 일도 행복하지 않다는 것은 무엇을 의미하는 것일까. 이건 그저 예상치 못한 인생의 이벤트가 일어나 버린 것에 대한 단순한 부작용 정도일 뿐인 걸까. 아니면 정말 이 모든 문제가 고집 세고 지지 않으려 드는 자신에게서 비롯된 문제인 걸까.

같은 페이지를 몇 분이나 들여다보고 있는지 모른다. 멍하게 이마를 괴고는 부질없이 책장만 들썩이고 있을 때, 등 뒤에서 누군가 톡 하고 어깨를 두드렸다.

"점심 먹어야지?"

날이 좋았다. 벚꽃이 다 지고 나자 늦봄의 풍경은 진한 연둣빛으로 물들어갔다. 공기 중에 미미하게 풍겨오는 후덥지근한 공기가 앞으로 몰려올 여름에 대한 예고같이 느껴졌다.

"아무것도 못 먹었어? 어떻게 해?"

나란히 걸어가고 있는 가까운 동기 중에, 일찍 결혼한 남자 동기가 휴대전화를 붙잡고는 안절부절못했다.

"성욱이 와이프가 입덧이 심하다고 하더니…… 걱정되겠어."

영화가 은란을 향해 말했다. 자신과 동갑인데 벌써 결혼해서 두 번째 아이라고 했다. 둘째를 가지고도 출근하는 아내가 안쓰러워 어쩔 줄 몰라 했었는데 입덧까지 심한 모양이었다.

"성욱아, 와이프 아무것도 못 먹는데 일은 하러 가는 거야?"

"아, 누나, 미치겠어요. 일 그만두라고 하고 싶은 마음이 여기까지 치솟아요."

전화를 끊은 성욱이 미치겠다는 얼굴로 한숨을 내쉬었다.

"내가 미친놈이지. 그냥 계속 회사 다닐걸. 뭐 하러 로스쿨을 온다고 했는지. 아내한테 다 맡겨놓고 공부하고 있으려니 좌불안석이에요."

"그만두라고 얘기 안 해봤어?"

이번에 은란이 물었다.

"당연히 했지. 제발 그만두라고 내가 통사정을 했었다."

"그런데?"

"내 인생 대신 살아줄 거 아니면 그런 말 꺼내지도 말라더라."

성욱이 한숨을 푹푹 내쉬었다.

"일 욕심이 장난 아니거든요. 이 와중에 새로 프로젝트 따서는……. 아, 미치겠어요."

"잘 설득해 보지 그랬어."

괴로워하는 성욱의 어깨를 두드리며 영화가 다독였다.

"해봤죠. 그런데……."

성욱이 긴 한숨을 쉬었다. 그리고는 영화와 은란을 바라보며 말했다.

"유학 가겠다고 하는 아내, 붙잡아서 결혼했었거든요. 같이 살자고. 나랑 같이 살면 유학 다녀온 것보다 더 큰 날개를 달아주겠다고."

잠시 사이를 두고 길게 한숨을 내쉰 성욱이 이어 말했다.

"그 사람 인생은 내 것도, 내 아이들 것도 아닌데……. 그냥 아내나 아이들 엄마로만 남아 있기엔 너무 아까운 사람이에요. 그래서 도저히……."

성욱의 얼굴을 바라보던 영화가 고뇌하는 젊은 가장의 어깨를 툭툭 두드렸다.

"김성욱, 너 이렇게 괴로워할 필요 없어. 지금 네가 하는 이 말 네 아내가 들으면 천군만마를 얻은 기분일 거다. 멋지다."

결국은 가족 개개인의 인생이 가치 있고 행복해야 모두가 행복할 수 있다는 것. 아마도 성욱은 그걸 알고 있는 거겠지. 쑥스러운 얼굴로 영화와 자신을 돌아보는 성욱을 향해 은란은 응원한다는 듯, 생긋 미소 지었다.

〈오늘 아홉 시 반까지 나와.〉

식후의 짧은 산책을 마치고 돌아와 자리에 앉자마자 상헌에게 메시지가 도착했다. 내용을 읽은 은란은 미간을 살짝 찡그렸다. 수요일 저녁에는 아홉 시부터 열 시 반까지 스터디가 있다고 얘기했던 것 같은데.

〈스터디 있어요. 급한 거 아니면 내일 얘기해요.〉

〈아홉 시 반이라고 했다.〉

그리고 더 이상 메시지는 없었다. 잠자코 가만히 액정을 내려다보던 은란은 손가락으로 전원 버튼을 길게 눌렀다. 액정이 반짝거리더니 금세 새까맣게 변했다. 그가 아무리 자신보다 훨씬 바쁜 사람이고 생활이 불규칙할지언정, 둘 사이에는 지켜야 할 규칙이라는 것이 있음에도 그는 자주, 일방적으로 그 규칙을 깨뜨렸다. 이제까지는 이런 식으로 막무가내로 통보할 때면 어떻게든 시간을 바꾸거나 조정해서라도 그의 시간에 맞추어줬지만 이제는 그러고 싶지 않았다.

저녁이 지나고, 밤이 되었다. 그리고 스터디가 시작되었다. 하지만 아무리 무시하려고 해도, 신경이 쓰이는 것은 어쩔 수 없었다. 스터디실에 앉아 있었지만 신경은 온통 전원을 꺼놓고 가방 속에 던져 버린 휴대전화에 가 있었다. 그리고 왜 이런 상황에서 안절부절못하는 것이 상헌이 아니라 오히려 자신일까 하는 생각이 들자 화가 났다.

그렇게 고집스럽게 스터디를 끝내고 열한 시쯤 열람실에서 빠져나왔을 때, 건물 앞에는 상헌의 차가 보이지 않았다. 지하철역으로 향하며 은란은 긴장된 손으로 휴대전화의 전원을 켰다. 그리고 얼마 지나지 않아 새로운 메시지가 도착했다는 알림이 반짝거렸다.

〈딱 십 분만 더 기다린다.〉

그리고 십 분 뒤의 메시지.

〈강은란, 내가 연락할 때까지 연락하지 마.〉

파르르 손이 떨렸다. 머릿속이 새하얗게 변했다. 연락하지 말라니.
멈추어 서서 한참이나 메시지를 반복해 읽던 은란은 입술을 꽈악 깨물었다. 그가 바라는 것이 자신의 반성이라면, 기꺼이 반성해 줄 생각이었다. 대체 왜 내가 이 남자를 일 년 반이 훌쩍 넘는 시간 동안 만나왔던가 하는, 자신과 그의 관계에 대한 진지한 반성을!

"인상 좀 풀어라. 우리 조사관이 너 무슨 일 있냐고 묻더라."
태영이 라이터를 집어 들며 입을 열었다. 상헌은 이미 몇 대의 줄담배를 피웠는지 재떨이에는 꽁초가 가득이었다.
"대체 무슨 일이야?"
상헌이 대답할 기미를 보이지 않자 태영이 다시 슬쩍 입을 열었다.
"지난번에 은란 씨 불러냈었다며? 술자리에."
"……."
그 밤을 떠올리자 미묘한 불쾌함이 퇴색되지 않고 다시 떠올랐다. 단호하게 거절하는 얼굴로 택시 문을 닫아버리던 은란. 면전에서 면박당한 것보다 훨씬 자존심이 상했다.
"뭐 하러 그랬냐? 은란 씨 불편하게."
"……어차피 볼 사람들인데 뭐."

드디어 상헌의 입이 열리자 태영이 적극적으로 호기심을 드러냈다.

"그러니까 제대로 소개를 했어야지."

"너 지금 은란이랑 똑같은 소리를 한다?"

"걱정스럽다, 한상헌. 대체 뭘 믿고 프러포즈부터 덥석 한 건지."

"부추긴 건 너도 한몫했어."

상헌이 어이없다는 듯 목소리를 높였다.

"내가 맥락을 읽으랬지, 언제 막무가내로 밀어붙이라고 했었냐?"

"안정감을 바란다잖아. 그 나이 또래의 여자에게 안정감은 결혼에서 나오는 거 아니야?"

"한상헌. 너 대체 몇 대 독자냐?"

"뭐?"

"네가 내 친구이긴 하다만, 도대체 이 뿌리 깊은 올드한 사고방식이 대체 어디에서부터 나온 건지 이해가 안 돼서. 몇 대 독자야?"

"독자 아니야."

"그럼?"

"아버지가 일곱 형제 중 맏이시지."

"아, 이런. 그런 집안에 한상헌이 첫째 아들이자 검사 아들이라는 거지?"

그제야 이해가 된다는 듯 태영이 고개를 끄덕거렸다.

"지금 비아냥거리는 거냐?"

상헌이 불쾌한 얼굴로 담배를 비벼 껐다. 태영 역시 담배를 꺼뜨리며 이마를 구기고 있는 상헌의 어깨를 툭툭 두드렸다.

"네 머릿속에 들어 있는 시간의 회로를 최대한 빨리 2000년대로 돌려봐. 그렇지 않고서야 프러포즈 전날의 네 꿈이 현실이 될지도 모르니까."

"이미 현실이 된 것 같다."

상헌은 귀찮은 얼굴로 어깨에 놓인 태영의 손을 밀어내며 다시 담배에 불을 붙였다.

"뭐?"

"……."

또 이어진 침묵. 태영이 은근슬쩍 상헌을 얼렀다.

"어차피 다른 사람들한테는 말도 못할 텐데 나한테나 털어놓으시지?"

담배가 한참이나 타들어가고, 몇 번의 한숨을 토해내고 나서야 상헌의 입이 열렸다.

"연락 두절, 나흘째."

"다퉜냐?"

"배부른 소리를 하길래 기 좀 꺾어보려고 했지."

택시 안에서 나누었던 대화를 들은 태영이 경악한 얼굴로 상헌을 다그쳤다.

"아, 이 미친놈. 넌 대체 결혼할 생각은 있는 거냐?"

"아니, 내가 이 문제에 대해서 너 말고 다른 나이 많은 유부남에게도 이야기를 해봤는데……."

"누구? 경욱이 형?"

태영의 입에서 곧장 튀어나온 이름에 상헌이 눈을 둥그렇게 떴다.

"어떻게 알았냐?"

"야, 임마. 넌 그걸 경욱이 형한테 물었냐? 그 형은 너보다 더해.

그 집이야말로 진짜 장손이라고, 장손.”

“나랑 비슷한 사람한테 들어야 그게 진짜 조언이지.”

“그래서 형이 뭐라고 했는데?”

“없어봐야 소중함을 안다고. 형도 장손이라고 결혼 망설이는 와이프한테 헤어지자고 했더니 결국 와이프가 먼저 울며불며 쫓아왔다고…….”

되짚어 생각해 보니 제가 생각해도 그 조언이 영 탐탁지 않은 것이었던지 상헌이 머리를 긁적였다.

“그런데 지금 경욱이 형의 상황과 전혀 반대 상황이 돼버렸다?”

“……그렇지.”

“연락이 안 되는 거야?”

“어, 전혀. 나도 지금 오기로 연락을 안 하고는 있는데…….”

“뭐라고 보냈는데?”

“아…….”

망설이던 상헌이 ‘연락하기 전까지는 연락하지 말라’ 는 메시지를 보냈다는 말에 태영은 테이블을 주먹으로 두드리고 말았다.

“넌 연애 한두 번 해본 것도 아닌데 대체 왜 그러냐? 괜히 물었지, 내가.”

태영이 더 이상 상헌의 말은 듣지 않겠다는 듯, 짜증스러운 얼굴로 담배를 비벼 껐다. 상헌이 다시 긴 한숨을 내쉬었다.

✳

“반성은 했어?”

닷새 만에 상헌에게서 도착한 메시지는 '밥이나 먹자'였다. 집 앞에 나타난 그를 밀어내지 못하고 차에 올랐는데, 싱글거리며 하는 첫마디가 '반성을 했느냐'라니. 은란은 차에 오른 것을 후회했다.

"반성했으면 감자탕 먹으러 가야지."

은란의 침묵이 기가 꺾인 거라고 생각했던지, 아니면 그걸 무시하고서라도 자신이 먼저 분위기를 풀어가면 자연스럽게 분위기 반전이 될 거라고 생각하는 건지, 상헌의 목소리는 여느 때와 다르지 않게 경쾌했다.

"아, 그리고 반지는? 손은 다 나은 것 같은데."

저녁 식사 동안의 대화는 상헌의 일방적인 이야기와 은란의 끄덕끄덕하는 대꾸가 전부였다. 식사를 끝낸 두 사람은 근처의 카페로 자리를 옮겼다. 자리를 옮기자마자 상헌은 반지를 찾았다. 은란은 담담한 얼굴로 마주 앉은 그의 얼굴을 바라보았다. 그리고 다시 자신의 앞에 놓인 새카만 아메리카노로 시선을 돌렸다. 머그잔 안에 담긴 불투명한 검은빛 액체는 테이블이 흔들릴 때마다 크기가 다른 동심원을 만들어내다가 사라지기를 반복했다. 상헌이 툭툭 던지는 말들도 역시 자잘한 파장을 만들어냈다. 결코 기분 좋지 않은 파장을.

연거푸 이어지는 재촉에 은란은 주머니 속에서 반지를 꺼냈다. 맑지 않은 소리를 내며 테이블 위에 떨어지는 반지는 가운데가 뚝하고 끊어져 있었다. 상헌이 다급하게 반지를 주워 들었다.

"이거 왜 이래?"

"내 약지, 그 반지 때문에 다쳤던 거예요."

"뭐?"

"아침에 일어났는데 손이 부어서 도저히 어떻게 할 수가 없었어요.”

은란이 자초지종을 설명했지만, 상헌은 자신이 고심해 골랐던 반지가 뚝 끊겨 있다는 게 충격이었는지 이야기를 제대로 듣지도 않았다.

“비누나 뭐 그런 걸로 최대한 빼보려고 했어야지.”

책망하는 상헌의 말에 은란의 표정이 굳어졌다.

“비누, 식용유, 얼음까지 다 써봤었어요.”

“나한테 연락하지 그랬어.”

오빠한테 연락하면 방법이 있나? 은란이 어이없는 얼굴로 대꾸했다.

“손가락이 두 배로 부었었다고요.”

“아니, 그래도……”

이게 어떤 반지인데, 내 생애 최초의 프러포즈 반지인데……. 상헌은 아쉬움에 반지를 이리저리 돌려보았지만 이미 끊어진 반지는 수습할 수 없었다. 반지를 아쉬워하는 상헌을 보고 있는 은란의 표정이 어이없다는 얼굴로 변해갔지만, 상헌은 전혀 눈치채지 못했다.

“아쉽지만 어쩔 수 없지. 이거 다시 어떻게 안 되나?”

은란은 대꾸가 없었다. 끊어진 반지를 붙일 수 있으려나, 세팅을 다시 해야 하나 중얼거리던 상헌은 은란이 입을 꼭 다물고 있다는 것을 뒤늦게 알아채고 급하게 주머니에 반지를 집어넣었다.

“그래, 손은 괜찮아?”

“됐어요.”

흔적만 남아 있는 상처를 살피려 손을 뻗는 그의 모습에 이제는 화도 나지 않는다. 은란은 조심스럽게 주머니에 반지를 밀어 넣는 상헌을 바라보다 나직한 목소리로 물었다.

"오빠, 솔직하게 대답해 줄래요?"

"응? 뭐?"

내내 침묵하던 은란의 목소리가 반가운 듯 상헌이 고개를 들었다.

"내가 어떤 아내였으면 좋겠어요?"

어떤 아내? 생각해 본 적이 없었다. 상헌은 질문에 허를 찔린 얼굴로 은란을 바라보았다. 대답을 못하자 은란이 하나씩 질문했다.

"아침밥 차려주는 아내?"

"그래."

그 대답은 쉬웠다.

"과일이랑 토스트면 돼요?"

"아, 밥이랑 국이 있으면 좋겠는데."

이크, 양태영이 2000년대로 돌아오라고 했는데. 상헌은 자신의 대답을 도로 주워 담고 싶었지만 이미 엎질러진 물이었다. 내뱉은 대답을 후회하는 듯한 상헌의 표정을 보더니 은란이 말했다.

"나 학생이에요. 당분간은 경제적 무능력자. 괜찮이요?"

"상관없어."

"공부 때문에 집안일에 소홀할 수도 있어요. 같이 살면서도 참을 수 있을 것 같아요?"

"아마도 괜찮을 것 같아."

또 잠시 사이를 두고 은란이 물었다.

"아이도 낳고 싶어요?"

"당연한 거 아냐?"

무슨 말을 하느냐는 듯 상헌이 눈을 커다랗게 떴다.

“결혼하면 아이는 당연히 낳아야지.”

“아이를 낳으면 누가 키워요?”

“그거야 엄마가…… 요새는 아빠의 역할이 중요하지.”

또 말실수. 상헌이 급하게 말꼬리를 정정했다.

“같이 키우는 거지, 같이.”

잠시 생각하던 은란이 물었다.

“육아휴직 낸 남자 검사, 있었어요?”

“뭐?”

예기치 못한 질문에 여과되지 않은 반응이 튀어나왔다.

“변호사 사무실은 육아휴직이란 개념이 아예 없는 것 같고, 사기업에선 결혼적령기이거나 출산 예정인 삼십대 여자를 제일 뽑기 싫어하고, 남는 건 공공기관밖에 없어요.”

보통의 삼십대의 미혼 여자 변호사는 일에 대한 의욕과 상관없이 선택의 여지가 많지 않았다. 은란이 덧붙였다.

“만약의 상황에 대해서도 생각해 봐야 하니까.”

“만약이라니?”

“내가 육아휴직을 못 내는 상황.”

상헌은 더 이상 무어라 할 말을 잃은 채 뜨악한 얼굴로 은란을 바라보았다.

“아이는 같이 키우는 거라면서요.”

은란이 이마를 찡그리며 말했다.

“강은란, 너무 멀리 갔다. 그건 나중에 생각해, 나중에.”

멀리? 은란이 보일 듯 말 듯 고개를 저었다. 그리고는 조금 생각하는 듯하더니 입을 열었다.

"그럼 마지막으로 하나만 물을게요."

은란이 마주 앉은 상헌을 똑바로 바라보았다. 결정적이고 중요한 질문임을 직감한 상헌이 조금 긴장한 얼굴로 자세를 바로잡았다. 그리고 은란의 입이 열렸다.

"나도 오빠랑 똑같이 일할 거예요. 야근도 할 거고, 회식도 할 거고, 오빠처럼 단합대회도 있고 체육대회도 있겠지. 나도 아침을 챙겨주고, 일요일엔 빵을 구워주고, 단합대회 때엔 도시락을 싸주는 사람이 필요할 거예요. 그럼, 그럴 때 오빠는 그런 아내의 역할을 맡아줄 수 있는 거예요?"

폭풍같이 쏟아지는 말에 멍하게 앉아 있던 상헌은 그제야 이해했다는 듯이 웃으며 은란의 볼을 꼬집었다. 은란의 이마가 구겨졌다.

"은란아, 기억 안 나? 택시에서 말했잖아. 가장으로서의 역할은 내가 할 거야. 거기엔 경제적인 부분에 대한 것도 포함되어 있지. 그러니까 너는 그냥……."

은란은 볼을 꼬집고 있는 상헌의 팔을 느린 손으로 쳐냈다. 그리고 자리에서 일어났다.

이 남자는 은란이 무슨 말을 하고 있는지 전혀 이해하지 못하고 있다.

바라는 것은 든든한 그의 그늘이 아니었다. 나도 꽤 괜찮은 묘목이라고, 내게 거름과 물을 달라고 줄곧 외쳤는데도 상헌은 울타리와 그늘만을 이야기한다. 은란은 거대한 소나무 아래에서 고사되어 가고 있는 젊은 나무 같은 절망감을 느꼈다. 이해하지 못하겠다는 얼굴로 자신을 올려다보고 있는 상헌을 향해 은란이 또박또박 말했다.

"대답이 준비되면 그때 이야기해요."

✳

다시 사흘이 지났다. 이번에는 은란 쪽에서 시간을 갖자고 통보했다. 그가 연락하지 말라고 통보했을 때보다 지금이 훨씬 더 마음이 불편했다. 몇 번이나 그냥 일상적인 메시지 정도는 보낼까 생각했지만 마음을 꾹꾹 다잡았다. 지금이 자신의 인생에서 너무나도 중요한 순간이라는 것을 본능적으로 알고 있었으니까.

은란은 자신의 손에 채 하루도 머무르지 못했던 프러포즈 반지를 떠올렸다. 분명, 누가 보아도 아름답다고 감탄하는 좋은 반지였다. 그저 프러포즈 반지임에도 다이아몬드가 박혀 있었던 그 반지는 은란이 상상한 것과 비슷하건 아니건 간에 어쨌든 과분한 것이었다. 하지만 정작 반지를 받은 은란은 그것이 자신이 바라던 것이 맞는지 헷갈렸다. 그리고 무엇보다도 그걸 끼고 있을 자신이 행복할 것인지에 대해 확신할 수 없었다.

그리고 상헌은 그 화려한 반지 같았다.

〈오늘 시간 어때? 법원 앞으로 오면 내가 밥 사줄게.〉

상헌과 상헌이 건넨 반지와 행복하지 않은 마음 사이에서 갈팡질팡하고 있던 사이 메시지가 도착했다. 가깝게 지내던 학교 선배였다. 언제 한번 보자고 이야기만 하던 차였는데 듣고 싶은 말도 궁금한 것도 많았다.

법원 근처에서 저녁을 먹고 간단하게 맥주 한잔하러 자리를 옮겼다. 자신보다 두 살 위의 선배는 로스쿨 졸업과 동시에 결혼해 취업까지 했다. 그래서 듣고 싶은 조언이 많았다. 왠지 입이 떨어지지 않는 상헌과의 이야기가 맥주 한잔을 마시고 나면 조금 수월하게 열릴까. 고민하며 자리로 가던 은란의 귓가에 익숙한 목소리가 들려왔다. 소리를 따라 무심코 몸을 돌렸다.

"아니지, 일보 후퇴 삼보 전진이라는 거지."

"너 그러다가 백보 후퇴하는 사태가 발생한다니까?"

"일단 은란이 시험 끝나고 나면 바로 애부터 가질 거다. 강 판사님이 딸자식도 욕심내서 가르치시는 바람에 은란이가 지금 현실을 잘 모르는데, 서초동 와보면 바로 정신을 차릴 거라고. 차라리 애 키우면서 사는 게 속 편하다는 걸."

저런 이야기는 목소리라도 낮추어주면 좋을 텐데.

멀리서 보이는 상헌은 벌써 연인과 사흘이나 연락되지 않는 남자의 얼굴이라고 생각되지 않았다. 자신이 그에게 완전히 속해 있다는 그 자신감은 대체 어디에서 나오는 걸까. 자신을 너무 사랑하기 때문에? 그래서 오히려 저투록 당당하게 자신이 의도하는 바대로 여자친구가 아내로서의 삶을 살아줄 거라고 믿는 걸까?

그렇다면 어울리지 않게 반짝거리는 반지와 눈앞의 현실에 고민하며 그가 진짜 내 사람이 맞는지 괴로워하는 자신은…… 그를 사랑하지 않는 걸까? 끝내 멀리서 바라보는 자신의 존재를 눈치채지 못한 상헌. 은란은 천천히 돌아섰다.

*

〈내가 졌다. 지원, 조달, 조언, 다 해줄게.〉

〈생각할 시간이 필요해요.〉

닷새 만에 상헌이 일단 항복을 선언했는데 이번엔 은란의 대답이 어정쩡하다. 생각할 시간이라니! 지원을 해주겠다고 했는데도 무슨 생각할 시간이 필요해? 당장에라도 은란이 앉아 있을 학교 열람실로 뛰어가고 싶었지만 아홉 시가 넘은 지금도 여전히 야근 중이었다. 상헌은 속에서 치받아오는 불길을 가라앉히려 정수기에서 냉수를 받아 와 벌컥벌컥 들이켰다. 그러다 결국은 자리를 박차고 일어났다.

이런 식으로 생각할 시간을 주고 싶지 않았다. 상헌은 책상 위에 쌓인 사건 기록과 시계를 번갈아 보다가 가방을 챙겨 일어났다. 어차피 기록이 읽힐 것 같지도 않았다.

"늦었네, 아직 기말고사까지 여유 있잖아."

어둠 속에서 들려온 목소리에 고개를 돌리자 주차된 차 곁에 상헌이 서 있었다. 은란은 그 자리에서 멈추어 섰다.

"데려다 줄게, 타."

상헌의 말에도 은란은 그 자리에 선 채 어둠 속에 서 있는 그를 바라보았다. 움직이지 않는 것이 이상했는지 상헌이 은란 쪽으로 몸을 움직였다.

"거기 멈춰 서봐요."

은란의 목소리는 그리 크지 않았지만 단호했다. 불길한 느낌에 상헌이 멈칫했다.

"은란아."

“오빠.”

무언가 말하려는 상헌의 말을 은란이 멈추게 했다. 두 사람 사이에 한참이나 침묵이 돌았다. 5월 초순의 묵직한 늦봄 바람이 두 사람을 몇 번인가 스쳐 지나갈 시간이 지났을 때 즈음, 은란의 입이 열렸다.

“오빠가 만나고 있는 사람이 내가 맞아요?”

이건 또 웬 자다가 봉창 두드리는 소리인가! 상헌은 치받아오는 짜증을 숨기고 침착한 얼굴로 대꾸했다.

“맞아. 고집불통 강은란이 아니면 누구겠어?”

“난 아닌 것 같아요.”

길게 이야기하고 싶지 않았다. 상헌은 성큼 한 발자국 내디뎠다. 하지만 은란이 주춤 물러섰다. 뭐지? 은란의 반응이 심상치 않았다. 상헌의 얼굴이 순식간에 굳었다.

“나는 오빠가 지금 만나고 있는 사람이 누구인지 모르겠어요.”

은란이 침착하게 말을 이었다. 상헌은 누구나 처음부터 아내거나 남편이었던 사람은 없다고 이야기했다. 그래서 상상해 보려고 애썼다. 그의 아이를 낳고, 그에게 아침상을 차려주고, 주말에는 ‘우리의’ 아이를 위해 쿠키를 굽는 자신의 모습을. 하지만 졸업 후 어디에선가 열심히 일하고 있는 자신의 모습은 생생하게 그려짐에도, 그가 말하는 아내로서의 자신은 상상하면 상상할수록 오히려 흐릿해지기만 했다.

“오빠 앞에서는 내가 사라져요.”

상헌은 아무렇지 않게 넌 그저 좋은 아내와 엄마만 되어주면 된다고 이야기했다. 그는 자신의 그늘에 은란이 잠겨들기를 바랐고, 그것은 은란을 흔들리게 했다. 하지만 그 흔들림이 은란을 괴롭게 했다. 자신을 나약하게 만드는 상헌의 존재는 더 이상 은란의 기쁨도, 즐거움도 아니었다. 상헌이 자신에게 기대하는 것과 은란 자신이 스스로에게 기대하는 것 사이의 간극이 자신을 갉아먹고 있다는 것을 알았다.

심장이 가쁘게 뛰기 시작하자 숨 쉬기가 어려웠다. 은란은 천천히 호흡을 골랐다. 그리고 떨리는 목소리로 말을 이었다. 멀리 어둠 속에서 상헌은 무슨 생각을 하고 있을까. 입속이 바싹 말라가는 것이 느껴졌다.

그가 건넨 반지처럼 그는 반짝거리고 화려했지만, 그것이 은란이 원하는 것은 아니었다. 그는 담과 울타리가 되어주겠다고 했지만, 은란이 원하는 것은 볕과 물이었다. 내뱉어 버리면 모든 것이 달라질 그 말이 목 아래에서 지금이라도 당장 터져 나올 것같이 울컥거렸다. 온몸이 쿵쾅거리며 달음박질친다. 은란은 눈을 질끈 감았다. 더는 미룰 수 없었다. 지금 이 자리에서 말해야만 했다.

“고마웠어요. 그런데 우린 여기까지인 것 같아요.”

말을 내뱉는 순간 날뛰던 심장이 거짓말같이 고요하게 가라앉았다. 잠시 사이를 띄우고 은란은 말을 마무리 지었다.

“우리…… 그만 봐요.”

제6장

봄 밤의 끝

일요일 04:55

팔을 뻗어 휴대전화를 쥐고는 시각을 확인했다. 꼬박 밤을 새웠다. 늘 자던 잠자리가 불편해 잠이 오지 않았다. 늘 베던 베개가, 늘 덮던 이불이, 늘 눕곤 했던 침대가 모두 맞지 않는 다른 사람의 것처럼 이질적이고 불편했다. 밤새 이리저리 몸을 뒤척이던 은란은 더는 참을 수 없어 일단 이불을 젖히고 일어나 앉았다.

창문을 열자 새벽 공기가 선선하다. 창밖은 시간이 정지한 듯 고요했다. 멍하게 서 있는데 또 눈물이 그렁그렁해졌다. 주책 맞게 왜 이러는지 모르겠다. 은란은 마음대로 되지 않는 제 마음이 싫어서 괜스레 신경질을 부리며 눈가를 찍어냈다.

한참 창밖을 바라보던 은란은 침대 머리맡에 던져진 휴대전화를 가져와 손가락 끝으로 전화번호부 목록을 오르락내리락했다. 아무도 함께 이 불면의 시간을 공유할 사람이 없다. 이런 순간에 상헌이 있었다면 새벽에라도 '나 잠이 안 와, 어떻게 하지?' 라며 투정을 부렸겠지. 하지만 그는 그저 이 불면의 원인일 뿐, 해결책은 아니다. 그러니 이 모든 것은 혼자 감내해야만 하는 것이었다. 전화번호부 목록을 뒤적이는 것도 다 부질없는 짓이지. 은란은 한숨을 내쉬며 휴대전화를 다시 침대에 툭 집어 던졌다.

일상은 전혀 달라지지 않았다.

스무 살의 이별이라면 며칠 수업을 빼먹고 혼자 틀어박혀서는 눈물바람으로 시간을 보내거나, 입맛이 없다는 핑계로 밥을 굶거나 했을지도 모른다. 하지만 서른 살의 이별은 달랐다. 이별이 내 인생에도, 다른 사람의 인생에도 피해를 주어서는 안 된다는 것을 은란은 이제 너무나도 잘 알았다.

그래서 퉁퉁 부은 눈으로 비척거리며 일어나 수업을 들으러 학교에 갔고, 멍한 얼굴로라도 열람실에 앉아 있었으며, 또 덤덤한 얼굴로 점심을 먹었다. 그러고도 감추지 못하는 감정 기복을 숨기기 위해, 은란은 열람실 자리에 틀어박힌 채 책에 표정을 숨겼다. 그리고 집으로 돌아오면 학교에서의 긴장감이 풀어져 기절하듯 잠들곤 했다. 하지만 아무리 그래도 마음이 풀어져 버리고 마는 주말의 불면까지 막을 수는 없었다.

그렇게 몇 시간을 뒤척이다 환해진 창에 잠이 깼다.

온몸을 무겁게 짓누르는 피로. 잠시 멍하게 천장을 바라보며 눈을 느리게 깜박이던 은란은 이불을 걷고 일어났다. 차라리 학교에 가는 편이 나을 것 같았다.

일곱 시 반의 캠퍼스는 무척이나 고요했다. 학교 안의 모든 건물들이 늦잠을 자는 일요일의 아침. 반짝이는 오전의 햇살 사이에 적당히 차가운 공기가 고요한 캠퍼스 사이를 천천히 맴돌았다. 법전원 앞에 멈추어 섰던 은란은 잠시 건물을 올려보다 건물 안으로 들어서는 대신 다시 걸음을 옮겼다. 열람실에 곧장 들어가 네모 모양으로 각진 책상머리에 박혀 있기엔 너무 아름다운 날씨였다.

천천히 걸음을 옮겨 도착한 곳은 캠퍼스의 가장 위쪽에 자리 잡은 학교 병원. 이런 봄날의 오전은 병원 주변의 공기도 차분하게 가라앉아 있다. 은란은 간간이 사람과 차가 오가는 학교 병원의 조경수 아래 벤치에 자리를 잡고 앉았다. 5월의 볕이 따끈하게 온몸을 데워왔다. 등을 길게 기대고 앉아 있자니 은란의 눈이 가물가물 감겼다. 복잡한 머릿속의 생각들이 뒤늦게 찾아온 졸음에 깊은 곳으로 무겁게 내려앉을 즈음…….

"여기서 뭐 해요?"

졸음으로 몽롱하게 사라졌던 감각이 현실을 찾았다. 그리고 채 떨치지 못한 졸음에 눈만 겨우 떴을 때, 왠지 못마땅해 보이는 얼굴로 서 있는 주형을 발견했다.

"여기서 뭐 해요?"

다시 똑같은 질문.

"여기서 노숙했어요?"

그 질문에는 저도 모르게 피식 웃고 말았다. 눈두덩을 꾹꾹 눌러 겨우 제대로 눈을 뜬 은란은 고개를 저으며 대답했다.

"산책하다가 깜빡 졸았어요."

"깜빡 존 것 같진 않은데."

사복 차림인 걸 보니 출근길인가 보다. 아니, 퇴근길인가?

"일하러 가는 길이에요?"

"끝났어요."

"아아."

건성으로 고개를 끄덕이자 주형이 다시 물었다.

"여기서 왜 이러고 있어요?"

제대로 대답하지 않으면 답을 들을 때까지 질문을 멈추지 않을 것 같다. 은란은 한숨을 섞어 대답했다.

"잠을 좀 못 잤어요. 일찍 깨서 그냥 학교에 왔는데, 날씨가 좋길래 좀 걸을까 싶어서 걷다 보니 여기네요."

"불면증?"

"아니, 그냥 갑자기."

은란이 고개를 저었다.

"자주 그래요?"

"그건 아닌데……."

그건 아니지만 당분간은 푹 자기는 틀린 것 같네요. 하지만 뒷말은 속으로 대충 삼켰다.

"아침은 먹었어요?"

"아…… 아뇨."

"그럼 아침이나 먹으러 가요."

"잠시만요."

툭 말을 던지고는 앞서 가는 주형을 보며 은란이 그를 불러 세웠다. 왜 그러느냐는 듯 돌아보는 그를 향해 은란이 천천히 웃었다.

"병원 안에 편의점 있죠? 기왕 먹을 거면, 날씨가 좋으니 커피랑 샌드위치나 사서 볕 쬐면서 먹는 건 어때요?"

은란의 제안에 잠시 고민하던 주형은 그러죠 뭐, 하며 편의점에서 샌드위치와 간단한 과일, 그리고 커피를 사가지고 나타났다.

조금 공간을 두고 곁에 앉은 주형은, 별다른 말 없이 편의점 샌드위치의 포장을 뜯어 입으로 가져갔다. 은란 역시 속이 얇은 샌드위치를 느릿느릿 씹어 삼켰다.

바스락거리는 비닐 소리, 캔커피를 따는 소리. 그리고 바람이 스친 나뭇잎에서 나는 사각거리는 소리, 간간이 지나는 병원 사람들의 대화, 천천히 지나는 자동차의 소음. 그저 풍경만 바라보고 있자면 이보다 더 평온할 수 없는 오전이었다.

고개를 조금 돌려 시선을 옮기자 간밤 병원에서의 피로가 조금은 남아 있는 얼굴로 주형이 천천히 캔커피를 넘기고 있었다. 병원을 바라보고 있는 담담한 그 시선에는 '당신에게 무슨 일이 있는 것 같긴 하지만 묻지 않겠다'는 주형의 조용한 배려가 담겨 있었다.

"고마워요."

말이 머리가 아니라 가슴 어디에선가 튀어나온 것 같다. 은란은 제멋대로 고마움을 표시하고는 조금 얼굴을 붉혔다.

"뭐가요?"

주형이 고개를 돌려 물어왔다. 하지만 정작 뭐가 고마운 거냐고 물으니 대답할 말이 없다. 그냥 쓸쓸하고 외로운 아침, 이 순간에 나타나 주어서. 아침을 먹었느냐고 물어봐 주어서. 그리고 말없이 곁에서 아침을 같이 먹어주어서.

"그냥요."

"내가 고마울 일을 많이 하긴 했었죠."

고마울 일이라고 했더니 문득 떠오른다. 도시락에 대한 답례를 아직 하지 못했다는 것.

"아, 도시락은……."

"남자친구가 싫어했다면서요."

고작 몇 주 전의 일인데 아주 오래전 일 같다. 씁쓸한 웃음을 힐끗 바라보는 주형의 시선이 느껴졌다.

"여자친구가 바쁜 시간 쪼개서 만든 건데."

혼잣말처럼 중얼거리는 주형의 목소리가 귀에 닿자 이번에는 왠지 웃음이 났다. 그래, 상헌에게도 저렇게 화를 냈어야 했는데. 바쁜 시간을 쪼개어 만든 건데 투덜거리지 말라고. 맛이 없었다 해도 그저 맛있게 먹은 척 비어 있는 도시락을 내어놓는 게 여자친구에 대한 예의가 아니냐고 따졌어야 했는데. 은란은 씁쓸하게 웃었다.

"이제 가요."

아주 약간의 웃음이었는데 왠지 기분이 훨씬 나아졌다. 조금 홀가분해진 얼굴로 자리에서 일어나 곁에 두었던 가방을 챙겨 드는데 손에 쥔 휴대전화가 진동했다. 하지만 무심코 휴대전화의 액정에 시선을 둔 은란의 얼굴이 다시 새하얗게 질리는 데에는 그리 오랜 시간이 걸리지 않았다.

〈그러자.〉

상헌으로부터 도착한 세 글자의 메시지.

저 세 글자가 무엇을 의미하는지 이해하는 것은 어렵지 않았다. 일주일 전 은란의 마지막 말에 대한 그의 답. 액정에 뜬 세 글자를 확인하는 순간 머리끝에서 발끝까지 모든 피가 빠져나간 듯이 몸이 차갑게 식고, 휴대전화를 쥔 손가락 끝은 하얗게 색이 바랬다.

"왜 그래요?"

일어서던 주형이 왠지 이상했던 듯 몸을 돌려 은란을 바라보았다. 저도 모르게 숨을 멈추고 있었다. 가쁘게 숨을 몰아쉬고는 급하게 휴대전화를 가방 안으로 던져 넣었다. 왠지 모르게 허둥지둥하는 모습을 바라보던 주형은 또다시 이마를 살짝 찡그렸다.

"잠시만."

급하게 그 자리를 뜨려는 은란의 가방을 잡아채는 손. 그 자리에 멈추어 서자 주형이 빤히 눈을 바라본다. 그렇지 않아도 목 아래로 울컥거리며 치받아오려는 무언가를 꾹꾹 누르고 있는데 왠지 걱정된다는 저런 눈으로 자신을 바라보면 참기 어렵다. 은란은 시선을 피하며 가방을 제 쪽으로 끌어당겼다.

"오늘 밤에도 잠 안 오면 전화해요. 내 번호 알죠?"

건성으로 끄덕거리자 영 마음에 들지 않는다는 듯 주형이 다시 확인했다.

"전화하라구요. 알았죠?"

"그럴게요."

입술을 깨물며, 은란이 겨우 고개를 끄덕였다.

✳

주머니에 꽂아 넣은 손안의 작은 약통에서 달그락거리며 알약이 움직였다. 통 안에서 몸부림치는 알약을 달래듯 흔들고 있는 사이 은란이 걸어 나오는 모습이 보였다. 걸음이 느렸다. 망설이는 걸까, 아니면 무언가를 생각하는 걸까. 어둠 속에서는 표정을 제대로 읽을 수 없었다. 그건 은란이 정말 울적하거나 고민이 있어서가 아니라, 단지 주형 자신이 그렇게 믿고 싶기 때문에 그렇게 보이는 것일지도 몰랐다.

느린 걸음으로 자신의 앞에 선 은란의 얼굴이 퀭하다. 아침에 그렇게 병원 앞에서 헤어지고 난 후, 왠지 내내 마음에 걸려서 저녁때 전화라도 해볼까 고민하고 있던 때에 은란으로부터 메시지가 도착했었다. 오후에도 한숨도 자지 못했는데 밤에도 잠이 올 것 같지 않다고. 뭔가 비책이라도 있냐고. 조금의 걱정, 그리고 자신에게 도움을 청한 것에 대한 더 큰 반가움. 주형은 그 반가움을 숨기고 덤덤한 목소리로 은란을 향해 말했다.

"퀭하네요."

"비책이라도 있어요?"

인사도 생략하고는 대뜸 '줘요, 비책'이라며 은란이 손을 내밀었다.

왼손.

반지가 없다.

지난번에 응급실에서 끊어낸 이후 새로운 반지를 맞추지 않은 건가. 그날로부터 벌써 몇 주가 지났는데. 찰나에 온갖 생각이 오갔다. 주형은 주머니에서 손을 꺼냈다. 손은 비어 있었다. 대신 고갯짓으로 길을 가리켰다.

"이 길, 한강공원으로 연결되죠? 조금 걸어요."

예상치 못한 제안에 잠시 주형을 올려다보는 은란. 머릿속을 채우고 있는 딴생각을 들키지 않으려는 듯 주형은 그 시선을 피하지 않았다. 깜빡, 깜빡, 몇 번인가 눈을 느리게 감았다 뜨던 은란은 고개를 끄덕이고는 먼저 한강 쪽으로 몸을 돌려세웠다.

봄밤의 강변은 산책 나온 동네 사람들, 자전거를 타는 사람들, 돗자리를 깔고 야식을 즐기는 사람들로 북적였다. 일상의 소음, 강에서 불어오는 바람이 어쩐지 마음을 노곤하게 했다.

은란 역시 강바람을 쐬자 기분이 조금 나아 보였다. 수면 부족으로 퉁퉁 부은 눈이 조금은 더 크게 뜨인 것만 봐도 그랬다. 지쳐 있던 얼굴에 조금 생기가 돌자 그제야 주형은 마음이 놓였다.

"잠 못 자는 이유를 알아요?"

사실은 곧장 묻고 싶었다, 넷째 손가락을 견고하게 채우고 있던 그 화려하게 빛나던 반지는 어디로 간 건지.

"알아요."

은란이 선선히 대답했다. 늦봄의 밤공기가 선선하게 옷자락 사이를 훑고 지나갔다. 그리고 혹시나 하는 기대에 심장은 또 제멋대로 잎서 딜러가기 시작했다.

"해결 방법도 알아요?"

"알아요."

"고민 있어요?"

"있어요."

"그게 불면의 원인이에요?"

"맞아요."

더 이상 참을 수가 없었다.

"……손가락에 반지가 없는 것과 고민 사이에 관계가 있어요?"

"그건 아니에요. 반지는 새로 세팅 맡겼어요."

단 1초의 망설임도 없는 답. 일렁일렁 부풀었던 마음이 순식간에 힘을 잃었다. 손가락을 옥죄는 아름다운 반지를 끼고 나타났을 때, 고군분투 끝에 남자친구를 위한 도시락을 완성하고서는 행복해하는 모습을 보았을 때, 제멋대로 쑥쑥 자라 버린 마음을 베어내고 또 베어냈다고 생각했는데도 또 베어낼 마음이 남아 있었나 보다.

"그러면 결혼은 언제쯤?"

목소리가 담담하게 들리면 좋겠다. 혼자 부풀린 마음을 완전히 정리하기 위해 주형은 답을 듣고 싶지 않은 질문을 하고야 말았다. 그리고 잠시 답을 고민하는 얼굴의 은란의 모습은 주형이 보기엔 그저 프러포즈를 받은 평범한 여자의 모습이었다.

"음…… 여름방학은 조금 급하니까 겨울방학 때?"

주형은 은란의 답에 쓰게 웃었다. 불면의 밤과 비어 있는 약지에 혹시나 하고 기대했던 것이 얼마나 어리석은지. 차마 다 버리지 못하고 겨울과 봄 동안 담아두었던 마음을 이제는 완전히 버려야 했다.

시작도 못하고 혼자 부풀린 마음이라도 아프기는 마찬가지였다. 주형은 가슴 복판에 있는 색 바랜 흉터를 위로라도 하듯이 지그시 눌렀다. 흉터가 혹은 마음이 아렸다.

왜 그랬을까.

은란은 발끝에 시선을 둔 채, 보일 듯 말 듯 이마를 찡그렸다. 거짓말이 술술 나왔다. 연애의 끝과 불면, 누구나 예상할 수 있는 무척이나 친밀한 것. 그런데 자신도 모르게 거짓말을 했고, 거짓말은 거짓말을 불러왔다. 그건 아마도 주형이 자신의 손등이나 발등에 입은 화상이 그랬던 것처럼, 마음에 난 이 아픔 역시 다독여 줄 것임을 알았기 때문인지도 몰랐다.

똑똑한 척했지만 결국 현명하지 못했던 것은 아닌지, 작은 것을 얻으려다 더 큰 것을 잃은 것은 아닌지, 내 선택이 정말 나를 위해 좋은 선택이었는지, 위로하는 사람이 어떤 답도 내려주지 못할 것을 알면서도 가슴을 꾹꾹 누르고 있던 생각의 짐들. 무척이나 마음이 여려진 지금, 누군가 그때 그 상처처럼 자신의 마음을 위로한다면 주체하지 못하고 모든 마음을 터뜨려 버리고 말 것 같았다. 하지만 지금, 그것도 주형 앞에서는 그러고 싶지 않았다.

걸음을 옮길 때마다 풍경이 느리게 스쳐 지나갔다. 잔디밭에 앉은 사람들의 대화, 곁을 지나는 사람들, 자전거들……. 지극히 일상적이고 평화로운 봄밤이었다. 그 풍경의 일부분으로 잠겨 있는 지금이 왠지 아련하면서도 울적했다. 호흡을 가다듬으며 마음을 가라앉히는데 문득 주형이 물었다.

"그런데…… 나는 누나 아는데, 누나는 나 기억 안 나죠?"

갑작스러운 질문이었던지 은란이 눈을 동그랗게 뜨고 올려다보았다. 눈이 붉은 것은 수면 부족 때문일까 아니면 울기라도 했기 때문인 걸까. 분홍빛의 눈을 바라보는 주형의 얼굴에 안타까움이 스쳤다. 하지만 굳이 드러낼 이유 없는 그 마음을 깊숙한 곳에 숨기고는 다시 물었다.

"전혀 기억 안 나는 거죠?"

"전…… 혀요."

화제의 전환이 꽤 효과적이었던 모양이다. 은란은 또다시 등장한 누나라는 호칭과 기억이라는 단어에 조금 당황한 듯 보였다. 그리고 금세 새로운 이야기에 몰입했다. 그렇지 않아도 내내 궁금했던 모양이었다.

"그렇잖아도 임 선생님이 나한테 종종 누나라고 불러서 이상했어요."

"아아, 정말 기억 안 나나 보네요."

"우리 예전에 알고 지내던 사이예요?"

"그건 아니지만, 꽤 인상 깊은 만남이었던 것 같은데."

스무고개가 시작되었다. 새로이 등장한 이야깃거리에 은란의 얼굴에 드리워져 있던 우울함이 스르륵 사라지는 것이 보였다.

"언제?"

주형이 좀 섭섭하다는 얼굴로 투덜거렸다.

"아니, 임 선생님 같은 외모…… 를 잊을 리가 없는데."

심각한 얼굴로 잊을 리 없다고 중얼거리는 은란을 보며 주형이 큰 소리로 웃었다.

"내 얼굴이 어때서요?"

"잘생겨서요."

뭘 또 그런 걸 굳이 확인받으려고 그러시나, 하는 얼굴로 은란이 살짝 웃었다. 하지만 여전히 떠오르는 사람이 없다는 얼굴이었다.

"뭐, 나도 처음엔 못 알아봤으니까요."

이해한다는 듯 주형이 어깨를 으쓱했다.

"아니, 그전에 몇 살이에요? 그것부터 알아야 기억해 낼 수 있을 것 같아요."

"스물여덟이에요."

"나보다 두 살 어리네?"

주형은 은란이 오래된 기억을 끌어내기 전까지 답을 줄 생각이 없어 보였다. 분명 자신을 생각해 낼 거라는 그 자신만만한 태도에 은란은 질문을 던지기 시작했다.

"지금 어디 살아요?"

"역삼이에요."

친숙한 곳. 은란이 고등학교 졸업 이후에도 몇 년간 살았던 곳과 가까웠다.

"그럼 학교는?"

"역삼중, 중대부고예요."

"나랑 학교 같이 다녔구나!"

너무 쉽게 답을 찾은 듯 싱거운 표정을 짓던 은란은 그래도 이상하다는 얼굴로 고개를 갸우뚱했다.

"어, 그런데 나 너 본 적 없는데."

순식간에 친밀해진 말투. 갑작스러운 반말에 주형이 못 말리겠다는 듯이 소리 내어 웃었다.

"아…… 나 반말해도 괜찮아요? 잠깐, 그러고 보니 학부도 나랑 같은 곳?"

와르르 쏟아내는 은란의 질문 공세에 주형이 못 말리겠다는 얼굴로 웃으며 고개를 끄덕였다.

"나랑 중고등학교, 대학까지 같이 다닌 거네? 근데 왜 몰랐지?"

공통점은 발견되었지만 그래도 기억이 없었다. 은란은 연거푸 질문을 던졌다.

"내 동생이랑 친구?"

은규와 동갑이니 그럴 수 있었다. 그렇지만 도리어 주형이 '동생이 있어요? 이름이 뭔데요?' 하고 물었다.

"나랑 같은 특별활동 했었나? 탁구부?"

"그런 것도 했었어요?"

"그럼 뭐지? 설마…….'

설마? 주형이 이야기해 보라는 듯 은란을 내려다보았다.

"설마…… 나 좋아했었어?"

은란이 설마, 아니지? 정말이야? 하는 얼굴로 주형을 바라보았다. 그러니까 고등학교 때의 첫사랑 누나를 10여 년이 지나서 다시 만나는 그런 이야기? 세상에, 로맨틱하긴 한데 진짜? 은란이 믿기지 않는다는 얼굴로 바라보자 주형이 결국 배를 잡고 웃었다.

"그것도 아니에요."

터진 웃음에 볼이 아팠던지 손가락으로 제 얼굴을 꾹꾹 누르며 주형이 대답했다. 엉뚱한 추측이 무척이나 재미있었던 듯, 여전히 얼굴에 웃음이 한가득 걸려 있었다.

"정말 모르겠다."

항복의 의미로 은란이 두 팔을 번쩍 들었다. 주형이 선심을 쓰듯 힌트를 던졌다.

"나 누나 덕분에 간호학과 지원한 거나 마찬가지예요."

"내 덕분에?"

더 영문을 모르겠다는 얼굴로 은란이 눈을 깜박거렸다.

"합격하면 밥 사준다고 했었잖아요."

간호학과.

합격하면 밥.

문득 떠오르는 것이 있었다. 은란은 자신도 모르게 주형의 팔을 덥석 잡았다.

"설마, 간호대 가고 싶다고 했던 개?"

이제 생각이 난 거냐는 얼굴로 주형이 웃었다.

"그게 너였어?"

"나였어요."

세상에, 그러니까 내가 대학교 2학년 때 학교에서 만났던 고3이 지금 내 앞에 있다는 거지? 은란은 입을 떡하니 벌린 채 주형을 바라보았다.

"신기하다. 되게 이상하고 신기해."

이제 제대로 그날의 일들이 떠오른 듯, 은란은 아예 뒤돌아서서 뒷걸음질치며 주형의 얼굴을 빤히 바라보았다. 대학교 2학년 가을, 수능시험이 끝나고 모교를 방문해 학교 홍보와 상담을 했던 날, 교실 제일 뒷자리에서 불만이 가득 찬 얼굴로 어디 한번 들어나 보자는 듯 삐딱하게 앉아 있던 열아홉의 임주형. 오래전의 모습을 떠올리려 애쓰는 은란의 눈이 가늘어졌다.

"사실 나 네가 그날, 수능성적 잘 나왔는데도 간호학과 지원하려니까 주변에서 반대한다고 했을 때, 그거 그냥 반항심에서 하는 얘기라고 생각했다?"

"생생하게 기억해요. '진짜 가고 싶긴 해요?' 라고 물었어요."

"하하하, 나 진짜 얄밉게 말했구나?"

"그리고는 '성적도 잘 나왔다면서요? 우리 학교 와요!' 라고도 했죠."

주형이 스물한 살의 은란을 흉내 냈다. 마침내 은란에게서 웃음이 터졌다. 그 웃음은 경쾌하게 공기를 진동했다. 한참 웃던 은란은 문득 그 자리에 멈추어 섰다.

얼마만의 진짜 웃음이더라.

귓가에 들리는 자신의 웃음소리가 낯설고도 간지럽다. 멈추어서서 고개를 돌리자 싱긋 웃음 짓고 있는 주형이 곁에 서 있었다. 또다시 고마웠다. 아침만큼이나, 아니, 아침보다도 더.

"주형아."

은란의 나직한 부름에 주형에게서 조금 당황하는 기색이 느껴졌다. 쑥스러워하는 모습을 보고 있자니 저도 모르게 또 웃음이 났다.

"우리 이제 편하게 이야기하자. 나도 이제 임 선생님이라고 안 부를 거니까."

은란이 생긋 웃으며 '임주형, 주형아' 하고 불렀다. 주형은 여전히 쑥스러운 얼굴로 웃기만 했다. 어서 대답해 보라고 채근하자 주형이 투덜거리듯이 '왜요' 대신 '왜?' 라고 대꾸했다.

그 모습에서 '다들 그 성적이면 공대를 가라는데 전 간호대가 가고 싶어요. 어떻게 생각해요?' 라며 퉁명스런 목소리로 질문하던 열아홉의 주형의 모습이 떠올랐다. 귀여워라. 그와 마주 보며 은란이 배시시 웃었다.

"앞으로 친하게 지냅시다, 동생님."

은란이 장난스러운 얼굴로 오른손을 내밀었다. 잠시 주형의 시선이 그 빈손에 닿았다. 천천히 내민 그의 손이 은란의 손을 맞잡았다. 커다란 손바닥에 감겨드는 작은 손. 커다란 주형의 손이 잠겨든 은란의 작은 손을 힘주어 쥐었다.

*

“너 무슨 일 있지?”

아침 운동 중에 숨을 몰아쉬며 태영이 상헌의 어깨를 툭 쳤다. 그렇게 세게 친 것도 아니었는데 상헌이 매트 위로 풀썩 주저앉았다.

“없어.”

“영혼이 빠져나갔구만 뭘.”

비아냥에도 대꾸가 없었다. 그런 반응에 슬쩍 상헌의 눈치를 보며 태영이 말을 이었다.

“은란 씨 일이지?”

여전히 답이 없었다. 대신 상헌은 이마에 송골송골 맺힌 땀을 훔치고는 도복으로 눈가를 찍어냈다.

“설마…… 너 헤어졌냐?”

붉어진 눈가를 보고 경악한 태영이 체육관에서 운동 중인 다른 직원이 들을까 한껏 소리를 낮춘 채 상헌에게 속삭였다.

“치워.”

입술을 깨문 상헌이 자신의 어깨를 잡은 태영의 팔을 뿌리친 채 일어났다. 입을 떡 벌린 채 멍하게 서 있는 태영을 보며, 상헌은 성큼성큼 체육관을 빠져나갔다.

샤워기에서 쏟아지는 차가운 물에 온몸이 젖자 부르르 떨렸다. 찔끔 나왔던 눈물도 찬물을 맞자 쏙 들어갔다. 애도 아니고 이 나이에 실연했다고 징징대다니. 미친놈. 상헌은 자조하며 거센 손길로 얼굴을 씻어냈다.

복수라도 하듯이 유치하게 뒤늦게 ‘그러자’며 메시지를 보냈지만 은란에게서는 답이 없었다. 반응 없음에 울컥했고, 그래서 전화를 걸 뻔했지만 이미 자신의 번호는 지워 버렸거나 차단해 버렸을 것이란 생각이 들자, 분노마저 힘을 잃었다.

이해할 수 없었다. 편하게 살게 해주겠다고 했는데, 그게 자신을 나약하게 해서 싫다고? 복에 겨운 소리! 자신에 대한 마음이 그 정도뿐이었기 때문이라는 결론에 이르자, 상헌은 혼자 결혼을 코앞에 둔 새신랑마냥 들떠 있던 자신이 얼마나 우습게 보였을까 화가 치솟았다. 마음에도 없으면서 있는 척 나를 가지고 논 건가? 아니다, 그래도 진심이었겠지.

꼬리에 꼬리를 무는 의심과 비하 그리고 합리화와 설득. 당장에라도 은란의 아파트로 달려가 뭐가 문제냐고 어깨를 흔들며 묻고 싶은 충동을 억지로 참으며, 상헌은 대신 주먹을 꽈악 쥐었다. 한껏 힘이 들어간 팔이 바르르 경련했다.

*

〈책 안 잡히면 산책하자.〉

오후 수업을 마치고 열람실로 돌아가는데 주형에게서 메시지가 도착했다.

"누나의 불면은 몸이 너무 편해서 그런 거야. 몸이 피곤하고, 볕을 쬐면 불면은 사라지게 되어 있어."

주형은 종종 은란을 열람실 밖으로 끌어냈다. 몇 번인가는 억지로 끌려가던 은란은 어느새 주형의 메시지를 기다리고 있는 자신을 발견했다. 그리고 수업이 끝나고 갑갑한 열람실로 돌아가기 싫을 때면, 마치 그런 걸 알고 있기라도 한 듯 메시지를 보내오는 주형이 가끔은 신기했다. 은란은 반가운 얼굴로 그의 메시지에 답했다.

"왜 간호사야?"

여느 때처럼 병원과 법전원 중간 즈음에서 만나 걷기 시작했다. 간밤에 짧게 뿌리고 간 비 때문인지 날이 맑고, 볕이 좋았다. 그래서인지 조금은 들뜨는 기분의 오후. 은란의 입에서 조금 다른 질문이 던져졌다.

"응?"

"그때, 너 고3때. 네가 확고하게 간호사라고 이야기 안 했으면, 나도 재수해서 의대 가라고 했을 거야. 왜 간호사였어?"

"아아……."

그늘에서 볕으로 나오자, 눈이 부신 듯 주형이 이마를 살짝 찌푸렸다.

"어떤 대답을 원해? 면접용 대답 아니면 현실적 대답?"

주형이 장난스러운 얼굴로 은란을 돌아보았다.

"두 개가 달라? 그럼 둘 다."

"좋아. 그럼 면접용 대답부터 해주자면, 의사보다도 더 환자와 가까이 있을 수 있는 자리라고 생각했기 때문이야. 환자의 입장에서는 유능한 의사만큼이나 친절한 간호사가 고마운 존재고, 난 그런 환자의 기분을 어느 정도 알고 있거든."

"그게 무슨 뜻이야?"

“심기형이었어. 다섯 살 때 수술을 받았지. 그리 어려운 수술은 아니었고 잘 회복되었고, 보다시피 건강하게 살고 있어.”

은란의 시선이 주형의 감색 반소매 피케 셔츠의 가슴팍에 닿았다. 왠지 간질거리는 것 같아 주형이 슬쩍 몸을 돌렸다.

“그럼 현실적인 대답은?”

“수능 두 번 치기 싫었어.”

대답은 간단명료했다.

“설마 그게 전부야?”

당황해하는 모습을 내려다보는 주형의 얼굴에 장난기가 스몄다. 조금 더 장난을 칠까 하던 주형은 은란의 다음 수업 시간이 가까워져 가는 것을 확인하고는 선선히 진짜 답을 이야기해 주었다.

“물론 그건 아니지.”

이건 좀 추상적인 이야기인데…… 하며 머뭇거리던 주형이 천천히 설명했다.

“의사가 미래를 이야기하는 사람이라면, 간호사는 현재를 이야기하는 사람이거든. 환자들도 의사에게는 ‘제가 나을 수 있을까요?’라고 묻지만 간호사에게는 ‘지금 절 어떻게 좀 해주세요’라고 부탁하잖아. 그리고 난…… 아픈 누군가의 문제를 지금, 당장 해결해 주는 역할을 하고 싶었어.”

이렇게 이야기하려니까 좀 쑥스럽네, 라며 주형이 머리를 긁적였다.

“그것 역시 어렸을 때 아팠기 때문에 할 수 있는 생각인 거야?”

“아마도 그렇겠지?”

“지금이 중요하구나, 임주형한테는.”

"맞아."

그러니까 내게는 지금 누나와 함께 있는 이 순간이 그 어느 때보다도 더 중요한 거고. 뭔가를 곰곰이 생각하는 얼굴의 은란을 내려다보며, 주형이 마음속의 말을 천천히 삼켰다.

✼

〈지난번에 줬던 꿀대추차, 조금만 더 얻을 수 있을까? 마트에서 사 왔는데 네가 준 것보다 맛이 없었어.〉

자정이 가까운 시각의 퇴근. 방에 들어서자마자 메시지가 도착했다. 은란. 주형의 눈이 번쩍 뜨였다. 짧은 통화가 끝나자마자 그는 부리나케 1층의 주방으로 뛰어 내려가 냉장고에 들어 있는 커다란 꿀항아리를 낚아챘다. 그대로 은란에게 질주할 것 같던 그의 걸음이 멈칫했다. 한 번에 다 주기보다는 조금씩 나누어서 주면 자주 볼 수 있겠지? 찬장에서 작은 병을 찾기 위해 길게 팔을 뻗던 주형은 잔머리를 굴리고 있는 제 모습이 왠지 우스워서 혼자 피식 웃었다.

"급한 거 아닌데……."

은란이 미안한 얼굴을 한 채 아파트 정문 앞에서 주형을 기다리고 있었다. 크지 않은 유리병을 받아 들며 은란이 물었다.

"이거 어머니가 담그셨어?"

"응."

"그럼 담그는 법 좀 알려줘. 다음에 집에서 만들어보게. 매번 부탁할 수도 없잖아."

진지한 목소리에 주형은 저도 모르게 웃고 말았다.

"뭐야, 그 웃음은?"

"아니야."

"아니긴, 대체 무슨 생각을 했어?"

씨익 웃는 웃음에 곰곰이 생각하던 은란이 알았다는 듯 고개를 끄덕거렸다.

"너, 내가 못 만들 거라고 생각하는 거지?"

들켰구나 싶은 표정의 주형을 향해 은란이 얄밉다는 듯 눈을 흘겼다.

"내가 솔직히 주방하고 친하진 않은데, 내 생존과 관련된 거라면 또 어떻게든 한단 말이지. 그러니까 어머니한테 어떻게 만드는 건지나 여쭤봐 줘. 매번 이렇게 부탁할 수도 없잖아."

어라, 이건 아닌데. 매번 부탁하라고 조금만 가져다준 건데. 주형의 얼굴에 조금 곤란한 기색이 스쳐 지나갔다.

"부탁해도…… 돼."

"아니야. 딱 이번만 부탁하는 거니까 꼭 대추랑 꿀, 비율을 어떻게 하신 건지 여쭤봐. 알았지?"

"알았어."

떨떠름한 얼굴의 주형. 그 기분을 아는지 모르는지 은란은 꽤 즐거워 보였다.

"시각 늦었는데, 얼른 가. 데이 근무라며."

게다가 곧장 집에 돌려보내려고 한다. 지난번처럼 한강 산책이라도 할 수 있을까 기대했던 것이 허무하게 무너지는 순간이었다.

학교 안도 아니고 벌써 열한 시가 넘은 시각, 남자친구가 있는 은란에게 먼저 걷자고 이야기하는 것도 이상한 일이기는……. 그러다 문득 주형의 시선이 다시 유리병을 쥐고 있는 은란의 왼손 약지로 향했다. 여전히 비어 있었다. 확인하는 찰나 또다시 제멋대로 부푸는 마음. 똑같은 질문을 하는 것이 부질없을 것임을 알면서도 입이 또 마음대로 움직였다.

"누나."

"응?"

"강은란."

그때 등 뒤에서 묵직한 목소리가 들려왔다. 두 사람은 동시에 목소리가 들려오는 방향으로 고개를 돌렸다. 가로등을 등지고 어둡고 무거운 그림자 사이에 누군가 서 있었다. 실루엣을 확인한 은란의 얼굴에 당황한 기색이 스쳤다.

"주형아, 가봐."

갑자기 단호해진 목소리에 주형은 고개를 돌려 다시 그림자를 바라보았다. 그 모습을 자세히 보는 것을 막기라도 하려는 듯, 은란의 목소리가 거푸 이어졌다.

"잘 마실게."

저 그림자의 주인이 누구인지는 두 번 생각할 것도 없었다. 은란의 태도가 모든 것을 말해주고 있었으니까.

"갈게."

물러서 돌아서는 모습을 보며 은란이 고개를 끄덕였다. 떼어지지 않는 발걸음. 은란에게 연인이 있다는 것을 알고 있는 것과, 눈으로 확인한 것은 완전히 다른 느낌이었다. 돌아서는데 어둠 속에서 있는 남자는 주형을 매섭게 바라보고 있었다.

지고 싶지 않다.

주형은 그 시선을 피하지 않은 채 천천히 걸음을 옮겼다. 두 사람의 거리가 한 걸음씩 좁혀지고 결국엔 교차해 지나갈 때 즈음, 뒤늦게야 의아한 생각이 들었다. 밤늦게 연인이 보고 싶어 찾아온 남자에게서 왜 적의가 느껴지는 걸까. 그리고 왜 그 적의가 자신만을 향한 것이 아니라 은란을 향해 있는 것처럼 느껴질까. 하지만 차마 뒤를 돌아보지 못했다. 만약 자신이 느낀 적의가 사실은 그저 은란에 대한 소유욕이라면, 그래서 돌아섰을 때 열렬한 환희로 가득 찬 그들의 모습을 발견한다면, 오늘 밤은 도저히 잠들 수 없을 것 같았기 때문이었다.

"얘기 좀 하자."

주형이 사라진 것을 확인한 상헌이 천천히 은란에게 다가왔다.

"……피곤해요."

헤어짐을 통보하고 그것을 그가 받아들인 지 한 달이 지났다. 그 사이 단 한 번의 연락이 없던 상헌이 왜 갑작스레 찾아온 걸까.

오랜만에 본 그의 머리칼은 여름을 준비라도 하려는 듯 꽤 짧게 깎여 있었다. 예전이라면 제일 먼저 확인했을 그의 새로운 모습을 이제는 가장 늦게 알게 되거나, 혹은 결코 알 수 없게 된다. 저도 모르게 흔들리는 마음을 다잡으려 은란은 다시 단호하게 말했다.

"할 말 없어요."

"난 들어야 할 말이 있어."

"……저기서 이야기해요."

잠시 생각하던 은란이 턱짓으로 건너편 상가의 카페를 가리켰다. 언젠가 자신을 데려다 준 그를 보내기 싫어 붙잡아두고 얼굴만 바라보며 몇 시간을 보냈던 그곳이, 이제는 헤어진 연인의 앙금을 정리하는 장소가 되려 하고 있었다. 같은 것을 떠올렸는지 상헌의 얼굴도 썩 달갑지 않은 표정이 되었다.

금요일 밤의 카페에서는 몇몇 사람들이 조용한 대화를 나누고 있었다. 테이블 하나에 자리 잡고 앉자, 그는 뭘 마실 것인지 물어보지도 않은 채 아메리카노 두 잔을 주문해 가지고 왔다. 은란은 머그잔에 담긴 커피와 테이블 위에 놓인 대추차가 담긴 유리병을 번갈아 보았다. 밤 열한 시. 커피를 마시기엔 너무 늦어버린 시각이라는 것도, 은란의 손에 들린 대추차가 의미하는 것이 불면이라는 것도 상헌은 생각하고 있지 않음이 분명하다. 고작 차 한 잔에 무거운 의미를 부여하고 싶지 않았지만, 또 그 고작 차 한 잔이 모든 문제의 근원이기도 했다.

"뭐가 문제야?"

화를 억누르는 것이 느껴졌다. 한 달. 그도 꽤 고통스러운 시간을 보냈음이 분명하다. 아니, 세상의 모든 일에 정답은 없어도 해설은 존재한다고 주장하는 그로서는 이 일이 정답도 해설도 존재하지 않는 풀리지 않는 문제일지도 몰랐다.

"네 진로를 지원해 주겠다고 했는데도 그런 통보를 한 이유를 알고 싶다."

은란은 한참이나 침묵했다. 스스로도 자신을 객관적으로 보지 못하는 상황에서 뭘 어떻게 자신의 마음을 설명할 수 있겠냐마는, 그는 진실을 알게 될 때까지 이 이별을 납득하지 않을 사람이었다.

이 자리는 그에게도 자신에게도 이별을 이해시켜야만 하는 자리였다. 은란은 신중하게 표현을 골랐다.

"나와 가정을 꾸리고 싶다고 생각해 줘서 고마워요. 그런데……."

어떻게 해야 할까. 조금은 부드럽고 온화한 단어로? 다시는 주워 담을 수 없을 모진 말로? 망설이던 은란은 어렵게 입을 열었다.

"오빠의 아내로서 내가 행복하게 살 수 있을 것 같지 않았어요."

"내가 네게 아내로서 기대하는 게 많아서?"

"단지 그런 의미만은 아니에요."

"여자친구에게 바라는 것과 아내에게 바라는 것이 다른 건 어쩔 수 없는 것 같은데."

은란의 대답을 이미 예상했다는 듯한 말투였다. 상헌 역시 프러포즈를 전후한 자신의 태도에 대해 오래 고민한 것 같아 보였다.

"내가 바라는 아내상이 보수적이고 네가 바라는 것과 달랐을 지도 몰라. 그렇지만 그게 그런 일방적 통보를 할 만한 사유인 거야?"

맞춰가면 되는 문제였다. 어차피 살아온 환경이 다른 상황에서 어쩔 수 없이 발생하는 삶에 대한 가치관의 차이. 그는 도망쳐 버린 은란을 이해할 수 없었다.

"오빠도 내가 바라는 남편의 모습을 따라올 수 있을 것 같지 않았어요."

"단순하게 이야기해."

은란의 표현이 자신을 비꼬는 것같이 느껴졌는지 상헌의 목소리가 조금 거칠어졌다. 그 말에 은란이 이번에는 직설적으로 물었다.

“그럼 내가 바라는 남편의 모습에 대해 왜 그런 반응을 보였어
요?”

“뭐?”

“매일 아침을 한식으로 챙기고, 주말에는 직접 만든 빵으로 아
이들의 간식을 챙기고, 남편과 아이의 행사에는 몇 단 도시락까지
직접 챙겨 보내는 가사에 능한 변호사 아내를 바란 게 오빠잖아요.
그런데 내가 오빠에게 같은 것을 바란다고 했을 때 그런 반응을 보
였느냐는 거예요.”

“그건 나중에 이야기해 보자고 했잖아. 조율해 나가면 될 문제
아니야?”

“나중에 언제? 이미 결혼이야기가 다 진행되어서 더 어떻게 발
뺄 수 없게 되었을 때? 오빠는 나 시험 합격하자마자 아이부터 가
질 거라면서요.”

“뭐?”

“들었어요, 우연히. 법원 앞에 갔다가 오빠가 다른 사람과 이야
기하는 거.”

예상치 못했던 듯 상헌의 얼굴에 처음으로 당혹감이 스쳤다.

“그건……”

“그 이야기를 듣는 순간, 난 오빠가 내 인생을 소중하게 여기지
않는다는 생각이 들었어요.”

“은란아.”

“오빠는 오빠가 상상한 가족의 모습을 만들기 위해서 내게 많은
것들을 바랐잖아요. 그런데 왜 오빠가 상상한 그 가족의 모습에는
오빠의 아내나 아이들의 엄마만 존재하고, 내가 상상한 내 30대,

40대, 50대의 모습이 없는 걸까요?”

둘 사이에 침묵이 돌았다. 잠시 생각을 정리하는 듯 깍지 낀 채 고개를 숙이고 있던 상헌이 다시 입을 열었다.

“얘기하지 그랬어.”

“뭘 어떻게 더?”

상헌의 말에 은란이 고개를 저었다.

“늘 부탁했어요. 학기가 시작되면 제일 먼저 오빠에게 시간표를 줬고, 스터디 스케줄이 잡히면 먼저 이야기했었잖아요. 다른 때엔 괜찮으니까 내 공부하는 시간만은 확보해 달라고. 미안하지만 나는 학생이니까 이해해 달라고. 그런데 오빠는 항상 일방적으로 학교 앞에 와서는 통보하는 사람이었어요. 내 사소한 일상조차 조율해 줄 생각이 없는 사람이 내 인생을 지켜줄 수 있을지 고민했어요. 그런데 오빠는 결국엔 내 인생을 꺾으려 들 것 같았어요.”

“그런 식으로 극단적으로 말하지 마.”

상헌이 짜증스러운 목소리로 대꾸했다.

“내 의사랑 상관없이 시험 합격하자마자 아이를 가질 거라는 그 말, 그게 내 인생을 꺾겠다는 말로 들렸어요.”

그는 늘 ‘난 원래 그래. 싫어도 어쩔 수 없어’ 라고 말했었지. 그 뻔뻔한 당당함이 좋았던 때도 있었다. 하지만 이제는 싫어도 어쩔 수 없는 상황이 싫다. 벗어나고 싶었다.

테이블 위에 놓인 유리병을 집어 들며 은란은 자리에서 일어났다. 상헌이 카페 문을 열고 나가려던 은란의 팔을 급하게 잡아챘다.

“아직 이야기 끝나지 않았어.”

“난 끝났어요.”

팔을 빼내려 애쓰던 은란은 잠시 멈추어 서서는 상헌을 향해 물었다.

"나는 어떤 사람이었어요?"

어떤 사람? 이런 식의 추상적인 질문은 대체 어떤 대답을 듣길 바라면서 하는 건지 이해하기 어려웠다. 예상치 못한 질문에 상헌이 이마를 찌푸렸다. 그러다 문득 이것과 비슷한 질문을 동기가 물었던 것이 기억났다.

"그래서 매력이 뭐야?"

그때 뭐라고 대답했더라.

"똑똑하고, 예쁘고……."

지금의 이 격앙된 분위기에 적합한 대답은 아니라는 것을 알지만 머릿속에 떠오르는 것은 그런 것뿐이었다.

"못됐…… 지. 나한테 하나도 지려고 들지 않고 고집도 세고."

질문의 의도를 알 수 없다는 듯, 혼란스러운 얼굴의 상헌. 인상을 잔뜩 찌푸린 채 하는 그 대답에 은란이 맥없이 웃더니 다시 긴 한숨을 쉬었다. 그리고 질문을 바꾸어 다시 물었다.

"난 오빠에게 내가 어떤 여자친구였는지 물은 게 아니에요. 오빠가 이해한 나는 어떤 사람이었는지를 물은 거예요."

이번에는 상헌이 제대로 누군가에게 뒤통수를 맞은 것 같은 얼굴로 은란을 바라보았다. 여전히 잡혀 있는 팔을 뿌리치며 은란이 또박또박 말했다.

"우리가 만난 일 년 반 동안, 나는 오빠가 어떤 사람인지 이해하려고 노력해 왔다고 생각해요. 일에 대한 열망, 성취욕부터 사람에 대한 욕심, 술이나 담배 사소한 취향까지. 그래서 내가 이해하게 된 것에 대해서는 스트레스 주고 싶지 않았어요. 그런데 오빠는…… 나를 안다면 결코 할 수 없을 말과 행동을 반복했어요.”

여자친구로서 은란이 어떤 음식을 좋아하고, 어떤 장소를 좋아하는지, 좋아하는 장르의 영화가 무엇인지에 대해서는 이야기할 수 있었다.

하지만 ‘어떤 사람’이냐고 물었을 때 대답할 수 있는 것은 단지 ‘한상헌의 여자친구로서의 강은란’에 대한 것뿐이었다. 그래서 그는 아무 말도 할 수 없었다. 한참이나 침묵하던 상헌이 낮은 목소리로 입을 열었다.

“미안해.”

은란이 고개를 저었다. 상헌이 초조한 얼굴로 이어 말했다.

“이해하고, 맞춰갈게.”

상헌의 대답에 은란이 다시 고개를 저었다. 그리고 더 이해할 수 없다는 얼굴로 그를 바라보았다. 책망하는 눈빛으로 은란이 입을 열었다.

“지난 일 년 반은 그리 짧지 않았잖아요.”

제7장

인생의 달콤한 맛

"안녕."

"어!"

간호사실에서 나오던 주형의 눈앞에 은란이 서 있었다.

"웬일이야?"

"그냥, 갑갑해서 좀 걷다 보니까 너 일 끝날 시간이 되어가길래."

갑갑해서라는 말을 들은 주형은 마음을 읽기라도 하려는 듯 마주 선 은란의 얼굴을 한참 바라보았다. 그리고는 손끝으로 카페를 가리켰다.

"그럼 온 김에 커피 한잔 사줘. 달고 진한 걸로."

잠시 후 초콜릿 시럽을 듬뿍 뿌린 아이스모카 한 잔을 받아 든 주형은 산더미처럼 쌓인 생크림을 앞에 두고 만족스러운 얼굴을 했다. 입을 크게 벌려 생크림을 덥석 베어 물고 나른한 표정을 짓는 모습에 은란이 저도 모르게 피식 웃었다.

"남자들은 단거 별로 안 좋아하던데."

"그럼에도 필요한 날이 있지."

"어떤 날? 많이 피곤한 날?"

"인생에 단맛도 있다는 것을 알고 싶은 날."

주형이 중얼거리며 다시 생크림을 베어 물었다.

"무슨 일 있었어?"

천천히 병원 밖을 빠져나와 다시 은란의 법전원 건물로 내려가는 길. 나직한 목소리로 묻자 주형이 대답 대신 긴 한숨을 쉬었다.

"한숨 안에 숨겨진 것들이 많아 보이는데?"

"교통사고 응급환자가 들어왔었어. 꽤 큰 사고."

"아."

그제야 긴 한숨 사이에 숨어 있던 피비린내와 비명 소리, 그리고 혼란이 느껴졌다. 한참이나 말없이 타박타박 내리막길을 걸어 내려가던 은란이 조심스러운 목소리로 입을 열었다.

"일하다 보면 생사를 오가는 모습 많이 보잖아."

"아무래도."

"그런 때 무슨 생각해?"

"음…… 그런 질문을 종종 받는데……."

주형이 잠시 생각하더니 대답했다.

"그때마다 대답하는 건데, 별로 특별한 생각을 하는 것 같지 않아."

"……죽음 앞에서 내 고민은 별것 아니구나, 오늘을 열심히 살아야지. 그런 생각 하지 않아?”

“당신이 보낸 오늘은 어제 죽은 이가 갈망하던 내일이다. 뭐, 그런 거?”

주형이 웃으며 대꾸했다.

“응…… 그런 거.”

“그런 생각 안 해.”

주형이 이번에는 단호한 얼굴로 고개를 흔들었다.

“……왜?”

“다른 사람의 불행으로 내 행복을 확인하는 것 같아서.”

쪼르르, 아이스라테를 마시던 은란의 동작이 일순 멈추었다.

“예전엔 누나가 말한 것 같은 생각을 했던 것 같아.”

아마도 학교에서 처음 실습을 나갔을 때에는 그런 생각을 했었던 것 같기도. 주형이 덧붙였다.

“그런데 나중에는 저렇게 죽는 사람이 내가 아니라서, 내가 사랑하는 사람이 아니라서 다행이라고 생각하고 있더라고. 그래서…….”

그래서 아무 생각 하지 않는다고 대답하려는데 은란이 걸음을 멈추어 서 있는 것을 발견했다. 은란이 복잡한 얼굴로 주형을 바라보고 있었다.

“뭐야? 왜 그래? 내가 잘못 말한 거 있어?”

“다시…… 말해봐.”

“뭐?”

“방금 한 말.”

“저렇게 죽는 사람이 내가 아니라서 다행이라고 생각하고 있더라는…… 말?”

끄덕끄덕하던 은란이 눈을 깜빡깜빡하더니 중얼거렸다.

“이상해.”

“뭐?”

“나랑 똑같은 생각을 하고 있잖아. 이상하다고.”

“강은란, 울어?”

“아니야.”

은란이 이마를 찡그리며 고개를 돌렸다. 대체 자신이 한 말이 은란의 무엇을 자극했기에 저런 얼굴이 되는지. 주형이 난처한 얼굴로 은란을 살폈다. 그리고는 근처 벤치에 은란을 끌어다 앉혔다. 한참 후, 조금 마음이 가라앉았는지 천천히 은란의 입이 열렸다.

“아버지가 폐암으로 6차 항암치료까지 받으셨었어.”

폐암의 낮은 완치율과 높은 전이율을 두고 입방아를 찧던 사람들. 병실에 누워 있는 초췌한 아버지를 보고 돌아선 사람들의 위로에서 드러나던 숨겨진 그들의 마음이 그랬었다.

‘저 자리에서 저런 모습으로 있는 사람이 내가, 내 가족이 아니어서 다행이다. 난 행복하구나. 오늘도 열심히 살아야겠다.’

내 가족의 불행이 타인에게는 그저 자신이 가진 현재의 행복을 확인시켜 주는 것에 불과하다는 것이 너무 속상하고 마음이 아파서, 나중에는 아무도 병문안 오지 말라며 아버지가 입원한 병실조차 공개하지 않았었는데…….

지난 이야기를 떠올리자 다시 마음이 아픈 모양이다. 저도 모르게 붉어진 눈으로 이야기를 전하는 동안 조용히 듣고 있던 주형이 발그레 열이 오른 은란의 얼굴을 바라보며 옅게 웃었다.

“누나, 알고 보니까 되게 마음 여리잖아?”

“아니야.”

도리질치며 은란이 부정했다.

“눈물도 많고.”

“그건 진짜, 절대 아니야.”

혼자서는 온갖 청승을 떨지언정 남들 앞에서는 어떻게든 꾹꾹 참는데 눈물이 많다니. 은란이 강하게 부정했다.

“아니긴, 벌써 몇 번째인데.”

몇 번째?

주형이 걸어온 전화기에 대고 미친 사람처럼 울다가 웃기를 반복했던 기억이 번뜩 떠올랐다.

“아니야, 진짜 아닌데…….”

진짜 아닌데…… 하고 부정해 봤자, 이미 찔끔거린 눈물이 도로 주워 담길 리 없다. 우물쭈물하는 은란을 보며 주형이 빙그레 웃었다.

“그런데…… 아무 데서나 울고 그러지 마.”

그리고 주형은 은란의 머리를 다독이듯 쓰다듬었다. 정수리에 내려앉은 커다랗고 다정한 손의 무게, 귀에 닿은 문장을 해석하기도 전에 가자, 라며 벤치에서 일어나 앞장서는 주형. 잠시 당황한 얼굴로 등을 바라보던 은란이 뒤늦게 그의 뒤를 따랐다. 기다리지도 않고 제멋대로 앞서 가버리는 주형의 등을 툭 하고 건드리자, 돌아보는 그의 얼굴에는 여느 때와 다름없는 평온한 미소가 담겨 있었다. 그제야 안심이 된 은란이 곁에 나란히 서서 걷기 시작했다.

“저기 뭐지?”

법전원 건물에 도착했을 즈음, 웅성거리는 소리가 높아졌다. 은란이 사람들이 잔뜩 몰려 있는 곳을 가리켰다.

“무슨 일이 난 건가?”

“사람이 쓰러진 것 같은데?”

주변에서 들려오는 수선스러움에 두 사람의 걸음도 빨라졌다.

“아저씨, 아저씨, 정신 좀 차려봐요.”

옷차림으로 보아서는 학교 경비담당 직원으로 보였다. 곁에는 자전거가 나뒹굴고 있었다. 그리고 둘러싼 사람들이 남자의 어깨를 흔들고 있었다.

“주형아, 너…….”

가봐야 하지 않을까 하고 물으려는데 주형은 이미 사람들 사이를 뚫고 들어가 쓰러져 있는 남자 곁에 앉아 있었다.

“119는요?”

“신고했어요.”

“목격한 분 있습니까?”

누군가 남자의 어깨를 흔드는 것을 저지한 주형이 에워싼 학생들에게 물었다.

“자전거 타고 한참 달려가더니 갑자기 휘청거리면서 옆으로 고꾸라졌어요.”

그리고 누군가 비명을 질렀다.

“피! 피!”

남자의 머리에서 피가 흘러나오고 있었다. 주형이 가방에 묶어두었던 자신의 남방셔츠를 끌러내 그의 머리를 조심스럽게 묶었다. 어둠 속에서도 금세 셔츠가 피로 젖어들어 가는 것이 눈에 확연히 드러났다.

"환자분, 제 말 들리세요?"

휘청거리다 고꾸라졌다. 왜? 주형이 쓰러진 남자의 의식을 확인했다. 두부 골절로 출혈이 있었지만, 미약하게나마 의식이 남아 있는 남자는 뭔가 입으로 뻐끔거렸다. 거친 호흡 사이에 내뱉는 말이 무엇인지 확인하기 위해 귀를 바싹 가져다 댔다.

"당…… 당…….."

거칠게 내뱉는 말 사이에 퍼뜩 스치는 것이 있었다. 주형은 곁에 아무렇게나 내려놓은 자신의 아이스 커피를 집어 들었다. 다행히 주형의 아이스모카에 생크림이 소복이 남아 있었다. 손가락 끝으로 초콜릿이 많이 끼얹어져 있는 부분의 생크림을 덜어낸 주형이 남자의 입속으로 크림을 밀어 넣었다.

"환자분, 삼키세요."

주형이 남자를 독려했다. 눈을 껌뻑거리며 남자는 주형의 손가락을 깨물었다.

"삼키셔야 돼요."

손가락을 빼어낸 주형이 다시 반복했다. 남자의 입속에 손가락을 밀어 넣자 이번에는 남자가 조금 더 세게 손가락을 깨물었다.

"잘하셨어요, 한 번 더."

주형이 반복하고 있을 때 앰뷸런스 소리가 들리기 시작했다. 사람들이 손을 흔들며 여기요, 여기! 하고 소리를 질렀다.

119 구급대원들이 도착하자 주형은 그제야 손가락을 빼어냈다. 은란은 주형이 내던진 가방과 흩어진 짐을 챙겨 들었다. 당뇨로 인

한 급성 저혈당쇼크, 의식저하, 그리고 후두부 골절. 119 대원과 주형 사이에 대화가 오가고, 처치가 끝난 남자가 앰뷸런스에 실리자 주형도 급하게 앰뷸런스에 올랐다.

"누나, 들어가."

앰뷸런스의 문이 닫히기 전, 은란을 향해 손을 흔드는 주형의 손끝이 검붉은 빛으로 물든 것처럼 보인 것은 착각일까? 환자의 입속에 제 손가락을 밀어 넣던 주형. 사라진 앰뷸런스를 바라보는 은란의 얼굴에 걱정이 내려앉았다.

＊

"임주형, 일어나 봐."

벌컥 문이 열리고 형이 들이닥쳤다. 비몽사몽 사이에 시각을 확인하니 겨우 정오가 지났다. 잠든 지 겨우 네 시간밖에 지나지 않았다. 3일 연속 나이트 근무의 위력은 대단해서, 주형은 정신을 차리기 위해 자리에서 일어난 후에도 한참이나 침대 맡에서 멍하게 앉아 있어야 했다.

"뭐야?"

지금 한참 일하고 있어야 할 사람이 왜 집에? 간신히 이불을 걷고 일어나 앉자 네 살 차이의 형, 건형이 침대 곁에 봉투 하나를 던졌다.

"그건 내가 물을 말이다. 너 무슨 사고 쳤어?"

"사고?"

여전히 감기는 눈을 억지로 끌어 올리며, 주형은 몇 번의 헛손질

끝에 봉투를 열었다. 건형은 침대 발치에 선 채 주형이 내용물을
확인하기를 기다렸다.

　—귀하에 대한 형법(업무상과실 치사상) 사건에 관하여 문의할 일이 있
으니…….

공문서 특유의 불친절한 표현들. 읽어 내려가는 주형의 얼굴이
점점 굳어졌다.
"이거, 뭐야?"
설명해 보라는 듯 주형이 종이를 다시 형에게로 밀었다. 황당한
얼굴의 주형을 보며 건형이 물었다.
"너 병원에서 사고 쳤어?"
건형이 심각한 얼굴로 주형을 내려다보았다. 사고? 무슨 사고?
"아니야."
전혀 떠오르는 게 없다는 주형의 표정에 건형이 한숨을 내쉬며
출석요구서를 집어 들었다.
"잘 생각해 보고 떠오르는 거 있으면 바로 전화해. 난 좀 알아볼
테니."

〈의료사고라는데.〉
저녁 무렵 전화가 걸려왔다. 갑갑해하는 황구를 데리고 나가 산
책시키던 주형의 걸음이 길 한복판에서 멈추었다. 의료사고라니.
주형이 갑자기 멈추어 서자 무슨 일이냐는 듯 황구가 고개를 돌려
주형을 바라보았다.

“뭐?”

〈한 열흘 전쯤, 저혈당 환자 처치한 적 있어? 학교 안에서?〉

“아.”

〈지금도 입원 중이야?〉

“최초 처치하고, 보호자가 집 근처 병원으로 전원해 달라고 해서 이송했을 텐데.”

특별히 문제가 될 만한 케이스는 아니었는데. 주형은 저도 모르게 이마를 찌푸렸다.

〈지금 의식불명 상태라고 하는데, 최초 처치에 문제가 있었는지 아니면 지금 입원한 병원 쪽 과실인지 다투는 모양이야.〉

“응급실 도착했을 때엔 의식이 있었어.”

의식불명이라니. 병원에 이송되는 동안에도 앰뷸런스 안에서 기본적인 질문에 대해 제대로 답했었다. 병원에 인계된 것을 보고 나왔을 뿐인데…….

〈네가 최초 처치를 하는 바람에 너까지 입건된 것 같다. 전화번호 하나 줄 테니까 바로 변호사 사무실 한번 들러봐.〉

‘가해자.’

자신에게 얹힌 그 호칭이 낯설었다. 며칠 후, 강남경찰서 정문 앞에 선 주형은 태극마크를 품고 있는 독수리를 한참이나 바라보았다. 주머니 안에서 출석요구서가 바스락거렸다. 법은 멀리 있고 주먹은 가까이에 있다? 아니, 때로는 주먹보다 가까운 곳에 법이 있는 모양이었다. 전혀 생각하지 못한 일로 누군가에게 가해자가 되었고, 누군가가 법을 이용해 자신을 문제 삼았다.

"사실 이 건이 주형 씨까지 얽힐 문제가 아닌 것 같거든요. 근데 피해자 쪽에서 급한 마음에 얽힌 사람들은 다 걸고넘어진 모양이에요."

형의 연수원 동기라는 변호사는 너무 걱정하지 말라고 했다. 하지만 의식불명의 남자와 그의 가족들도 그렇게 생각할 것인지는 모를 일이었다. 주형은 아침에 형과 나눈 대화를 되새김질하며 천천히 로비로 들어섰다.

"임주형, 잘 생각해. 너한테 과실 있어, 없어?"
나이트 근무를 끝내고 돌아오자 출근 시간도 미룬 채 건형이 기다리고 있었다. 깨끗이 정리된 식탁에 마주 앉은 형제는 건조한 표정으로 대화를 나누었다.
"없어."
"확실해? 답은 너민 알이."
건형의 눈길이 매서웠다. 동생으로 보는 것이 아니라 피의자로 다루고 있다. 주형은 자신도 모르게 이마를 찌푸리며 대답했다.
"확실해."
응급실에서 일한 지 벌써 일 년 반이다. 이제는 머릿속으로 생각하지 않아도 몸이 먼저 반응한다. 틀렸을 리 없었고, 틀려서도 안 된다. 주형은 다시 한 번 대답했다.
"확실해."
"검사는 기록으로만 판단해. 넌 단지 일과 밖에서 우연히 사람을 구한 선량한 간호사이고, 전원한 쪽 병원의 과실로 문제가 생겼는데 덤으로 끌려 들어갔다는 인상을 줘야 해. 그래야 불기소를 받아.”

선량한 간호사라는 표현에 긴장했던 주형의 얼굴이 조금 부드럽게 풀어졌다. 그저 본능적으로 환자를 처치했을 뿐이다. 그렇게 쉽게 죄가 될 리가 없다고 믿는 얼굴의 주형에게 건형이 진지한 얼굴로 질문을 던졌다.

“너, 재판으로 넘어간 후에 무죄판결받는 비율이 몇 퍼센트일 것 같냐?”

“……20퍼센트?”

주형의 대답에 건형이 우리나라 검사를 뭘로 보느냐는 듯 코웃음 쳤다.

“3퍼센트야, 3퍼센트. 형량 차이는 있지만 일단 기소되면 97퍼센트는 절대 못 빠져나온다는 거지.”

불기소처분으로 끝나지 않으면 일이 복잡해진다. 무조건 불기소처분이 떨어져야 돼. 건형이 심각한 얼굴로 재차 말했다.

“나한테 과실이 있는 거 아닌가, 스스로 의심하기 시작하면 대답이 흔들리기 시작하고, 그러면 끝이다. 너를 믿어.”

너를 믿어. 건형의 목소리가 귀를 울렸다. ‘형사과’ 라고 쓰인 명패를 바라보며 주형이 크게 심호흡했다.

*

“임 선생, 자꾸 그럴 거야?”

“죄송합니다.”

“정신 똑바로 안 차릴래?”

평소 아무리 화가 나도 경어를 쓰던 책임 간호사가 말을 낮추고 있다는 것은 정말 단단히 화가 났다는 의미였다. 주형은 자세를 바로잡았다.

“조사 하나 받은 거 가지고 이렇게 휘둘릴 거야? 자기 처치 못 믿어?”

“아닙니다.”

주형을 비롯해 전원하기 전까지 그 환자를 담당했던 직원들이 일제히 경찰 조사를 받고 난 후라 병원 안은 뒤숭숭했다. 그 와중에 주형이 평소 하지 않던 사소한 실수까지 반복하고 있으니, 책임 간호사로서는 화가 날 법도 했다.

딱딱하게 굳어진 주형의 어깨를 한참 노려보던 책임 간호사가 들릴 듯 말 듯 한숨을 내쉬었다. 그리고 다시 돌아온 침착한 목소리로 주형을 향해 말했다.

“임 선생님 오늘부터 오프죠? 제대로 쉬다가 와요.”

책임 간호사가 먼저 자리를 떴다. 하지만 주형은 표정 없는 얼굴로 한동안 그 자리에 우두커니 서 있었다.

“과실이 없는 걸 확신해? 그러면 믿어. 자신을 의심하기 시작하면 끝이야.”

조사는 잘 마무리되었다고 생각했다. 하지만 문제는 병원으로 돌아온 후부터였다. 주사바늘 하나를 꽂는데도 저도 모르게 멈칫거리는 일이 잦아졌다. 불안한 얼굴로 주형을 바라보며 일하신 지 얼마나 되셨냐고 묻는 환자의 질문에 멋쩍게 웃어넘긴 것도 몇 차례.

경추 손상이 없다고 믿고 있지만, 잘못 판단한 거였다면? 지혈을 위해 목을 움직인 것이 결과적으로는 의식불명의 치명적인 원인이 된 것이라면? 결국…… 내가 그를 그렇게 만든 것이라면?

의심은 꼬리를 물고 이어졌다. 실수하지 않았다고 확신했지만, 실수하지 않았다는 믿음이 진실일지에 대해서는…… 확신할 수 없었다.

무력한 자신의 기억, 그리고 두 손.

늘어진 손끝이 파르르 떨려왔다. 유난히도 쓴맛이 오래가는 아침이었다. 떨리는 손을 꾸욱 접어 쥐며. 주형은 천천히 간호사실로 걸음을 옮겼다.

✳

〈강은란, 나 단거 사줄래?〉

졸음에 겨운 눈을 비비며 은란이 다시 메시지를 확인했다. 아침 일곱 시 십오 분에 도착한 메시지였다. 나이트 근무가 끝난 모양이구나. 그런데 강은란이라니, 이 못된 놈. 자꾸 누나라고 부르지 않고 이름을 부른단 말이지. 만나기만 해봐라. 속으로 중얼거리며 휴대전화를 내려놓던 은란에게 문득 떠오르는 것이 있었다.

"인생에 단맛도 있다는 것을 알고 싶은 날이 있거든."

단맛이 필요한 아침이구나. 메시지를 확인하는 은란의 얼굴에 안쓰러움이 비쳤다. 벌떡 이불을 걷고 일어난 은란이 손끝으로 액정을 톡톡 두드렸다.

〈어디?〉
〈이제 일어난 거야?〉

은란이 웃으며 거푸 메시지를 찍었다.

〈응. 어디야? 아직 병원이야?〉
〈학교 갈 거지?〉
〈응.〉
〈빨리 준비해서 나와.〉

뭐? 은란의 눈이 커다래졌다.

〈스쿠터 가지고 왔어. 데려다 줄게.〉

기다리고 있다는 이야기? 화들짝 놀란 은란이 현관으로 달려가 복도 베란다로 길게 몸을 빼어 아파트 정문을 바라보았다. 멀리 하늘색 스쿠터에 기대어 서 있는 주형이 눈에 들어왔다. 다시 집 안으로 뛰어 들어온 은란은 후다닥 욕실로 뛰어들었다. 대체 임주형, 무슨 일인 거야?

정확히 이십오 분 후, 채 말리지도 못한 젖은 머리로 나타난 은란을 보며 주형이 놀란 얼굴을 했다.

“빨리 나왔는데?”

“네가 기다리고 있어서 서둘렀어.”

은란이 투덜거리며 머리칼을 툭툭 털었다. 그런 투덜거림에도 주형은 왠지 기분이 좋아 보였다. 자신의 메시지 하나에 은란이 숨 가쁘게 준비해 나타난 것이 꽤 즐거운 모양이었다.

“단거 먹고 싶어?”

“아, 응.”

“학교 데려다 주지 않아도 괜찮으니까 그냥 커피 한잔 마시고 가. 어차피 나도 한잔 마셔야 하니까.”

은란이 고갯짓으로 막 개점한 카페를 가리켰다. 잠시 카페를 바라보던 주형이 고개를 저었다.

“학교 근처에 가서 사줘.”

“왜? 피곤하잖아. 그냥 여기서 마시고 가.”

“저기는…….”

잠시 미간을 찌푸리던 주형이 고개를 저었다.

“아무튼 저 카페는 싫어. 데려다 줄게, 타.”

주형이 손바닥으로 스쿠터를 툭툭 두드렸다.

이상했다.

분명 언젠가 병원에서 주형의 권유로 스쿠터를 탔던 날에는 마치 공원의 놀이기구라도 탄 것마냥 즐겁기만 했는데, 이번에는 완전히 달랐다. 은란은 주형의 품에서 옴짝달싹 못한 채, 딱딱하게 움츠러들어 있었다. 6월의 첫 주에 들어선 공기는 벌써부터 조금은 후덥지근했지만 그래도 선선했고, 출근 시간의 교통은 엉망이긴 했지만 짜증스러울 만큼은 아닌데……

등 뒤에서 끼쳐 오는 주형의 향기가 이렇게 진하게 느껴졌던 때가 있었던가? 그 품이 제 등을 완전히 감쌀 만큼 이렇게 넓었던가?

그런 것들을 의식하기 시작하자 헬멧의 끈이 얼굴 전체를 옥죄고, 두근거리는 심장의 박동에 맞추어 열이 잔뜩 오른 온몸이 욱신거리기 시작했다.

"뭐야, 얼굴이 왜 그래?"

스쿠터에서 후다닥 뛰어내린 은란이 옷자락을 펄럭거렸다. 그제야 자신의 온몸을 감쌌던 주형의 향기가 공기 중에 사라지는 것이 느껴졌다.

"더웠어, 더웠어. 아침부터 이렇게 더워서야 원."

거푸 손바람을 부치는 은란을 보며 주형이 고개를 갸웃거렸다. 뭔가 이야기하려는 그를 입막음하려는 듯, 손가락으로 카페를 가리켰다.

"생크림 잔뜩에 초콜릿 시럽 많이 뿌려진 모카 마시고 싶은 거지? 주문해 놓을 테니 들어와."

허둥지둥 사라지는 은란의 모습을 지켜보던 주형이 피식 웃음을 터뜨렸다. 생크림보다 더 달콤한 게 강은란인데.

잠시 후, 스쿠터를 잘 대어놓고 나타났을 때, 은란은 주형의 몫이 분명한 산더미 같은 생크림이 쌓여 있는 아이스모카를 내밀었다.

"이건 좀 너무한데?"

당뇨병에라도 걸리라는 건가. 받아 들며 주형이 고개를 설레설레 저었다.

"뭐야? 무슨 일이길래 아침부터 단 게 필요하다고 나한테 SOS를 친 거야?"

난 아침엔 단거 싫어, 라며 제 몫의 아메리카노를 천천히 넘기며 은란이 물었다. 은란을 바라보며 느긋하게 의자에 몸을 기대어 앉은 주형이 대답 대신 웃기만 하자 은란이 재차 물었다.

"오늘도 교통사고였어?"

"아니."

"익스파이어(Expire:사망)?"

은란의 입에서 병원에서 쓰는 단어가 나오자 주형의 눈썹이 놀라움으로 살짝 흔들렸다.

"그건 어디서 배웠어?"

"그 단어가 병원에서만 쓰이는 것도 아니고."

주형의 반응이 생각보다 재미있었던 듯, 은란이 씨익 웃었다.

"아무튼 그런 거야?"

"그것도 아니야."

"그럼?"

"강은란."

"어허."

누나라고 부르라니까 또 강은란이라네. 은란이 주형의 손등을 찰싹, 내려쳤다.

"아파!"

"아프라고 때린 거야. 다시 불러봐."

"누나."

투덜거리는 주형의 목소리에 만족스러운 얼굴로 고개를 끄덕였다.

"이유는 묻지 말고, 앞으로 이틀만 더 아침에 커피 사줘. 오늘이랑 같은 걸로."

턱을 괸 채 한참이나 주형을 응시하던 은란이 물었다.

"데미지가 꽤 큰일이 있었나 보네."

대답하지 않자 은란은 긍정으로 이해한다는 듯 고개를 끄덕끄덕했다.

"내일이랑 모레 나이트인 거야? 그럼 퇴근할 때……."

"모레까지 오프야. 이틀 동안 아침에 학교까지 데려다 줄 테니까, 학교 오면 사줘."

의외의 제안에 커피를 입으로 가져가던 은란의 손이 허공에서 멈추어 섰다.

"너, 참 아무렇지 않게 데려다 준다고 한다."

"싫어? 아니, 남자친구가 싫어하려나?"

자신의 도발에 은란은 어떻게 반응할까. 은란이 아파트 앞에 있는 카페가 싫었던 것은 은란 커플이 종종 찾았을 것이 분명한 공간이라는 확신 때문이었다. 어쩌면 그날 밤에도 그들은 그곳에서 이야기를 나누었을지도 모른다. 그런 공간에서 위로받고 싶지 않았다.

"……내가 싫어. 아까 봤잖아, 얼굴 빨개진 거. 생각보다 더 덥더라."

달콤함은 순식간에 쓴맛으로 변했다. 마치 달콤한 바닐라 아이스크림 아래에 숨겨진 아포카토의 에스프레소같이 쓴맛. 맥이 풀린 주형은 두 팔을 길게 늘어뜨린 채 담담한 얼굴의 은란을 응시했다.

“커피는 사줄게.”

“됐어.”

보답받지 못할 마음을 가진 쪽이 더 큰 상처를 받는다. 너무나도 분명한 사실인데 때로는 그것을 알고 있으면서도 받는 상처가 유난히 더 크고 아프게 느껴질 때가 있었다. 지금 퉁명스럽게 대답해 버리면 은란에게 다른 마음을 먹고 있다는 것을 들켜 버리게 될 것을 알고 있음에도 주형은 터져 나오는 서운함을 감추기 어려웠다.

“임주형.”

“…….”

“너, 커피 말고 나한테 다른 거 바라는 거 있어?”

실수했다.

은란의 갑작스러운 질문에 주형의 시선이 흔들렸다. 잠시 머뭇거린 주형은 아직 절반 이상 남아 있는 커피를 낚아채어 들며 자리에서 벌떡 일어났다.

“있어. 내일은 다크 초콜릿도 하나 사줘.”

＊

6월, 기말고사의 달.

수요일부터 시작되는 시험에 금요일에도 늦은 시간까지 학교에 남아 있던 은란이 천천히 열람실을 빠져나왔을 때에는 이미 열한 시도 훌쩍 넘은 시각이었다.

‘아, 시원한 맥주 한 캔만 마시면 딱 좋겠네.’

슬슬 시작되는 더위에 손바람을 부치며 속으로 중얼거릴 때 즈음, 주형이 마침 이브닝 근무라는 것이 떠올랐다. 금요일의 아주 늦은 밤, 약속이 있을까?

"임주혀어어엉."

법전원 건물 앞에서 팔을 휘젓고 있는 은란이 보이자 심장이 뛰었다. 어떻게 해야 할지 모르겠다. 웃고 있는데 울고 싶어진다. 내 사람이 아니다, 아니다, 아니다, 생각날 때마다 다짐하는데 만날 때마다 마음은 조금씩 더 커지기만 했다.

"맥주, 맥주, 맥주!"

걸음걸음 맥주를 외치며 웃는 은란을 보며 주형은 자신도 모르게 따라 환하게 웃고 말았다. 행복하면서도 마음이 아렸다.

"뭐야, 금요일 밤에 함께 맥주 마실 친구가 나밖에 없어?"

"시험 기간에 술 마시자고 하면 민폐야, 민폐."

"시험 걱정도 안 되나 봐?"

"걱정돼. 그러니까 딱 한 캔만 마시고 가서 푸욱 자고 일어날 거야. 그리고 아침에 기분 좋게 학교에 오는 거지."

"어디 가서 마실까?"

학교 주변 술집들은 정신없을 텐데……. 두리번거리는 주형을 향해 은란이 손가락으로 어딘가를 가리켰다. 지하철역 입구.

"지하철 타고 가면서 마시자고?"

설마 하는 얼굴로 은란을 바라보자 은란이 무슨 상상을 하느냐는 듯 콧잔등을 찌푸렸다.

"한강 가자, 한강."

얼마 지나지 않아 은란의 집 근처 한강공원에 도착한 두 사람은 편의점에서 맥주 두 캔을 사들고는 강물이 내려다보이는 적당한 곳에 자리를 잡고 앉았다. 하지만 은란은 몇 모금 마시자마자 연거푸 터져 나오는 하품을 숨기지 못했다.

"피곤해?"

"조금."

"공부하는 거 좋아?"

"싫어."

은란이 고개를 거세게 저었다.

"공부하는 거 좋아서 하는 사람이 어디 있겠어. 아, 있긴 하겠지만 나는 아니야."

은란이 웃으며 다시 맥주를 한 모금 시원하게 넘겼다.

"그런데 왜?"

"나도 몰라. 그냥……."

은란이 한숨을 쉬었다.

"그냥 가만히 있으면 불안해. 정체되어 있는 것에 대한 공포가 있는 것 같아, 나한테는."

미간을 찡그린 채 잠시 더 생각하던 은란이 말했다.

"어떻게 회사에서 3년을 채우고 나오긴 했는데, 사실은 2개월짜리 신입사원 연수 끝나고 발령받아서 일한 지 딱 1주일 됐을 때, 나 여기서 평생은 일 못하겠다 그런 생각을 했어."

"이러다 한 달 금방 가겠네, 일 년 금방 가겠네, 내 인생도 휙, 그런 생각?"

"오! 정답!"

은란이 주형의 무릎을 두드리며 격하게 동감의 의사를 표시했다.

“나도 가끔 그게 무섭기는 해.”

주형이 길게 몸을 늘어뜨리며 말했다.

“그래서 나는 학교로 도망쳤지. 시험과 학점으로 나를 들볶는 곳으로.”

“돌아와서 행복해?”

남들은 회사에서 빡빡한 일주일을 보내고, 홀가분한 마음으로 금요일 밤을 즐기는데……. 금요일 밤에도 학교에서 책과 시간을 보내면서 행복하다는 생각이 들어? 주형의 물음에 은란이 웃었다.

“인생을 흘려보낸다는 기분은 안 들어. 그것만으로도 충분한 것 같아.”

그리고 다행히 공부도 생각보다 더 잘 맞는 것 같고. 은란이 덧붙였다.

“어렸을 땐 진급을 했잖아. 일 학년에서 이 학년, 초등학교에서 중학교……. 그 자체가 내가 한 단계씩 성장하고 있다는 걸 확인받는 거라서 불안하지 않았었는데, 사회에 던져지는 순간 정체되어 있다는 기분이 들면서…….”

은란이 길게 한숨을 내쉬었다.

“내가 언젠가 한 번 이야기한 것 같은데.”

주형이 씩 웃으며 말을 이었다.

“생각보다 사람들은 별로 고민을 하지 않으면서 살아. 나이를 먹는 것에 대한 공포 때문에 더 이상 성장에 대해 고민하지 않는 거지.”

“어차피 고민해 봤자 답이 나오지 않으니까. 장래희망이 의미 없어지는 날이 언젠가는 오거든. 난 이해해. 나도 지금은 고군분투하고 있지만 언젠가는 그저 현상 유지에 급급한 날이 오겠지.”

쓸쓸하게 웃는 은란에게 주형의 시선이 한동안 머물렀다.

"강은란, 멋있어. 알아?"

주형이 턱을 괸 채 은란을 향해 말했다. 잠시 은란의 동작이 멈추었다.

"나한테 반하면 안 돼."

시선을 피하며 은란이 농담처럼 말했다.

"처음 봤을 때에도 멋있다고 생각했어."

"처음? 나 대학교 2학년 때?"

"아니, 지난겨울에 고등학교에서 다시 만났을 때."

주형의 대답에 은란이 조금 볼을 붉히더니 장난스럽게 받아쳤다.

"그날 너 내 다리만 봤으면서!"

"뭐?"

이번에 당황한 것은 주형. 급하게 도리질 쳤다.

"아니야."

"아니긴, 다 봤어."

"내가 도서관에서 누나가 말 걸었을 때 얘기했잖아. 내용이 좋아서 열심히 들었다고."

주형의 변명에 은란이 씨익 웃었다.

"무슨 내용이 그렇게 좋았는데?"

"……."

우물쭈물 곧장 대답하지 못하는 주형을 보며 은란이 깔깔거리며 웃었다. 그리고 한참이나 툭탁거리던 두 사람 사이에 잠시 차분한 침묵이 찾아왔다. 일상의 소음이 등 뒤를 흘러가고, 눈앞에는 도시의 어둠이 내려앉아 있었다. 맥주 캔이 무게를 잃는 것과 비례해,

은란의 뺨도 강물에 일렁이는 야경같이 발그레 달아올랐다.

"그런데 임주형."

침묵을 깬 것은 은란이었다. 달아오른 볼에 아직은 냉기가 남아 있는 차가운 맥주 캔을 가져다 댄 채였다.

"응?"

"종종 생각한 건데, 넌 좀 이상해."

"뭐가?"

"내가 만난 스물여덟 중에서 네가 제일 이상한 것 같아. 네 나이 같아 보이다가도, 어느 순간에는 세상을 다 살아본 사람 같이 느껴질 때도 있어."

잠시 인상을 찡그리던 은란이 마음에 들지 않는 듯한 얼굴로 말을 이었다.

"그래서인지는 모르겠는데, 내가 이 얘길 너한테 왜 하고 있지? 생각할 때가 있어. 오늘도 그렇고. 그냥 바람 쐬러 나온 건데 나도 모르게 막 이야기하고 있다니까."

은란의 말에 주형이 웃었다.

"난 내가 만난 서른 중에서는 누나가 제일 재미있는데."

"뭐?"

"누나를 보면 삼십대 여자의 매력이 뭔지 알 것 같아."

삼십대 여자라는 말에 은란이 폭소했다.

"뭐랄까, 다이내믹하다고 할까?"

이번에는 은란이 맥주 캔까지 내려놓은 채 웃음을 터뜨렸다.

"나 아직 삼십대에 들어선 지 6개월밖에 안 됐고, 만으로는 스물아홉인데!"

은란이 억울하다는 듯 주형의 등을 주먹으로 두드렸다.

“일단 우리 식으로 이야기하자면 그렇다는 거야.”

주형 역시 웃음 섞인 목소리로 항변했다. 은란이 다시 맥주 캔을 집어 들고는 시원하게 한 모금 넘겼다.

“그래서, 다이내믹한 삼십대 여자의 매력이 뭔데?”

은란의 웃음을 뒤로하고 잠시 캄캄한 밤하늘을 올려다보며 생각을 정리하던 주형이 입을 열었다.

“순수한 것 같다가도 뭔가 현실적이고, 그러면서 아직 환상을 꿈꾸고, 숨겨진 과거가 있으면서도 미래에 대해 갈망하고.”

“오호.”

은란이 턱을 괴고는 고개를 주억거렸다.

“그래서 삼십대 여성인 내가 꽤 멋있어?”

으쓱하는 얼굴로 바라보는 저런 얼굴도 귀엽다. 주형은 팔을 뻗어 은란의 머리를 와락 가두고, 반질반질 빛나는 은란의 이마 위에 꾸욱 입 맞추고 싶은 마음을 억눌렀다. 그리고 호흡 사이에 섞어 말했다.

“부러워.”

“뭐가?”

“누나 남자친구가.”

농담인지 진담인지 모를 대답에 은란이 무어라 받아치지 못하고 입을 뻐끔거리고 있는데 주형이 이어 물었다.

“남자친구는 몇 살이야?”

“……서른넷.”

“뭐 하는 사람이야?”

“뭐야? 취조해?”

농담처럼 대꾸하던 은란이 휴대전화를 꺼내 시각을 확인했다.
그리고는 자리에서 벌떡 일어났다.

"늦었다. 일어나자."

갑자기 왜? 한참이나 즐겁게 이야기하던 사이 갑자기 분위기가
식었다. 이번엔 농담 사이에 보이지 않게 마음을 잘 숨겼다고 생각
했는데, 들켰나? 주형이 일어선 은란을 올려다보았다. 가로등에
그늘이 져 은란의 표정이 읽히지 않았다. 대체 왜? 이미 돌아서 버
린 은란의 뒷모습을 바라보는 주형의 가슴이 복잡하게 요동쳤다.

✳

〈강은란, 나 단거.〉

기말고사의 마지막 시험을 앞두고 공연히 머리칼을 괴롭혀 가며
책장을 넘기고 있는 은란의 앞에 휴대전화의 메시지가 반짝거렸다.

〈삼십 분 뒤에 마지막 시험. 끝나고 전화할게.〉

메시지에 답했지만 주형에게서는 아무런 대답이 없다. 짧게라도
대구를 하던 평소와는 조금 다른 느낌. 메시지가 지나치게 짧은 것
도 마음에 걸렸다. 무슨 일이 있나. 책장을 쥔 손으로 은란은 한참
이나 반짝거리는 액정을 응시했다.

✳

“선생님, 선생님, 제발 진실을 이야기해 주세요.”

흐느끼는 여자의 목소리가 귓속에 메아리 쳤다. 주형의 앞에는 이미 생크림을 잔뜩 얹은 커다란 아이스모카가 놓여 있었다. 하지만 커피는 조금도 줄어들지 않았다. 주형은 초점을 잡지 못한 눈으로 달그락거리며 녹아들어 가는 얼음을 응시했다.

끝났다고 생각했는데 두 번째 피의자 신문이 잡혔다. 의외로 쉽게 끝날 수도 있을 거라는 변호사의 말은 틀린 것일지도 몰랐다. 의료사고가 그렇게 쉽게 해결될 리 없었으니까.

그렇게 두 번째 조사를 마치고 돌아 나오는 길에, 누군가가 자신의 팔을 잡아챘다. 얼굴에 거뭇한 기미가 가득한 중년의 여자.

“선생님, 선생님이 처음 우리 남편을 발견했던 분이라면서요.”

아플 정도로, 주름지고 작은 손이 주형의 팔을 움켜쥐고 있었다. 당황한 얼굴의 주형 앞에 여자는 흐느끼며 말했다.

“제발요, 선생님, 억울해서 잠도 못 자요. 제가 억울해서, 억울해서……”

죽은 당사자에게도 그리고 남겨진 사람에게도 죽음은 억울한 것. 하지만 병원에서 일하는 동안 맞이한 수많은 죽음을 보며, 주형은 죽음은 모두에게 공평하고, 그래서 억울해할 필요는 없다고 생각했었다. 하지만 짓눌린 목소리로 억울하다고 흐느끼는 여자의 목소리에는 마음이 뒤흔들렸다. 여자의 남편은 분명 누군가의 실수만 없었다면 살 수 있었던 사람이었으니까.

잡힌 팔을 떨쳐 낼 수도, 그 자리에서 미안하다고 사과할 수도 없었다. 그때 여자의 팔을 잡아당기는 또 다른 손. 놓지 않으려는 여자의 손을 억지로 뜯어낸 것은 중학생쯤 되어 보이는 사내아이였다. 제 어머니가 걱정되어 이 자리에 따라왔지만, 자신은 나약하게 굴지 않겠다는 결연한 의지가 보이는 다물린 입술.

"죄송해요. 선생님은 처치 잘해주셨다고 들었어요."

남자아이의 목소리에는 쇳소리가 섞여 있었다. 변성기가 지나고 있거나, 아니면 우는 제 엄마를 달래느라 목이 쉬어버렸거나 아니면 둘 다일지도 몰랐다. 주형이 아이와 그 어머니 앞에서 차마 무어라 말하지 못하고 있는 사이, 아이가 제 엄마를 끌고 어딘가로 향해 가기 시작했다. 팔을 내려다보자 움켜쥔 중년 여자의 손톱이 남기고 간 붉은 자국이 남겨져 있었다. 다시 고개를 들어 모자의 뒷모습을 바라보는 주형의 귓가에 여자의 흐느낌이 오래도록 매달려 이어졌다.

"임주형. 뭐야, 벌써 커피 마셨잖아."

경쾌하게 귓가를 울리는 목소리에 주형의 눈에 초점이 돌아왔다. 하지만 여전히 멍한 얼굴은 숨기지 못한 모양이다. '나 시험 끝났다!' 라며 즐거운 목소리로 맞은편에 자리 잡고 앉았던 은란의 얼굴이 금세 굳어졌다.

“뭐야?”

“어?”

“너 무슨 일 있었지?”

“아니야.”

은란의 다그침에 그제야 귓가를 울리는 여자의 목소리가 떠났다. 주형이 고개를 저으며 자리에서 일어났다. 주형이 카페를 빠져나오자 종종걸음으로 쫓아 나온 은란이 곁에 다가와 섰다.

“너 무슨 일 있는 거잖아.”

죽지 않아도 되었을 사람이 죽어버렸어. 그게 나 때문이면 어떻게 하지? 주형은 머릿속을 울리는 생각 대신 억지로 다른 문장을 끄집어냈다.

“……환자가 진상이었어.”

하지만 눈을 마주치며 거짓말을 할 수가 없다. 시선을 피한 채 주형은 스쿠터에 키를 꽂았다.

“…….”

이마를 찌푸리던 은란이 주형의 손을 낚아챘다. 당황해 손을 빼내려는데 더 힘을 주어 주형의 손을 잡아 쥐고는 코끝에 가져다 댔다.

“뭐야?”

“레몬 냄새가 안 나.”

“뭐?”

“병원 손세정제. 너한테 그 냄새가 안 나. 어디 있다가 온 거야?”

당황해 시선을 피하는데 은란이 이번에는 팔을 잡아챘다.

“내 눈 똑바로 보고 이야기해, 임주형. 정말 화낼 거야.”

더 이상 물러설 수 없게 만드는 은란의 목소리. 주형은 차마 피하지 못하고 은란의 눈을 마주했다.

"임주형, 나한테 독심술 같은 거 없어."

사이를 두고 은란이 천천히 말을 이었다.

"네가 말 안 하면 난 절대 모를 거야. 그런데 난 너한테 무슨 일이 있었는지 알고 싶어."

달램과 다그침, 혹은 부탁. 두 사람은 입을 다문 채 한참이나 말이 없었다. 그렇게 또 한참의 시간이 지났을 때 주형의 입이 느리게 열렸다.

"부탁 하나 해도 돼?"

"뭐?"

들어줄게. 바싹 다가서서는 눈을 반짝거리며 자신을 올려다보는 은란을 보고 있는 주형의 눈빛이 아련했다. 목소리에 담긴 은란의 화가 사실은 염려라는 것을 알았다. 그러다 저 반짝이는 시선이, 사실은 자신만을 향해 있는 것이 아니라 다른 남자에게도 향해 있을 거라는 생각이 들자 미칠 것 같았다.

그런 얼굴은 나한테만 보여주면 안 돼?

눈앞에 닥친 일에 대한 불안, 참아왔던 것에 대한 안타까움, 그리고 은란의 남자에 대한 질투. 지금 모든 것이 끝나 버린대도 상관없었다. 더 이상은 참을 수가 없었으니까.

"안아도 돼?"

"뭐?"

은란이 자신이 들은 말을 이해하기도 전에 주형의 다음 말이 이어졌다.

"안을게."

눈앞을 가로막던 6월 초순의 햇살이 커다란 가슴팍에 가려짐과 동시에, 바싹 마른 면의 감촉이 코끝과 이마에 부드럽게 다가왔다. 뒤이어 목덜미를 감싸 안는 따듯하고 커다란 손, 등을 덮는 묵직한 팔. 한 치의 여백도 없이 단단하게 갇힌 자신의 몸.

은란은 코끝을 스치는 바삭한 향기에 자신도 모르게 눈을 감았다. 그리고 문득 주형의 가슴이 무척이나 넓다고 생각했다. 내리쬐는 늦은 오후의 햇살 사이에 하나처럼 맞붙은 두 사람은 시간이 정지된 듯 서 있었다.

＊

〈한상헌, 퇴근 안 했지? 나 술 사줘.〉

늦은 퇴근길. 차에 시동을 걸려던 상헌은 진동하는 휴대전화를 확인하고는 이마를 살짝 찡그렸다. 연수원 시절에 일 년 정도 만났다가 헤어진 옛 여자친구 전서영이었다. 옛 연인이긴 했지만 그리 나쁘게 헤어지지 않았고, 그래서 이 년 전 결혼했을 때에는 결혼식까지 가서 축하해 주기도 했던 사이. 그러니까 지금은 특별히 나쁘지도, 좋지도 않은 평범한 같은 직군의 동료 정도의 관계였다. 그래서 그 메시지는 생뚱맞은 것이었다. 잠시 고민하던 상헌은 서영에게 전화를 걸었다.

"여기."

서영 역시 퇴근길이었는지 정장 차림에 묵직한 가방까지 곁에 놓여 있었다. 테이블 위의 3,000cc 맥주는 벌써 삼분의 일이 비워져 있었다.

"안 나올 줄 알았는데."

"무슨 일 있는 것 같아서."

상헌은 서영이 건네는 잔을 받아 들고는 건배도 없이 맥주를 들이켰다. 부드럽고 쌉쌀한 맛이 목을 타고 내려갔다.

"넌 잘 지내?"

"뭐, 늘 그렇지."

"난 잘 못 지내."

서영이 자신의 남아 있는 맥주를 꿀꺽꿀꺽 한 번에 마시고는 잔을 탕 하고 내려놓았다. 상헌이 힐끔, 서영의 손가락을 훑었다. 반지는 그대로 있었다.

"뭔데? 그리고 왜 하필 나야?"

"자존심 상해서 남들한테 이야기를 못하겠더라. 그래도 넌 옛정이 있으니까 그냥 듣고 입 다물어줄 것 같아서."

남편이 바람이라도 난 건가. 결혼식에서 본 서영의 남편은 좀 보수적으로 보이긴 했지만 성실한 타입 같았다. 바람을 피울 만한 위인은 아닌 것 같았는데……. 속으로 중얼거리는데 다시 맥주를 벌컥벌컥 들이켠 서영이 한숨을 푹 쉬며 상헌을 불렀다.

"상헌아."

"왜?"

"나 결혼 괜히 한 것 같아."

안주라도 시켜야겠다 생각하며 메뉴를 뒤적이던 상헌의 손이 멈추었다.

"오해해도 돼?"

오래된 연인에 대한 애틋함 따위를 품은 얼굴이 아닌 것을 확인한 상헌이 서영을 바라보며 농담했다.

"착각하지 마, 너랑 했었어야 했는데 따위의 이야기가 아니니까."

서영이 정색을 하며 손을 휘저었다. 상헌은 다시 메뉴판으로 시선을 돌렸다.

"혼자 살 때가 마음이 훨씬 편했어."

"왜, 남편 일이 바빠? 너보다 더 바쁘긴 쉽지 않을 텐데."

안주를 고른 상헌이 손을 들어 종업원을 부르며 대꾸했다. 서영은 열 손가락 안에 들어가는 규모의 로펌에서 일하고 있었다. 아주 바쁘거나 그냥 바쁘거나. 굳이 보지 않더라도 뻔했다.

"행복하지가 않아. 예전엔 바빠도 행복했는데 지금은……."

떨리는 서영의 목소리에 상헌이 한숨을 섞어 말했다.

"전서영, 사실 관계만 분명하게."

"어우, 진짜 내가 법조인하고 결혼 안 하길 잘했지."

감성이라고는 단 일 그램도 없는 놈. 목소리에서 축축 늘어진 감정을 싹 거둬낸 서영이 투덜거렸다. 그리고는 상헌에게 생뚱맞은 이야기를 던졌다.

"한상헌, 근데 나 너랑 연애할 때 너랑 결혼하고 싶었었다?"

결혼? 그때는 둘 다 고작 스물다섯 살이었는데? 상헌이 피식 웃었다.

"고맙네."

"생각만 했는데 바로 포기했지."

'고맙기는' 하는 얼굴로 서영이 코웃음을 쳤다.

"언제 포기한 줄 알아?"

알 리가 있나, 상헌이 어깨를 으쓱했다.

"우리 종종 갔었던 인사동 수제비 집 기억나? 너랑 수제비를 시켜놓고 기다리는데, 네가 그랬어. '난 엄마가 해주시는 밥이 제일 맛있어서, 밖에서 사 먹는 음식들은 돈이 아까워. 그래도 맛이 있으면 참을 만한데, 맛이 없으면 정말 화가 나'."

아마도 그런 말을 했을 것이다. 지금도 그렇지만 상헌의 어머니는 타고난 살림꾼이었다. 어머니의 손끝을 타면 온 집 안 구석구석이 반질반질 빛이 났고, 어머니의 손이 닿으면 평범한 재료들도 근사한 요리로 완성되곤 했다. 그래서 대학을 졸업하고 연수원에 들어오면서 독립하게 되었을 때, 음식 때문에 한동안 고생을 했었던 기억이 있었다. 돈을 받고 요리를 만드는 사람들의 형편없는 음식 솜씨에 불만이 한창 드높았던 그때, 상헌은 서영을 만나고 있었다.

"지금도 그렇게 생각해?"

"밖에서 사 먹는 음식이 돈이 아깝다는 부분은 약간 수정. 어차피 만들어줄 사람이 없는데 사 먹는 요리에 돈 아까워하면 안 되지."

"엄마가 해주시는 밥이 제일 맛있다는 부분은 여전하다는 이야기네."

"아들의 시각이 아니라 객관적으로 봐도 그러니까."

상헌은 명절이면 앞다투어 어머니의 음식을 싸가는 친척들을 떠올리며 어깨를 으쓱했다.

"아무튼 나는 너의 그 한마디에서 너랑 같이 살긴 힘들겠다 싶었어."

"그 말 한마디 때문에?"

여자들은 정말 이해할 수가 없다. 상헌이 기막히단 얼굴로 서영을 바라보았다. 그리고 설마 하는 얼굴로 덧붙였다.

"난 마마보이 따위가 아니야."

"그래, 마마보이는 아닐지도 모르겠다. 근데 네가 생각하는 아내나 어머니상이 너무 확고해서 난 도저히 거기 맞출 자신이 없더라고."

서영의 말에 문득 떠오르는 것이 있어 상헌이 헛헛한 얼굴로 웃었다.

"왜 웃어?"

"비슷한 말을 최근에 들은 적이 있어서."

"누구한테?"

서영이 호기심 어린 얼굴로 물었다.

"됐어. 내가 결혼을 못한다면 그건 요리 잘하는 어머니를 둔 탓이라고 하자."

상헌이 불편한 얼굴로 비아냥거리자 서영이 달래듯 그를 다독였다.

"얘기해 봐, 무슨 일인데?"

"내 이야기하러 온 건 아니지 않아? 그 이야기는 거기까지 하고, 날 불러낸 진짜 이유를 얘기해 보시지."

"그래."

서영이 다시 어깨를 늘어뜨렸다. 그리고 한참 머릿속을 정리하더니 입을 열었다.

"현모양처의 표본인 어머니를 둔 너와 달리, 내 남편은 일하는 어머니를 뒀어. 농사일도 일이니까. 농사일이란 게 출퇴근 시각이 따로 없잖아. 필요하면 새벽이고 밤이고 밭에 나가야 하고. 난 늘 일 욕심이 있었으니까 그런 부모님 아래에서 어려서부터 먹고 입는 것, 전부 다 알아서 챙기는 게 습관이 되어 있는 이 남자가 나랑 딱 맞는다고 생각했어.”

“나랑 다르게.”

상헌이 비꼬았다.

“그래, 너랑 다르게.”

상헌의 비아냥에도 서영은 계속 말을 이어갔다.

“시부모님은 두 분 다 소박하고 부지런한 평범한 보통의 부모님이셔. 난 두 분에게 특별한 불만이 없어.”

“그럼 뭐가 문제야?”

“난 그분들에게 불만이 없어. 하지만 그분들은 내게 불만이 있으시지.”

서영이 길게 한숨을 내쉬었다.

“늘 부채의식에 시달려.”

부채의식? 더 이해되지 않았다. 상헌은 서영의 뒷말을 기다렸다.

“새 식구가 되었으니까 얼굴을 보고 싶어 하셔. 그런데 거의 못 찾아뵙거든. 니도 알잖아, 평소엔 나 정말 한 달에 하루 이틀 쉬어. 그럼 남편이랑 데이트도 하고 싶고, 신혼 재미도 좀 누리고 싶고……. 그런데 시부모님들은 당신들이 싫어서 안 오는 건가 섭섭해하시는 거야.”

그동안 쌓인 것이 많았는지 서영의 입이 줄줄 열렸다.

“신혼집에 몇 번 오시려고 했는데 남편이 오시지 말라고 했거든. 나나 남편이나 밤늦게 들어오고 새벽같이 나가니까……. 남편 식사는커녕 지난 이 년 동안 내 식사도 몇 번 못 챙겼었는데 그분들 식사나 잠자리 같은 걸 어떻게 챙기겠어. 알아서 막아주니까 난 정말 고맙긴 한데……."

서영이 한참 입술을 깨물며 맥주잔을 내려다보더니 느린 목소리
로 말했다.

"해야 할 도리를 못하고 있다는 생각이 드니까 늘 죄책감을 느껴.
항상 내가 뭘 잘못하고 있는 기분이 들어서 움츠러들어. 우울해."

말을 끝낸 서영이 긴 한숨을 쉬고는 다시 잔을 비웠다. 상헌은
말없이 서영의 빈 잔을 채웠다.

"내가 상상했던 결혼은 이게 아니었는데……. 난 괜찮은 딸이
고, 괜찮은 변호사인데, 지금은 좋은 아내도, 좋은 며느리도 아닌
것 같아."

"오빠의 아내로서 내가 행복하게 살 수 있을 것 같지 않았어요."

대리운전을 맡긴 채 뒷좌석 시트에 몸을 깊게 묻은 상헌의 귀에,
은란의 목소리가 다시 생생하게 재생되었다. 은란 역시 서영처럼 자
신에게서 결혼의 결격사유가 될 법한 무언가를 발견했었던 걸까?

여자친구가 아닌 한 사람으로서의 자신을 이해하지 못하고 있다는
말에는 어느 정도 수긍했지만, 그것도 결국은 준비되지 않은 결혼에
서 도망치기 위해서 가져다 댄 허황된 핑계라고 생각했었다. 생각의
차이 운운한 것 역시 결국은 양보할 생각 없었던 은란의 이기심 때문
에 빚어진 일이라고 생각했는데……. 전부 다 너무 늦은 걸까. 느리
게 움직이는 차 안에서 상헌은 한참 동안 휴대전화를 만지작거렸다.

✱

"선생님이 여기 있다는 이야기 듣고 왔어요."

점심을 먹고 응급실 팀 사람들의 커피를 사기 위해 줄을 서 있는데 곁에서 오랜만에 톤 높은 목소리가 들려왔다. 양미가 입술을 살짝 깨물며 서 있었다. 눈꼬리가 길게 아이라인을 그려서는 진짜 제 눈 크기보다 한 배 반은 크게 보이게 만들었다. 여자들의 화장에 대해 잘 모르는 주형의 눈에도 무척이나 공들인 화장처럼 보였다.

"잘 지냈어요?"

잘 지냈냐니. 임 선생님이 지금 나한테 안부를 물은 거야? 양미의 얼굴이 순식간에 달아올랐다. 화장 덕분인가? 언니가 백번은 두드리라고 해서 팔이 빠지도록 볼을 두드려 화장이 곱게 스미게 한 것이 효과가 있었나?

"선, 선생님들이 요새 임 선생님 이상하다고…… 제가 안 보여서 그런 거라고."

말도 안 되는 이야기란 걸 알지만 그래도 오기를 부려봤다. 여느 때라면 최양미 씨, 외래진료 잘 받고 가세요, 하고는 뒤도 돌아보지 않고 사라질 주형이 양미의 농담에 피식 웃었다.

"커피 마실래요?"

게다가 커피까지 권한다. 양미의 입이 벌어졌다. 멍한 얼굴로 카페라떼, 시럽 많이 넣어서요, 라고 대답하자 주형이 고개를 끄덕이며 자신의 아메리카노와 함께 양미 몫의 커피까지 주문해 건네었다. 손에 안착한 커피를 확인한 주형이 묵례를 하고 사라졌다. 오늘…… 왜 그래요? 시럽이 잔뜩 든 커피를 든 채 양미가 넋을 놓고 주형의 등을 바라보았다.

비겁하다.

주형은 자신의 머릿속을 채우는 저 네 글자를 지울 수가 없었다.

"임…… 임주형, 너 진짜 무슨 일 있구나? 좋아좋아. 누나가 위로해 준다!"

얼마나 그렇게 한 몸처럼 서 있었을까, 뒤늦게 정신을 차린 은란은 마치 혼자 살아 돌아온 병사를 맞아주는 패장처럼 자신의 등을 툭툭 두드렸다. 그리고는 허둥지둥 품에서 빠져나가 호탕한 말과는 상반되게 혼이 나간 것 같은 얼굴로 더듬거리며 말했다.

"너, 너, 무슨 일인지 이야기하고 싶어지면 그때 연락해. 나한테 말하고 싶어지기 전까지는 연락도 하지 마."

그리고는 쏜살같이 사라져 버렸다. 그날, 그 짧은 찰나에 서로 서먹해지지 않게 상황을 수습한 것도 은란이었고, 다시 이전과 같은 관계로 돌아갈 수 있는 기회를 만들어준 것도 은란이었다. 그렇지만 이 순간에는 그런 삼십대 여자의 노련함이 싫었다.

울적한 얼굴로 연락한다면 은란은 기꺼이 그날의 일을 묻어두고 다시 상냥한 누나처럼 자신을 대할 것이다. 하지만 은란의 부드러운 어깨, 감겨오던 몸을 알아버렸다. 오로지 자신만을 염려하고, 자신에게만 몰두하고 있는 반짝이는 눈을 보고 말았다. 그래서 더는 이전과 같이 지낼 수 없었다. 곁에 머물러 있다가 누군가의 사람이 되는 것을 보는 것보다 차라리 보지 않는 게 나을 것 같았다. 계속 얼굴을 마주하면서는 도저히 베어낼 수도, 접을 수도 없었다.

만나지 않으면 마음도 멀어지겠지. 눈앞에 아른거리는 반짝이는 은란의 눈도, 귓가에 생생히 떠오르는 은란의 경쾌한 웃음소리도, 꼭 맞춘 것처럼 자신의 품 안을 가득 채우던 은란의 어깨도, 그 향기도 모두 옅어지겠지. 비겁했지만 최선이었다. 더는 흔들리고 싶지 않았다. 그리고 자신으로 인해 은란을 혼란스럽게 만들고 싶도…… 않았다.

*

사랑이 사랑으로 잊혀지네.

아니던가, 사람이 사람으로 잊혀지던가.

그것도 아니다. 그냥 헤어짐이 다른 헤어짐으로 잊히나 보다.

분명 기회를 줬는데. 무슨 일인지 말하고 싶어질 때 연락을 하라고 숨 돌릴 기회를 줬지만, 그렇디고 히서 그게 이런 시으로 도망치라는 이야기는 아니었는데……. 주형에게선 벌써 열흘 가까이 전.혀. 연락이 없었다. 새로 잃어버린 사람에 대한 허전함이 연애의 종말로 말미암은 허탈함을 덮어버렸다. 이게 좋은 건가…… 나쁜 건가?

너무 많은 일들이 일어났던 봄 학기. 그래서 무척이나 기다렸던 방학인데 즐겁지 않았다, 하나도.

지독한 한상헌.

마지막 만남 이후로 단 한 번도 연락이 온 적이 없다. 이렇게 깔끔하게 끝난 연애는 처음이었다. 멀쩡한 정신이면서 술에 용기를 빌린 척 연기하며 전화를 걸어온 적도 없고, 실수인 척 문자메시지를 보내온 적도 없다. 그건 물론 은란 역시 마찬가지였지만. 이게 삼십대의 연애인가. 화끈하게 불붙었다가도 목적이 다름을 확인하는 순간 깔끔히 돌아서는 것. 질척거리며 끊어내지 못하는 이별도 별로였지만, 이런 이별도…… 낯설었다.

그렇다면 임주형은 뭐지?

대체 무슨 일이었을까? 대체 왜 그렇게 외로운 얼굴로 서 있다가, 위로해 달라는 듯 그렇게……. 볼에 바삭거리듯 닿던 셔츠의 감촉이 머릿속에서 재생되자 은란은 양 손바닥으로 뺨을 거칠게 문질렀다. 그리고 다시 원래의 생각으로 돌아왔다.

가족과 관련된 일? 그렇다면 그렇게 다그쳐 묻는 게 아니었는데……. 어렸을 때 아팠다고 했던 것이 떠올랐다. 다시 어딘가 아픈 건가? 그런 것도 아니라면 나한테 다른 마음이 있나?

설마.

문득 떠오른 생각에 은란은 고개를 휘저었다. 아니다. 주형은 자신이 프러포즈를 받고, 겨울 즈음 결혼할 것으로 알고 있다. 요즈음 이상한 모습을 보인 것은 그저 그를 짓누르고 있는 어떤 일로 마음이 약해진 주형이 저도 모르게 어리광을 부린 것으로 보는 게 더 맞지 않을까? 그렇게 이해해 줄 수 있는데 왜 작정하고 끊어내는 것처럼 연락도 없는지 모르겠네. 걱정되는데…….

이상한 임주형.

은란은 책상에 얼굴을 묻은 채 입술을 달싹거리며 한숨처럼 주형의 이름을 중얼거렸다. 작은 상처를 두고도 세상에서 제일 아픈 상처를 보살피듯 마음을 쏟던 주형은, 이야기를 나눌 때에도 상처를 볼 때와 똑같은 눈으로 자신을 바라보곤 했다. 세상에서 제일 신기하고 즐거운 사람과 대화하는 것 같은 주형의 눈을 보고 있자면 자신이 그에게 무척이나 의미 있는 사람처럼 느껴졌다.

그래서였을까, 은란은 그를 만날 때마다 자신의 마음속 우물을 쑥쑥 길어 주형 앞에서 주저 없이 쏟아버리곤 했다. 은란은 너무 쉽게 자신을 개방해 버린 것을, 자신도 모르게 마음을 의지해 버린 것을 뒤늦게야 자책했다. 왜 그랬을까, 대체 왜 그랬을까. 뒤늦게 후회해 본들 마음은 이만큼이나 건너가 버렸고, 그 마음을 나누어 가졌던 사람은 사라져 버렸다. 그래서 오랜 만남 끝에 헤어진 사람을 잃었을 때만큼이나 마음이 헛헛했다.

나쁜 놈. 나도 모르게 의지해 버리게 하고 그냥 사라져 버리다니, 나쁜 놈. 휴대전화번호 목록에 있는 주형의 이름을 보며 은란이 속으로 중얼거렸다.

오랜만에 찾아온 불면, 주형의 어머니가 담그셨다는 대추차도 도움이 되지 않은 밤.

뒤척이는 밤을 보내고 은란이 찾은 곳은 서초동에서 일하고 있는 학교 선배의 사무실이었다. 다음 학기에는 실무 수업이 많았고, 선배가 챙겨준 자료들은 다음 학기부터 시작될 수업에 대한 것들이었다.

"여기까지 오게 했는데 밥도 못 샀네. 미안해."

선배가 사무실 문 밖까지 나와 배웅했다. 부러 자료를 챙겨준 것만 해도 고마운데 미안하다니요, 은란이 손사래 쳤다.

"아니에요, 도움 많이 될 것 같아요."

"조금만 더 고생해."

"고마워요."

선배는 피곤해 보였지만 또 무척이나 즐거워 보였다. 자신이 지금 머무르고 있는 과정을 무사히 거쳐 간 사람에 약간의 부러움, 그리고 신선한 자극. 서초동에 들르길 잘한 것 같았다.

학교로 돌아가야겠지, 생각하던 은란이 조금 아쉬운 얼굴로 창밖에 시선을 돌렸다. 날씨가 무척이나 좋았다. 집에 곧장 들어가기에는 무척 아쉬운 날이었다. 영화라도 한 편 볼까, 오랜만에 한량처럼 안국동에서 북촌을 끼고 한 바퀴 돌까. 뭘 해도 좋을 것 같았다. 그래, 오늘은 그냥 쉬자. 그런데 엘리베이터는 왜 이렇게 늦게 올라오나……. 멈춰 서 있는 엘리베이터의 숫자를 쳐다보고 있는데, 맞은편 사무실의 문이 열리고 누군가가 이야기를 하며 걸어 나왔다.

"의견서 접수는 이미 돼 있으니까 너무 걱정은 하지 말고 일단 기다려 봐요. 어차피 주형 씨 병원 쪽에서 문제가 없는 건 확실하니까."

"감사합니다."

주형 씨, 그리고 병원. 들려오는 익숙한 단어와 목소리에 은란은 무심결에 고개를 돌렸다. 대화를 나누고 있는 두 사람 중 한 사람은 은란이 알고 있는 그 주형이었다.

딱 열이틀 만이다. 주형의 얼굴을 덮고 있는 복잡한 표정은 그때와 별로 다르지 않았다. 괘씸하기도 했다가, 화가 나기도 했다가, 섭섭한 마음도 들었지만 사실은…… 아주 많이 반가웠다. 화라도 난 척하고 싶은데 전혀 표정 관리가 되지 않을 만큼. 은란은 슬금슬금 휘어지려는 자신의 눈꼬리와 입매를 꾹꾹 누르고, 겨우겨우 힘을 주어 화난 사람처럼 얼굴을 일그러뜨렸다.

주형은 아직 은란이 서 있는 것을 보지 못한 눈치였다. 언제쯤 자신을 발견할까 기다리고 있는데 벨소리와 함께 엘리베이터가 도착했다. 드디어 그의 시선이 엘리베이터를 향했고, 이어 그 앞에 선 은란을 발견했다. 눈에 띄게 당황한 기색을 보이는 주형을 보자 더는 웃음을 누를 수가 없었다. 눈이 마주치자 은란은 억지로 꾸깃거린 얼굴을 반듯하게 펴고, 그 위에 숨기지 못한 웃음을 얹었다. 그렇게 웃어버린 순간 섭섭했던 마음이 저도 모르게 사르르 녹았다.

"여긴 왜 왔어?"

엘리베이터 안. 은란이 삐죽거리는 목소리로 물었다.

"무슨 나쁜 짓 했어?"

농담처럼 던진 말인데 말하고 보니 나쁜 짓이라는 단어에서 풍기는 느낌이 이상하다. 임주형이 어떤 사람이더라? 나쁜 짓을 할 만한 사람인가? 그럼 어떤 종류의 나쁜 짓을 할 만한 사람이지? 사람의 겉모습과 죄질이 일치하는 것이 아니라는 것은 몇 번의 재판을 방청해 보면 쉽게 알 수 있는 사실. 문득 머릿속을 스쳐 지나가는 강력 범죄들에 은란은 당혹스러운 눈으로 주형을 바라보았다.

"너 진짜 뭐……."

뭔가…… 이상한 짓을 한 거냐고 묻고 싶은데 더 이상 입 밖으로 말이 나오지 않았다. 은란의 눈빛을 읽었는지 주형이 피식 웃었다.

"내리시죠."

엘리베이터 문이 열리고도 한참이나 멈칫거리며 서 있자, 주형이 은란의 손에 들린 묵직한 종이가방을 낚아채어 갔다. 뒤늦게 정신을 차린 은란이 종종걸음을 치며 뒤따랐다.

건물을 빠져나온 두 사람은 가까운 2층 카페 창가 자리에 마주 앉았다. 조개처럼 입을 딱 다물고는 절대로 말하지 않을 것같이 굴었던 몇 주 전과는 다르게, 주형은 선선히 그간의 상황을 설명했다. 한참 동안 숨도 쉬지 않고 그의 말을 듣고 있던 은란은 이야기가 끝나자 레몬이 띄워진 차가운 물을 벌컥벌컥 들이켰다.

"말도 안 돼!"

은란이 고개를 설레설레 저었다.

"그쪽 병원에서 발뺌하려고 너랑 119를 물고 넘어지는 거 아니야?"

흥분한 은란의 목소리에 주형의 입꼬리가 부드럽게 휘어져 올라갔다.

"글쎄······."

"병원 갈 때까지도 의식이 있었다며? 말도 안 돼. 진짜 말도 안 돼."

은란이 거푸 고개를 휘저으며 중얼거렸다.

"그럼 그날 나한테 이거 이야기하러 왔던 거였어?"

"경찰 조사받은 날이었어."

그리고 한동안 악몽에 시달렸다. 환청처럼 여자의 울음소리가 머릿속에서 울렸고, 그때마다 달콤한 것을 핑계 삼아 은란에게 다시 연락하고 싶은 마음을 억누르는 것이 얼마나 힘들었는지 모른다.

"그날 그래서 그렇게 넋 나간 얼굴을 하고 있었어?"

며칠 푹 쉬고 난 후 업무에 대한 감각은 돌아왔지만 지금도 여전히 예기치 못한 실수에 대한 긴장은 남아 있었다. 일에 대한 긴장감을 놓지 않는 것은 나쁘지 않았지만, 덕분에 일터에서 소모되는 에너지가 평소의 갑절이었다. 자신의 질문에 대한 주형의 침묵이 길어지자 은란이 잘라 말했다.

“네 탓일 리가 없어.”

“알아.”

“알긴 뭘 알아.”

“……알아.”

전원한 병원에서 문제가 있었다고 했다. 전원을 하면서 당뇨라고 전했는데 그날 유난히 응급이 많았고, 응급실 간호사가 당뇨성 쇼크라는 걸 전달하지 않은 바람에 주사하던 포도당을 중단했고, 2차 쇼크에 빠졌다고. 같은 일을 하는 사람에 대한 안타까운 마음. 자신의 탓이 아닐 가능성이 높아졌다는 것에 마냥 반가워만 할 수는 없었다.

“그날 화내서 미안해.”

그렇게 미안한 얼굴을 하지 말았으면……. 오히려 마음이 아프니까. 주형은 씁쓸한 얼굴로 제 앞에 놓인 커피를 넘겼다.

“주형아.”

한참의 침묵이 지날 때 즈음, 나직한 은란의 목소리가 닿았다. 주형은 고개를 늘지 않았나. 적지 않은 사람들이 만드는 소음이 넓찍한 공간을 채우고 있는데도 은란의 목소리로 불리는 자신의 이름은 그 어떤 소리보다도 선명하게 가슴에 박혀왔다.

문득 주형은 자신이 오랜만에 은란 앞에 있다는 것을 실감했다. 그 목소리와 웃음을 얼마나 듣고 싶고 보고 싶었는지……. 고개를 들면 흔들리는 눈빛을 들킬 것 같아서, 그는 시선을 피해 창밖으로 눈길을 돌렸다.

“임주형, 있잖아.”

자신의 이름이 저 목소리를 통해 나오면 단지 세 음절의 이름이 아닌 다른 의미를 가진 것처럼 느껴진다. 그건 은란이 자신에게 다른 마음을 가져서가 아니라, 단지 주형 자신이 은란을 그저 강은란이 아닌 다른 존재로 보고 있기 때문이겠지. 스스로 만든 오류라는 것을 알면서도 주형은 그 오류가 진짜이기를 갈망하고, 또 그 갈망을 허무하게 무너뜨리기를 반복했다.

"역시 이야기하지 않으면 알 수가 없나 봐."

무슨 이야기를 하려는 걸까. 더 이상 피하지 못하고, 주형의 시선이 미간을 찡그리고 있는 은란에게로 향했다.

"길지 않은 시간이지만 난 너에 대해서 꽤 많이 알게 됐다고 생각했는데, 네가 작정하고 입을 다물어 버리니까 아무것도 알 수가 없더라. 대체 임주형에게 무슨 일이 있었나 별별 생각을 다 했어. 너 무슨 죽을병에라도 걸렸나 싶었다니까."

은란의 말도 안 되는 상상에 주형이 작은 소리로 웃었다. 하지만 그 웃음이 들리지 않는지 은란은 여전히 뭔가 생각하는 얼굴로 머그잔의 테두리를 만지작거렸다. 그러다 혼잣말처럼 중얼거렸다.

"역시 하나하나 다 이야기하지 않으면 모르는 건가……. 그렇지만 나도 나를 제대로 모르는데 감정이나 마음 같은 걸 어떻게 일일이 설명하지?"

이런 이야기를 하고 있자니 왜 상헌이 생각나는 건지 모르겠다. 헤어짐을 이야기하는 자신 앞에서 이별 따위는 전혀 예상하지도 못했다는 얼굴로 서 있던 모습. 납득할 수 없다며 설명을 요구하던 상헌. 얼마나 설명해야 했을까. 연인으로 공유한 시간이 부족했을까. 이야기해야 했다면 어디서부터 어떻게 이야기해야 했을까.

일 년 반이 넘는 시간 동안 만나왔고, 그러니 서로에 대해 꽤 많은 것을 알고 있다는 생각은 결국엔 착각이었는지도 몰랐다. 그러니 차라리 그에게 자신을 설명하려 애쓰는 대신, 혈액형과 별자리별 성격에 대해 출력해 건네주는 게 나았을지도 모른다. 그게 아니라면 사상체질이나 성명학, 관상과 사주. 그것도 아니라면 MBTI 검사 결과 같은 것. 나를 분석한 온갖 자료들을 내밀며 나는 이런 사람이라는 사용설명서를 내밀었다면 이별을 막거나 유예할 수 있었을까. 그렇다면 서로를 더 잘 이해했을까.

"누나."

멍하게 있었던 모양이다. 자신을 부르는 소리에 퍼뜩 고개를 들자 주형이 또다시 복잡한 눈으로 바라보고 있었다. 갑자기 정신이 번쩍 들었다. 그날 그 아침에도 주형은 저런 눈으로 자신을 바라보았다.

"응?"

"누나, 나는……."

수형의 부름에 심장이 덜컹 내려앉았다. 그날의 포옹에 대한 자신의 해석이 무너져 내리는 것이 보이는 것 같았다. 주형의 시선을 마주할 자신이 없다. 은란은 자신도 모르게 고개를 돌려 자신을 바라보는 그 눈을 피해 창문 너머로 시선을 돌렸다. 순간, 잘 닦인 카페의 유리창 너머로 눈에 무언가가 걸렸다. 은란은 자신도 모르게 그 자리에서 벌떡 일어섰다. 창 너머에서 걸어가는 것은, 상헌이었다.

"누나?"

테이블을 짚고 있는 손등 위에 무언가 무게감이 느껴졌다. 잔뜩 긴장해 있는 은란의 손등 위에 주형의 손이 겹쳐져 있었다. 멍하게 자신의 손등을 덮고 있는 주형의 손을 바라보던 은란이 정신을 차리고는 그 자리에 앉았다.

"무슨 이야기 하려고 했어?"

갑자기 무엇에 그렇게 놀랐느냐고 묻지 않기를 바라며 은란은 어색하게 웃었다. 마치 거짓말을 하고 있는 어린아이를 탐색하는 것 같은 눈빛으로 주형은 한참이나 은란을 바라보았다. 어쩌지 못하고 시선을 피하려는 순간 그의 입이 열렸다.

"그날은 미안했어. 머릿속이 엉망진창이어서 나도 모르게 마음이 약해졌나 봐."

강은란은 무언가 숨기고 있고, 알리고 싶어 하지 않는다. 그리고 주형에게는 그것에 대해 캐물을 만한 이유도, 자격도 없었다. 그래서 주형은 자신의 시선을 피하는 은란에게 애초에 말하려 했던 담백한 대사를 읊었다. 이것은 아마 그날의 포옹 이후 은란이 사려 깊게 짜놓은 대본의 첫 문장일지도 모른다. 그렇다면 이어질 은란의 반응은?

잠시 얼떨떨한 얼굴로 주형을 바라보던 은란의 얼굴에 서서히 여유로운 미소가 떠올랐다.

"이런 때엔 스물여덟이 아니라 열여덟 같네."

세상 다 살아본 사람 같다는 말 취소. 은란이 미소 띤 얼굴로 말했다. 약간의 차이는 있지만 잘 짜인 대본의 틀을 크게 벗어나지는 않았다. 은란이 자신의 역할에 충실한 연기를 했으니 다시 자신이 이어받을 차례. 씁쓸함을 감추며 주형도 평소와 다를 바 없는 미소로 대꾸했다.

"그래도 열여덟은 좀 너무한 거 아니야?"

가벼운 농담에 은란은 이제 완전히 평소의 얼굴을 되찾고는 유쾌한 얼굴로 웃었다. 마음이 쓰라렸다. 이 연극에서 자신이 맡은 역할은 뭘까. 성주의 아내를 사랑하는 기사? 안방마님을 사모하는 마당쇠? 배역에서 내려오지도 못하고 마지막까지 질주하는 자신의 모습은 처절하기보다는 그저 우습기만 했다.

잠시 화장을 고치고 오겠다며 1층의 화장실로 내려온 은란은 멍한 얼굴로 거울을 바라보았다. 헤어졌다는 것이 실감났다. 아마도 만나고 있었다면 이런 순간에 무척 반갑게 전화를 걸어서는 지나가는 것을 봤다며, 케이크라도 한 조각 사달라고 장난을 쳤을 텐데……. 그런데 지금은 눈앞에 지나가는 걸 보면서도 아는 척을 할 수 없고, 아는 척해서도 안 된다. 헤어짐은 원래 그런 것임을 알면서도 왠지 외로운 기분이 들었다.

애써 눈에 박혀 버린 상헌의 모습을 지우고 나왔을 때, 은란은 그 자리에 우뚝 밈추어 시버리고 말았다. 몇 잔의 커피를 캐리어에 들고 돌아선 상헌과 눈이 마주쳐 버리고 말았기 때문에.

"잠시만요."

등 뒤에서 누군가 비켜달라며 어깨를 치며 지나가고 나서야 은란은 정신을 차리고 걸음을 떼었다. 은란을 발견한 상헌 역시 금세 이마에 주름이 잡혔다. 곧장 돌아설 것인가, 혹은 담담하게 인사를 할 것인가. 그 짧은 순간 꽤 먼 거리에 서 있는 두 사람 사이의 공기가 고요하게 가라앉았다. 그리고 무언가 결심한 은란이 한 걸음 떼려는 순간 누군가가 시선을 막아섰다.

“강은란 오늘 이상해.”

고개를 들자 주형이 이마를 살짝 찌푸린 채 서 있었다. 그 짧은 순간 은란은 똑같은 이마의 주름인데도, 참으로 다르다는 생각을 했다. 누군가는 자신을 보며 불쾌함에 이마를 찌푸리고, 또 다른 누군가는 염려로 이마를 찌푸린다. 은란은 별일 없으니 걱정하지 말라는 듯 주형의 팔을 토닥토닥 두드렸다.

“짐 챙겨서 내려왔어. 바로 나가자.”

“응.”

가방을 받아 들고 걸음을 떼자 주형으로 인해 가려졌던 카페 안의 풍경이 다시 눈에 들어왔다. 커피를 든 채 자신을 바라보고 서 있던 상헌은 사라졌고, 그 자리는 다른 사람이 채우고 있었다. 힐긋 주변을 살펴봤지만 역시 그의 모습은 보이지 않았다. 은란은 나직한 한숨을 내쉬었다.

＊

“커피가 이게 뭐냐?”

맛없는 사내 커피 대신에 바깥 커피 좀 부탁했더니……. 흡연 구역에서 태영이 어이없는 얼굴로 삼분의 일은 쏟아진 아메리카노를 받아 들었다.

“아니, 커피 하나도 제대로 못 사와?”

“시끄러워.”

“한상헌. 뭐야?”

타박하던 태영이 황당하다는 얼굴로 잔뜩 일그러진 상헌의 표정을 살폈다.

"이건 뭐 길 가다 헤어진 애인이라도 만난 얼굴……. 너 은란 씨 만났냐?"

질문에 답하지 않자 태형이 재촉했다.

"진짜 만난 거냐?"

"남자가 있었어."

"뭐?"

"집에 찾아온 남자가 있을 때에도 설마 했는데, 역시 남자가 있었던 거야."

"확실해?"

"……."

대답 대신 상헌은 거칠게 담배를 비벼 끄고는 청사를 향해 돌아섰다.

자신이 일하고 있는 곳 근처에서 다른 남자와 데이트를 하는 강은란. 결국은 그런 거였다. 치받아오는 배신감. 그간의 고민과 자기반성이 허공에 신신이 부서졌다. 결국 강은란도 변심으로 헤어지자고 통보하고서는, 허울 좋은 핑계를 내세워 오히려 상대를 자책하게 만드는 뻔한 여자였다는 것이 무엇보다도 상헌을 화나게 했다. 내가 자신의 인생을 꺾으려 들기 때문에 헤어지겠다는 결심을 했다고?

검사실로 돌아가는 복도에 우뚝 멈추어 선 상헌의 손에 저도 모르게 힘이 들어갔다. 일회용 잔이 제멋대로 구겨지고, 투명한 갈색의 커피가 손등으로 울컥거리며 흘러내렸다. 쏟아진 얼음이 제멋대로 튀어 복도를 굴러갔다. 상헌의 손이 파르르 떨리고 있었다.

✳

카페 밖으로 나서자 더운 기운이 훅 하고 끼쳐 왔다. 도심의 열기를 피해 지하철역으로 걸어가며 은란이 물었다.

"시간 어때?"

"시간?"

"오늘 바빠?"

"오프야."

"나랑 좀 걸을래?"

"어디서?"

"음…… 안국동 어때?"

맑고, 걷기 좋은 오후였다. 마음에 든다는 듯 주형이 고개를 끄덕거렸다.

안국역에서 내려 헌법재판소 쪽으로 방향을 틀자 도시의 소란이 차분하게 가라앉았다. 편편하게 잘 깔린 돌길을 타박타박 걷는 동안 귓가를 스치는 적당한 도시의 소음이 오히려 마음을 편하게 했다.

"걷기만 할 거야?"

북촌 방향으로 천천히 걸어가는 길, 주형이 물었다.

"응?"

"걷기만 할 거냐고."

질문의 의도를 제대로 파악하지 못한 은란이 영문을 모르겠다는 얼굴을 하자 주형이 웃으며 이어 말했다.

"맛있는 거라도 먹어야지, 여기까지 왔는데."

그제야 이해했다는 듯 은란이 고개를 크게 끄덕거렸다.

"당연하지. 삼청동 들어가면 막걸리 한잔할까?"

이야기하니까 입맛이 도네, 하며 어깨를 들썩거리는 은란의 모습을 보고 있자니 웃음이 나왔다. 잠시 전 카페에서 언뜻 드러났던 이유 모를 우울함도 더 이상 비치지 않는다. 마음이 놓였다.

북촌을 거쳐 천천히 내려온 삼청동. 그리고 아직은 이른 저녁. 평일의 주점은 조용했다. 두 사람은 삼청동의 2차선 도로가 내려다보이는 작은 한옥 주점의 창가에 앉았다. 차가운 막걸리의 첫 잔을 시원하게 들이켜자 마음이 한껏 느긋해졌다.

"이 동네, 내가 내 첫사랑이랑 데이트했던 곳이야."

턱을 괸 채 창 아래로 오가는 사람들을 보며 은란이 말했다.

"첫사랑?"

"응. 오늘 우리가 짚어온 데이트 코스를 알려준 사람이지."

은란의 얼굴에는 오래전의 추억을 회상하는 듯 입가에 은근한 미소가 떠올라 있었다. 질투하라는 의도에서 시작한 이야기 같아 보이지는 않았다. 하지만 스멀스멀 올라오는 투기는 막을 수가 없었다.

"그렇게 아련한 얼굴로 이야기하는 걸 보니 여전히 못 잊었나 봐?"

투덜거리는 말속에 속마음이 보였을까? 보이라지, 뭐. 이제는 조금 자포자기의 심정이었다. 소리 내어 웃은 은란이 길에서 시선을 거두고는 주형을 바라보았다.

"헤어진 이후에도 종종 친구나 새로운 사람과 이 코스를 걷곤 했는데, 그래도 첫 번째 데이트를 덮을 만한 기억은 잘 안 만들어지더라."

그래서 처음이란 게 무섭나 봐. 은란이 덧붙였다.

“왜 헤어졌어?”

“응?”

“표정으로 보아선 나쁘게 헤어진 것 같진 않아 보여서.”

“유학 갔어.”

“너무 작위적인데?”

“거짓말 아니야. 진짜 유학 가서 헤어졌어. 나 학부 때 조교하던 오빠였거든.”

설명하던 은란이 투덜거리는 목소리로 덧붙였다.

“난 기다릴 수 있다고 했는데, 유학 간 지 반년 만에 같은 학교 다니는 유학생이랑 만나서 일 년 만에 결혼하더라. 그래서 지금은 그냥 애 딸린 평범한 아저씨야.”

은란의 웃음에 주형도 그제야 슬쩍 구기고 있던 얼굴을 펴고는 다시 시원하게 막걸리를 비웠다. 금세 막걸리 한 주전자가 비워지고, 안주와 함께 새 주전자가 도착했다.

알딸딸하게 취하기 시작해 기분 좋게 웃고 있는 은란. 가슴이 뛴다. 귓가에 대고 ‘보고 싶었어’ 라고 말할 수 있다면 얼마나 좋을까.

왜, 어떻게 이렇게 좋아하게 되어버린 걸까. 처음엔 그저 찰나의 만남이었을 뿐이었는데…….

자신을 바라보는 주형의 복잡한 마음을 알 리 없는 은란은 마냥 행복한 얼굴로 잔을 부딪쳐 왔다. 두 번째 주전자가 비워져 가고 있었다.

“임주형, 너 왜 얼굴이 하나도 안 빨개져?”

코맹맹이 소리로 은란이 물었다. 벌써 세 번째 주전자. 안색 하나 바뀌지 않는 그에 비해, 목덜미, 귓불, 이마, 뺨, 입술까지 은란은 이제 수박 속같이 붉었다.

"누나, 그만 마셔. 점심도 제대로 안 먹었다며."

안주라도 제대로 먹으면 좋을 텐데 덥고 목이 마르다며 막걸리만 거푸 들이켜는 것이 걱정스러워 손목을 잡아챘다.

"임주형, 나 막지 마. 방학이란 말이지. 실컷 마실래."

손목을 뿌리치며 은란이 잔에 막걸리를 채웠다. 애교와 어리광이 은란의 술버릇인 모양. 코맹맹이 소리로 입술을 삐죽이는 모습이 귀여웠지만, 이 또한 다른 남자들이 보았을 거라고 생각하니 화가 난다. 주형은 부러 퉁명스런 목소리로 말했다.

"나 누나 남자친구 부르기 싫어."

그 말에 은란이 입을 삐죽거리며 주형의 손에서 찰랑거리는 사발을 빼앗았다.

"그런 거 없어."

"뭐?"

"그런 거 없다고."

빼앗은 막걸리를 시원하게 넘긴 은란이 고개를 휘휘 저었다. 순간 얼음물이라도 한 사발 들이켠 것마냥 술이 깼다. 주형이 재차 물었다.

"다시 말해봐."

"여자친구 반지 취향도, 사이즈도 모르는 남자친구가 무슨 남자친구야."

난 그런 잘난 척하는 반지 딱 질색이라고. 은란이 눈을 감은 채 중얼거렸다. 어깨에 힘이 풀렸다. 기대했던 대답이 아니다. 세팅을 맡겼다고 이야기한 후로도 내내 반지가 보이지 않자 주형은 다시 한 번 왜 반지를 끼지 않느냐고 물었었다. 그때 은란은 너무 비싸고 화려해서 끼지 않고 모셔둔다고 했었다. 그 프러포즈 반지 이야기였다. 허탈함에 주형이 헛헛하게 웃었다.

"임주형."

"응?"

잔이 또 몇 순배나 돌았을까. 은란이 턱을 괸 채 주형을 한참이나 바라보았다. 자신의 얼굴에 은란의 시선이 머물러 있다는 것을 알았지만 주형은 굳이 의식하지 않으려 애썼다.

"부모님은 어떤 분이셔?"

"응?"

예상치 못했던 질문. 주형이 놀란 얼굴로 은란의 얼굴을 바라보았다. 하지만 은란은 진심으로 궁금해하는 표정이었다.

"우리 부모님?"

"응."

"어……."

잠시 멈칫하던 주형이 입을 열었다.

"아버지는 초등학교에서 선생님 하시다가 교장으로 퇴직하셨고, 어머니는 아버지 만나셨을 때 미술 선생님이셨는데 지금은 도예 하셔."

설명하려니 왠지 쑥스럽다. 주형이 목덜미를 긁적이며 간략하게 소개했다.

"도예?"

은란이 호기심을 보였다.

"응. 전공하셨었거든."

“오호.”

“그런데 왜?”

주형의 대답에 은란이 미소 지으며 대꾸했다.

“그냥 이런 괜찮은 남자를 아들로 두신 부모님은 어떤 분이신지 궁금해서.”

은란이 눈꼬리를 휜 채 웃었다.

“넌 진짜…… 되게…….”

은란이 말끝을 마무리 짓지 못하고 그저 눈으로만 웃었다. 그리고 주형이 새로 채워준 막걸리 사발을 시원하게 비웠다.

“임주혀어엉.”

어깨를 으쓱거리며 걸어가는 모양새가 무척이나 기분 좋아 보였다. 하지만 즐거운 몸과 달리 걸음걸이는 위태롭기 짝이 없었다. 둘이서 막걸리 다섯 주전자를 비웠다. 게다가 은란은 안주도 제대로 먹지 않았다. 두 발로 걸어가고 있다는 것 자체가 기적에 가까웠다. 어차하면 넘어지는 것을 받을 태세로, 주형이 가까이에 붙어 섰다.

“우와! 나, 길이 움직이는 것처럼 느껴질 만큼 술 마신 거 오랜만이야.”

알코올로 숨이 가쁜지 은란이 숨을 헐떡거리며 인도 한복판에 멈추어 선 채 주형을 향해 말했다.

“취한 건 알아?”

은란만큼은 아니었지만, 취기가 도는 것은 주형 역시 마찬가지였다.

"응. 완전 취했지. 균형을 못 잡겠어."

고르지 않은 보도블록을 걷기에는 제가 생각해도 위태로웠던지, 은란이 그 자리에 가만히 멈추어 섰다. 삐죽거리는 보도블록 위로 주홍빛의 가로등 그림자가 길게 드리워졌다.

"임주형, 빨리 이리로 와봐, 이리로."

자신에게 손짓하는 은란에게 다가가자 은란이 주춤거리며 주형의 팔을 잡았다. 아무런 장애물 없이 자신의 팔을 감싸 쥔 열 손가락의 감촉. 피부에 닿는 타인의 온기에 주형의 몸이 긴장했다.

"남자친구도 있는 사람이 다른 남자 팔을 이렇게 막 잡아도 돼?"

주형이 긴장을 숨긴 채 농담했다.

"날 업고 가는 것보다는 낫잖아. 나 꽤 무겁거든."

은란이 웃으며 대꾸했다.

"완전 남자 팔이다."

은란이 쥐고 있는 손가락에 힘을 주며 중얼거렸다. 여전히 눈은 반쯤 감긴 채였다.

"간지러워."

더듬거리는 은란의 손가락에 온몸이 간질거리는 것 같았다.

"내가, 지난번에도 생각했었는데, 너 되게, 널찍널찍하고 커다란 것 같아."

은란의 여전히 호흡이 가쁘다. 주형에게서 손을 떼어낸 은란이 팔을 벌려 손으로 주형의 어깨를 묘사했다.

"그게 뭐야."

어이가 없어서 헛웃음 치는 주형을 보며 은란이 눈을 가늘게 떴다.

"그리고 너한테서 좋은 냄새 나."

가슴팍을 쿡 하고 찌르는 은란의 손가락. 그리고 방심하고 있는 것이 여실한 얼굴의 웃음. 알코올로 이미 한껏 달아오른 주형의 심장박동수가 점점 더 가파르게 상승하기 시작했다.

"햇볕 냄새랑 뭔가 남자 냄새가 섞였는데 고소해."

고소하다니, 예상치 못한 표현에 주형이 소리 내 웃자 은란이 진짜라는 듯 재차 강조했다.

"진짜야."

투덜거리던 은란은 조심조심 균형을 잡으며 주형의 팔을 다시 쥐었다. 그리고는 '가자!' 라며, 턱짓으로 경복궁으로 향하는 길을 가리켰다.

삼청동의 좁은 2차선 도로 위로 차들이 지나가며 일상의 소음을 만들어냈다. 좁은 인도 곁에 다닥다닥 붙어 있는 작은 가게들이 소박하게 길가를 밝혔다. 어깨를 나란히 한 사람들이 좁은 인도를 걸어가고, 주형은 부딪히지 않기 위해 은란의 어깨를 감싸 자신 쪽으로 끌어당겼다. 은란은 여전히 눈이 반쯤 감긴 채 그가 이끄는 대로 타박타박 몇 걸음을 옮겼다.

"임주형."

취기를 핑계 삼아 자신의 손을 겹쳐 덮고 싶은 충동을 억지로 다스리고 있던 주형은 자신을 부르는 목소리에 고개를 돌렸다.

"너, 내가……."

은란이 몸을 돌려 주형을 향해 말했다. 눈을 제대로 뜨기 위해 애썼지만 쉽지 않은 듯했다.

"너, 연락 없을 때 내가……."

은란의 입술이 부루퉁 튀어나왔다.

"얼마나 섭섭했는지 알아?"

가슴이 거칠게 뛴다. 이런 작은 투정에도 의미를 부여하고 싶은 자신의 마음을 은란은 결코 모를 것이다.

"내가 하는 말은 다 들어줄 사람같이 그래 놓고선."

투덜거리듯 중얼거리던 은란이 그래 놓고선…… 그래 놓고 선…… 하면서 입술을 달싹거렸다.

"그래 놓고선 그렇게 싹 사라지니까 마음이 막……."

하아아…….

은란은 채 말을 마무리 짓지 않았다. 대신 긴 한숨을 쉬고는 다시 타박타박 걸음을 옮겼다. 술을 더 마신다고 할 때 말리지 말걸. 조금 더 마셨다면 한숨 대신 진짜 솔직한 다른 말이 채워졌을지도 모르는데. 주형은 혼자 또 거친 보도블록을 휘청휘청 걷는 은란의 팔을 잡아 쥐었다. 그리고 곁에서 속도를 맞추어 천천히 걸으며 귓가에 물었다.

"마음이 막 어땠는데?"

어땠냐고, 내가 누나에게 어떤 의미냐고, 정말 새로 사귄 좋은 동생일 뿐이냐고 묻고 싶은 말이 한가득이었지만 주형은 억눌린 목소리로 그저 그렇게 물을 수밖에 없었다.

도시의 밤바람이 두 사람 사이를 부드럽게 감싸고 지나갔다. 은란이 걸음을 멈추었다. 열을 지어 선 붉은빛의 보도블록, 그 사이의 잡초들을 마치 진귀한 보물이라도 발견한 것처럼 한참이나 보던 은란이 입속으로 중얼거렸다.

"나쁜 놈."

“뭐?”

“나쁜 놈.”

은란의 목소리가 가늘게 떨렸다.

울 것 같은 목소리에 주형은 더 이상 참을 수가 없었다. 그리고 이제는 묻고 싶은 생각도 없었다. 천천히 팔을 뻗자 은란의 동그란 어깨가 손안에 담겼다. 그리고 팔을 끌어당겨 맞춘 것처럼 몸에 맞던 그 몸을 자신의 품 안에 담았다. 은란이 한숨처럼 주형에게 안겨왔다. 주형은 이 길에서의 지금 이 기억이 첫사랑과 공유한 은란의 오래되고 바랜 기억을 완전히 덮어버리기를 바랐다. 긴 호흡과 함께 목덜미에 얼굴을 묻자 은란의 달착지근한 향기가 자신의 온몸에 스며드는 것이 느껴졌다.

나쁜 놈, 나쁜 놈, 하고 달싹거리는 입술 사이로 새어 나오는 따끈한 숨결이 옷 아래에 숨겨진 주형의 흉터에 닿아왔다. 간질간질. 간지러운 것이 흉터인지 아니면 참지 못하고 망울을 터뜨려 버린 은란에 대한 마음인지 주형은 알 수 없었다.

제 8 장

37.5℃

대체 언제부터였을까. 이야기를 털어놓기 좋은 동생이 곁에 없으니 허전한 사람이 된 것이.

차라리 기억이 나지 않으면 좋았을 텐데. 아침, 은란은 멍한 얼굴로 천장에 떠 있는 주형의 얼굴을 지우기 위해 눈을 꾸욱 감았다가 떴다.

분명 그러려고 술을 마신 것은 아니었는데, 어느 순간 자신도 모르게 주형에게 애교스러운 얼굴로 눈꼬리를 휘고, 웃고, 장난을 걸고 있었다. 숨겨놓았던 꼬리를 살랑살랑 흔들었던 간밤의 자신을 떠올리며 은란은 뒤늦은 부끄러움에 몸서리를 쳤다.

자책해 봐야 너무 늦었다. 은란은 한숨을 내쉬며 팔을 뻗어 휴대전화로 시간을 확인했다. 오후 두 시. 대체 몇 시간을 잔 거지? 자정 가까이에 들어와서는 꼬박 열세 시간을 잔 모양이다. 숙취에 두통과 메스꺼움 그리고 배도 뒤틀리듯 아팠다. 휴대전화에는 메시지가 도착해 있었다.

〈아직 안 일어났지? 난 이브닝 하러 가.〉
〈그리고 해장 꼭 해.〉

간밤의 일이 없었던 것처럼 주형의 메시지는 담백했다. 은란은 휴대전화를 내려놓고 다시 길게 한숨을 쉬었다. 명치끝이 쿡쿡 찌르듯이 아팠다. 미친 짓이었다. 밥도 제대로 먹지 않고선 그렇게 과음을 하다니. 이불을 걷어낸 은란이 명치를 문질렀다. 가까운 설렁탕 집에서 따끈한 국물을 마시고 와야 할 것 같았다.

〈밥은?〉

시각을 확인했더니 밤 열한 시. 근무가 끝났나 보다. 어지간히 걱정된 모양이네. 메시지를 읽고는 소리 죽여 웃었다. 은란은 이미 침대 안이었다. 술병이 단단히 난 모양인지 온몸이 아픈데다 위도 쿡쿡 찌르듯이 아팠다. 명치를 문지르며 이불 속에서 메시지를 찍었다. 졸음에 하품이 쏟아졌다.

〈머겄어. 너는 괘ㄴ한아?〉

잠기운에 메시지를 누르자 오타가 쏟아졌다. 오타를 보며 웃고 있을 주형이 그려졌다.

<괜찮아, 일찍 자.>
<응, 자려고.>

메시지를 찍는데 위가 또 뒤틀렸다. 은란은 주먹으로 명치를 지그시 눌렀다.

<근데 배가 하루 종일 아파.>
<술 때문에 그런가 보네. 저녁은 먹었지? 아침도 꼭 챙겨 먹고.>
<응, 조심해서 들어가.>

어렵게 메시지를 찍은 은란이 하품과 함께 휴대전화를 내려놓았다. 아침이 되면 좀 나아져 있으면 좋겠다고 생각하면서.

하지만 다음날 아침, 은란은 찌르는 듯한 통증에 잠에서 깼다. 따끈한 국물이 더 필요한가? 은란은 명치를 문지르며 침대에서 일어났다.
단순한 위통이 아닐지도 모른다는 생각이 든 것은 점심때 즈음이었다. 밥과 약을 챙겨 먹었지만 통증은 나아지지 않았다. 아무래도 이상하다 싶어 은란은 지갑을 들고 집 근처 내과로 향했다.
"충수염이네."
술병이 수술을 해야 할 병이 되었다. 은란이 멍하게 의사의 입을 바라보았다.
"여기선 수술을 못하니까 근처 2차나 3차 병원으로 가요."
배 이곳저곳을 찔러보던 의사는 감기라도 걸린 것처럼 심드렁한 목소리로 충수염을 진단했다. 그리고 또 아무렇지 않게 수술을 이

야기했다. 몇 분 사이에 은란의 손에는 진료의뢰서가 팔락거리며
쥐어져 있었다.

＊

"누나?"

응급실 입구에서 주형과 마주쳤다. 얼굴을 보자마자 며칠 전 인
사동에서의 밤을 떠올린 은란은 저도 모르게 뒷걸음질치다가 멈추
어 섰다. 그리고는 급하게 손목을 들어 보였다. 만 29세, 강은란이
라고 프린트된 종이 팔찌가 걸려 있었다. 주형의 시선이 재빠르게
위아래를 훑었다.

"다친 거 아니야."

"그럼?"

자기 발로 응급실에 걸어온 이 상황이 이상하긴 했지만, 어쨌든
응급 상황. 대기하고 있는데 은란을 부르는 소리가 들려왔다. 간호
사가 이끄는 대로 응급실 베드 위에 올라앉았다.

"어디가 안 좋으세요?"

간호사의 질문에 은란이 진료의뢰서를 내밀었다.

"내과에 갔더니 충수염이라는데……."

"어제 아프다더니 계속 그랬어?"

뒤따라온 주형이 침착한 목소리로 은란의 상태를 물었다. 동료
간호사가 힐끗 두 사람을 번갈아 보았다.

"아는 분이시면 임 선생님이 담당할래요?"

동료가 들고 있던 수액과 트레이를 넘기고 사라졌다. 주형이 한

숨을 쉬며 은란의 팔에 고무줄을 묶었다.

"많이 안 좋아?"

"내 발로 걸어서 왔잖아. 그렇게까지 아프지는…… 아프네."

다시 쥐어짜는 통증에 은란이 허리를 구부렸다. 주형이 안쓰러운 얼굴로 새우처럼 구부린 은란의 어깨를 도닥였다.

잠시 후 도착한 응급실 인턴이 내과에서와 똑같이 배를 꾹꾹 누르며 촉진을 했다. 혈액검사와 CT 촬영 처방이 떨어졌다. 그런데도 충수염이라던가, 수술이라던가 하는 이야기가 다른 사람 이야기 같았다. 명치를 살살 문지르며 통증을 달래고 있는데 주형이 다시 나타나 응급실에 달린 CT실로 은란을 데려갔다.

"결과 보려면 시간이 좀 걸릴 거야. 지루해도 좀 참아봐."

오늘따라 환자가 많네, 라며 주형이 걱정스럽다는 얼굴로 은란에게 말했다.

"일 방해하는 거 아니야?"

"일하고 있는 거잖아."

은란의 걱정에 주형이 웃었다. 찍고 나서 다시 베드로 와, 하고 돌아섰던 주형이 다시 은란에게로 왔다.

"보호자가 필요할 거야. 수술을 하게 되면 동의서도 필요할 거고."

주형이 은란에게 설명했다. 그저 통상적인 설명일 텐데 주형은 뭔가 주저하는 것 같아 보였다. 은란의 가족들이 제주에 있다는 것을 주형 역시 모르지 않았다. 이윽고 설명을 멈춘 그가 단도직입적으로 물었다.

"남자친구한테는 연락했어?"

주형의 물음에 은란의 미간이 살짝 구겨졌다. 반질반질 잘 닦인

바닥에 시선을 두고 서 있던 은란이 천천히 고개를 들었다. 특별한 이유가 있어서 숨겼던 것은 아니었다. 언젠가는 이야기해야겠다고 생각했었다. 도시락이니 반지니 하는 요란스러운 모습을 보이고서는 헤어졌다고 이야기하는 것이 어쩐지 내키지 않아 주저하고 있었던 것이지만, 이제는 굳이 거짓말을 할 필요도 없었다.

남자친구에게 연락을 했느냐고 묻는 주형이 무슨 생각을 하고 있을지 모르겠다. 하지만 은란은 왠지 누군가에게 사랑을 고백했던 순간보다 지금 이 순간이 더 긴장되고 떨리는 것 같다는 생각을 했다. 이윽고 바싹 마른 은란의 입술이 천천히 열렸다.

"나, 헤어졌어."

은란은 무슨 말이든 해보라는 표정으로 주형을 바라보았다. 응급실의 소란 사이에도 마주 선 두 사람을 둘러싼 주변만은 침묵으로 고요하게 가라앉아 있는 것 같았다. 잠시 후 그가 한숨에 가까운 긴 숨을 내쉬었다. 자신도 모르게 바짝 긴장하고 있는데 문득 주형의 손이 은란의 이마 위에 내려앉았다. 묵직한 손이 차갑게 느껴졌다. 그 손은 이마를 덮고도 손가락 끝이 한참이나 남을 마큼 커다랬다.

"열 있네."

"열?"

"잠시만."

주머니에서 체온계를 꺼낸 주형이 은란의 귓불을 살짝 잡아당겼다. 차가운 감촉이 느껴졌다. 멍한 얼굴로 수액 스탠드를 잡고 서 있는 은란을 바라보는 그의 입꼬리가 살짝 올라갔던가? 삐 하는 기계음에 체온계를 귀에서 빼내어 숫자를 확인한 주형은 다시 그 커다란 손으로 은란의 뺨을 살짝 덮었다.

“37.5도. CT 찍고 바로 와.”

CT를 찍고 베드로 돌아와 앉은 은란은 고개를 돌려 자신의 존재를 완전히 잊어버린 것 같은 주형의 모습을 눈으로 좇았다. 헤어졌다고 이야기했는데도 주형에게서는 아무런 반응이 없었다. 그날의 포옹이나 눈빛은 모두 착각이었나. 그저 아무런 말을 하지 않았을 뿐인데 마치 고백을 거절이라도 당한 것 같은 기분이 들었다.

은란은 한참 동안 바쁘게 움직이는 주형의 모습을 좇다 지쳐 천장을 바라보고 누웠다. 열이 있다고 하더니 점점 몽롱해지기 시작했다. 집에 연락해야 할까. 진단이 확실해지면 이야기하는 게 낫지 않을까. 충수염이라고 하더니 왜 명치만 이렇게 아플까. 그렇게 응급실의 소음이 아련히 멀어져 가고, 입 밖으로 나오는 자신의 숨이 평소보다 조금 더 따듯하다고 느껴질 때 즈음이었다.

“괜찮아?”

어느새 다가온 주형이 은란을 내려다보고 있었다. 손 소독을 했는지 레몬 향이 섞인 알코올 냄새가 코끝을 스쳤다. 하늘색 간호사복을 보던 은란이 문득 생각났다는 듯이 중얼거렸다.

“임주형, 간호사복 잘 어울려.”

하지만 농담을 하는데도 목소리에는 힘이 들어가지 않았다.

“정말 잘 어울리는 것 같아. 예쁜 아이들은 그런 평범한 옷도 예쁘게 어울리는구나, 생각했어.”

왜 웃지 않을까. 농담같이 이야기하고 있지만 진심인데. 주형의 얼굴은 여전히 딱딱했다.

화났나? 왜 화가 났지? 멋있다고 해야 하는데 예쁘다고 해서?

“화났어?”

몸을 일으켜 세우려는데 주형이 저지했다. 대신 귀에 다시 체온계를 꽂았다. 숫자를 확인한 주형은 등 뒤로 팔을 밀어 넣어 몸을 일으킨 후 카디건을 벗겼다. 서슴없이 옷을 벗겨내는데도 은란은 그저 몸을 맡긴 채 몽롱한 얼굴로 앉아 있을 따름이었다.

"몇 도야?"

"38도."

잠시 사이에 또 뛰어오른 체온에 은란은 자신에게 정말 문제가 생겼다는 것을 인정할 수밖에 없었다. 촬영 결과를 언제쯤 들을 수 있을지 궁금해 물으려고 할 때, 찢어지는 비명이 들렸다. 고개를 돌린 주형이 119 구급대원과 함께 들어오는 스트레처로 급하게 달려갔다.

"안 돼요, 선생님. 안 돼요!"

응급실 안 사람들의 시선이 모두 한쪽으로 향해 있었다. 뒤따라 들어온 여자가 실신하듯 울면서 발버둥 쳤다. 의료진이 일사불란하게 모여들었다.

"아유, 어쩌다 애를 놓쳐서는……."

옆 베드에 앉아 있던 아주머니가 자리루 돌아오며 혀를 찼다. 그리고는 전후 사정을 듣고 왔는지 보호자에게 쑥덕거렸다.

"날이 좋아서 이불 널어놓는다고 아파트 베란다 창문을 열어놨더니, 애가 거길 기어 올라가서는……."

울며 병원 바닥에서 뒹굴던 아이 엄마가 결국은 실신했다. 가까이에 있던 의사가 달려들어 보호자를 살폈다. 이번에도 어디선가 주형이 나타나 쓰러져 있는 보호자를 업어 베드로 옮겼다. 어느새 주형의 간호사복 앞자락은 피범벅이었다.

앞섶을 적신 피에 은란이 입을 다물지 못하고 있을 때, 또다시 누군가의 외침이 응급실을 쩌렁쩌렁 울렸다.

"의사 어디 있어, 의사!"

남자의 팔에 여자아이가 안겨 있었다. 아이의 아빠인 듯했다. 여자아이는 겁먹은 얼굴로 주변을 두리번거렸다. 특별한 외상은 보이지 않았다. 하지만 남자는 무작정 의사를 찾았다. 의사들은 아파트에서 추락한 아이와 실신한 보호자를 살피느라 정신이 없어 보였다. 간호사 하나가 남자를 진정시키며 아이를 살폈다.

"애가 침대에서 떨어졌다고! 의사 어디 있어!"

네 살쯤 되어 보이는 여자아이는 목청을 높이는 보호자의 목소리에 결국 울음을 터뜨리고 말았다. 특별한 외상이 보이지는 않았고, 아빠의 목소리에 울음이 터지기 전까지 아이에게는 큰 문제가 보이지도 않았다. 간호사들이 일단 접수부터 하시라, 접수하셔야 검사를 진행할 수 있다고 설명했지만 그는 막무가내였다.

"환자는 안 보고 접수는 무슨 접수야!"

설명에도 남자는 막무가내였다. 응급실의 소란에 보안팀 사람들이 달려왔다. 여자 간호사들에게 악다구니를 쓰자, 이번에는 주형이 보호자 앞에 서서 설득하려는 듯 입을 열었다. 그러나 막무가내이던 남자는 뒤늦게 의사가 나타나자, 의사에게 아이를 떠넘기고는 자신을 진정시키려는 주형에게 주먹을 날렸다.

흥분한 남자의 주먹질에 제대로 턱을 얻어맞은 주형의 몸이 휘청거리며 쓰러졌다. 보안팀 사람들이 남자를 둘러싸는 동안에도 아이의 보호자는 주형이 이 모든 일의 근원인 양 그를 향해 악다구니를 쓰며 허공에 발길질을 했다.

"잠시만요."

간호사 한 명이 다가와 소란을 차단하려는 듯 커튼을 둘렀다. 커튼이 시야를 모두 가로막기 직전, 동료가 건네는 거즈에 피를 뱉어내는 주형의 모습이 보였다. 은란이 저도 모르게 자신의 턱을 감쌌다. 손등에 꽂힌 수액줄이 거추장스럽게 출렁거렸다.

한참 후 소음이 잦아들었다. 다시 찾아온 응급실의 평온. 주형의 상태를 확인해 보러 갈까 고민하고 있을 때, 요란한 소리와 함께 커튼이 열렸다.

"어디 한번 봅시다."

들이닥친 외과 교수가 촉진을 시작했다. 한참이나 양쪽 갈비뼈 사이의 명치, 오른쪽과 왼쪽의 아랫배 곳곳을 눌렀다가 떼며 얼마나 아픈지, 어떻게 아픈지 묻던 교수가 미간을 찡긋거렸다.

"좋은 소식이랑 나쁜 소식이 있는데."

교수는 어느 쪽부터 들을래요? 하더니 은란이 답하기도 전에 먼저 말했다.

"충수염은 아닌 것 같아요."

다행이다. 그런데 나쁜 소식은?

"장에 염증이 심하네요. 그리고 CT에서 장충첩이 보여요."

교수가 손가락을 동그랗게 모양을 만들어 설명하기 시작했다.

"애들이야 장 꼬이는 게 흔한데 어른은 이런 일이 거의 없거든요. 무슨 문제가 있는 거죠. 종양이 있거나 뭐……. 근데 CT에서도 그게 안 보여."

새로 등장한 소식들은 충수염 진단을 받았을 때보다 더 현실감이 없었다. 무어라 대꾸도 하지 못한 채 그저 듣고만 있는데, 은란의 표정을 본 교수가 조금 부드러운 목소리로 말했다.

"일단 내버려 둬보는 방법도 있긴 해요. 자연스럽게 풀릴 수도 있는데, 문제는 그렇게 내버려 뒀다가 썩어버리면 골치가 아프거든."

쌍시옷을 유난히 거세게 발음한 교수가 주변을 휘휘 둘러보더니 레지던트에게 물었다.

"보호자는?"

"제가 보호자입니다."

어느새 나타난 주형이 베드 곁에 서 있었다. 갈아입었는지, 아까의 피 묻은 옷 대신 새 유니폼이었다.

"그래요? 그럼 여기 임…… 주형 선생이 남편?"

주형의 가슴팍에 새겨진 이름을 확인하며 외과 교수가 물었다.

"아니에요."

"그럼 미혼?"

은란이 고개를 끄덕이자 교수가 조금 곤란한 표정으로 말했다.

"난 좀 열어봤으면 좋겠는데."

"수술 말입니까?"

처음으로 주형의 표정이 조금 흔들렸다.

"내시경으로 해봤자 소장 쪽은 잘 보이지도 않고. 어쨌거나 원인은 찾아야 하니까……."

어깨를 으쓱한 의사가 간단한 일인 양 말했다.

"손 하나 들어갈 만큼만 열죠."

손 하나만큼, 하는 말에 은란은 자신의 손을 내려다보았다. 그럼 한 10여 센티미터? 그러다 고개를 들어 손 하나만큼이라고 이야기하는 교수의 손을 바라보았다. 투박하고 덩치 큰 남자의 손. 은란이 당황한 얼굴로 자신의 손과 교수의 손을 번갈아 보았다.

"저 비키니도 아직 안 입어봤는데."

그 와중에 수영복 걱정이라니. 하필 떠오른 생각이 왜 그런 거였는지 모르겠다. 주변에 서 있던 사람들이 피식 웃었다. 수술이니 종양이니 하는 경직된 이야기들로 딱딱했던 분위기가 조금은 풀어졌다.

"아무튼 임 선생이랑 이야기해 보시고 얘기해.줘요. 그런데 지금 입원실이 있을지 모르겠네."

이야기를 듣고 났더니 더 혼란스러웠다. 명치께를 문지르던 은란이 멍한 얼굴로 남아 있는 주형을 올려다보았다.

"되게 이상한 기분이야."

"어지러워?"

주형이 다시 이마를 찡그렸다. 인상 좀 풀지……. 하지만 은란은 부어오른 그의 턱을 보고는 입을 다물었다. 그런 일을 겪고도 환하게 웃으면서 일할 수 있다면 그게 더 이상한 것일지도 몰랐다.

"어지러운 거야?"

주형이 재차 물었다.

"아니야. 그냥 바보가 된 기분이라서."

은란이 솔직하게 대답했다. 전혀 모르는 영역에서 벌어지는 일 앞에서는 무기력해지는구나. 기껏 할 수 있는 거라고는 설명을 들으며 고개를 주억거리다가 멍한 얼굴로 다시 의사에게 '그래서 어떻게 하죠?' 라고 반문하는 수밖에 없었다.

"어떻게 하지?"

"결국은 누나가 결정해야 해. 그런데…… 약간 위험부담은 있지만 내 생각엔 하루 정도 기다려 보는 것도 괜찮지 않을까 싶어."

수술은 최후의 선택이니까. 주형이 덧붙였다.

"나도 수술은 조금 더 생각해 보고 싶어서."

"내일까지 기다려 보고 안 풀리면 집에도 말씀드려."

은란이 고개를 끄덕였다. 그런 일은 안 생겼으면 좋겠는데……. 그리고는 다시 통증이 시작되는 명치께를 조심스럽게 문질렀다.

"강은란 환자님, 입원 이야기를 해봐야 할 것 같은데요."

레지던트가 베드 곁으로 다가왔다. 저랑 이야기하시죠, 라며 주형이 레지던트와 함께 사라졌다.

결국 저녁 아홉 시가 다 된 시각에서야 수속을 마치고 병실에 들어올 수 있었다. 그리고 은란이 배정받은 곳은 통상의 입원실이 아닌 응급 중환자실이었다. 응급실과 가까운 곳이었지만 그곳은 응급실과 달리 고요했다. 간호사들만이 자리를 지키고 서 있었고, 칸칸이 나누어진 방에는 환자용 침대와 응급장비들이 갖추어져 있었다. 1인실과 다를 바 없는 시설에 놀란 은란이 담당 간호사를 돌아보았다.

"여기예요?"

"운이 좋으셨네요. 6인실과 비용은 별로 차이 나지 않으면서 훨씬 좋거든요."

새로운 수액 스탠드를 가지고 오며 담당 간호사가 생긋 웃었다.

병실이 전혀 없을 때에는 단기 치료로 끝날 환자에게 제공되기도 하는 모양이었다. 이곳에서는 환자 한 명당 한 명의 간호사가 배정되어 모든 지원을 하고 있어 보호자의 도움도 필요하지 않다고 했다. 운과 불운이 교차하는 하루였다.

"짐은 없으세요? 보호자는?"

짐을 담아둘 종이가방과 환자복을 가져오던 담당 간호사가 주변을 두리번거렸다.

“아……..”

짐이라고 해봐야 달랑 지갑과 휴대전화뿐. 동네 병원을 들를 생각으로 나온 탓에 그게 전부였다. 게다가 그나마 주형이 자신의 로커에 보관해 두겠다고 가져갔으니, 덩그러니 몸만 남겨져 있는 셈이었다.

“짐은 없고, 보호자는…… 나중에 올 거예요.”

은란이 어색한 목소리로 대답했다. 응급실에 있을 때에는 그래도 주형이 눈앞에 있어서 덜 불안했는데, 침대와 의료기구만 덩그러니 채워져 있는 입원실에 혼자 남겨져 있으려니 왠지 낯설었다.

“그럼 쉬세요. 필요하시면 콜 하시고.”

새로운 스탠드에 수액과 항생제, 해열제를 주렁주렁 걸고, 은란의 온몸에 심전도 선까지 달아놓고 나서야 담당 간호사가 사라졌다. 그리고 병원에 들어온 후 처음으로 주변이 조용해졌다.

아직도 열한 시가 안 됐네. 응급실에서는 소란스러워 마음이 어수선하더니 병실에서는 조용한데도 마음이 가라앉지 않았다. 설마 임주형, 안 들렀다 가는 거 아니야? 잡다한 생각을 하고 있는데, 드르륵 하고 병실 문이 열렸다. 반기운 마음에 고개를 돌렸지만 다른 간호사였다. 채혈 좀 할게요, 하며 나타난 간호사는 또 채혈관 몇 개를 채우고 사라졌다. 다시 찾아온 정적. 은란은 이불을 끌어당겨 덮으며 멍하게 새하얀 천장을 바라보았다.

다시 문이 열리는 소리가 들려왔다. 또 채혈하려나. 느리게 눈을 뜨자 주형이 트레이에 수액을 들고 서 있는 모습이 보였다. 퇴근했는지 평상복 차림이었다.

“일 끝났어?”

은란이 몸을 뒤척이자 연결된 온갖 줄들이 요동치듯 움직였다.

가까이 다가온 주형이 버튼을 눌러 침대 헤드를 천천히 세웠다. 은란의 귀에 체온계를 꽂은 주형이 숫자를 확인하고는 새로운 해열제가 담긴 수액을 넣기 위해 주사기의 뚜껑을 열었다.

"몇 도야?"

"38.5도."

"안 떨어졌네."

"배는 어때?"

간호사로 묻는 건지 아니면 임주형으로 묻는 것인지 모르겠다. 은란은 몽롱한 얼굴로 새 해열제를 연결하기 위해 주삿바늘을 꽂고 있는 주형의 정수리를 내려다보았다.

"아팠다가, 안 아팠다가."

고열 때문에 목소리가 잦아들듯이 노곤해졌다. 해열제를 연결한 주형이 트레이를 들고 다시 병실 밖으로 나갔다. 설마 이게 전부야? 몽롱한 얼굴로 사라진 문을 바라보고 있는데, 한참 후 주형이 돌아왔다. 손에는 작은 종이가방이 들려 있었다.

"화낼 뻔했어."

"왜?"

"그냥 간 줄 알고."

투덜거림에 주형이 씩 웃었다.

"세수 할래?"

"응."

그렇지 않아도 양치질과 세수가 정말 하고 싶었는데. 은란이 반갑게 고개를 끄덕이자 주형이 웃으며 손등에 연결된 심전도 모니터의 버튼을 몇 개 눌렀다.

“이거 꼭 붙이고 있어야 해?”

난 진짜 중환자도 아닌데……. 손등과 가슴 위에 붙어 있는 패치를 떼어내며 은란이 물었다.

“일단은 여기 환자니까.”

주형이 세면도구를 건네주며 말했다. 세면대 거울 앞에 선 은란은 자신의 몰골을 보고는 한숨을 쉬었다. 열 때문에 얼굴은 번지르르 하고 입술은 퍼석퍼석했다. 이런 얼굴을 하고서는 주형을 기다리고 있었던 자신의 용기가 가상하다 싶었다.

“씻겨줄까?”

곁에 다가온 주형이 은란의 오른손에 비누를 묻혀주며 물었다.

“아니.”

아무리 수액 때문에 한 손밖에 못 쓴다지만 세수까지 맡길 생각은 없었다. 고군분투하고 있는 은란을 지켜보던 주형이 칫솔 위에 치약을 짜주고는 돌아섰다.

“아, 시원하다.”

밋밋한 맨얼굴이라도 세수를 하고 났더니 훨씬 홀가분했다. 얼마 안 되는 소지품을 정리하고 있는데 문이 빼꼼 열리고는 담당 간호사가 고개를 내밀었다.

“임 선생님, 원래 면회 안 되는 거 알죠?”

부탁드릴게요, 하는 주형의 말에 담당 간호사가 생긋 웃으며 대답했다.

“자정까지만 봐줄게요.”

담당 간호사가 문을 닫고 나가자, 주형이 다가와 뭔가를 내밀었다.

“뭔데?”

“놀 거리.”

주형의 손에 은란의 휴대전화가 놓여 있었다. 배터리가 완전히 충전되어 있다. 일하는 사이 충전한 모양. 게다가 주형의 것으로 보이는 이어폰까지 꽂혀 있었다. 세심한 배려에 은란이 기분 좋은 얼굴로 웃었다.

“내일 아이패드도 가져다줄게.”

“드라마 넣어다 줄 거야?”

“뭐가 보고 싶은데?”

“E.R.”

응급실을 소재로 한 미국 드라마가 보고 싶다는 대답에 주형이 결국 소리 내어 웃었다. 그리고는 귀엽다는 듯 자신을 올려다보는 은란의 머리를 쓰다듬었다. 은란은 왠지 몸이 간질거려 푸르르 머리를 털었다. 그런 모습을 내려다보며 주형이 또 씩 웃었다.

“앉아봐.”

은란은 자신 곁의 베드를 툭툭 두드렸다.

“왜?”

“빨리.”

응급실에서 내내 보이던 주형의 딱딱한 분위기가 많이 누그러졌다. 그가 시키는 대로 얌전히 가까운 거리에 걸터앉자, 은란은 천천히 팔을 뻗었다. 역시 턱이 자줏빛으로 부어 있었다. 손가락이 살짝 닿았을 뿐인데 주형이 반사적으로 이마를 찡그렸다. 그 모습을 본 은란이 안쓰러운 얼굴로 손을 떼어냈다.

“열받아.”

잦아들어 가는 목소리로 성질을 부리는 것이 귀여운 듯 주형이 피식 웃었다.

"왜?"

"잘생긴 얼굴, 상처 났잖아."

투덜거리는데 주형의 한숨이 귓가를 스치고 지나갔다. 은란이 간지러움에 반사적으로 귀를 덮자 손등에 달린 심전도 기계의 선이 출렁거렸다.

"왜 한숨이야?"

"좋아서."

"뭐가?"

"내 걱정해 주니까 좋아서."

다행이었다. 온몸이 38.5도로 끓고 있어서 붉어진 얼굴에 그럴 듯한 핑계를 댈 수 있으니까. 목덜미까지 새빨개졌지만, 주형은 멈추지 않고 말했다.

"참느라 죽는 줄 알았어."

"……뭘 참았는데?"

또 무슨 말을 하려고 그러는 걸까. 듣고 싶기도 했고 듣고 싶지 않기도 했다. 이제 더 이상 모르는 척할 수도 없으면서, 확인이라도 하려는 듯 '뭘'이라고 묻는 자신이 낯간지러웠다. 시선을 피하기 위해 은란이 더듬거리는 손으로 이불을 끌어당겼다.

"응급실에서……."

응급실에서? 뭘 참았는데? 은란의 고개가 주형을 향하는 순간, 커다란 두 손이 어깨를 잡아채는 것 같더니 어느새 주형의 품 안이었다.

"잠, 잠깐만."

역시 좋은 냄새…….

아니, 그게 아니라, 애가 어쩌려고 이래?

화들짝 놀란 은란이 퍼덕거리다가 왼손에 바늘이 꽂혀 있다는 것을 기억해 내고는 동작을 멈추었다. 그리고는 그나마 자유로운 오른손으로 주형의 등을 두드렸다. 선이 출렁거리며 춤을 췄다.

"이거, 이거 좀 놔봐."

"아, 살 것 같다."

은란이 멍한 얼굴로 주형의 얼굴을 바라보았다. 얼빠진 얼굴을 보고 있는 게 뭐가 또 그렇게 즐거운지 주형이 또 씩 웃었다.

"거긴 눈이 너무 많았거든."

그리고는 뚫어질 듯 한참이나 은란의 얼굴을 바라보았다. 얼굴이 간질거리는 것 같아 은란이 양손으로 볼을 가렸다.

"아무것도 안 발라도 예쁘네."

이건 또 무슨……. 은란의 얼굴이 또 화르르 불타올랐다.

"나 지금 얼굴 엄청나게 당기거든?"

당황스러움을 투덜거림으로 감추자 주형이 씨익 웃으며 말했다.

"내일 화장품도 가져다줄게."

아니, 그게 아니라. 주형의 동문서답에 은란은 말문이 막혔다. 자신에게 딴마음을 품고 있다는 것을 확신한 것이 고작 얼마 전인데, 주형은 마치 이 순간이 올 것을 이미 알고 있었던 것처럼 저돌적이었다. 정신을 차려야 한다. 아무리 이곳이 주형의 일터, 주형의 영역, 적진의 한복판이라지만 이렇게 무너질 수는 없었다.

"강은란."

자꾸 이름으로 부르지 말라니까. 은란이 무어라 한마디 하려는데 질문이 이어졌다.

“언제 헤어졌어?”

“뭐?”

“누나가 잠 안 온다고 해서 대추차 줬던 때, 헤어진 후야 아니면 헤어지기 전이야?”

주형의 공격은 마음의 준비를 할 사이도 없이 푹, 찌르고 들어왔다. 은란이 시선을 피했다.

“처음부터 거짓말을 했다 이거지?”

주형이 재미있다는 듯 피식 웃었다.

“왜 헤어졌어?”

“배 아파.”

2연타. 승산이 없다. 은란은 다시 시선을 피하며 침대를 낮추었다. 그리고는 몸을 돌려 등을 보이고는 이불 속으로 숨어들어 갔다.

“대답해 봐.”

“내일도 근무해야 하지 않아? 얼른 가봐.”

자정까지 시간을 줬는데 아직 십 분이나 남아 있다. 은란이 이불 속에 미리부디 발끝까지 푹 파묻고, 손만 비쥬이 내밀어 허공에 휘저었다.

“이유를 알아야 내가 조심하지.”

조심? 무슨 조심을? 이불 밖에 나온 은란의 손이 멈췄다. 그리고 그 손을 낚아채는 커다란 손. 잡힌 손을 빼내려고 애썼지만 결박하듯 단단하게 쥔 채 놓지 않았다. 결국 은란은 한숨을 쉬며 저항하기를 포기했다.

“누나.”

이상하다.

동갑인 은규는 단 한 번도 제대로 누나라고 부른 적이 없는데, 임주형은 저 간지러운 누나라는 호칭을 무척이나 자연스럽게도 사용한다. 게다가 강은규가 태어난 이후로 내내 누나로 살아왔는데, 임주형이 자신을 누나라고 부르면 낯설고 두근거린다. 단단히 미쳤나 보다.

이젠 주형의 입에서 무슨 말이 이어질지 감히 상상도 되지 않는다. 덜컹거리는 심장을 이불 속에 숨긴 채 은란은 긴장된 얼굴로 목소리를 기다렸다.

"누나의 반지를 보면서, 결혼할 거라고 이야기하는 누나 말을 들으면서……. 절대 내가 누나를 얻는 날이 오지 못할 거다 체념하면서도 또 동시에 왠지 꼭 그런 날이 오고 말 것 같은 기분이 들었어. 포기가 안 돼서 나는…… 내가 미친 게 아닌가 생각했었어."

주형의 손가락이 은란의 손가락 사이를 부드럽게 파고들었다. 허락을 구하는 듯 하나씩 하나씩 천천히 파고드는 느린 움직임에 은란은 결국 자신의 손가락을 열고야 말았다. 기다렸다는 듯 자신의 손가락을 채워 넣은 주형이 은란의 손을 힘주어 잡았다.

"난 내가 미쳤었다고 생각했는데, 그게 아닌 것 같아."

주형의 목소리가 조용한 병실을 채웠다.

"그러니까 이제 마음 단단히 먹어."

숨결이 귀 가까이에 바싹 다가왔다. 은란은 긴장한 채 두 눈을 꼭 감았다. 심전도 모니터에 띄워진 여러 줄의 선이 가쁘게 요동쳤다. 보이지 않았지만 주형이 미소 짓고 있다는 것이 느껴졌다.

"난 이 기회를 절대로 놓칠 생각이 없거든."

✴

"잠시 바람 쐬고 와도 될까요?"

"그러세요."

다시 담당 간호사가 바뀌었다. 독방을 쓰고 있는 환자의 지루함을 이해했던지 간호사가 선선히 고개를 끄덕였다. 은란은 항생제가 대롱대롱 매달린 수액 스탠드를 밀고 천천히 응급중환자실 밖으로 나섰다. 병원 로비를 통과해 병원을 나서자 더운 공기가 밀려왔다. 그사이 소나기라도 내린 모양인지 땅이 축축하게 젖어 있었다.

더운 공기에 도리어 진이 빠지는 것 같아 들어갈까 하다가 꽤 울창하게 꾸며놓은 조경수들을 발견했다. 은란은 수액 스탠드를 밀고 천천히 걸어가 나무 아래 비어 있는 벤치에 자리를 잡고 앉았다. 병원의 소란에서 약간 비켜나자 왠지 마음이 차분해졌다.

새로운 숙제가 던져졌다.

더운 공기 사이에 은란의 긴 한숨이 섞여들었다. 아침 면회 시간, 주형은 약속한 대로 아이패드에 'ER'을 담아와 건네고 사라졌다. 화장품도 잊지 않았다. 그러고는 좀 더 있다가 갈까? 하는 물음에 은란이 고개를 젓자 별다른 말 없이 조용히 병실을 빠져나갔다.

망설임과 주저함.

은란은 그 이유를 알고 있었다. 파국으로 끝나지 않은 연애의 평범한 결말이 결혼이라면 은란은 또 똑같은 문제와 맞닥뜨리게 될 것이다. 누군가와 자신의 인생을 공유하면서 자신이 포기할 수 있는 것은 무엇인지, 결코 포기하지 못할 것은 무엇인지, 기꺼이 맡을 수 있다고 생각하는 역할은 무엇이고 또 도저히 인내할 수 없다고 생각하는 역할은 무엇인지. 그런 고민과 거기에 대한 답을 먼저 얻지 못한다면 상헌이건, 주형이건, 그 누구와도 늘 같은 순간에 벽에 부딪혀 버리게 될 게 뻔했다.

답을 찾기를 미루어왔던 것이었다. 새로운 관계가 시작될 때까지는 어느 정도 시간이 있을 테고, 천천히 고민하면 되지 않을까 생각했었다. 아니면 자연스럽게 그 의문 자체를 잊어버리기를 기대했는지도 모른다. 결과를 알고 싶지 않아 끝끝내 미루어온 채점 같은 것이었는데…… 주형은 생각하지 못했던 변수였다.

"밖에 있었네."

고개를 들자 주형이 서 있었다. 오는 길이 꽤 더웠는지 셔츠 앞섶을 잡고 흔들어 바람을 불어넣고 있었다.

"몇 시야?"

미처 비를 뿌리지 못한 회색의 무거운 구름 사이로 오후의 햇살이 비쳤다. 주형의 어깨 너머로 빛무리가 쏟아져 들었다. 은란이 손을 들어 이마 위를 가렸다.

"두 시."

손목의 시계를 보며 주형이 대답했다.

"일찍 왔네."

"잠깐 보고 가려고."

주형이 곁에 털썩 앉았다.

"CT는?"

"찍었어. 결과 기다리는 중."

"통증은?"

"많이 나아졌어."

대화가 겉돈다. 처음 있는 일이었다. 특별한 대화 없이 잠시 짬을 내어 커피 한잔을 마시고 헤어질 때에도 이렇게 어색하고 씁쓸한 기분이 들었던 적은 없었는데. 은란은 이 겉도는 대화와 어색한 분위기가 모두 자신의 탓인 것 같았다.

그때 손에 쥐어진 휴대전화가 진동했다. 집이었다. 평소와 조금이라도 다른 목소리 톤으로 대화를 시작한다면 금세 눈치를 챌 것이다. 은란은 급하게 목소리를 가다듬었다.

"응, 엄마."

"학교예요."

"점심은 먹었어요. 엄마는?"

"집에 들어가서 전화할게요."

남아 있는 기운을 싹싹 긁어모아 경쾌한 목소리로 통화하고는 전화를 끊었다. 긴장이 풀려서는 길게 숨을 내쉬는데, 주형이 살짝 이마를 찡그리더니 말했다.

"CT 결과 보고 안 풀렸다고 하면 집에 연락할 거야?"

"은규한테만 이야기할까 싶어."

"그래도 부모님께 이야기해야 하지 않겠어?"

은란은 고개를 저었다. 아버지의 병환 이후 은란의 가족들은 누군가가 아프다는 사실에 예민하게 반응했다. 특히 가족들의 건강 문제에 대한 어머니의 스트레스가 컸다. 가능하면 모든 것이 해결된 후에 이야기를 전하고 싶었다.

"원래 그렇게 독립적이었어?"

"응?"

"처음부터 뭐든지 그렇게 혼자서 해결했냐고."

질문의 의도가 무엇인지 모르겠다. 고개를 돌려 주형을 바라보았지만 그의 시선은 은란이 아니라 건너편의 병원을 향해 있었다.
그가 이어 말했다.

"다른 것도 아니고 아픈 거잖아. 어리광 안 부려?"

"부렸잖아."

바로 너한테, 어제. 나를 내버려 뒀다고 투덜거리기까지 했는데
그것보다 얼마나 더 어리광을 부려야 해? 은란은 왠지 어리광이라
는 단어가 자신과는 잘 어울리지 않는 것같이 느껴졌다.

"나 말고 가족들한테."

"당연히 어리광 부려. 가족이잖아."

선선히 대답했는데도 주형은 그 답이 그리 만족스럽게 느껴지지
않는 모양이었다. 시각을 확인한 그가 먼저 자리에서 일어났다.

"들어가자, 덥다."

✳

외과 교수의 으름장에도 불구하고 중첩되었던 장은 만 하루 만
에 무사히 풀렸고, 덕분에 은란은 수술을 면할 수 있었다. 하지만
여전히 염증 수치가 높았던 탓에 금식을 하면서 꼬박 이틀을 독방
같은 입원실에 머무르고서야 퇴원할 수 있었다. 수속을 마치는 것
까지 도와준 주형은, 혼자 들어갈 수 있다고 하는데도 끝내 택시로
집까지 배웅해 주었다.

"조심해서 들어가."

아파트 정문. 봄에는 벚꽃을 흐드러지게 피웠던 벚나무가 이제
는 초록 잎사귀를 한가득 단 채 선선한 그림자를 지우고 있었다.

"응."

"내일 오프니까……."

"주형아, 괜찮아."

걱정하지 말라는 듯, 은란이 주형을 향해 살짝 웃었다.

"당분간 음식만 조심하면 된다고 했으니까."

"죽 끓일 수 있겠어?"

"즉석 밥이랑 물만 있으면 되잖아. 그렇게 바보는 아니야."

"불편한 거 있으면 바로 전화하고."

고개를 끄덕거렸는데도 주형은 여전히 미덥지 않다는 얼굴이었다. 고맙고, 미안했다. 하지만 지금 여기서 미안하다고 이야기하면 아무리 임주형이라도 화내겠지. 미안하다는 말 대신 은란은 이틀간 병실에서 생각했던 말을 전하기로 마음먹었다.

"주형아."

"응?"

말하려고 하니 왠지 너무 뻔뻔한 것 같아 제대로 입이 열리지 않는다. 하지만 말해야 했다. 주형의 진심 앞에서 어설픈 말로 자신의 감정을 포장하지는 않겠다고 생각했으니까.

"말해."

"나 어장관리 해도 돼?"

은란의 입에서 튀어나온 단어는 그리 아름답지 않았다. 하지만 도저히 그것보다 더 적절한 표현을 찾을 수가 없었다.

"혹은 희망고문이라고도 하지."

비장한 표정으로 은란이 덧붙였다. 한참이나 대꾸하지 못하고 서 있던 주형이 웃음을 터뜨렸다. 머리 위의 벚나무 가지가 그 웃음 사이에서 몸을 흔들었다. 어색하던 두 사람 주변의 공기도 커피와 크림처럼 사르르 섞여들었다. 한참이나 웃던 주형이 말했다.

"그런 걸 선전포고하는 사람이 어디 있어?"

"어중간하게 구는 거 싫은데…… 다른 방법이 없어서."

임주형에게 끌리고 있다. 그건 부정할 수 없었다. 하지만 당장 새로운 연애를 시작한다? 그건 망설여졌다. 주형은 은란이 어떤 이유로 지난 연애를 끝내 버렸는지 모른다. 단지 프러포즈를 받고, 헤어졌다는 사실만을 알고 있다. 그간의 사정들을 들으면 어떻게 생각할까? 지극히 이해타산적이고, 비타협적이며, 고집 센 사람이라고 생각할까? 그리고 마음이 식어버릴까. 그렇게 생각하자 마음이 쓸쓸해졌다.

"좋아, 기꺼이 관리당해 줄게. 언제까지 할 건데?"

시원스러운 대답이었지만 질문은 날카로웠다. 생각을 정리할 시간을 벌어야겠다고는 생각했지만, 그다음 일에 대해서는 아직 생각하지 못했다.

"거기까진 생각 못했어."

이번에도 은란은 솔직하게 대답했다.

"그럼 내가 정해줄게."

얼마나? 한 달? 두 달? 주형의 입에서 나올 말을 걱정하며 은란은 긴장했다.

"이건 우리 형이 자주 쓰는 표현인데, 이익형량이란 게 있다며?"

이익형량. 이번에는 은란이 웃음을 터뜨렸다.

"어느 쪽이 더 마음 불편한지 비교해 보고 판단하면 좋겠어. 나를 얻는 쪽과 나를 잃는 쪽."

잃는 쪽. 단어가 품고 있는 울림이 마음을 아프게 찌른다. 은란은 저도 모르게 이마를 찡그렸다.

"그런데 나도 어중간한 건 싫거든. 그러니까 잘 생각해 봐."

사랑하는 쪽이 더 약자라는 말은 다 거짓말인 모양이다. 임주형이 저토록 당당한 것을 보면. 느긋한 얼굴의 주형을 보며 은란이 옅게 미소 지었다.

제9장
한계

〈강은란님, 법무법인 돋움 인턴 일정입니다.〉

퇴원 후 며칠 지나지 않아 은란은 인턴 일정 메일을 받았다. 중대형 규모의 로펌. 4학기 때부터는 본격적으로 실무 과목을 듣기 시작하는 터라 기대가 컸다. 게다가 오랜만의 출근이었다.

"아직 실무 수업 듣기 전이라면서요? 과제는 내주지 않을게요. 2주 동안 기록이랑 변론 실컷 보고 가요."

학생들의 실무 수습 담당 변호사는 첫날부터 묵직한 형사사건 기록 하나를 내밀며 은란을 향해 씩 웃었다. 출근하자마자 넘겨받은 기록을 정신없이 훑고, 쟁점을 정리해 담당 변호사와 짧게 문답을 하고, 오후 재판에 들어가 재판 방청을 하고 돌아오는 일이 반복되었다. 간단한 기록은 금방 읽을 수 있었지만, 사안이 복잡한 사건의 경우에는 기록을 대충 훑는 것만 해도 한나절이 훌쩍 지나갔다.

재판 시간을 코앞에 두고 높은 구두를 신은 채 지도 변호사를 뒤쫓아가는 것이 익숙해지고, 거대한 회색의 중앙지법 건물이 친숙해졌다. 로비에서 허둥지둥하지 않고 곧장 법정으로 올라가는 엘리베이터에 올라탈 수 있게 된 수습 다섯째 날, 금요일. 오후 재판이었다.

"피고인, 조수원 씨를 압니까?"

318호 법정. 문을 열고 들어서자 검사의 목소리가 들렸다. 벌써 세 번째 공판기일이었다. 은란의 담당 변호사가 변론을 받은 사람은 병역기피를 위해 허위 국적 취득을 알선한 내국인 브로커였다. 아직 20대인 피고인들을 불안하게 지켜보는 부모와 그 피고인들의 변호인, 그리고 기자들까지. 열기를 띤 법정의 분위기에 살짝 긴장한 은란이 판사가 자리 잡고 있는 법대를 향해 살짝 인사를 하고 고개를 들었을 때, 왼쪽 검사석에 익숙한 얼굴이 보였디. 은란은 그 자리에 우뚝 멈춰 섰다.

"몰라요? 그럼 장 사장은 압니까? 조수원 씨 별명이 장 사장이었다던데."

"압니다."

고개를 푹 숙이고 앉아 있는 피고인을 향해 날 선 목소리로 질문을 던지고 있는 것은 상헌이었다. 예상치 못했던 상황에 심장이 거칠게 널을 뛰었다. 멈칫거리고 있는데 먼저 자리를 잡은 지도 변호사가 눈짓으로 빈자리를 가리켰다. 은란은 그가 자신을 발견하지 못하기를 바라며 참관인들 사이에 섞여 앉았다.

앞 신문이 길어질 것을 생각해 느긋하게 법정에 들어갔음에도 앞선 신문들이 지연되고 있었다. 피고인 한 사람의 신문이 끝날 때마다 관련된 사람들이 자리를 떴고, 법정 안은 듬성듬성 빈자리가 생겨났다.

"5분만 휴정하고 진행하죠."

은란의 담당 변호사가 맡은 사건의 진행을 앞두고, 지친 표정이 역력한 판사가 휴정을 선언했다. 텁텁한 공기에 질린 사람들이 주섬주섬 자리에서 일어났다. 그리고 검사석에서 일어나던 상헌과 은란의 시선이 마주쳤다.

"기다리느라 힘들죠?"

엉켜든 시선은 눈앞을 가로막은 담당 변호사로 인해 끊어졌다. 은란이 자리에서 일어나 어색하게 웃었다.

"저녁 약속 있어요? 늦게 끝날 것 같은데 저녁이라도 먹여야겠네. 맛있는 거 사줄 테니 마치고 먹고 싶은 거 생각해 봐요."

말을 끝낸 변호사가 법정 밖으로 나가고, 가려진 시선이 걷히자 상헌이 검사석에서 빠져나오는 것이 보였다. 그리고 그에게 다가가는 누군가도 눈에 들어왔다.

"선배님."

낭랑한 목소리. 은란의 시선이 목소리의 주인에게로 향했다. 칙칙한 법정 안에서 유난히 화사해 보이던 상아색 원피스를 입고 앉아 있던 사람. 피고인의 여자친구라도 되나 생각했었는데 상헌이 아는 사람인 모양이었다.

"왔네요."

“네.”

화사하게 볼을 붉히며 웃는 모습. 이야기를 나누는 그들의 모습을 보며, 은란은 문득 주형과 자신을 바라보던 상헌이 어떤 기분이었을지 조금은 이해할 수 있을 것 같았다. 천천히 돌아선 등 뒤로 상헌의 시선이 꽂히는 것이 느껴졌다. 하지만 은란은 돌아보지 않았다.

다섯 시간이 넘게 이어진 재판이 마무리된 것은 저녁 아홉 시가 다 된 시간이었다. 늦게까지 기다렸으니 회라도 사주겠다는 지도 변호사에게 은란은 아직은 음식을 조심해야 한다며 가까운 콩나물 국밥 집을 이야기했다.

늦은 시각에도 법원 앞 국밥 집은 꽤 많은 손님들로 북적거렸다. 금방 나온 식사에 수저를 집어 드는데 가게 입구의 유리문이 흔들리고, 땡그랑거리는 종소리와 함께 누군가 들어오는 모습이 보였다. 은란의 동작이 멈추었다.

교차되었던 사람 사이의 관계가 완전히 마무리되기까지는 얼마나 많은 시간이 필요할까. 은란은 복잡한 얼굴로 문가에 서 있는 상헌을 바라보았다. 공판검사와 함께 빈자리를 찾던 상헌의 시선이 은란에게 닿았다. 그는 이제 당황하지도 않는다. 그리고 잠시 후, 그 뒤를 이어 상아색 원피스가 문을 밀고 들어섰다.

“수습 끝나고도 여기 국밥이 가끔 생각났었어요.”

조금 떨어져 앉은 테이블인데도 목소리가 귀에 꽂혔다. 늦은 저녁인데도 원피스의 목소리는 경쾌하기 이를 데 없었다. 건너편 테이블에 대한 관심을 끊기 위해 은란은 마주 앉은 변호사와의 대화에 귀를 바짝 세웠다.

“오늘 늦게까지 고생했어요. 주말 잘 보내고, 다음 주에 봅시다.”

단출한 식사가 마무리되고, 변호사는 사무실로 돌아갔다. 그리고 은란은 상헌의 시선 밖에 있게 된 것, 그리고 자신의 시선에 그가 없다는 것에 안도하며 지하철 방향으로 걸음을 옮겼다. 그때 휴대전화가 진동했다. 주형인가?

저장되어 있지 않은 열한 자리의 숫자. 언젠가는 하루에도 몇 번씩 눌렀던 번호. 심장이 빠르게 뛰었다. 휴대전화를 내려다보며 한참이나 망설였지만 전화는 끊어지지 않았다. 고집스럽게 끊어지지 않는 전화에서 상헌의 기분이 전해지는 것 같았다. 은란은 결국 전화를 받았다.

〈들어가는 길이야?〉

"네."

〈차 한잔하자.〉

상헌의 목소리는 침착했다.

"……."

〈어차피 오늘 같은 일, 또 일어나지 말라는 법 없잖아.〉

"……다음에요."

법정에서의 상헌은 은란이 생각하고 있었던 것보다 훨씬 더 멋있는 검사였으며, 그래서 내가 대체 저 남자를 왜 놓아버린 걸까 하는 생각마저 했었다. 하지만 그가 배울 점이 많은 멋있는 선배 법조인이라는 사실과 자신과 잘 맞는 연인인 것은 별개의 문제였다. 그런데 지금 그를 만나면 그 두 가지를 혼동해 버릴 것 같았다. 그러니까 다음번에. 지금은 좋은 때가 아니었다.

머릿속의 혼란을 털어버리려는 듯 걸음을 재촉하던 은란의 손에 쥔 휴대전화가 다시 진동했다.

〈누나, 내일 아침 콜.〉

지금 일어난 일을 마치 알고 있기라도 한 듯 존재감을 일깨우는 메시지. 은란은 메시지가 주형이라도 되는 것처럼, 손안에 들어 있는 휴대전화를 꼭 쥐었다.

집에 먹을 것이 없다. 밥솥을 열어봤지만 비어 있었다. 실무 수습 때문에 간단하게 바나나 따위로 아침을 해결하고 나간 탓이었다. 학교에 갈까, 고민하던 은란은 혼자 피식 웃었다. 이래서야 공부하러 학교에 가는 게 아니라, 밥 먹으러 학교에 가는 것 같네. 밥솥을 닫으며 은란은 주형에게 전화를 걸었다.
"아침에 왜 전화하라고 했어?"
〈집에 먹을 거 있어?〉
인사도 생략, 마치 지금 빈 밥솥을 열어본 것을 지켜보기라도 한 깃 같은 질문에 은란이 눈을 동그랗게 떴다.
"……없어."
〈역삼동 337번지로 올래?〉
"거기가 어딘데?"
〈우리 집.〉

잠시 후, 은란은 역삼동 337번지라고 새겨진 명패 아래 서 있었다. 조금 망설이다 초인종을 누르자, 마당 앞에서 개 짖는 소리가 우렁차게 들려왔다. 삐익, 하는 전자음과 함께 문이 철컹 열렸다.

붉은색 벽돌이 꼼꼼하게 벽을 둘러싸고 있는 2층 주택이 눈에 들어왔다. 나이 먹은 나무들은 예쁘게 다듬어져 있었고, 잔디 역시 깔끔하게 정돈되어 있었다. 부모님께서 무척이나 꼼꼼한 성품이신가 보다, 은란이 감탄했다. 그때 래브라도 한 마리가 은란을 향해 신나게 달려들었다.

은란의 주변을 빙글빙글 돌며 정신없이 짖는 개의 부산함에 주저앉아 머리를 쓰다듬고 있을 때, 현관문이 열리고 주형이 몸을 내밀었다. 슬리퍼라도 신고 나오지. 하얀 라운드 반팔티에 청바지를 입고 선 그의 맨발에 은란이 피식 웃었다. 그리고는 참외 봉지를 건넸다.

"축하 선물이야?"

"축하 선물?"

"불기소 처분받았거든."

현관문을 잡아주며 주형이 싱긋 웃었다. 마음의 짐을 덜어서인지 무척 홀가분해 보였다.

"잘됐다! 그런데 축하 선물이 이거 가지고 되겠어?"

은란이 환하게 웃으며 주형의 등을 토닥거렸다. 제 일처럼 반가워하는 모습에 마주 웃으며 주형이 손짓으로 집 안을 가리켰다.

"자축 요리했으니까 들어와."

열린 문 사이로 음식 냄새가 풍겨왔다. '음식을 좀 많이 했어. 빈 통 하나 들고 와' 라는 주형의 말이 처음에는 농담인 줄 알았다. 이 더위에 불 앞에서 무슨 요리인가 싶었는데……

"진짜 아무도 안 계셔?"

만든 요리를 집 앞에서 건네받고 끝날 줄 알았는데, 어차피 비어 있으니 잠시 들렀다 가라는 주형의 유혹에 은란은 결국 굴복하고 말았다. 약간의 호기심에 그러마 했지만 걸음걸음이 긴장으로 쭈뼛거렸다.

"안 계셔. 보통 때에는 이천에 있는 어머니 공방에 계시거든, 두 분 다."

아아. 은란이 고개를 끄덕거리며 조심스럽게 신발을 벗어 가지런히 모았다.

"긴장했네?"

주형이 재미있다는 듯 장난스럽게 웃었다. 그리고는 잔뜩 굳어 있는 은란을 떠밀듯이 주방으로 밀어 넣었다.

주방에 들어서자 뜨거운 열기가 훅 끼쳤다. 가스레인지 위에 커다란 주물 냄비가 부글부글 끓고 있었다. 주방 한편을 차지하고 있는 커다란 식탁에 눈을 커다랗게 뜨자 주형이 멋쩍게 웃었다.

"덩치 큰 남자만 셋이라서."

얼음이 띄워진 차가운 보리차를 내준 주형은 무척이나 자연스러운 봄짓으로 싱크내 위에 올려두었던 앞치마를 둘렀다. 커다란 손으로 허리끈을 묶는 손길이 너무 익숙하고 자연스러워 보여 은란은 저도 모르게 웃음을 터뜨릴 뻔했다. 웃음을 참는 소리에 주형이 돌아섰다.

"그 앞치마 무척 잘 어울려."

손가락으로 심플한 검은색의 앞치마를 가리켰다. 주형이 의기양양한 모습으로 어깨를 폈다.

"스튜는 다 되어가고, 죽 끓이고 있으니까 그것도 가져가."

"죽? 나 이제 밥 먹어도 되는데."

은란이 컵을 내려놓고 일어나 불 앞의 주형에게 다가갔다. 커다란 주물 냄비 옆의 작은 냄비 안에서 깨죽이 끓고 있었다.

"얼려서 보관해 두고 아침에 먹어."

튀어 오르는 죽을 본 주형이 비어 있는 손으로 가스레인지 앞에서 살짝 물러나게 했다.

"내가 저을게."

만들지는 못해도 젓는 것쯤이야……. 은란이 고집을 부려 주걱을 이어받았다. 주걱을 건넨 주형은 설거지를 시작했다. 그러나 주걱을 쥔 지 얼마 지나지 않아, 방울져 끓던 죽이 팔에 튀었다.

"앗, 뜨거워."

화들짝 놀라 주걱을 놓쳤다. 종종걸음으로 싱크대로 다가가 찬물을 끼얹자, 설거지 하고 있던 주형이 팔을 확인하고는 어깨로 은란을 다시 죽 냄비를 향해 밀었다.

"괜찮네. 빨리 가서 저어. 금방 눌어붙으니까."

세상에, 커피에 덴 거 가지고 응급실에서 연고를 가져다주겠다던 겨울의 친절한 임 선생님은 어디로 간 거지? 은란이 삐죽거리자 그 모습을 보며 주형이 키득거리며 웃었다.

"식탁 위에 있는 음식 다 챙겼어?"

싱크대를 깨끗이 닦아 마무리하며 주형이 물었다. 은란에게는 손에 가득 찰 법한 행주가 그의 손에서는 손바닥만 하게 작아 보였다. 탈탈 털어 마르도록 수도꼭지 위에 걸어놓는 그를 보며 은란은 속으로 또 감탄했다.

"제법 묵직하네."

은란은 스튜와 죽이 한가득인데 뭘 또 싸서 보내줄 게 없나 하고 냉장고를 들여다보는 주형의 옷자락을 잡아당겼다.

"왠지 내가 네 어장에 있는 기분이 들어. 매일같이 맛있는 걸 먹이다가 딱 끊어버리는 거지. 난 먹이 주는 손가락을 간절하게 찾고."

은란의 설명에 픽 웃은 주형은 다 알고 있다는 것처럼 말했다.

"어차피 집에 먹을 거 없잖아."

"왜 없어, 있어, 있어."

얘가 내 냉장고를 보기라도 했나……. 찔렸지만 은란이 강하게 부정했다. 쌀도 있고, 김치도 있고, 엄마가 보내주신 몇 가지 밑반찬도 있고……. 없는 건 요리 솜씨뿐이겠지. 은란이 속으로 중얼거렸다.

종이가방 안에 한가득인 먹거리. 며칠간은 풍족하겠다 싶어 한껏 여유로워진 마음으로 돌아가려고 하는데, 근처에서 얼쩡거리던 주형이 갑자기 은란이 챙겨 든 종이가방을 다시 빼앗았다.

"왜?"

"시원한 거 한잔 마시고 가."

그리고는 종이가방을 멀찍이 밀어놓는다. 눈앞에서 멀어지는 종이가방을 보다 고개를 들자, 보내기 싫은 기색이 역력한 주형의 얼굴이 눈에 들어왔다. 은란의 입에서 웃음이 새어 나왔다. 제안을 거절해 봤자 받아줄 것 같지도 않은 얼굴이었다. 그리고 그때 은란의 시선에 주방 창 너머의 정원이 들어왔다.

"그럼 정원에서 마실까?"

아직은 한낮인데, 때 이른 풀벌레가 찌르르, 찌르르, 울어대는 정원. 조경석에 걸터앉은 두 사람은 커다란 유리잔에 담긴 레몬홍

차를 홀짝거렸다. 컵에 송골송골 물방울이 맺혀 손가락을 타고 흘렀다. 컵을 흔들자 얼음이 달그락거렸다. 은란은 발치에 앉아 꼬리를 살랑거리는 황구에게 얼음 하나를 꺼내 물려주었다. 황구가 신나는 얼굴로 얼음을 날름거리며 핥았다.

"요리를 대체 언제부터 한 거야?"

"어머니가 주 5일제를 선언한 후부터."

"주 5일?"

"내가 중학교 들어갔을 때 일방적으로 선포하셨지. 덕분에 아버지랑 형이랑 내가 주말 요리를 담당하고."

"그때부터 계속?"

"그래도 고3 때는 봐주셨어."

주형의 대답에 은란이 웃음을 터뜨렸다.

"누나는 요리가 그렇게 싫어?"

이번에는 주형이 황구의 입에 얼음을 넣어주었다. 얼음을 핥고도 황구는 한참이나 그의 손가락을 핥아댔다.

"절대 아니야. 난 요리 사랑해, 요리가 날 싫어하는 거지. 너도 알겠지만 짝사랑은 고달픈 법이거든."

자신을 짝사랑해 온 당사자 앞에서 짝사랑 운운이라니, 주형이 웃음을 터뜨렸다. 그러고는 기도로 잘못 넘어간 홍차를 컥컥거렸다.

"균형을 못 맞추겠어."

기침하는 주형의 등을 도닥거리며 은란이 말했다. 짜서 물을 부으면 싱거워지고, 싱거워서 소금을 넣으면 짜게 되고, 악순환의 반복이지. 주방 앞에서 허둥대는 모습이 상상이 되는 듯, 목에 걸린 홍차를 해결한 주형이 큰 소리로 웃었다.

"그럼 형이랑 둘이서 지내?"

"요새는 대부분 그래. 부모님은 1, 2주에 한 번씩 오셔."

"그럼 분담은?"

"요령껏 나눠서 해. 형이 아무래도 더 바쁘니까 내가 봐주고 있긴 한데……. 그렇잖아도 얼마 전에 크게 다퉜어."

"왜 다퉜는데?"

형제의 다툼이란 상상이 되지 않는다. 주먹질이 오가나? 은란의 물음에 주형이 머뭇거렸다.

"왜?"

집요한 물음에 그가 시선을 피했다.

"형이 벗은 옷을 아무 데나 던져 놔서."

세탁실 바구니에 넣어놓으라니까 진짜……. 짜증스러운 얼굴의 투덜거림에 은란은 폭소했다. 그 바람에 손에 쥔 홍차가 출렁거리며 바닥으로 얼음이 쏟아졌다. 이때다 싶었던지 황구가 경중경중 달려오더니 잽싸게 얼음을 주둥이에 물었다.

"그만 웃으면 안 돼?"

손에서 불안하게 흔들리는 유리잔을 받아 들며 주형이 퉁명스럽게 말했다.

"아, 미안."

눈물이 찔끔 나왔다. 은란은 손가락 끝으로 눈가를 꾹꾹 찍었다.

"주형아, 넌 진짜 날 웃게 하는 재주가 있어."

"그건 누나도 마찬가지거든?"

투덜거렸지만 주형의 입꼬리에도 웃음이 걸려 있었다.

"일하고 와서 같이하기 힘들지 않아?"

“하기 싫어. 그래서 형이랑 서로 누가 이기나 보자는 식으로 내 버려 둘 때도 있어.”

“그러면?”

“부모님 오시기 전날 둘이서 밤새 치우는 거지.”

세탁기를 밤새 세 번이나 돌린 적도 있다며 주형이 한숨을 내쉬 었다.

“형은? 요리 잘해?”

“나보다는 별로.”

그 말 사이에 은근한 자부심이 배어 있어 은란은 다시 소리 내어 웃었다.

“아버지는?”

“특식 담당이시지. 바비큐 같은 거.”

“오호.”

“여름에 가끔 집에서 바비큐 해.”

정원 구석에 세워진 그릴을 가리키며 주형이 말했다.

“아파트 생활만 했던 나는 상상도 못해 본 풍경이네.”

“난 아파트 좋은데, 손도 덜 가고.”

“그럼 결…… 독립해서는 지금처럼 주택?”

결혼이라는 단어는 아직 혀끝에 익숙하지 않았다. 은란은 대신 독립이라는 표현을 선택했다. 질문에 주형이 설레설레 고개를 저 었다.

“난 편리한 아파트에 살고 부모님이 이 집을 지켜주시는 거지.”

여긴 별장처럼 가끔 들르면 되잖아? 라며 씨익 웃는 주형의 말 에 은란이 다시 웃음을 터뜨렸다. 발치에 몸을 길게 뻗은 채 앉아

있던 황구가 두 사람의 웃음소리에 귀를 쫑긋 세우더니 꼬리를 살
랑살랑 흔들었다. 평화로운 오전이 지나가고 있었다.

✳

열람실에서 책장을 넘기고 있을 때 휴대전화가 진동했다. 법전
원 건물 앞에 있다는 말에 로비로 내려가자, 아이스커피 두 잔과
함께 주형이 서 있었다. 커다란 컵이 주형의 손에서는 자그마하게
보였다.

"간식?"

"나보다 간식이 더 반갑지?"

"간식을 들고 있는 네가 반가운 거지."

은란이 웃으며 주형의 손에 있는 간식을 건네받았다.

"브라우니네!"

신나는 얼굴로 브라우니를 한입 가득 베어 물었다. 찐득한 초콜
릿 향기에 금세 기분이 좋아졌다.

"바빠?"

"학생은 백수랑 똑같아서 바쁘려고 하면 한없이 바쁠 수 있고,
게으름을 부리자면 한없이 게으름을 부릴 수 있지."

은란이 입술에 묻은 초콜릿을 손끝으로 닦아내며 말했다. 손에
묻은 초콜릿을 본 주형이 티슈를 건네었다.

"바쁘다는 거지?"

"왜? 하고 싶은 거 있어?"

"누나랑 영화 보고 싶어서."

“보고 싶은 거라도 있어?”

“그냥. 평일에 보는 영화 좋잖아.”

“좋지, 여유 있고.”

아메리카노를 쪼르르 목으로 넘기며 은란이 웃었다.

“그럼 영화 보러 갈래?”

주형이 은근한 눈빛으로 유혹했지만 은란은 한숨을 쉬며 고개를 살래살래 저었다.

“미안. 입원에, 인턴에, 책을 너무 오래 놓았어.”

“아아.”

주형이 졌다는 표정으로 몸을 늘어뜨렸다.

“주말엔?”

“하루 종일은 어렵고, 일요일 오전엔 괜찮아.”

어차피 늦잠을 잘 테니까 그 시간에 차라리 주형을 만나는 편이 나을지도 몰랐다.

“일요일은 내가 근무가 있으니까 안 되고…….”

고민하던 주형이 휴대전화를 꺼내 저장된 근무시간표 이미지를 은란의 휴대전화로 전송했다.

“이건 왜?”

“내 7월 스케줄이야. 누나의 7월 일정도 나한테 알려줘.”

“내 일정?”

“데이트할 수 있는 시간을 맞춰보게. 방해하고 싶진 않거든.”

데이트, 그리고 방해. 문득 자신을 비롯한 학교에 다니면서 헤어진 수많은 동기 커플이 떠오른 은란이 피식 웃었다.

“왜 웃어?”

"그냥, 연애 중이었던 동기들은 딱 두 부류더라고. 결혼하거나 헤어지거나."

"왜?"

"데이트 문제로 많이 다투거든. 내일 수업 예습해야 해서 못 만난다, 들어가 봐야 한다고 하면 이해를 못하는 거지."

"흐음."

"결국 지쳐서 나가떨어지더라. 그러니까 억지로 맞추고 그러지 마."

단지 사람에 대해서만이 아니더라도 처음의 열정은 식게 마련이고, 주형 역시 그럴 텐데……. 지치게 만들고 싶지 않았다.

"누나는 누나하고 싶은 대로 해. 난 그렇게 하고 싶어서 그런 거니까."

은란의 걱정을 아는지 모르는지, 주형은 벤치에 길게 몸을 뻗으며 느긋한 목소리로 말을 이었다.

"어렸을 때 읽은 책 중에 '내가 좋은 친구면 모두가 좋은 친구' 라는 제목의 책이 있었어. 사실 지금은 내용도 기억 안 나. 아무튼 난 모든 사람에게 좋은 사람이 되고 싶었는데, 나이를 먹어가니까 그건 불가능하다는 걸 알겠더라. 그래서……."

고개를 돌려 은란을 바라보는 그의 눈이 은근했다.

"모든 사람에게는 어렵겠지만, 내가 정말 아끼고 사랑하는 사람들한테만이라도 좋은 사람이 되고 싶다고 생각하거든."

형이 주말에 거실을 엉망으로 어질러 놔도 인내심을 가지고 먼저 치우는 것도 그 때문이지. 안타깝게도 우리 형은 내가 사랑하는 사람 중의 한 명이거든. 주형이 투덜거리며 말했다.

"강은란 역시 지금 내가 좋은 사람이 되어주고 싶은 사람이고."

좋은 사람.
좋아하는 사람.
좋은 사람이 되어주고 싶은 사람.

사람을 좋아하는 마음이란 참으로 단순한 거였다. 단지 내가 그를 좋아하기 때문에 행복한 것이 아니라, 내가 그에게 좋은 사람이 되어줄 수 있어서 행복한 것. 때로는 그 마음이 자신의 무언가를 양보하거나 포기하게 만들더라도. 자신을 향한 주형의 마음이 전해지는 것 같아 가슴 깊숙한 곳이 아릿했다.

"참지도 말고 양보하지도 말라고 해서 하는 말인데."

시원하게 기지개를 켠 주형이 어깨를 추스르며 휴대전화 액정을 은란에게 내보였다. 깔끔하게 정돈된 손가락 끝이 가리키는 금요일 날짜에는 'D'가 떠 있었다.

"이날 저녁 비워봐. 서래마을에 봉골레파스타 잘하는 집이 있는데 같이 가고 싶었거든."

"맞춰주는 좋은 친구라며!"

은란이 웃음을 터뜨렸다.

"아아, 한 번만 봐줘."

주형이 엄살을 부리며 은란을 향해 웃었다.

✳

내내 기다렸던 금요일, 그리고 서래마을의 레스토랑. 공부하기 싫어서 자리에서 뛰어나가고 싶을 때에도, 은란은 ‘금요일, 파스타, 임주형’을 되뇌며 억지로 자리에 앉아 있었다. 그리고 그 기다림의 끝은 역시나 만족스러웠다.

“맛있다.”

입에 넣는 순간 저도 모르게 튀어나온 감탄에 주형이 씩 웃었다. 오늘의 그는 은란을 무척이나 설레게 하는 차림새였다. 데님에 스니커즈 그리고 팔을 살짝 걷은 화이트 셔츠. 신경을 쓴 듯, 쓰지 않은 듯한 옷차림. 자신을 만나러 오기 위해 누군가가 고심해 옷을 고르고 머리를 신경 쓴다는 게 이렇게 기분 좋은 일이라는 것을 이제야 알았다. 자꾸 웃음이 나왔다.

“맛있어서 웃는 거지?”

“응.”

주형이 셔츠 소매를 살짝 끌어 올렸다. 이상했다. 언제부터인지 자꾸 주형의 동작 하나하나에 시선을 빼앗겼다. 넋을 놓고 있다가 정신을 수습한 것이 몇 번인지 몰랐다.

“와인 한잔할래?”

“한 잔 가지고 안 되는데.”

은란이 장난 삼아 입을 삐죽였다. 주형이 웃으며 서버에게 손짓해 와인리스트를 부탁했다.

“진짜 와인 마시게?”

“응. 누나를 좀 취하게 해야겠어.”

“취하게 해서 뭐 하려고?”

“글쎄.”

살짝 고개를 들어 바라보는 주형의 눈에 장난기가 가득했다. 와인리스트의 두꺼운 종이를 넘기는 주형의 긴 손가락을 한참이나 감상하던 은란이 물었다.

"와인 잘 알아?"

"아니."

고개를 젓는 주형. 그럼 어떻게 주문하려고? 리스트를 달라고 하려는데 주형이 다시 손을 들었다. 담당 서버가 금세 다가왔다.

"화이트가 좋아 레드가 좋아?"

"화이트."

"당도는?"

"살짝 단맛이 남아 있는 정도."

"권해주실 만한 게 있으신가요?"

들었죠? 라는 얼굴로 주형이 서버를 향해 물었다. 어차피 잘 모른다면야 어설프게 무슨 와인 몇 년산이요, 라고 외치느니 전문가에게 맡기는 편이 나았다. 가격대는요? 서버의 질문에 주형이 씩 웃으며 은란이 확인할 수 없게 손가락으로 '이 정도'라고 가리켰다.

"무슨 레스토랑에 와인이야, 어울리지 않게."

상헌이 중얼거리며 레스토랑의 무거운 유리문을 밀었다. 법과대학 학회 동기 모임이었다. 동기들 대부분이 법조인인지라 법원 가까이 서래마을의 레스토랑을 예약했다고 했다. 그렇잖아도 병역기피 4차 공판을 마치고 녹초가 되어 있는데 퇴근하자마자 끌려가려니 영 내키지 않았다. 상호를 확인한 상헌은 여전히 불만스러운 얼굴로 가게의 문을 밀었다. 열린 문 사이로 곧장 웃음소리가 들려왔다.

들어서자마자 들려오는 그 웃음소리가 왠지 익숙한 느낌. 고개를 돌린 자리에는 은란이 있었다. 법정에서 마주쳤을 때 뒤통수를 맞은 기분이 들었던 것과 비교하면 이제는 이런 식으로 맞닥뜨리는 것이 놀랍지도 않았다.

멈추어 선 상헌의 시선은 은란을 향해 있었지만 은란은 그를 발견하지 못했다. 그럴 수밖에 없다. 그 시선이 맞은편의 누군가에게로 향해 있었으니까. 함께 있는 것은 카페에서도, 은란의 집 근처에서도 본 적이 있는 익숙한 놈이었다. 설마 했던 것이 확신이 되는 순간, 온몸이 차갑게 식었다.

연애 상대를 바꾸면 데이트의 패턴도 달라지는 모양이다. 자신은 강은란이 와인보다는 맥주를, 스파게티보다는 잔치국수를, 스테이크보다는 삼겹살을 좋아한다고 생각했었는데. 이렇게 이야기하면 은란은 그조차 모두 자신의 잘못된 이해였다고 이야기할까?

"일행이 있으신가요?"

입구에 들어선 채 한참이나 그들을 바라보던 상헌의 단상을 깨뜨린 것은 직원의 목소리였다. 동기 모임이라고 밝히자 직원이 생긋 웃으며 안쪽의 단체석으로 안내했다. 상헌은 직원의 뒤를 따르며 마지막으로 다시 힐끗 그들을 바라보았다. 끝내 은란은 자신을 발견하지 못했다. 조금의 흔들림도 없이 상대방에게 시선이 고정되어 있을 뿐이었다.

"야, 한상헌. 이거 한 병에 6만 원짜리 와인이야. 소주 아니다?"

뒤늦게 도착한 상헌이 식사도 제대로 하지 않은 채 와인을 몇 모금 만에 잔을 비우는 걸 본 동기 하나가 상헌을 저지했다.

"이 변이 사는 거 아니야?"

주식을 샀다가 수십 배가 올라 한 번에 큰 수익을 봤다던 그를 힐끗 쳐다보며 상헌이 농담했다.

"사는 건 문제가 아닌데 와인이 생각보다 빨리 취한다고."

스무 살짜리도 아니고 술 취해 멱살잡이라도 하려고 그러나……. 동기가 난처한 얼굴로 다시 와인을 단번에 마시려는 상헌의 손목을 잡아챘다.

"그러니까 2차에 맥주집이나 갈 것이지 무슨 와인이야."

상헌이 투덜거리며 굳이 막아서는 동기의 손을 밀어내고 와인을 홀짝 마셨다.

"무슨 일 있냐?"

"일이 많나 보지 뭐. 오늘 공판 나갔다며?"

"너 수사 검사잖아. 네가 왜?"

"열혈 한 검사님이 돈으로 병역문제 해결하려는 놈팡이들에게 분개하신 거지."

"그거, 네 사건이야? 우리 펌에서도 하고 있는데."

"그래그래, 우리 한상헌 검사님 오늘 고생했는데 한 잔 더 마셔."

왁자지껄한 분위기를 틈타 상헌은 거푸 와인을 넘겼다. 그리고 역시 금세 취하고 말았다. 의식하고 싶지 않았지만 무척 행복해 보이던 두 사람의 모습을 생각하면 짜증이 치솟았다. 상헌은 앞에 놓인 냉수를 단숨에 들이켜고는 얼굴을 식히기 위해 자리에서 일어났다.

"맛있어?"

식사가 정리되고 차갑게 식은 와인과 치즈 안주가 나왔다. 맛있는 건 다 좋아, 라며 은란이 환하게 웃었다.

"오늘 누나 이상해."

"응?"

"그렇게 웃지 마. 홀리겠어."

"내가 뭘?"

"내가 그렇게 좋아?"

"뭐?"

주형의 질문에 은란이 웃음을 터뜨렸다.

"그렇게 웃지 말라고."

다시 터진 은란의 화사한 웃음에 주형이 시선을 피하며 투덜거렸다. 턱을 괸 채 은란이 물었다.

"난 뭘 해주면 되지?"

"뭐가?"

"나 이번 주 내내 오늘 너랑 놀 생각 하면서 공부했어."

"장하네, 강은란."

"난 뭘 해주면 좋을 것 같아?"

"아아……."

"네 마음은 못 맞힐 것 같은데, 왠지 내가 했을 때 네가 기뻐할 말은 알 것 같아."

해달라고 하고 싶은 게 너무 많아서 어떻게 말해야 할지 모르겠다는 얼굴의 주형을 바라보며, 은란은 배시시 웃었다.

"그게 뭔데?"

이번에는 주형이 도리어 궁금하다는 얼굴이었다.

“으으……”

생각만 해도 간지럽다는 듯 은란이 어깨를 움츠렸다. 쑥스러워하는 은란의 표정을 보는 주형의 얼굴이 기대감으로 반짝거렸다.

“내가 기뻐할 것 같은 말이 뭔데? 알 것 같다면 해줘.”

어려운 거 아니잖아. 주형의 시선이 은란을 향했다. 자신이 원하는 건지, 아니면 주형이 원하는 것인지 모르겠다. 심호흡을 한 은란이 와인잔에서 손을 떼어냈다. 심장이 마구 뛰었다. 술 때문인가? 아니다. 고작 한 잔 마셨을 뿐이었으니까.

“임주형.”

“응?”

“이번 주 내내 나, 너 되게 보고 싶었다?”

은란의 말에 주형의 눈이 커다래졌다. 그리고는 와인병을 가리켰다.

“아직 한 잔밖에 안 마셨잖아!”

한 잔밖에 마시지 않았는데 잔뜩 취해서 할 법한 그런 말이라니. 웃음이 터진 은란이 남은 잔을 홀랑 비우고는 잔을 내밀었다. 주형이 다시 와인잔을 채웠다.

“나를 취하게 해서 뭘 어떻게 하고 싶은데?”

“아, 그걸 꼭 말로 해야 아나.”

주형이 한숨 섞인 목소리로 은란을 은근히 바라보았다.

“이제는 강은란한테 진짜로 듣고 싶은 말도 있고.”

“무슨 말?”

“모르는 척할 거야?”

투덜거리는 주형의 모습이 사랑스럽게 보인다. 따듯한 눈빛으로 주형을 바라보던 은란이 턱을 괸 채 그를 향해 입을 열려는데, 테이블 위에 놓인 주형의 휴대전화가 진동했다. 간질거리며 달아오른 순간을 방해한 전화가 마음에 들지 않는다는 얼굴로 휴대전화를 집어 든 주형이 자리에서 일어났다.

“병원이야, 잠깐만.”

“응.”

주형이 잠시 자리를 비운 사이, 은란은 와인잔을 다시 입술로 가져왔다.

지금은 아무 생각 하지 말자. 연애의 끝도, 연애의 시작도, 헤어진 사람도, 새로 마음이 가기 시작한 사람도 그리고 망설이는 자신의 마음도. 잔의 흔들림에 맞추어 달콤한 눈물자국을 그리고 있는 와인을 바라보며 은란이 속으로 중얼거리고 있을 때였다.

“자주 보네.”

묵직한 목소리가 상념을 깨뜨렸다. 목소리의 주인을 확인한 은란은 저도 모르게 레스토랑 밖에서 통화하고 있는 주형을 찾았다. 상헌에게 은란의 마음이 읽혔다. 같이 앉아 있던 남자에게 이 상황을 감추고 싶은 거겠지. 마음에 불길이 일었다.

“언제부터야?”

허락도 구하지 않고 맞은편에 털썩 앉은 상헌이 단도직입적으로 물었다.

“네?”

“언제부터 사귀었냐고.”

마음이 읽히는 것은 은란만이 아니었다. 은란 역시 그의 마음이 읽혔다. 잠시 사이를 띄우고 대답했다.

"그런 사이 아니에요."

은란의 대답에 가당치 않다는 표정으로 입꼬리를 끌어 올리던 상헌이 질문을 바꾸었다.

"좋아. 그럼 언제 그런 사이가 되실 건가?"

"……."

"강은란 솔직한 사람 아니었나? 애초에 다른 사람이 생겼다면 이야기하지 그랬어. 말도 안 되는 이유를 대서 나를 미친놈으로 만들지 말고."

"오빠는……."

은란의 입술에 힘이 들어갔다. 옛 연인을 바라보는 시선은 날카롭고 단호했다.

"오빠는, 오빠가 만났던 여자가 바람이나 피우는 그런 사람이었길 바라는 거예요?"

다시 침묵이 이어졌다. 은란의 시선이 다시 레스토랑 밖에 닿아 있는 것을 발견한 상헌이 비아냥거리듯 입을 열었다.

"좋아. 그럼 당당한 강은란에게 내가 진심 어린 충고 하나 하지."

자세를 바로잡는 상헌. 그때 한쪽 어깨에서 무게감이 전해져 왔다. 고개를 들자 어느새 들어온 주형이 은란의 어깨를 살짝 잡은 채 옅은 미소를 짓고 서 있었다.

"그 충고는 없어도 괜찮을 것 같습니다."

탐색하듯 두 남자의 시선이 교차하고, 상헌이 먼저 입을 열었다.

"괜찮다면 잠시 시간 좀 빼앗아도 되겠습니까? 은란이랑 할 이야기가 있는데 기회를 잡기가 어려워서."

차지한 자리에서 일어서지 않은 채 상헌이 딱딱한 목소리로 물었다. 정중했지만 거절을 받아들이지 않겠다는 말투였다.

"그럼 같이 듣겠습니다."

주형이 팔을 뻗더니 은란 곁의 빈 의자를 끌어내어 앉았다. 분명 그에게 썩 즐거운 풍경은 아닐 텐데도, 상헌은 입꼬리를 끌어 올린 채 나란히 앉아 있는 두 사람을 지켜보았다. 이윽고 그의 입이 열렸다.

"이긴 기분입니까?"

"빼앗은 적 없습니다. 놓치신 거겠죠."

주형이 나직한 목소리로 받아쳤다.

당신과 통화하는 은란을 보았을 때, 은란의 손가락에서 반짝거리던 반지를 보았을 때, 분명 당신으로 인한 불면일 텐데도 아무 일 없다고 감추었을 때, 몇 번이나 나는 졌다고 결코 당신을 이기지 못할 거라고 체념하기를 반복했었다. 그런데 당신은? 상헌을 바라보는 주형의 시선이 많은 것을 묻고 있었다.

"내가 놓친 게 아니지. 강은란이 도망친 거니까."

무슨 말을? 은란의 얼굴이 굳어졌다. 상헌이 은란을 똑바로 바라보며 말을 이어갔다.

"넌 우리 관계를 끝장낸 게 나라고 생각할지도 모르겠지만, 결국 넌 도망친 거야. 누구를 만나든 넌 항상 같은 순간에 내게 했던 말과 똑같은 말을 할 테니까."

어차피 끝난 관계라는 것을 상헌 역시 부정할 생각은 없어 보였다. 단지 그는 이 관계의 끝이 자신 때문이 아니라는 확신이 필요한 것 같았다.

"나는 처음부터 난 원래 그런 사람이라고 이야기했었던 것 같은데. 그걸 감수하고 시작했던 관계였으면서 감당 못한 네가 문제인 거겠지."

원래 그런 사람.

은란은 저도 모르게 입술을 깨물었다.

"비겁하시군요."

다시 주형의 입이 열렸다. 은란이 손을 뻗어 주형의 손을 덮었다. 괜찮아, 대신 화내주지 않아도 괜찮아. 하지만 은란의 그런 태도가 그저 딱딱하게 굳어 있던 상헌에게 불을 지핀 모양이었다.

"강은란, 세상이 다 네 마음대로 된다고 생각하겠지. 하지만 울타리가 필요 없다고 했던 네 그 치기가 언제까지 계속될까. 과연 저……."

상헌의 입꼬리가 비웃듯이 비죽이 올라갔다.

"파릇파릇한 어린 친구가 뭘 해줄 수 있을지 궁금하네."

그 비웃음에 화답하듯 주형이 빙긋이 웃었다.

"고맙습니다."

평온한 주형의 미소에 상헌의 얼굴에 미묘하게 걸쳐져 있던 비웃음이 걷혔다. 주형의 조용한 목소리가 이어졌다.

"덕분에 강은란은 제가 얼마나 괜찮은 남자인지 알게 되겠네요."

은란을 바라보며 동의를 구하듯 싱긋 웃는 주형의 표정은 느긋하기 짝이 없었다. 갑작스러운 조우에 바싹 긴장해 있던 은란은 주형의 여유로운 웃음에 맥이 탁 풀렸다. 대체 임주형의 이 여유는 어디에서 나오는 거지?

"하!"

교차하는 두 사람의 미소에 상헌은 비웃는 것도, 화를 내는 것도 아닌 헝클어진 얼굴로 자리를 박차고 일어났다. 상헌의 힘에 제멋대로 밀려난 채 멈추어 선 의자만이 그의 기분을 대변하고 있었다.

정말, 완전히 끝났구나.

사라지는 그의 등을 지켜보고 있던 은란이 긴 한숨 끝에 시선을 떼어내자, 주형이 그런 자신을 지켜보고 있었다. 은란은 옅게 웃으며 입을 열었다.

"괜찮은 남자인 임주형 씨, 우리 조금…… 걸을까?"

음식점과 카페가 즐비한 서래마을 길에는 금요일 밤을 즐기러 나온 사람들로 북적거렸다. 도시의 반짝이는 빛, 소란스러움, 생물과 무생물의 쉼 없는 움직임들 사이에서 은란과 주형은 자박자박 걸음을 옮겼다.

그리고 소란스러움 사이에 나직한 노랫소리가 공기를 타고 들려왔다. 곁에서 들려오는 멜로디에 주형이 고개를 돌렸다. 어딘가 먼 곳을 바라보며 은란이 나직하게 노래를 흥얼거리고 있었다.

"크게 불러줘."

"뭐?"

"노래 부르고 있잖아."

"아."

저도 모르게 노래를 흥얼거린 모양이다. 당황한 은란이 입을 막았다.

"왜, 난 좋은데."

"아니야."

"그거 프렌치 키스에서 나온 노래 같은데."

"그랬나?"

"불러놓고선 무슨 노래인지도 기억 못해?"

"그냥 무심코 부른 노래라."

"Dream a Little Dream, 맞지?"

대답 대신 고개를 끄덕거렸다. 기분이 별로일 때엔 저도 모르게 노래를 흥얼거리곤 했다. 저도 모르게 또 그런 모양. 은란이 입을 다물었다.

"강은란."

주형의 목소리는 달래듯 나직했다.

"응?"

"헤어질 때 무슨 말을 했었어?"

"뭐가?"

"아까 그 사람, 똑같은 상황에서 똑같은 말이라고 했었잖아."

"……."

"말하고 싶지 않으면……."

"내 아내가 되어줄 수 있느냐고 물었어."

은란이 입을 열었다.

"그가 내게 바라는 것들을 내게도 해줄 수 있느냐고 물었어."

주형의 시선이 와 닿는 것이 느껴졌다. 은란은 멈추지 않고 말을 이어갔다.

“나는 담이나 울타리가 필요한 게 아니라, 볕과 물, 거름이 필요
하다고 했었어. 나도 괜찮은 묘목이라고.”

멈추어 선 은란이 고개를 돌려 주형을 바라보았다.

“주형아.”

은란의 눈빛이 흔들렸다.

그의 말대로 결국은 내가 부족해서 맞은 파국이었는지도 몰라.
새로운 관계에서도 또 똑같은 말로 상대를 상처 주고, 그 사람 탓
으로 돌려 버린 채 도망쳐 버리면 어떻게 하지?

“나는 한계가 많은 사람이야.”

목소리가 잠겨 나온다. 망설임 가득한 은란에게서 시선을 떼어
내지 않으며, 주형이 참을성 있게 이어질 말을 기다렸다.

“그래도…… 괜찮아?”

제 10 장
변화

〈오늘은 의도에서 같이 공부해.〉

메시지를 확인하며 은란은 간밤의 더위에 바닥으로 차낸 이불을 주워 올렸다. 오프라더니 도서관에서? 그것도 나쁘지 않다 싶어 졸음에 겨운 눈으로 메시지를 찍으려는데 거푸 메시지가 도착했다.

〈한 시간 뒤에 데리러 갈게.〉

눈을 비비며 욕실을 향해 가는데 거실 밖 풍경이 눈에 들어왔다. 회색으로 무겁게 내려앉은 하늘이 심상치 않았다. 텔레비전을 켜자 마침 날씨를 알리고 있었다. 기상캐스터는 낭랑한 목소리로 오후에 소나기가 내릴 수는 있지만, 길지는 않을 거라고 했다. 오후라면 괜찮겠네. 은란이 기지개를 켜며 욕실로 들어갔다.

하지만 예보와 달리 샤워를 마칠 때 즈음 갑자기 비가 쏟아지기 시작했다. 소나기보다는 폭우에 가까웠다. 굵은 빗방울이 창을 두드리는 소리가 묵직하게 울리기 시작하자, 욕실에서 나온 은란은 급하게 휴대전화부터 집어 들었다. 아직 덜 닦인 머리칼에서 물이 뚝뚝 떨어졌다.

출발했을까? 시각을 확인했다. 도착한다는 시각으로부터 십오 분밖에 남아 있지 않았다. 마음이 급해져 통화버튼을 눌렀지만 전화를 받지 않았다. 몇 번인가 더 전화를 걸었지만 마찬가지였다. 거실 창으로 보이는 바깥은 저녁처럼 어두컴컴했다. 비에 섞여 바람까지 몰아치면서 나무들이 휘청거렸다.

"스쿠터 타고 오는 건가?"

초조한 마음에 은란이 현관문을 열자, 아파트 복도를 통과한 비바람이 순식간에 현관문 안으로 몰아쳤다. 우산을 들고 나갔지만 바람 때문에 소용이 없었다. 어쩔 수 없이 커다란 수건으로 겨우 머리와 얼굴만 가린 채 복도에서 몸을 길게 빼어 주형을 기다렸다. 그렇게 오 분쯤 지났을 때, 거센 빗줄기로 뿌옇게 변한 시야를 뚫고 하늘색 스쿠터가 조그마한 점처럼 눈에 들어왔다. 은란은 급하게 아파트 계단을 달려 내려갔다.

"얼른, 얼른."

은란은 아파트 입구 계단에 서서 급하게 손을 흔들었다. 주형은 한눈에 봐도 온몸이 쫄딱 젖어 있었다. 달리던 중에 비가 오기 시작한 모양이었다.

"비가 오면 집으로 돌아가야지, 여길 오면 어떻게 해. 소나기가 올 거라는데 위험하게 저건 또 왜 타고 오는 거야. 정말 내가 너 때문에……."

뛰어 올라온 주형의 등을 집 안으로 밀어 넣었다. 순간 바람에 떠밀린 현관문이 요란한 소리를 내며 거칠게 닫혔다. 집을 진동시키는 엄청난 소리에 화들짝 놀란 은란이 문을 잠그고 돌아섰을 때, 백팩을 내던진 주형이 어떻게 할까? 하는 얼굴로 현관에 서 있었다. 황톳빛의 치노 팬츠는 커피색으로 변해 있고, 하얀색의 피케 셔츠는 몸에 찰싹 달라붙어 시선을 둘 데 없이 맨몸이 훤하게 비쳤다. 물을 뚝뚝 흘리며 헬멧을 들고 서 있는 그를 보면서, 은란은 손가락으로 욕실을 가리켰다.

"젖은 옷부터 벗어 내어놔."

주형은 대답도 없이 끄덕끄덕하고는 후다닥 욕실로 뛰어 들어갔다. 달려간 자리 위로 굵은 물방울이 흔적을 남겼다.

"아, 살 것 같다."

욕실에는 김이 모락모락 했다. 한참이나 물소리가 들리더니 뜨거운 물로 몸을 녹인 모양이었다. 유리컵에 차가운 보리차를 따르던 은란은 무심코 고개를 돌렸다가 풋 하고 코끝으로 웃었다. 동생 은규는 한국 남자의 평범한 보통 체구, 주형은 보통의 한국 남자보다 조금 더 큰 키와 체구. 평범한 흰색의 라운드 셔츠는 상체의 선을 여과 없이 드러내고 있었다.

"물?"

주형이 손을 뻗으며 다가왔다. 잘 모르는 사이일 때에는 모양 좋게 잡힌 몸을 보며 마냥 예쁘구나, 훈훈하구나 하면서 즐거워했는데, 지금은 어쩐지 쑥스러워 눈 둘 곳이 없다. 하지만 그런 은란의 갈등과 긴장감을 주형이 알 리 없었다. 냉장고까지 졸졸 따라와 등 뒤에 붙어선 주형에게서는 은란이 쓰는 오렌지 진저의 바디샴푸의 향기가 훅 하고 풍겼다.

'내 걸 쓴 건가?'

당연히 썼겠지. 스스로 답했다. 샴푸도 썼을 테고, 바디클렌저도 썼을 테고, 수건도 썼…… 그만. 더 이상의 상상은 위험하다. 머릿속 망상의 질주를 멈추기 위해 다급히 제동을 걸었다.

"아직 머리도 안 말랐네."

또다시 졸졸 따라와 등 뒤에 선 주형. 그리고는 채 빗질도 하지 못한 은란의 머리칼을 손가락으로 빗어 내렸다. 손끝이 젖은 머리칼 속을 헤집는 순간 파르르 전신에 돋는 소름. 뻣뻣하게 굳어진 목에서 삐걱거리는 소리가 들리는 것 같았다.

'이건 반칙이야!'

소름이 돋은 팔을 마구 문지르며 은란이 속으로 외쳤다. 누구는 멀쩡히 옷을 입고 있는 가슴팍에도 시선을 주지 않으려 기를 쓰고 있는데 이런 기습공격이라니. 저도 모르게 자라목처럼 움츠리자, 주형이 이상하다는 듯 얼굴을 들이밀었다.

"왜?"

"간지러워. 손 빼."

"빗은?"

은란이 뭐라고 하든 그는 이 상황이 즐거운 것 같았다. 빗을 찾으려 주변을 두리번거리는 주형의 손목을 덥석 잡았다.

"옷 세탁해서 얼른 말려줄 테니까 얌전히 있다가 집으로 가."

"그래."

의외로 주형이 선뜻 고개를 끄덕이며 대답했다. 왠지 미심쩍었지만, 일단은 단둘이 집에 갇혀 있는 이 상황을 빨리 벗어나는 게 급했던 은란은 허둥지둥 빨랫거리를 찾았다.

"옷 어디다 뒀어?"

"내가 빨게. 세탁기는?"

주형이 욕실 앞에 개어놓은 옷을 집어 들며 물었다. 은란은 일단 그 손에서 옷을 빼앗아 들고는, 제발 가만히 앉아 있어달라고 부탁하며 소파에 억지로 눌러 앉혔다. 소파에 앉은 채 은란을 올려다보는 모습은 마치 그가 키우는 황구 같았다.

"손님, 그냥 얌전히 거실에서 텔레비전 보고 계시면 안 될까요?"

"거기에 제…… 그러니까 비가 전부 다 쫄딱 젖게 해서……."

주저하는 말 사이에 은근한 장난기가 비친다. 손가락이 가리키고 있는 것은 셔츠와 바지 사이에 살짝 삐져 나온 천조각. 그러니까 지금 임주형은 노…… 잠깐, 여기까지. 다시 생각을 멈춘 은란은 말없이 젖은 옷 뭉치를 주형에게 건네고 돌아섰다. 그런 은란의 등 뒤에 짓궂은 주형의 미소가 대롱대롱 따라붙었다.

"이걸로 갈아입어."

세탁기를 돌린 주형이 다용도실에서 나오자마자, 은란은 와인빛 후드티를 내밀었다. 몇 해 전 남동생이 최고로 살이 붙었을 때 입었던 옷이었다. 지금 입기에는 분명 더울 테지만, 눈 둘 곳 없는 저 흰 티셔츠를 보느니 차라리 그를 덥게 만드는 편이 나을 것 같았다.

"두꺼워."

"그냥 입어."

은란이 던지듯 가슴팍에 옷을 재차 들이밀었다.

"더운데."

주형이 투덜거리며 그 자리에서 휙 하고 티셔츠를 벗었다. 셔츠의 끝자락이 양손에 쥐어지나 싶더니, 옷이 순식간에 뒤집혔다. 저도 모르게 휙 돌아섰음에도 한 박자 빠르게 드러나 버린 살빛이 닿는 순간, 은란은 그제야 이 모든 것이 임주형의 계략일지도 모른다는 생각을 했다. 모르는 척 페로몬을 폴폴 풍기는 이런 모습은 마치 식충식물 같지 않은가. 그리고 은란은 최소한 적어도 오늘만은 그 유혹에 빠지지 않는 심지 굳은 곤충이 되리라 단단히 마음먹었다.

"방 보여줄 수 있어?"

"안 돼."

세탁기가 돌아가는 소리가 집을 채웠다. 주형은 드디어 얌전히 소파에 자리를 잡았다. 그리고 턱을 괸 채 뒤늦게 머리를 말리는 은란의 모습을 유심히 관찰했다. 빗줄기는 약해지기 시작했지만, 여전히 그치지는 않았다. 전원을 켜둔 텔레비전에서는 폭우에 대한 속보가 나오고 있었다. 앞으로 100㎜는 더 오겠다는 뉴스에 주형이 텔레비전을 껐다. 그리고 집 안이 순식간에 고요해졌다.

어색한 침묵.

창문 너머 들려오는 빗소리 위로 다용도실에서 충실하게 제 할 일을 하고 있는 세탁기 소리가 묵묵하게 들려왔다. 갑작스럽게 찾아온 침묵에 은란은 어색한 얼굴로 손에 쥔 머리끝을 만지작거렸다.

"차라도 한잔할래?"

"아침은 먹었어?"

두 사람의 입에서 동시에 말이 튀어나왔다. 차라도 한잔할래?

라고 물은 쪽은 은란, 아침은 먹었느냐고 물은 쪽은 주형.

“아침은 먹은 거야?”

주형이 다시 물어왔다. 대답 대신 은란이 고개를 저었다.

“먹을 건 뭐 있어?”

“그냥 커피나 한잔 마시자.”

주형을 막기 위해 은란이 손을 휘휘 저었다.

“그래도 아침은 먹어야지.”

성큼성큼 냉장고로 다가가는 주형을 저지하기 위해 급하게 자리에서 일어난 은란은 냉장고 앞을 막아서서는 대충 보이는 것들을 끄집어냈다. 손에 잡히는 것은 식빵과 바나나 몇 개.

“커피랑 이거면 돼.”

냉장고 안에서 차갑게 식은 맨 식빵의 포장을 풀어 입에 물려고 하는데, 이번에는 주형의 손이 은란을 막아 세웠다.

“아아, 강은란, 진짜…….”

고개를 설레설레 저은 주형이 이번에는 은란이 어찌할 틈도 없이 냉장고 문을 열어젖혔다. 듬성듬성한 냉장고를 한눈에 파악한 그가 무언가를 꺼냈다. 남아 있던 달걀 두 알 그리고 유통기한이 아슬아슬한 우유.

“그냥 커피랑 먹으면 되는데.”

“기왕이면 맛있게 먹어.”

조리대 위에 식빵과 달걀, 우유 따위를 내려놓은 주형은 마치 제 주방인 양 찬장에서 그릇을 꺼내려던 손을 멈추고 은란을 잡아끌었다.

“왜?”

“누나가 해봐.”

“응?”

“프렌치토스트는 열 살짜리도 할 수 있는 거니까.”

열 살짜리라는 말에 왠지 울컥한다. 주형의 도발에 은란이 팔을 걷어붙이고는 달걀을 집어 들었다. 그리고 씩씩한 얼굴로 힘주어 보울의 모서리에 내려치는 찰나, 은란은 힘이 너무 들어간 것 같은데…… 라고 생각했고, 그 결과는 역시나. 산산조각 난 계란, 터져 버린 노른자, 후드득 떨어진 살구색의 달걀 껍데기. 그리고 그 모든 것이 뒤섞여 둥둥 떠 있는 투명한 흰자. 보울 안은 순식간에 카오스 상태가 되었다.

“……”

“……수저.”

계란 껍질 건지게. 은란이 손을 내밀자 주형이 팔을 뻗어 수저통에서 수저 하나를 쑥 뽑아 건네었다. 제대로 잡히지 않고 제멋대로 헤엄치는 살구색의 달걀 껍데기를 일일이 건져 올리고 난 은란은 다시 하나 남은 달걀을 집어 들었다. 그리고 한 손으로 다시 모서리에 내려치려는 순간.

“잠깐.”

주형이 손목을 살짝 잡았다. 그리고는 비죽이 웃었다.

“왜?”

“살살 해, 살살. 껍질이 조금 깨어지면 양손으로 잡고 열듯이 갈라봐.”

손에 계란이 쥐어져 있는 양 양손으로 계란을 깨는 시늉을 하는 주형. 잠시 그 모습을 바라보던 은란이 그 정도는 자신도 안다는 얼굴로 톡톡 깨뜨려 계란을 살짝 갈랐다. 그리고 조금만 더 힘을 주어야겠다 생각한 순간, 엄지손가락이 푹 하고 빠져들었다. 허둥지둥 빼낸 손가락에 묻어 나온 것은 터져 버린 계란 노른자.

“……그동안 계란으로 뭘 해 먹은 거야?”

“삶아…… 먹었지.”

다이어트에도 도움이 되고, 단백질도 많고……. 은란이 중얼거리며 우유를 넣은 보울을 휘휘 저었다. 그러고는 식빵을 풍덩 빠뜨렸다.

“잠깐, 아직 아니야. 익으면 뒤집어.”

푹 젖은 식빵을 잘 달궈진 프라이팬에 얹었다. 익었나 싶어 뒤집개로 식빵 가장자리를 주춤거리며 건드리려는데 주형이 막아 세웠다.

“뒤집어 보지 않고서 익은 걸 어떻게 알아?”

은란이 등 뒤에 서 있는 주형을 향해 물었다.

“달라붙어 있던 식빵이 익으면 알아서 팬에서 떨어져. 그러면 조금만 기다렸다가 뒤집어.”

“요리할 때 이야기하는 ‘한소끔’, ‘적당히 익으면’, ‘적당량’, 같은 표현은 도저히 이해가 안 돼.”

등 뒤에 선 주형의 가슴이 웃음으로 들썩거리는 것이 느껴졌다.

“그럼 식빵이 프라이팬에서 떨어져서 움직이기 시작하면 열까지만 세고 난 다음에 뒤집어.”

“그건 좀 낫네.”

은란의 끄덕거림에 주형이 다시 웃음을 터뜨렸다. 그리고는 자연스럽게 은란의 정수리 위에 제 턱을 얹었다.

“무거워.”

“강은란.”

“너, 자꾸 그렇게 부를래?”

"난 강은란이 요리를 못해서 좋아."

"……뭐?"

"그리고 내가 요리를 잘해서 다행이야."

대체 무슨 소리를 하려고 그러는 건지. 은란은 노랗게 반질거리는 식빵을 노려보며 뒤집기 좋은 적당한 순간을 기다렸다.

"나와 함께 있으면서 강은란이 달라질 것들이 많다는 얘기니까."

은란의 손이 문득 멈추었다. 달구어진 프라이팬 위에 놓인 프렌치토스트가 맛있게 익어가는 소리가 그 사이를 채웠다.

달라…… 졌지.

은란은 자신의 손에 쥐어진 뒤집개를 새삼스러운 눈으로 바라보았다. 한 번도 즐거워한 적 없었던 무언가를 하고 있는 자신이 낯설고 신기했다. 주형은 자신을 변화시킨다. 야금야금 저도 모르는 사이에. 그리고 앞으로 얼마나 더 변해가게 될까.

"그럼 너는?"

생각에 빠져 타이밍을 놓칠 뻔했다. 은란은 주춤거리는 손으로 프렌치토스트를 뒤집었다. 잘 익은 갈색과 달걀의 노란빛이 맛있게 섞여 있었다. 은란이 다시 물었다.

"그럼 너도 나를 만나면 많은 게 달라질까?"

늘 생각해 왔다. 누군가를 만난다면 서로를 성장시켜 가며 만나고 싶다고. 연애할 때마다 지금 사랑하고 있는 사람이 서로에게 새로운 세계로 나아가는 문이 되어주지 않을까 기대하고, 또…… 실망했지. 그럼에도 체념할 수 없었다.

든든한 기둥같이 흔들림 없이 서서는 자신의 서투른 모습을 지켜보고 있는 주형. 등 뒤에 서 있는 주형의 온기와 그의 향기가 느껴졌다. 은란은 릴케의 편지 한 구절을 떠올렸다.

당신은 내게 대문과 같은 존재였습니다.
나는 그 문을 통해서 비로소 넓은 들판으로 나가게 됩니다.
나는 때때로 그곳에 가서
그 당시의 나의 성장을 표시해 두었던 문기둥에 서서 나의 성장을 재어봅니다.

그는 대문과 기둥이 되어줄 수 있을까.
나는 그의 대문과 기둥이 되어줄 수 있을까.
저도 모르게 멍하게 서 있었던 모양이다. 등 뒤에서 뻗어 나온 팔이 은란이 쥐고 있던 뒤집개를 부드러운 손으로 건네받고는 갈색으로 구워진 식빵을 뒤집고, 프라이팬의 불을 껐다. 그리고 그 손은 은란의 어깨를 천천히 돌려세웠다. 고개를 들자 주형의 얼굴이 웃고 있었다.
"이미 많은 것들이 변해가고 있어."

욕실에서 양치질을 하고 있는데 주형이 불쑥 곁에 섰다.
"나도 줘."
맨발로 들어온 주형을 보면서 은란이 손가락으로 주형의 발을 가리켰다. 그가 뭐 어때, 하면서 어깨를 으쓱했다. 못 말리겠다는 얼굴로 고개를 저은 은란은 서랍장에서 새 칫솔을 하나 꺼내어 건네었다.
거울에 나란히 선 두 사람이 비쳤다. 은란의 정수리는 주형의 턱선 즈음에 걸쳐져 있었다. 함께 나란히 서 있는 모습을 확인한 건

처음이었다. 우리…… 잘…… 어울리나? 왠지 쑥스러웠다.

너무 바싹 달라붙어 서 있는 것 같아 한 발짝 옆으로 옮겨 섰다. 하지만 주형이 금세 강아지처럼 곁에 붙어 섰다. 입을 헹구어낸 은란은 손등으로 입가를 대충 닦아내고는 주형에게 떨어지라는 듯 손사래를 쳤다. 칫솔을 입에 문 채 주형이 고개를 저었다. 그리고 도리어 팔을 쑥 뻗어서는 은란의 허리를 낚아챘다.

"헉."

은란이 주형의 팔에서 빠져나오려고 몸을 비틀었다. 하지만 그는 오른팔로는 은란의 허리를 낚아채고, 왼손으로는 양치질을 하면서 입까지 헹구어냈다. 그다지 여리여리한 체구가 아님에도 주형이 작정하고 힘을 주자 도저히 빠져나갈 수가 없었다. 허리를 꽉 묶고 있는 팔을 찰싹찰싹 때리고 꼬집었지만 역시 소용없었다. 도리어 빠져나가려 애쓸수록 주형도 힘을 주는 바람에 품에 꽁꽁 갇히고 말았다. 은란은 체념하고 몸에서 힘을 풀었다.

"장난 좀 그만 쳐."

그때 칫솔을 내려놓은 주형이 손을 뻗어 바디클렌저를 집어 들었다.

"이거구나, 오렌지진저."

엄지손가락으로 뚜껑을 튕겨 열어 다시 향기를 맡은 주형이 물었다.

"이거 어디에서 사?"

"여분 있어. 하나 줄게."

그때 세탁기가 다 돌아간 듯 알림음이 들려왔다.

"세탁기 다 돌아갔나 보다. 이거 좀 놔봐."

바디클렌저를 내려놓은 주형이 나머지 팔로 은란의 허리를 완전히 감싸 안았다. 민트 향 섞인 따듯한 숨결이 목덜미에 살포시 내려앉고, 짜릿한 간지럼이 온몸을 타고 전신으로 번졌다. 어서 건조기로 옷을 말리고, 최대한 빨리 이 집 밖으로 나가야겠다. 은란의 이성이 옐로우카드를 반짝거리며 내보이고 있었다.

하지만 무력한 경고였다. 이 좋은 기회를 놓칠 생각이 전혀 없어 보이는 주형의 촉촉한 입술은 기어이 새하얀 목덜미에 내려앉았다. 잎맥처럼 전신으로 퍼져가는 짜릿한 느낌. 그 순간 은란은 체념하듯 눈을 감아버렸다.

미쳤구나, 임주형, 아니, 미쳤구나, 강은란.

눈 속에 발자국을 찍는 것처럼 주형은 느릿느릿 은란의 목덜미에 도장을 찍어갔다. 이성 따위는 욕실 창 너머로 증발해 버린 지 오래. 간신히 눈을 떴을 때에는 주형의 품속에서 발그레 달아오른 채 맥 풀린 얼굴로 늘어져 있는 자신의 모습이 커다란 거울에 여과 없이 비치고 있었다. 다시 눈을 질끈 감은 은란. 이번에는 레드카드가 반짝거리기 시작했다.

하나, 이대로 임주형에게 입 맞춰 버린다.

둘, 창문 너머로 날아간 이성을 어떻게든 끌어온다.

"임주형, 나 화낼 거야."

가빠진 호흡을 숨기기 위해 애쓰며, 은란은 부러 목소리를 한껏 낮추었다.

"내가 이러는 거 싫어?"

1번을 선택하라고 주형이 유혹해 왔다. 싫지 않아. 이대로 그냥 고개를 돌리면 어떻게 될까 생각해. 네 입술이 눈앞에 있겠지. 그러면 내가 먼저 입 맞추고 싶어질 거야. 그러고 나면 나는 절대로 브레이크를 못 걸 거야.

하지만 주형은 고뇌하는 은란의 마음은 아는지 모르는지 팔을 풀어줄 생각이 없어 보였다. 진짜 화를 내야 하나 하고 입을 열려는 순간, 은란의 뺨에 주형의 입술이 장난스럽게 닿았다가 떨어졌다. 그리고 몸을 옭아매고 있던 팔도 스르륵 풀렸다. 달아나듯 그가 욕실을 빠져나간 후에도 은란은 그 자리에 한참이나 멍하게 서 있었다.

한바탕 수선스런 시간이 지나고 나서야 평화가 찾아왔다. 건조기에 빨래를 넣어둔 두 사람은 나란히 소파에 앉았다. 빗소리와 세탁기 소리만 들려오는 어색한 고요.

"텔레비전이라도 틀까?"

은란이 더듬거리며 리모컨을 찾는데 주형이 고개를 저었다.

"아니."

머릿속에는 거울 속 자신의 모습이 사라지지 않고 둥둥 떠다니고, 세탁기는 앞으로 이십 분은 더 돌아가야 할 것 같고. 텔레비전의 소음이라도 들으면 그 시간을 어떻게든 지나 보낼 수 있을 것 같은데 인주형은 켜지도 못하게 한다. 은란은 주춤거리며 소파에 조금 떨어져 앉았다.

"커피 맛있다."

"어? 어."

제풀에 깜짝 놀란 은란이 고개를 돌리자 주형이 웃으며 자신을 바라보고 있었다.

"강은란."

이제는 이름만 부르는데도 긴장한다. 은란이 시선을 피하자 주형이 슬쩍 다가와 앉았다.

"잠깐, 잠깐."

허둥지둥하는데 또다시 허리를 낚아챘다.

"주형아."

또 부질없이 빠져나오려고 바둥거리는데 귓가에 주형의 목소리가 닿았다.

"키스하고 싶은데."

은란이 멍한 얼굴로 그를 바라보다가 입을 열었다.

"아직…… 남자친구도 아니잖아."

그 말에 주형이 어깨를 들썩이며 웃었다. 그리고는 은란의 뺨에 살풋 입을 맞추었다.

"아직 어장관리 끝나지 않은 거야?"

다시 뺨에 입맞춤.

"이익형량은?"

이번에는 코끝으로 다가오는 입술. 은란은 질끈 눈을 감았다. 온 얼굴이 불이라도 붙은 것처럼 화끈거린다. 저도 모르게 손으로 뺨을 가리자, 주형이 그 손을 치우고는 반항하지 말라는 듯 다시 볼에 입을 맞추었다.

"이렇게 해도 아니야?"

"너……."

"그럼 이건?"

이번에는 귓불에 닿는 입술. 저도 모르게 은란의 몸이 펄쩍 튀어올랐다.

"지난번에 나한테 했던 질문에 답하면, 이제 남자친구 자격을 얻게 되나?”

무슨 질문? 귓가에 닿는 뜨거운 입김에 온몸이 날이 서듯 예민해져 있었다. 게다가 등을 더듬어오는 커다란 손이라니. 은란은 저도 모르게 주형의 옷자락을 움켜쥐었다.

“나는 한계가 많은 강은란이라도.”

아, 그 질문.

몽롱한 얼굴로 고개를 돌리자 장난기 가득한 주형의 얼굴이 눈앞에 있었다. 그리고 자신을 무력하게 만든 붉은 입술도. 그 붉은 입술이 찬찬히 열렸다.

“좋아.”

하아……. 은란은 저도 모르게 터져 나온 한숨에 얼굴을 주형의 가슴팍에 묻었다. 정수리를 쓰다듬는 주형의 손길이 느껴진다. 어장관리니, 이익형량이니, 나의 한계이니 하는 고민들은 눈앞에 있는 주형의 존재 앞에서 아무런 의미가 없어진다. 이젠 모르겠다, 이토록 좋은 기분이라면 그냥…….

고개를 든 은란의 눈빛을 탐색한 주형의 얼굴에 미소가 돌았다. 그리고 이제는 허락을 구할 필요도 없는 것을 안다는 듯 천천히 고개를 숙였다. 달아오른 주형의 촉촉한 입술이 자신의 입술에 닿는 순간, 은란의 눈이 서서히 감겼다. 맥이 풀린 몸. 그리고 등 뒤를 단단하게 지탱하는 주형의 팔. 은란의 온몸이 파르르 진동했다.

제 11 장
비자림

연인이 되었다.

그리고 데이트에는 규칙이 생기기 시작했다. 주형의 이브닝 근무가 끝나는 밤에는 은란과 한강을 조금 걷는다. 주형의 나이트 근무가 끝나는 날에는 아침을 같이 먹는다. 두 사람은 일상에서 하나씩 둘만의 규칙을 찾아가는 즐거움을 누리는 중이었다.

그리고 오프.

저녁에 짬을 내어 데이트를 하고 있었지만 은란의 머릿속에는 다른 생각으로 가득 차 있었다. 아버지 정기검진 때문에 부모님이 다음 주에 서울로 오신다는 은규의 메시지 때문이었다. 완치 판정을 받은 지 벌써 3년. 괜찮을 거라고 생각하면서도 스멀스멀 스며드는 걱정은 막을 수가 없었다.

"집에 무슨 일 있어?"

"별일 아니야."

급하게 부정하는 은란을 보며 주형이 중얼거렸다.

"분명히 무슨 일이 있는 것 같은데……."

"없어. 무슨 일 생기면 이야기할게."

"잠깐, 내 얼굴 좀 봐."

주형의 양손이 은란의 볼을 감싸 쥐었다. 독심술이라도 있었으면 좋겠다는 표정. 은란은 부러 애교스런 표정을 지어 보였다.

"왜 그래. 진짜 아무 일 없어."

"여자친구에게 의지가 되지 못하는 건 남자로서 상당히 자존심이 상하는 일이라고."

그 말에 은란이 웃자 주형이 진지한 이야기라는 듯 자세를 바로 잡았다.

"농담 아니야. 정말 화낼지도 몰라."

"우와, 임주형. 화낼 줄도 알아?"

은란의 장난스러운 애교에 잔뜩 힘을 부풀렸던 주형이 어쩔 수 없다는 듯 마주 웃었다. 그리고는 부드러운 손길로 은란의 머리를 쓰다듬었다. 그리고 지그시 눈을 감는 은란을 바라보며 나직하게 말했다.

"혼자 앓지 마, 속상하니까."

〈은란아.〉

며칠 뒤 부모님이 서울에 도착했다. 병원에 동행하려 했지만, 그저 정기검진일 뿐이라며 유난스럽게 굴지 말라는 바람에 은란은 불편한 마음으로 학교에 와 있었다. 그러던 중 받은 전화였다. 엄마의 목소리가 심상치 않았다.

〈집에 가서…… 아버지 소지품 몇 개만 챙겨 올래?〉

심장이 거칠게 귓가를 울리며 둥둥거리기 시작했다. 분명 이것과 똑같은 이야기를 들은 적이 있었다. 3년 전, 두 분이 나란히 정기 건강검진을 받으러 가셨던 날이었다. 저녁 퇴근길에 받은 전화에서 어머니는 지금과 똑같은 목소리로 오늘 들어가지 못할 것 같으니 은규와 저녁을 먹으라고 했었다.

"검사가…… 길어져요?"

은란은 아버지의 상태에 대해 돌려 물었다. 의외로 침착한 목소리가 흘러나왔다. 8월의 더위가 무색하게 온몸이 파르르 떨렸지만 다행이었다, 목소리만이라도 담담해서.

〈응, 그러네.〉

"필요한 거 문자로 보내주세요. 챙겨서 갈게."

아닐 거야, 그냥 정말 말 그대로 검사가 길어지는 걸 거야. 집에 도착해 휴대전화 충전기, 갈아입을 옷 따위를 챙겨 넣으면서도 은란은 아니라고 부정했고, 부디 아니기를 바랐다.

그러다 지금 병원에 있을 엄마를 생각하니 가슴이 옥죄어왔다. 자신이나 은규의 절망감은 아마도 엄마의 참담함과 비교할 수 없을지도 모른다. 내내 담담하게 아버지의 곁을 지키다, 수술과 항암 치료를 무사히 끝내고 깨끗해진 CT를 앞에 두고 '그동안 고생 많으셨습니다' 하는 의사의 한마디 말에 그 자리에서 몇 개월을 참았던 눈물을 터뜨리며 오열했던 엄마. 가슴이 먹먹해져 와, 은란은 한참이나 멍하니 서 있었다.

✳

창밖에는 추적추적 비가 내리고 있었다. 겹겹으로 덮인 회색 구름 때문에 하늘은 캄캄했다. 간호사실 라커 앞에 선 주형은 손에 쥔 휴대전화를 노려보고 서 있었다. 이마는 잔뜩 구겨져 있었다.

은란이 전화를 받지 않는다. 일할 때에는 라커 안에 넣어두던 휴대전화. 두고 가면 앞으로 여덟 시간은 확인하지 못하는데……. 오늘은 어쩔 수 없다. 주형은 주머니에 휴대전화를 집어넣은 채 간호사실을 빠져나갔다.

〈병원이야, 아버지 검사 때문에.〉

오후 늦어서야 도착한 메시지. 일하던 중 슬쩍 내용을 확인한 주형이 그제야 길게 한숨을 내쉬었다. 그래시였구나, 며칠 전의 복잡해 보이던 얼굴은.

〈걱정돼.〉
〈검사 중이야.〉

한참 후에 도착한 짧은 메시지. 자신의 병원이라면 어떻게든 도움을 줄 텐데, 은란의 아버지가 수술을 받았던 곳은 풍납동의 대형 종합병원. 가까운 이들이 몇몇 일하고는 있었지만, 어떤 상황인지 알 수 없으니 지금은 딱히 도와줄 방법이 없었다.

〈마무리되면 전화해.〉
〈응.〉

메시지는 간결하고, 감정은 읽히지 않았다. 무슨 생각을 하고 있
는 걸까⋯⋯. 휴대전화를 다시 주머니에 밀어 넣으며 주형은 긴 한
숨을 내쉬었다.

〈괜찮대.〉
그렇게 걱정스러운 마음으로 기다린 지 며칠, 은란에게서 전화
가 걸려왔다. 오랜만의 들뜬 목소리에 주형은 저도 모르게 '아아,
다행이다' 하고 소리 내어 안도했다.
〈새로운 음영이라 종양인가 싶어서 엄청나게 걱정했는데, 가볍
게 폐렴 같은 걸 앓고 가면 흉터처럼 남기도 한다며?〉
다른 사람의 소식을 전하는 것마냥 짧게 소식을 전하던 모습은
사라졌다. 높아진 은란의 목소리는 이전처럼 생기가 돌았다.
"지금은 어디야?"
〈지금 제주도. 병원에서 결과 보고 바로 내려왔어. 이참에 제주
살림을 정리하고 올라오신대. 방학도 끝나가고 당분간 못 올 것 같
아서.〉
은란의 당혹스런 목소리가 건너왔다.
"제주도?"
〈응, 2주 후에 개강이니까 며칠만 있다가 금방 올라갈 거야.〉

"우리 벌써 일주일 가까이 못 본 거 알아?"

물론 환자를 둔 가족들이란 손에 휴대전화를 쥐고서도 휴대전화를 찾을 정도로 다들 정신없어 한다는 것을 누구보다도 잘 알고 있다. 가장의 건강 앞에 가족들의 혼란스러움은 무엇보다 더했겠지. 그래서 은란의 띄엄띄엄한 연락에도 투덜거리지 않고 잘 참았는데…….

〈알아.〉

주형의 얼굴이 그려진다는 듯 은란의 목소리에 웃음이 배어 있었다.

"알면 빨리 와."

어쩔 수 없는 상황에 겨우겨우 참아왔던 것이 해결되자 폭발하고야 말았다. 저도 모르게 터져 나오는 투덜거림을 막지 못한 주형이 부루퉁한 얼굴로 대꾸했다.

〈나도 보고 싶어.〉

아아, 미치겠다. 주형은 애꿎은 머리칼만 마구 헤집었다. 당장 볼 수도 없는 먼 곳에 가 있으면서 대책 없는 말만 던지는 은란의 말에 화가 나는데, 그래도 보고 싶은 마음이 훨씬 더 컸다. 황금 같은 주말 투 오프라 느긋하게 얼굴을 볼 수 있나 했는…….

투 오프.

머릿속에 불이 반짝였다. 빨리 오라고 할 것 있나?

미안해 얼른 갈게 조금만 기다려, 하는 은란의 목소리를 한 귀로 흘리며 주형은 씩 웃었다.

✻

바닷바람의 끈적거림은 도시와는 비교할 것이 못 된다. 공항 밖으로 나갔던 주형은 급하게 다시 공항 건물 안으로 들어왔다. 끈적한 남국의 습기와 세찬 바람. 창밖의 야자수들은 미친 듯이 머리를 흔들고 있었다. 일본으로 빠져나갔다는 태풍의 꼬리가 꽤 긴 모양이었다.

당장 내일 오후에는 형과 함께 혼자 살고 계시는 할머니를 뵈러 가기로 약속했고, 모레는 이브닝 근무가 잡혀 있어서 지낼 수 있는 날은 딱 하루뿐인데 날씨는 또 왜 이 모양인지. 하늘에 대고 투정을 부릴 수도 없고……. 게다가 은란은 왜 이렇게 전화를 받지 않는 걸까. 휴대전화의 종료버튼을 누르며 주형은 이마를 살짝 찌푸렸다.

너무 빨리 왔나? 새벽 리무진을 타고 공항에 도착해 아침 여섯시 오십오 분에 출발하는 비행기를 타고 제주에 도착한 것은 겨우 오전 여덟 시. 아직 자고 있을 수도 있었다. 무작정 비행기에 몸을 실을 때까지만 해도 상당히 자신만만했는데, 정작 연고 없는 곳에 덩그러니 서 있자니 이게 뭐 하는 짓인가 싶었다.

다시 전화했지만 여전히 받지 않는다. 일단은 공항에서 아침이나 먹을까 생각하던 주형의 시선에 인포메이션 센터가 보였다. 어차피 여기까지 온 거, 짧게라도 제대로 즐기고 가야겠다 싶었다.

〈주형아, 왜?〉

전화가 걸려온 것은 렌터카를 빌려 막 차에 올랐을 때였다. 차 내부를 살피고 있던 주형은 반가운 얼굴로 전화를 받았다.

"어디야?"

〈집이지.〉

"난 어디일 것 같아?"

침묵. 이 침묵이 긍정적인 의미인가 아닌가. 문득 주형의 머릿속에 언젠가 동료가 했던 성토가 떠올랐다. '화장도 하지 않고 수면 바지를 입은 채 치킨을 먹고 있는데, 이벤트라며 집 앞에 나타난 남자친구'에 대한 거였지. 강은란도 지금 비슷한 느낌일까?

〈설마.〉

"그 설마가 맞는 것 같은데."

〈설마.〉

"맞다니까."

맞다니까, 라고 하자마자 전화 너머로 요란한 소리가 들려왔다. 비명인지 앓는 소리인지 구별이 잘 안 되지만 어쨌든 싫은 반응 같지는 않았다. 웃고 있는데 다시 은란이 말했다.

〈지금 공항이야?〉

"응. 차 빌려서 아침 먹으러 어디로 갈까 생각하고 있었어."

〈우리 집에 오라고 하고 싶지만 부모님이 기절하실 것 같아서 안 되겠고…….〉

잠시 생각하던 은란이 마저 말을 이었다.

〈아침 안 먹었지? 맛집을 소개해 주고 싶지만 나도 일 년에 몇 번 들른 게 전부라서 아는 곳이 없네. 검색 잘해서 추천해 주는 곳에 들러서 아침 먹어. 그리고 나한테 한 시간 반만 시간을 줘.〉

들뜬 은란의 목소리에 이 우발적인 미친 짓을 하길 잘했다는 생각이 들었다. 마침 라디오에서는 제주에 방문한 그를 환영하기라도 하는 듯 '감수광'이 흘러나오기 시작했다.

보낸시엥 가거들랑 혼조옵서예.

　뜻도 모를 제주 말을 흥얼거리며, 주형은 라디오의 볼륨을 크게 높였다. 그리고는 아침 추천메뉴를 검색하기 시작했다.

　주형이다.
　시청 근처 주차장에 차를 댄 주형이 성큼성큼 걸어오고 있었다. 거리가 조금씩 가까워지고, 그의 얼굴이 생생하게 눈에 담기고, 그리고…… 새삼스레 가슴이 뛰었다. 주형은 창가에 앉아 있는 은란을 발견하고는 환하게 웃으며 팔을 휘저으며 반가움을 격렬하게 표시했다. 아, 귀여운 임주형. 비실비실 새어 나오는 웃음을 삼키며 은란은 입술을 꾸욱 깨물었다.
　"강은란!"
　털썩 맞은편이 자리 잡은 주형의 웃음이 바깥의 더위를 한 번에 날릴 만큼 시원했다.
　"오랜만이야."
　뭐라고 인사해야 할지 모르겠다. 못 본 지 일주일이 훌쩍 넘었으니 오랜만이라고 인사해도 되겠지. 하지만 그 인사가 썩 마음에 들지 않았던지 주형이 투덜거렸다.
　"뭐야, 그 어색한 인사는?"
　"어떤 인사를 바라는데?"
　"포옹 정도는 해줘야지."
　"그쯤이야."

해실해실 웃은 은란이 상체를 일으켜 주형의 뺨에 입을 맞추었다. 예상치 못했던 환영 인사에 이번에는 주형의 볼이 조금 붉어졌다.

"커피는 샀어?"

"아니, 아직. 뭐 마실래?"

"아메리카노 사이즈 큰 거에 샷 하나 추가해서 진하게. 자리젓이 맛있길래 계속 먹었더니……."

이제 보니 못 먹는 게 없는 모양이다. 그러다 문득 떠오르는 생각이 있어 주형을 향해 장난스럽게 말했다.

"임주형, 빨리 편의점 가서 칫솔치약세트 사와. 생선이랑 키스하고 싶은 생각 없으니까."

"헉!"

은란의 말이 끝나기가 무섭게 벌떡 일어난 주형은 쏜살같이 카페 건너편 편의점으로 달려가 뭔가를 한가득 사서 나왔다. 그사이 커피를 주문하고 돌아온 은란은 주형이 손에 들고 있는 비닐봉투를 가리키며 물었다.

"그게 다 뭐야?"

"자고 갈 건데 아무것도 안 들고 왔더라고."

꺼내놓는 것은 여행용 세면도구 그리고 이동 중에 먹을 간식거리들이었다. 그리고 눈에 띄는 것은 리콜라의 허브 캔디.

"이건 왜?"

"아, 뭐, 그냥."

주형이 건성으로 대답하며 사탕 상자를 주머니에 집어넣었다.

"숙소는 잡았어?"

"아니, 아직. 잡는 거야 그렇게 어렵지 않을 것 같아서."

"재워주고 싶지만……."

"기절하시겠지."

주형이 씩 웃으며 커피를 받아오기 위해 진동벨을 집어 들고 일어섰다.

커피를 기다리며 턱을 괴고 앉은 은란의 시선이 주형의 뒷모습에 닿았다. 진회색의 피케 셔츠 아래로 넓고 곧은 어깨, 슬림한 허리선이 채 숨겨지지 못하고 은근하게 드러나 있었다.

누구 애인인지 예쁘기도 하네. 턱을 괴고는 비죽이 새어 나오는 미소를 굳이 막지 않고 있는데, 쟁반에 커피를 얹은 주형이 휙 돌아섰다. 그가 걸음을 떼자 자연스럽게 주변의 시선이 모였다. 하지만 성큼성큼 걸어오는 주형의 시선은 곧장 은란을 향해 있었다. 다시 은란의 입꼬리가 사르르 휘어졌다.

서울에서 그랬던 것처럼, 주형은 또 은란의 대각선 자리에 앉았다. 둘 중 누구라도 고개를 뻗으면 곧장 입을 맞출 수 있는 거리에 서로가 있었다. 입맞춤 대신 은란은 손가락을 길게 뻗어 그의 볼을 쿡 찔렀다.

"아야."

기습적으로 당한 주형이 볼을 어루만지자 이번에는 그의 입술을 쿡 하고 눌렀다. 이상하다. 정신없이 몰아쳤던 지난 한 주간의 일들이 눈앞에 주형이 앉아 있는 지금, 아득하게 멀어진다.

이상한 임주형, 정말 이상한 임주형. 그냥 가만히 앉아서 환하게 웃는 것만으로 위로가 되는 임주형. 은란은 볼이 아픈지 손으로 뺨을 비비는 연인의 볼에 촉 하고 입을 맞추었다.

"아, 역시 오길 잘했어."

그동안의 그리움이 완전히 증발해 버린 것 같은 만족스러운 얼굴에 은란이 활짝 웃었다.

"응. 잘 왔어."

칭찬에 고무된 주형은 급하게 제 몫의 두 배로 진해진 아메리카노를 삼켰다. 그리고는 간절한 얼굴로 고개를 들이밀었다.

"제주산 생선들은 남아메리카의 원두 향기에 다 질식했을 거야. 입술을 허락해 줘."

커피잔을 붙잡고 웃음을 삼키던 은란이 테이블 위의 치약칫솔세트를 손끝으로 밀었다.

"빨리 다녀와. 저어기, 남자화장실."

잠시 후 기껏 폭풍 같은 손놀림으로 양치질 하고 나왔는데, 은란은 자리에서 일어나 나갈 채비를 하고 있었다. 주형이 허탈한 얼굴로 바라보자 은란이 웃으며 맥없이 늘어뜨린 커다란 손을 잡아 쥐었다.

"가자."

한참 맛있게 먹고 있던 돼지뼈를 빼앗긴 황구 같은 연인의 모습에 결국 어쩌지 못하고 소리 내어 웃음을 터뜨린 은란은 턱으로 차를 대놓은 주차장 방향을 가리켰다.

"유료 주차 했다며. 얼른 가자."

페달을 밟을 때마다 주머니 속에 든 사탕이 달그락거리며 움직이는 것이 느껴졌다. 신나게 양치질을 하긴 했지만, 그래도 혹시 모르니까 사탕으로 입속을 달콤하게 한 다음에…… 저도 모르게 비죽이 새어 나오는 웃음에 주형은 급하게 표정을 가다듬었다.

“어디로 갈까?”

“비자림!”

“비자림?”

“응.”

은란은 깊은 진초록이 울창한 비자나무숲은 지금같이 구름으로 하늘이 짙게 내려앉아 있을 때에는 완전히 다른 세계 같다고 했다. 어디를 가던 강은란과 함께라면 다 좋으니까. 주형은 팔을 뻗어 내비게이션에 비자림을 입력했다.

“노래 틀까?”

“아니.”

“너무 조용해서 심심하지 않아?”

“아니.”

고개를 저은 은란이 웃으며 주형을 향해 고개를 돌렸다.

“네가 숨 쉬는 소리만 듣고 있어도 기분 좋아.”

하!

귀에 손을 가져다 대고는 팔랑팔랑 손을 흔드는 은란을 보자 주형의 웃음이 폭발했다. 나풀거리는 손을 낚아챈 주형이 변속기에 포개진 손을 얹었다.

“한 손 운전 위험한데.”

“괜찮아.”

“딱 1분만 이렇게 있자.”

손바닥 아래에 꼼지락거리는 은란의 손가락이 느껴졌다. 가만히 있으라니까. 손바닥에 힘을 주자 얌전히 멈추는 손. 착하기도 하지.

“강은란.”

“응? 응?”

이름을 불렀을 뿐인데 은란은 뭔가에 놀란 눈치다. 왜 그러나 싶어 고개를 돌리자 눈을 깜빡거리는 모습이 보였다. 그리고 방금 막, 입술을 깨문 것 같은 흔적도.

“입술 깨물었어?”

손을 뻗어 입술에 가져가자 이번에는 움찔거리며 뒤로 물러선다. 마치 치한이라도 된 것 같아 기분이 상하려고 하는데, 왠지 물러서는 은란의 눈빛이 그저 싫어서 그런 것 같은 눈치가 아니었다.

“강은란.”

손을 떼어낸 주형이 양손을 핸들에 척, 얹었다. 그리고 무슨 일이 있었냐는 얼굴로 전방을 주시했다.

“응?”

“나, 사탕.”

“사탕?”

편의점 비닐봉투를 뒤적이던 은란이 다시 고개를 들었다.

“여기 없는데?”

“아, 내 오른쪽 주머니에.”

양손으로 핸들을 쥔 채 주형이 불룩한 오른쪽 바지주머니를 가리켰다. 은란의 시선이 그곳으로 향하는 것이 느껴졌다. 시선은 여전히 전방을 주시한 채, 주형은 다시 턱짓으로 불룩한 주머니를 가리켰다.

“꺼내서 입에 하나만 넣어줘.”

강은란, 방금 훔쳐본 게 내 입술이 맞는 거지? 주형의 입꼬리가 장난스럽게 올라갔다. 그리고 가만히 주형을 바라보던 은란의 손이 움직인 것은 그때였다.

스으윽.

손가락은 상자의 끄트머리가 아니라 상자와 바지 사이의 공간을 파고들었다. 허벅지에 닿는 은란의 손가락의 꼬물거리는 움직임에 주형의 오른쪽 다리가 저도 모르게 펄쩍 뛰었다.

"옷 사이에 꽉 껴서 잘 안 나와."

실수다.

은란의 손가락은 간지럽히듯 상자와 바지 사이의 공간을 헤집었고, 그때마다 머리끝이 쭈뼛쭈뼛 곤두섰다. 주형은 저도 모르게 힘이 들어간 허벅지가 멋대로 액셀러레이터를 밟는 실수를 피하기 위해 입술을 깨문 채 온몸에 힘을 주었다.

하지만 강은란은 짧게 괴롭힐 생각이 없는 모양. 힐끗 내려다본 은란의 얼굴에는 장난기가 가득했다.

젠장!

그때, 눈앞에 국도변 졸음쉼터가 눈에 들어왔다. 주형은 급하게 핸들을 꺾었다.

"어쩌려고 그래."

내 차도 아닌데 벨트를 푸는 데도, 시트를 젖히는 데도 단 1초도 걸리지 않았다. 순식간에 가슴 아래에 놓인 강은란의 깜짝 놀란 눈.

"임주형."

뭐라고 해도, 무슨 말을 해도 안 들려. 주형은 귀를 닫은 채 입술을 축였다. 은란의 손이 천천히 올라오더니 자신의 뺨을 쓸어내리는 것이 느껴졌다. 아, 미치겠다.

"보고 싶었어."

주형은 제 입술을 은란의 열린 입술 위에 천천히 포개었다. 툭 하고 자동차 바닥으로 사탕 상자가 떨어지는 소리가 들려왔다. 하지만 처음부터 필요 없었다. 그저 부드러운 입술만으로 충분히 달콤했으니까.

조심스럽게 시작된 입맞춤이었는데 결국에는 불이 붙고야 말았다. 자신도 모르게 움켜쥐고 있는 그것의 부드러운 감촉에 억눌린 목소리로 은란에게 속삭였다.

"싫으면 말해."

은란의 답을 기다릴 사이도 없이 성급한 손가락은 셔츠 끝을 끌어 올리고 있었다. 에어컨 바람이 닿은 은란의 맨살에 오소소 소름이 돋는 것이 느껴졌다. 다독이듯이 손바닥으로 쓸어내리자 천천히 힘이 풀리는 몸. 고개를 들자 발갛게 달아오른 은란의 얼굴이 눈에 들어왔다.

다시 깊은 입맞춤. 그리고 주형의 입술은 천천히 뺨을, 귓바퀴를 야금야금 훑어갔다. 어느새 자신의 귓가에 잔뜩 달아오른 은란의 가쁜 숨이 닿아왔다. 그 순간 폭발할 것 같은 우쭐함. 주형은 눈앞에 놓인 은란의 귀를 달게 빨아들였다. 다시 파르르 떨리는 은란의 몸이 느껴졌다.

"여기, 약하구나."

장난치듯 다시 한 번 귓바퀴를 빨아들였다. 그리고 더 이상 참지 못하고 터져 나온 억눌린 신음. 느릿한 손, 다급한 호흡, 그리고 순식간에 달아오른 차 안의 공기. 숨 쉴 때마다 느껴지는 은란의 체취가 머릿속을 아득하게 했다.

"강은란."

눈을 마주치자 은란 역시 어쩌지 못하는 열망으로 흐릿하다. 아마 자신도 똑같은 표정을 짓고 있겠지. 머뭇거리던 은란의 입술이 이번에는 자신의 입술을 덮어오는 순간, 주형은 시트 아래로 팔을 집어넣어 부드러운 몸을 움켜쥐듯 끌어안았다. 이대로 완전히 삼켜 버리고 싶지만…….

그때 창밖의 풍경이 눈에 들어왔다.

안 된다.

자신의 품 안에 담긴 은란의 목덜미에 얼굴을 묻은 채 주형은 호흡을 가다듬었다. 온몸이 욱신거렸다. 새하얗게 바랜 머릿속을 차갑게 식히기 위해 얼마나 그렇게 있었을까. 천천히 호흡이 가라앉고서야 팔을 풀어 은란의 몸을 놓아주었다. 그리고 천천히 손을 뻗어 조심스럽게 자신이 헤집어놓은 은란의 옷매무새를 정리했다.

"내가 할게."

"지금은 손대지 마."

자신의 손을 잡아 쥐는 은란의 손에 주형이 움찔했다.

"응?"

주형의 긴 한숨. 겨우겨우 참고 있는 게 느껴지지 않느냐고 묻는 듯한 그의 눈빛에 은란은 번쩍 손을 떼어냈다. 느리게 단추를 채워준 주형이 기진맥진한 얼굴로 시트에 몸을 기대어 앉는데 은란의 목소리가 들려왔다.

"방심했어."

"뭐가?"

“네가 건강한 스물여덟이고, 지금은 에너지가 잔뜩 충전된 오전
이라는 걸.”

여전히 펼쳐진 시트 위에 맥 풀린 얼굴로 누워 있는 은란은 차마
주형을 제대로 보지 못하겠던지 발그레한 뺨에 손바람을 부치고
있었다. 피식 웃으며 천천히 시트를 세워주고 꼼꼼하게 벨트까지
채워준 주형은 한숨 섞인 목소리로 중얼거렸다.

“방심한 건 강은란이 아니라, 나야, 나.”

다른 세계 같다던 비자나무숲에 대한 은란의 묘사는 정확했다.
잘 조성된 숲길을 천천히 따라 걸어 들어가다 보면, 비자나무가지
에 하늘이 숨겨지고 널찍한 초록 잎의 무리가 짙은 녹색의 새로운
하늘을 만들어갔다. 바람이 많이 부는 날씨 탓에 관광객들도 많지
않아 숲은 고요했다. 사람 아닌 다른 존재가 나타나도 놀랄 것 같
지 않은 풍경이었다.

“멋지지 않아?”

“멋있어.”

공항, 바람에 몸을 휘는 야자수, 낮은 건물들, 그리고 이 비자나
무숲이 서울을 떠나온 것을 실감케 했다. 손을 잡은 채 천천히 걸
음을 옮기는 사이, 울창한 나무들이 뿜어내는 맑은 공기가 두 사람
주변을 환영하듯 에워쌌다.

“아버지는 어떠셔?”

“십년감수.”

은란이 사자성어로 간단하게 정리했다.

“제주에서도 좋았지만, 역시 가까이에 큰 병원이 있어야 할 것

같아서 서울로 오는 거야.”

“누나로선 잘된 거네. 아침 식사도 제대로 하겠고.”

비어 있던 냉장고를 떠올리며 주형이 말했다.

“응, 다행이지.”

“그런데 난 좀 섭섭했어.”

“왜?”

손을 잡고 있던 은란의 몸이 휘어져 주형을 향했다.

“내가 연락 자주 못해서? 미안해.”

“아니, 그게 아니라…….”

어떻게 이야기해야 할까. 고민하던 주형이 다시 입을 열었다.

“의지하지 않아서 좀…… 섭섭했어.”

어쩔 수 없이 떠올리게 됐다, 은란의 전 남자친구를. 은란보다 네 살이 많았다고 했으니 자신과는 여섯 살이나 차이가 난다. 자신보다 나이 많은 남자에게는 조금 더 기댔을지도 모른다.

“내가 징징대기 시작하면 너, 나랑 만나기 싫어질지도 모르는데.”

잠시 머뭇거리던 은란이 말을 이었다.

“미리 이야기하는 건데, 학기 시작하면 잠금해제될지도 몰라.”

은란은 길게 팔을 뻗고는 허공에 스윽 선을 그었다.

“해야 할 건 많고, 시간은 없고, 시험은 다가오고, 잠은 부족하고, 놀고는 싶고……. 그런데 그때마다 짜증 내면 내가 먼저 말라 죽을지도 몰라.”

아빠 일도 마찬가지고. 은란이 덧붙였다.

“그러라고 있는 게 가족이고 연인이잖아.”

주형의 말에 은란이 도리질 쳤다. 그리고는 씁쓸한 얼굴로 웃으며 입을 열었다.

"임주형, 네가 더 잘 알잖아. 보호자들 곁에서 많이 봐서."

물론 잘 알고 있다. 어리광쟁이가 되어버리는 환자, 그 곁에서 시달리다 몇 년은 늙어버린 것 같은 얼굴을 하고 있는 보호자들. 그래도 그런 얼굴로 이야기하지 말지. 어깨를 늘어뜨린 모습이 안쓰러워 주형은 잡고 있는 손에 힘을 주었다.

"우리 아빠 이야기 제대로 한 적…… 없지?"

아, 이야기하면 눈물 날 것 같은데. 눈가를 꾹꾹 누르며 은란이 나직한 목소리로 입을 열었다.

"처음에 발병해서 입원했을 때, 우리 아빠한테 내가 생불이라고 그랬어, 생불. 딱 봐도 항암치료 버티는 게 힘드신 게 보이는데, 가족들한테 짜증 한 번 안 내시는 거야. 난 진짜 우리 아빠지만 그때엔 정말 독하고 대단하다고 생각했었어. 그래서 정말 완치에 대한 확신 같은 게 있어서 그러신 걸까 생각했는데……."

목소리에 물기가 서린다. 주형은 괜히 이야기를 꺼내게 했나 보다 후회했지만, 너무 늦었다. 은란의 말이 이어졌다.

"엄마랑 두 분이 있을 때에는…… 은란이 결혼하는 건 볼 수 있을까, 은규 대학 졸업하는 건 볼 수 있을까…… 그러셨대. 이 이야기도 얼마 전에야 들었어. 너무 아끼고 사랑해서, 오히려 말 못하는 마음도 있는 것 같아."

아, 울기 싫어. 고개를 돌리고서는 코끝을 누르는 은란. 밀려오는 미안한 마음에 주형은 은란의 어깨를 천천히 끌어안았다. 아픈 이야기에 달음박질치던 은란의 호흡이 그의 품 아래에서 서서히 진정되어 갔다.

다시 천천히 걸음을 옮긴 두 사람은 벤치 대신 커다란 현무암 위에 나란히 앉았다. 몸을 뒤틀며 자란 덩치 큰 비자나무와 굵직한 가지들, 그리고 축축한 이끼로 주변은 온통 초록빛의 세계였다. 은란이 손끝으로 자잘하게 자란 이끼를 만지작거렸다.

"주형아…… 나는 있잖아…… 아빠가 아플 때 무슨 생각을 했었냐면……."

운을 띈 은란의 입이 한동안 열리지 않았다. 주형은 인내심을 가지고 기다렸다.

"이야기하기 부끄러운데……. 아주 일찍 부모님을 잃은 아이들은 가족을 잃는 고통 같은 걸 모르겠구나, 그게 더 나을지도 모르겠다. 그런 생각했었다? 철없지? 그런데…… 전혀 준비되지 않은 상황에서 수십 년간 내 인생에서 가장 중요한 의미였던 사람을 잃게 될 상황에 놓이니까 정말 그런 생각을 하게 되더라. 차라리 없었다면 잃는 게 아픈 줄도 몰랐을 텐데……."

답답한지 은란이 이마를 찡그리며 제 가슴을 두드렸다. 주형이 그 손을 빼앗아 자신의 커다란 손에 가두었다.

"지금은 내가 어느새 서른이 돼버린 것처럼 부모님도 나이 들어 늙어가시고, 그래서 언젠가는 나와 은규만 남게 될 날이 온다는 거, 알거든. 그런데 그때는 그런 생각을 단 한 번도 한 적이 없었어. 나는 어리고 부모님은 젊다고 생각했으니까."

이제야 알 것 같다. 왜 가족에게조차 어리광 부리지 않으려 조심하는지. 소중한 사람이 겪는 고통을 지켜보는 것의 괴로움을 알기 때문이겠지. 주형의 긴 팔이 느릿느릿 은란의 목덜미를 파고들었다. 그리고 그의 팔 아래 천천히 몸을 기댄 은란이 자리 잡았다.

아픈 사람이 겪는 현재의 고통을 덜어줄 수 있으면 좋겠다고 생각하며 병원에서 일하기 시작했었다. 그렇다면 자신은 눈앞에 있는 강은란의 두려움과 불안을 덜어내 주는 사람이 될 수 있을까. 아직 다가오지 않은 앞으로의 상실에 대한 고통보다 지금 이곳에 함께 있는 기쁨이 훨씬 더 크고 행복하다는 걸 은란이 알게 된다면 좋겠는데……

주형은 어깨를 감싸고 있던 팔을 천천히 내려 허리를 당겨 안았다. 그리고 바람에 날리는 머리칼 사이에 얼굴을 묻었다.

"어, 임주형."

은란이 장난스럽게 어깨를 움츠렸다.

"불순해, 관광객이 하나도 없는 어두운 숲에서."

"강은란."

어깨를 울리며 웃던 주형이 조용한 목소리로 은란을 불렀다.

"응?"

"어렸을 때 아프긴 했지만…… 지금은 건강해. 알지?"

"알아, 아까 확인했어."

대답하며 빙그레 웃고 있다는 게 느껴진다. '아까 언제?' 라고 물으려던 주형은 입을 다물었다. 은란의 목덜미 속에서 그의 어깨가 쑥스러운 웃음으로 진동했다.

"아무튼, 우리보다 삼십 년은 더 사신 우리 부모님들과 우리는 다르다는 거지."

"응."

"그러니까……"

‘우리는 같이 늙어갈 거니까 그렇게 예고 없이 서로를 잃는 일은 없을 거야’라고 이야기하고 싶었지만…… 왠지 프러포즈 대사 같이 들린다. 왠지 모를 쑥스러움에 주형은 머릿속에 떠오른 그 문장을 조용히 가슴속에 삼켰다. 대신 고개를 들어 촉촉한 입술에 가볍게 입을 맞추었다. 그리고 눈을 동그랗게 뜨고 있는 은란을 향해 웃음 섞인 목소리로 말했다.

“건강백세를 위해…… 점심은 전복죽으로 할까?”

제 12 장
상관없어

"큰 강아지, 어디 먼 데 다녀왔어?"

오랜만에 형과 할머니 댁을 방문했다. 할머니는 어머니의 공방이 있는 이천에 살고 계셨다. 지난해 할아버지가 돌아가신 후 가족들이 모시고 살겠다고 했지만 이대로가 편하시다며 여전히 혼자 세시는 할머니. 반려자를 잃은 적적함을 달래드리러 형과 종종 들르곤 했었다.

사가지고 온 수박으로 화채를 만들기 위해 깍둑썰기를 하는데, 할머니가 주형을 향해 물었다. 형보다 반 뼘 키가 큰 주형에게 할머니는 큰 강아지라고, 형에게 작은 강아지라고 부르곤 했다.

"왜요?"

수박 속이 무척 붉다. 끈적거리는 즙을 보아하니 무척이나 달콤할 것 같았다.

“몸은 여기 와 있는데 눈이 멀리 가 있는 것 같아서 하는 말이
다.”

어른들은 어떻게 평소와 아주 작은 다름을 눈치채는 걸까. 주형
은 대충 얼버무렸다.

“그냥, 휴가 다녀왔어요.”

“너 이 자식, 어제 새벽에 말도 없이 나갔다가 오늘 점심에야 들
어왔지. 어디 다녀온 거냐?”

곁에서 파인애플을 썰던 건형이 마침 궁금했다는 듯 물었다.

“휴가 다녀왔다니까.”

“휴가 어디?”

“제주…… 도.”

“제주를? 1박 2일로?”

“그렇지.”

“급하게도 다녀왔네. 그래, 가서 뭐 했는데?”

“비자림 갔다가 일출봉 가서 전복죽 먹고 중문 가서 돼지고기
좀 먹고…….”

“이건 뭐, 식도락 여행인데?”

투덜거리는 건형을 보아하니 적잖이 부러운 모양이다. 휴가를
쓰려고 날까지 잡아뒀는데 갑자기 올라온 태풍에 여행 계획을 죄
다 취소하고 사흘 내내 어머니 공방에서 심부름만 해주고 온 것이
못내 아쉬웠던 모양이다.

“근데 선물은?”

“면세점에서 형이 쓰는 화장품 사왔어. 책상 위에 뒀어.”

“오, 이 센스 있는 자식.”

“아, 할머니 것도 있어요.”

수박을 썰던 칼을 내려놓고 방에 들어가 가방을 뒤진 주형은 반짝거리는 립스틱을 꺼냈다. 그리고 뚜껑을 열어 할머니에게 빛깔을 보여주었다.

“아이고, 남우세스럽게 무슨 입술연지냐?”

“노인정에 가실 때 바르고 가세요. 그래야 잘생긴 할아버지들이 쫓아오죠.”

“아이고, 무슨…….”

볼을 붉히던 할머니는 행주에 손을 닦아내고는 조심스러운 손으로 립스틱을 쥐었다. 주름진 손가락 사이에서 립스틱이 화사한 빛을 냈다.

“곱다, 색 참 곱다.”

차마 발라보지는 못하고 색이 곱다, 곱다 하는 할머니가 귀엽고도 짠해서 주형은 립스틱을 빼앗아 할머니의 입술에 꾸욱 눌렀다.

“아이고, 그걸 또 왜 그렇게 발라?”

“발라보라고 사왔잖아요. 이제 써버려서 환불도 인 돼. 얼른 가서 발라보고 오세요.”

주형은 등을 떠밀듯 할머니를 화장대 앞에 앉히고 돌아왔다. 립스틱은 은란의 선택이었다. 서울에 올라가면 오후에 할머니를 뵈러 간다고, 사별하시고 적적해하신다는 이야기를 들은 은란은 화장품을 사가라고 조언했다.

“여자는 나이를 먹어도 고운 빛깔과 좋은 향기에 약한 법이거든.”

은란의 말이 맞는 모양이다. 몸을 길게 빼어 방 안을 바라보자, 거울 앞에서 볼을 붉힌 채 립스틱 바른 입술을 뽁뽁 움직이는 할머니의 모습이 보였다. 서른의 강은란도, 쉰일곱의 엄마도, 여든이 넘은 할머니도 똑같이 뽁뽁, 하고 입술을 모아 붙여 화장을 마무리한다. 완전히 다른 나이의 여자들이 모두 귀엽게 느껴져 주형은 피식 웃었다.

한결 화사해진 얼굴로 나타난 할머니는 식탁 위에 놓인 젓갈세트를 보고 다시 한 번 우리 큰 강아지밖에 없다며 엉덩이를 두드렸다.

"이제 느이만 올 것이 아니라 이쁜 아가씨들도 좀 데리고 와."

"이쁜 아가씨는 나 싫다던데."

건형이 농담으로 받아쳤다. 연애 중이면서 거짓말도 참 잘하시네. 주형이 속으로 피식 웃었다.

"왜, 작은 강아지 어디가 별로라더냐?"

"바빠서 싫대."

"나라 녹 먹는 사람이 바쁜 거야 당연한 것인데, 그걸 이해 못하면 어찌하는고."

"그러게 말이야."

"우리 큰 강아지는?"

힐끗, 과일을 써는 건형의 시선이 주형을 향했다.

"어쭈, 대답이 없네? 여자가 있긴 있나 봐?"

건형이 대화 사이에 추임새를 넣는다. 진작 눈치를 챈 듯 이참에 어떤 여자인지 들어보자 싶은 얼굴이었다. 형을 향해 이마를 찡그려 봤지만 역부족이었다.

"그래? 어떤 아가씨인데?"

할머니의 반짝거리는 눈을 보고 있자니 거짓말도 못하겠다. 임건형처럼 애초에 입을 닫았어야 했는데.

"그냥……."

"똑똑허냐?"

"네?"

"2세를 생각하면 머리가 좋아야 해. 그래, 똑똑허냐?"

할머니의 질문에 주형이 결국은 웃음을 터뜨렸다. 몇 살이냐, 무슨 일 하냐, 뭐 하는 집 딸이냐 하는 질문이 아니라 '똑똑하냐'라니.

"우리 할머니는 21세기 할머니 같아."

아랫세대로 이어질 유전자의 질(質)까지 걱정하는 세련된 할머니라니까. 주형의 농담에 마주 앉았던 건형까지도 피식 웃음을 물었다.

시원하게 수박화채를 뚝딱 비우고, 삶아주신 비빔국수까지 해치운 건형은 연신 하품을 하더니 안방으로 건너가 길게 누웠다. 금세 나직하게 코 고는 소리가 들려왔다.

"할머니."

"오냐."

텔레비전에서 오락 프로그램이 요란스럽게 웃음을 토해내고 있었다. 두리번거려 리모컨을 찾은 주형이 소리를 낮추었다. 할머니는 돋보기를 끼고는 선풍기 앞에 놓아두었던 뜨개질거리를 다시 집어 들고 계셨다.

"그거 누구 거예요?"

"늬 엄마 거."

“엄마 거요?”

“전년도에 늬 아버지 쉐타를 떠줬더니만 곱다고 탐을 내더라. 그래서 올해는 에미 것으로 뜨고 있지.”

“엄마 치수는 어떻게 알고요?”

“크면 뜨신 물에 담가 입고, 작으면 남 주면 되지.”

할머니의 퉁명스런 목소리에 주형이 숨죽여 웃었다.

“느이 엄마 뭐, 전시회인가 한다고 하지 않았냐?”

“네.”

“잘 되어간다더냐?”

“공방 안 들른 지 좀 돼서 모르겠어요.”

“그래.”

또 한참 할머니는 뜨개질을, 주형은 할 일 없이 텔레비전의 채널을 돌렸다. 그러다 문득 생각나는 것이 있어 고개를 돌렸다.

“할머니.”

“오냐.”

“할아버지랑 몇 해 사셨어요?”

바늘대를 움직이던 할머니의 손이 느려졌다.

“내가 열여덟 때 시집을 왔으니까…… 얼추 60년은 넘게 살았지.”

반세기하고도 10년을 더 부부로. 내 인생과 그의 인생이 같은 것으로 교차하다 못해, 결국은 하나의 덩어리로 묶일 것 같은 긴 시간이었다.

“60년을 함께 사시면서 누린 행복이랑 할아버지 돌아가셨을 때의…… 슬픔이랑 어느 쪽이 더 큰 것 같아요?”

이윽고 바느질하던 손이 멈추었다. 그리고 고개를 돌린 할머니는 돋보기 너머로 주형을 유심히 바라보았다.

"애비에미 어디 아프냐?"

"아니, 아니에요."

이건 또 무슨 소리람. 주형이 손사래 치며 부정했다.

"사실은……."

부모를 잃는 것이 아파서 차라리 오래전에 잃은 사람을 부럽다 했던 여자에 대해 주형은 결국 말하고 말았다. 다시 시작된 뜨개질. 한참이나 주형의 말을 듣고 있던 할머니의 입이 열렸다.

"얼마나 만났다고?"

"한 달…… 이요."

할머니에게 연애상담이라니. 쑥스러움에 주형은 얼굴을 붉혔다.

"신경 쓸 거 없어 보인다."

"왜요?"

"더 좋아지면 괜찮을 것이야."

다시 뜨개질하는 할머니의 손이 분주해졌다.

"서로 너무 좋으면 무서운 것도 암것도 안 보일 것이니까 걱정 말어."

할머니의 주름진 눈가의 미소는 무언가 오래전의 기억을 떠올리는 듯 아련했다. 아마도 뒷집에서 살다가 어찌저찌 부부가 되어버렸다는 60년 전의 할아버지를 떠올리고 계시는지도 모른다. 잠시 상념에 젖어 있던 할머니의 입이 열렸다.

"주형아."

"네."

“너를 위로해 줄 수 있는 사람을 찾거라.”

“네?”

“내가 너에게 늘 마음이 쓰였던 것이…….”

할머니의 손이 느려진다. 고개를 들어 돋보기 너머로 조금은 흐려진, 하지만 여전히 총기 가득한 눈이 주형을 향해 있었다.

“주는 기쁨 말고 받는 기쁨도 있는 법이라 우리 큰 강아지가 받는 기쁨도 누리면 좋겠는 것이 내 마음이다.”

할머니의 이야기가 이해가 될 듯도, 말 듯도 하다. 주형이 털실을 만지작거리며 고개를 끄덕거렸다.

✳

“왜 나를 여기 데리고 왔습니까, 정기검진 날이 아닌데? 지난번 결과에서 이전과 달라진 게 없다고 분명히 그랬습니다. 빨리 내 담당 주치의를 데리고 오십시오. 환자가 괜찮다고 하는데, 보호자 말보다 당사자 말을 들어야 하는 거 아닙니까?”

덥수룩하게 수염을 기른 남자는 쉬지도 않고 입을 열었다. 말은 청산유수였지만 누가 보아도 정상이 아니었다. 목덜미 뒤부터 시작해 팔까지 새빨갛게 수포 같은 크고 작은 두드러기가 솟아 있었다.

이런 일이 하루 이틀이 아닌 듯, 보호자는 체념한 얼굴로 환자의 곁에 서 있었다. 아내인 것 같았다. 몇 번이나 ‘여보, 조용히 해, 병원이잖아’ 라고 행동을 막아 세웠지만 남자는 팔을 뿌리치며 연신 담당 의사만 찾아댔다. 정신이상임이 분명해 보이는 그 환자 때문

에, 응급실에 온 다른 환자와 보호자들은 혹여나 자신들에게 불똥
이라도 튈까 싶어 전전긍긍하고 있었다.

"환자분, 피부과 선생님 곧 내려오실 겁니다. 그리고 오늘은 정
신과 때문이 아니라 피부 때문에 오신 거구요. 가렵지 않으세요?"

가려움을 이야기하자마자 남자가 기다렸다는 듯 목덜미를 긁어
대기 시작했다. 지저분한 손끝에 피가 맺히자 주형이 그의 손목을
잡아챘다.

"치료할 거니까 긁지 마세요."

"내 손을 잡은 겁니까? 지금 내 손을 잡았어요? 차라리 묶으십
시오! 묶으세요. 가려워서 긁는데 왜 내 손목을 잡습니까?"

완력을 써서 손목을 뿌리친 남자가 주형의 어깨를 거세게 밀쳤
다. 지켜보고 있던 책임 간호사가 곧장 보안팀에 연락했지만, 그사
이 남자는 주먹을 쥔 채 또다시 주형의 어깨를 거칠게 밀쳤다. 욱
신거리는 통증에 저도 모르게 어깨를 감싸 쥐었다.

"당신이 경찰입니까? 아니지요? 경찰도 아닌데 왜 내 몸을 마음
대로 못하게 합니까?"

"여보, 제발……. 곧 선생님 내려오신다잖아요."

"긁으면 흉터가 남고 감염 위험이 있어서 막은 거니까 너무 화
내지 마시고……."

"어어, 어디야?"

주형이 남자를 달래는 사이 피부과 레지던트가 도착했고, 딱 봐
도 정상이 아닌 그의 모습에 레지던트도 잘못 걸렸다는 듯 머리를
긁적였다. 이어 뒤늦게 도착한 보안팀 사람들까지 남자를 둘러싸
자 더 기세등등해진 남자는 의사의 코앞까지 다가가 멱살이라도

쥘 듯이 소리를 질러댔다.

"환자분, 자꾸 이러시면 결박할 거예요. 묶고 치료할까요?"

협박에 가까운 의사의 엄포에 환자가 또 금세 순해졌다. 의사가 내린 처방에 따라 주형이 주사를 놓는 동안 남자는 몇 번이나 눈빛이 돌변하는 듯했지만 처음보다는 한층 풀이 죽은 모습이었다. 수액을 걸어놓고 돌아서는데 옆 베드의 보호자가 주형의 옷자락을 붙잡았다.

"선생님."

손을 맞잡은 중년의 여인은 초조해 보이는 얼굴이었다.

"선생님, 우리 어머닌 언제 보러 오신대요?"

베드에는 여든여섯의 치매 할머니가 연신 입을 오물거리며 사탕을 빨고 있었다. 주방에서 며느리가 점심 준비를 하다 잠시 시선을 놓친 사이 싱크대에 놓인 칼을 건드리면서 다리를 꽤 길게 베었는데, 다른 환자들에 밀려 봉합을 하지 못하고 겨우 붕대만 감아둔 채였다.

"오늘 환자가 많아서요. 조금만 기다려 주세요."

"너 예쁘다. 이리 와봐."

며느리와 이야기하는 사이, 생긋생긋 웃으며 할머니 환자가 주형을 향해 손짓했다.

"할머니, 왜요?"

왠지 주말에 뵙고 온 할머니가 떠올라 웃으면서 다가가자, 환자의 손이 주형의 머리를 향했다. 쓰다듬어 주시려나 보다, 하고 머리를 내미는데 손가락은 순식간에 억세게 주형의 머리칼을 움켜쥐었다.

“할머니!”

“어머니, 어머니, 손 놓아요! 어머니!”

얼마나 거세게 쥐었는지 주형의 몸이 베드 위로 넘어졌다. 한참 동안 간호사와 며느리와 실랑이를 하고서야 움켜쥐고 있던 할머니의 손이 떨어져 나갔다. 주먹에는 주형의 머리칼이 한 움큼 쥐어져 있었다.

“죄송해요. 어떻게 해요? 많이 아프시죠?”

“아니에요, 괜찮습니다.”

눈물이 찔끔 날 만큼 욱신거렸지만, 주형은 억지로 웃으며 괜찮다며 놀란 보호자를 다독였다. 하지만 정작 할머니는 무슨 일이 있었냐는 듯이 새침한 얼굴로 주형을 바라보고 있었다. 그때 등 뒤의 병상에서 속닥거리는 소리가 들려왔다.

“거봐, 너도 공부 안 하면 이런 데 와서 저런 일이나 하는 거야.”

순간, 머리칼을 뜯겼을 때에도 구겨지지 않던 주형의 미간에 살짝 주름이 잡혔다.

“공부 안 하니까 남자가 이런 데나 와서 맞이지, 정신병자한테 얻어맞기나 하고 치매 할머니한테 머리나 뜯기고 그러는 거야. 아까 봤지? 의사 선생님은 저기 아저씨한테 묶겠다고 혼쭐을 내는데 간호사는 아무 말도 못하고 맞기만 하는 거. 그러니까 우리 아들은 공부 열심히 해서 의사 선생님이 되어야 해, 알았지?”

속닥인다고 했지만 주변 사람들에게 다 들릴 만한 목소리였다. 곁에 있던 할머니의 보호자가 민망한 얼굴로 고개를 돌렸다. 괜찮다는 듯 주형은 옅게 미소를 지은 채 병상에서 돌아섰다.

하루 이틀 일도 아닌데 그래도 이렇게 하루에 많은 일이 동시다발적으로 일어나는 날에는 과부하에 걸린다. 오후에 콜록거리며 기침을 하며 들어왔던 환자는 갑자기 열이 40도까지 치솟으면서 호흡곤란이 왔다. 알고 봤더니 폐부종.

항히스테민제를 맞고 알레르기가 조금 가라앉자 다시 발광하며 멱살잡이를 시작하는 정신질환의 남자, 아파, 아파, 아파 하면서 어리광을 부리기 시작하는 치매의 할머니. 쯧쯧쯧 연신 혀를 차는 초등학생의 보호자는 그 지옥에 더해진 사은품 같았다.

"선생님, 응급실입니다. 잠시……."

폐부종 환자의 호흡이 다시 심상치 않다.

〈아, 뭐야?〉

전공의의 목소리가 잔뜩 잠겨 있다. 쪽잠이라도 들었던 모양. 일곱 시에 일을 시작해 오후 네 시가 넘은 시각까지 퇴근하지 못하고 있는 주형 역시 지쳐 있기는 매한가지이다. 하지만 주형은 목소리를 높이지 않으려 애썼다.

"응급실 김원호 환자, 내려와 보셔야……."

〈너 누구야?〉

"응급실 임주형 간호삽니다."

〈너 일 년 차지? 환자 상태 조금 나빠졌다고 무조건 콜부터 해제끼지 말란 말이야.〉

이 년 차라고 대꾸하고 싶은 것도 삼키고, 사이사이에 섞여드는 욕설은 귓등으로 걸러 들었다. 주형은 천천히 호흡을 내쉬었다.

"체온도 다시 상승 중입니다. 내려와 보셔야……."

〈XX!〉

그리고 뚝 하고 끊어지는 전화. 천천히 전화를 내려놓은 주형은 눈을 한 번 꾸욱 감았다가 떴다.

"선생님……."

돌아서자 치매 할머니의 손을 붙잡은 보호자가 보였다.

"치료 잘 받고 가요."

찌든 표정을 금방 거두어들이고 환자를 향해 미소 지었다. 얼굴 근육이 제멋대로 움직이는 것 같지만, 그래도 꽤 웃음다운 웃음을 만들어낸 모양이다, 보호자도 마주 웃어주는 것을 보니.

"이거 저 주시는 거예요?"

치매 할머니가 손을 내밀어 주형의 주머니 속에 뭔가를 밀어 넣는다. 열어보니 할머니가 오물거리고 있던 레몬사탕 몇 개. 손을 휘휘 저으며 사라지는 할머니 환자의 모습을 바라보던 주형이 주머니 속 사탕 하나를 까서 입에 밀어 넣었다. 까슬하게 혀끝에 닿는 사탕은 아이러니하게도 상큼하기만 했다.

세 시인 퇴근 시간을 두 시간이나 넘기고서야 일이 끝났다. 멍하게 간호사실에 앉아 있는데 손 하나 까딱할 힘도 남아 있지 않았다.

"XX!"

"공부 안 하면 저런 형처럼 된다."

의사의 욕설, 아들을 향한 보호자의 목소리가 가까이에서 다시 들리는 것 같았다. 한숨을 쉬며 유니폼을 벗는데 뒤늦게 배가 고파 왔다. 새벽에 아침을 먹고 나온 후로 초콜릿 몇 조각을 먹은 게 전부였다. 휴대전화로 은란의 시간표를 확인했다. 여섯 시에 수업이

끝난다. 조금 기다렸다 저녁을 같이 먹을까. 까칠한 얼굴을 쓸어내
리며 손끝으로 메시지를 찍었다.

＊

"손."
"왜?"
수업을 마치고는 통통거리며 나타난 은란의 손에 사탕을 쥐어주
었다. 레몬맛 사탕.
"웬 거야?"
"선물 받았어."
"환자한테 받았구나?"
은란은 건네받자마자 하나를 까서 입에 밀어 넣었다.
"응."
고개를 끄덕거리며 천천히 걷기 시작하는데 곁에서 오도독, 오
도독, 하는 소리가 들려왔다.
"강은란 진짜 성질 급해."
"뭐가."
"천천히 녹여서 음미하는 맛이 있어야지."
"하나 더 있잖아."
그러면서 손을 내밀어 하나 남은 사탕을 보인다. 피식 웃으며 다
시 천천히 학교 밖으로 향하는데 문득 은란의 걸음이 멈추었다.
"주형아."
대답할 기운도 없다. 왜 그러냐는 듯 몸을 돌려세우는데, 갑자기

은란의 팔이 쑥 뻗어 나오더니 목덜미를 감싸 쥔다. 어어 하는 사이에 몸이 기울고, 또 어어 하고 기우뚱거리는 사이에 은란의 입술이 주형의 입술 위에 살포시 내려앉았다. 열릴 듯 말 듯 틈을 보인 입술 사이에서는 달콤새콤한 레몬맛이 흘러 넘어왔다.

"뭐…… 야."

학교 안에서 겁도 없이. 당황해 주변을 둘러보는데 다행히 보는 눈은 없었다.

"좋아."

사람을 놀라게 해놓고서는 만족한 얼굴이다.

"좋아? 뭐가?"

"임주형의 영혼이 돌아왔어."

넋을 놓고 있긴 했지만 영혼이 돌아왔다니. 그 의기양양한 표정을 보고 있자니 우습기도 하고, 귀엽기도 하고, 또 뭔가 진 것 같은 기분이 든다. 주위를 휙 둘러본 주형은 이번에는 제가 먼저 은란의 입술을 덮쳤다. 짧고 진한 입맞춤. 그리고는 입술에 묻어온 레몬즙을 혀끝으로 훔쳤다.

"사탕 하나 더 먹을 거야?"

볼을 붉힌 채 서 있는 은란의 손을 잡아 쥐자, 정말 영혼이 돌아온 것 같다. 어깨를 짓누르던 피곤이 느리게 걷히는 것이 느껴졌다.

"모카?"

"아, 응."

학교 밖을 빠져나와 도착한 단골 커피집. 말하지도 않았는데 어떻게 알고. 천천히 저녁을 먹고, 커피를 사러 왔는데 은란이 자연스럽게 모카커피를 주문했다.

"달콤한 게 필요한 날인 것 같아서."

"아아."

올려다보며 볼을 토닥토닥 하는 은란의 손이 자신을 어린애처럼 다루고 있다는 걸 아는데 그게 싫지 않다. 지금은 정말 자신이 황구랑 다를 게 없는 것 같다고 생각하며 주형이 속으로 픽 웃었다.

"좀 걷자."

은란이 앞장섰다. 천천히 캠퍼스를 가로질러 학교 밖으로 빠져나간 두 사람은 캠퍼스 한쪽을 감싸고 있는 높지 않은 산으로 향했다.

"여기 알아?"

"아니."

병원과는 완전히 반대편에 있는 곳이다. 한 번도 온 적이 없었다. 공원으로 조성되어 있는지, 산책로에는 밤에 산책을 나온 사람들을 위해 군데군데 조명이 밝혀져 있었다.

"입학하고 얼마 안 됐을 때, 공부 때문에 스트레스받으면 가끔 왔었어. 한동안 안 왔었는데 덕분에 다시 오네."

나무를 박아 넣어 걷기 편하게 만든 흙길을 조금만 걸어 올라가자, 금세 잘 가꾸어진 산책로가 나타났다. 그리고 한참이나 느릿느릿 손을 맞잡고 걸으며 시답잖은 이야기들을 나누던 두 사람의 눈에 잘 지어진 정자가 들어왔다.

"좀 앉을래?"

"응."

"아, 시원하다."

해가 지자 선선한 바람이 불기 시작했다. 두 사람은 정자에 나란히 걸터앉아 바람을 맞으며 땀을 식혔다. 그러다 머리카락 사이에 바람이 스치고 지나가자 환자에게 쥐어 뜯겼던 두피가 욱신거렸다. 저도 모르게 손바닥으로 머리를 문지르는데, 은란의 시선이 주형의 손으로 향했다.

"머리 아파?"

"조금."

그 머리가…… 조금 다르긴 하지만. 주형이 고개를 끄덕였다.

"누워봐."

"응?"

은란이 무릎을 톡톡 두드렸다. 어디? 거기에? 망설이는 기색에 은란이 재촉했다.

"얼른."

에라, 모르겠다. 주형이 한숨을 쉬며 은란의 무릎에 머리를 얹고는 정자에 길게 몸을 뉘었다. 눈을 감자 은란의 손이 이마에 천천히 내려앉고는 다독이듯 이마를 부드럽게 쓸었다. 그 다정한 손에 주형은 저도 모르게 긴 한숨을 내쉬었다. 오후 내내 꽉 막힌 듯 짓눌려 있던 가슴이 천천히 가라앉는 것 같았다.

"주형아, 병원에서 무슨 일 있었어?"

"응."

목소리가 잠겨 나왔다. 한참 지나 은란의 입이 열렸다.

"이상한 환자 왔었구나?"

눈을 뜨자 입가에 살짝 미소를 머금은 얼굴이 보였다. 팔을 뻗어 목을 끌어당겼다. 은란의 눈이 사르르 감겼다. 가까이 다가온 입술에 길게 입을 맞추고 풀어주자 은란이 배시시 웃었다. 그리고 다시 물었다.

"누가 때렸어? 욕했어?"

맞기도 하고, 뜯기기도 하고, 욕도 먹었지. 대답 대신 주형이 다시 길게 한숨을 내쉬었다.

"재수해서 의대 갈 걸 그랬나?"

주형의 중얼거림에 이마를 덮고 있던 은란의 손이 멈추었다.

"누가 무시했어? 간호사라고?"

답하지 않자 은란의 목소리가 커졌다.

"그런 거지? 누구야, 그런 얼빠진 사람이?"

흥분한 은란의 목소리에 머리가 흔들흔들했다. 무릎을 베고 누운 채 올려다보고 있으니 씩씩거리고 있는 얼굴이 우스꽝스럽기 짝이 없었다. 갑자기 웃음이 터졌다. 그 웃음에 은란이 뾰로통한 얼굴로 주형의 양 볼을 꾹 눌러 얼굴을 일그러뜨렸다.

"아파, 아파."

펭귄같이 짓눌린 입술로 주형이 눈을 찡그리자 손을 풀어준 은란이 투덜거렸다.

"웃긴 왜 웃어, 난 열받는데."

"공부 안 하면 나같이 된다고, 공부 열심히 해서 의사 되래."

"누가?"

"야구하다 팔 부러져서 온 초딩 엄마가."

"그래서 뭐랬어?"

"내가 뭐라고 하겠어?"

"아, 쏘아붙여 줄 만한 말이 있었으면 좋았을 텐데."

아깝다는 듯 입술을 잘근잘근 씹는 은란의 모습에 주형이 다시
웃었다. 그리고는 은란의 무릎에서 몸을 일으켜 다시 곁에 앉았다.

"화내지 마. 강은란이 대신 화내줘서 다 풀렸어."

"진짜?"

"진짜."

"내가 대신 화내면 네 화가 풀리는 거야?"

"응."

"그럼 욕 좀 배워야겠다."

이건 또 무슨 생뚱맞은 소리람. 웃으며 얼굴을 바라보자 은란이
입을 삐죽이며 말했다.

"환자들한테 욕 못하잖아. 욕 좀 배워서 내가 찰지게 대신 욕해
줄게."

귀엽긴. 목을 와락 끌어안았다가 풀어준 주형은 장난스럽게 어
깨를 은란의 머리 아래로 디밀었다.

"나 좀 안아봐."

"내가? 덩치는 나보다 갑절은 크면서!"

"빨리."

웃으며 재촉하자 은란이 팔을 커다랗게 벌려 주형의 목덜미를
감았다. 스르르 힘주어 꼬옥 끌어안은 그의 새까만 정수리를 턱 아
래에 두고, 은란이 조용히 물었다.

"진짜 풀렸어?"

"응."

"그런 말 마음에 담아놓지 마."

"응."

“화병 나면 약도 없대.”

아아, 넌 의사가 아니라서 모를지도 모르겠지만. 속살거림에 또 웃음이 터져 가슴이 들썩거린다.

“강은란.”

“응?”

“강은란은…… 자꾸 나를 나약하게 만들어.”

무너지지 않을 탑처럼, 쓰러지지 않을 벽처럼, 뚫어지지 않을 갑옷처럼 든든한 사람이 되어주고 싶은데 자꾸 숨기고 싶은 모습만 보인다. 은란의 손은 자신의 손의 절반만 한데, 그 손이 끌어안고 있는 자신의 등은 은란의 등보다 갑절은 큰데, 자신의 등을 감싸고 있는 그 작은 손이, 작은 팔이 위로가 된다. 이상한 일이다.

“괜찮아.”

괜찮다는 은란의 목소리가 달콤하게 귓가에 닿았다. 주형은 천천히 눈을 감았다. 선선해진 바람이 목덜미를 스치고 지나갔다.

“난 상관없어.”

제 13 장

상상할 수 있는 풍경

"하품하다가 혼났어."

주형은 크게 하품을 하며 눈가를 비볐다. 가을의 초입에 접어든 주말. 그리고 은란과 늦게까지 통화를 하는 바람에 다섯 시간을 채 자지 못하고 출근한 길. 졸음 때문에 점심도 평소의 반밖에 먹지 않았다. 다시 긴 하품을 했다.

〈내려갈까?〉

"지금 어딘데?"

열두 시간 전에는 통화를 했고, 스무 시간 전에는 얼굴을 봤는데 가까이에 있다는 그 말이 또 이토록 반갑다. 기쁨을 숨기지 못한 채 주형이 환하게 웃었다.

〈의도.〉

은란의 대답은 짧고도 경쾌했다.

"삼 분 안에 올 거지?"

오래지 않아 종종걸음과 함께 은란이 도착했다. 주형과 마찬가지로 얼마 눈 붙이지 못하고 학교로 왔던지 눈가에 졸음이 대롱대롱 매달려 있었다.

"나도 졸렸어. 커피 한 잔 사갈래."

"뭐 마실 거야?"

"아메리카노."

"샷 하나 추가해야겠어. 정신없이 졸았다니까."

이래 가지고서야 공부하러 온 보람이 없다면서 은란이 지갑을 꺼내는 찰나, 두 사람의 등 뒤에서 앙칼진 목소리가 들려왔다.

"그 여자예요?"

주형이 먼저 목소리에 반응했다.

"잠시만."

"임 선생님, 그 여자냐구요."

주형을 바라보는 양미의 얼굴이 흥분으로 발그레했다. 퇴원 후 두 번째 외래. 응급실에 가봤더니 주형이 없었다. 그래도 운 좋게 근무 중이라고 했다. 제발 어디 있는지 알려달라고 묻자 수선생이 건성으로 '커피 사러 갔겠지' 했다. 마침 근무 시간이라니 이건 운 명이라며 종종걸음을 쳐서 도착했는데……. 임 선생님이 누군가와 같이 서 있었다. 그리고 그 사람을 보며 눈웃음치며 웃는다. 단 한 번도 본 적 없는 얼굴이었다. 그 모습을 보는 양미의 눈에서 불꽃이 튀었다.

"별로잖아요!"

별로? 은란이 커다랗게 눈을 떴다. 아직 젖살이 채 가시지도 않은 새하얀 볼, 동그란 눈. 은란은 그 눈이 공격적으로 자신을 바라보고 있는 이 상황이 이해되지 않아 눈을 깜박거렸다.

"왜 대답을 안 해요? 맞아? 저 여자야?"

"최양미 씨."

주형이 양미의 팔을 낚아챘다. 바싹 다가선 주형의 눈빛이 사납게 변한 것을 눈치챈 양미가 입을 딱 다물었다.

"그만해요."

"말도 안 돼. 나는 싫다고 해놓고선 왜 저런 사람이랑……."

끝내 참지 못하고 삐죽거리는 말을 들은 주형이 양미의 팔을 잡아끌었다.

"진짜 사귀는 거예요? 진짜?"

양미의 앙칼진 목소리가 카페 안을 덮었다. 주형이 잡고 있던 양미의 팔을 떨치듯 내려놓고는 이번에는 여전히 영문 모를 얼굴을 하고 있는 은란의 손을 낚아챘다. 몇 걸음인가 휘청거리며 끌려간 은란은 부지불식중에 그의 품에 안겨 섰다. 그 모습을 보는 양미의 두 볼이 파르르 떨렸다. 그리고 등 뒤에 선 주형의 팔이 스윽 은란의 허리를 감쌌다.

"최양미 씨, 내 여자친구예요."

주형의 퇴근 후 다시 만난 두 사람은 책을 챙겨서는 캠퍼스 언덕길을 천천히 걸어 내려갔다. 가을의 초입이라지만 여전히 오후 볕이 쨍쨍 내리쬐는 날이었다. 숨을 할딱거리던 은란은 중얼거리듯 입을 열었다.

"어려 보이던데."

“누가?”

“아까 그…….”

“아아…… 스무 살이라던가?”

은란은 주형의 차가운 태도에 입술을 삐죽이며, 건드리면 울어 버릴 것 같던 양미의 표정을 떠올렸다. 왠지 안쓰러웠다. 무척이나 좋아했던 모양이던데. 주형은 한없이 다정하다가도 가끔은 놀라우리만큼 단호하다. 은란은 그런 그의 모습이 좋으면서도 가끔은 그 단호함이 자신에게 돌아오는 날도 있지 않을까 하는 생각이 들었다. 그렇게 생각하면 왠지 마음이 아팠다.

“살살 이야기하지.”

“그건 희망고문이잖아.”

희망고문! 주형의 또박또박한 발음에 은란이 얄밉다는 얼굴로 슬쩍 눈을 흘겼다. 여름에 은란이 그 말을 했을 때에는 호쾌하게 그러라고 하더니 꽤 섭섭했던 모양이었다.

“그런데 생각해 보니…… 무척 영광입니다.”

“뭐가?”

자신을 향해 꾸벅 고개까지 숙이는 은란의 과장된 몸짓에 주형이 의아하단 표정을 지었다.

“귀여운 스무 살짜리가 저렇게 저돌적으로 대시해 왔는데도 내가 더 좋았어?”

왠지 우쭐한 기분을 숨길 수가 없다. 햇복숭아같이 솜털이 보송보송한 귀여운 아이를 내버려 두고, 나이트 크림과 아이패치와 피부과를 고민하는 서른 살을 택하다니. 은란의 말에 주형이 피식 웃었다.

"내가 이야기했잖아, 삼십대의 매력이라는 게 있다고."

"나도 지금의 내가 좋지만…… 그래도 되돌릴 수 없는 것에 대한 아쉬움도 있거든."

풋풋함은 완전히 사라지고, 시간이 주는 노련함과 담담함이 점점 모습을 드러내는 서른. 그리고 소녀와 여자 사이에 있던 스물. 다시 돌아갈 수 없는 그때의 자신에 대한 애틋함은 어쩔 수 없었다.

"내 스무 살을 지금의 너에게 보여줄 수 있다면 좋을 텐데."

그때 나는 지금보다 치기 어리고 미숙했지만 더 열렬했고, 그래서 더 빨리 망설이지 않고 너를 사랑하게 되었을 텐데.

"그때의 강은란이 궁금하긴 하지만, 난 지금 만나서 다행인 것 같아."

"왜? 아까 그 아이, 양미라고 했나? 양미는 풋풋한 처음을 보여줄 텐데 난…… 아니잖아."

"내가 스무 살의 강은란을 만났다면 누나의 마지막이 될 수는 없었겠지."

마지막.

고개를 돌려 바라본 주형의 입꼬리에는 담담한 미소가 걸려 있었다. 어떻게 저런 말을 저런 얼굴로 할 수 있는 거지? 진 것 같다. 그런데 그렇게 져버린 기분이 싫지 않았다. 은란은 간질거리며 올라오는 웃음을 감추지 못한 채 주형의 손을 꼬옥 잡아 쥐었다.

✳

"금요일 세 시에 전시회 오픈인데, 너 그날 근무가 어떻게 되
나?"

벌컥, 예고 없이 문을 열고 들어온 형에 놀라 주형이 볼에서 휴
대전화를 떼어냈다.

"잠시만, 나중에 전화할게."

전화를 끊는 주형을 보며 건형이 씨익 웃었다.

"자식, 여자친구랑 통화했구나?"

"노크 좀 해."

"야동 보는 열여덟도 아니고, 노크는 무슨. 그래서 시간 돼, 안
돼?"

"돼."

나이트이니까 상관없겠네. 근무표를 확인한 주형이 고개를 끄덕
거렸다.

"꽃 괜찮은 걸로 사 가, 어머니 기절하시게 큰 걸로."

건형이 익살맞은 얼굴로 말하고 사라졌다. 피식 웃은 주형이 다
시 전화를 걸었다.

〈형이야?〉

"응."

〈무슨 일 있어?〉

"다음 주 금요일에 어머니 전시회 시작하거든."

〈아, 도예?〉

"응."

〈개인전?〉

"아니, 단체전. 열 명이 같이하셔."

〈가봐야겠네?〉

"응."

〈나도 갈까?〉

은란이 조심스레 물었다.

"괜찮아. 어차피 수업 있잖아."

〈아, 그러네.〉

"게다가 어머니 계시면 불편할 거고."

〈음…….〉

차마 부정할 수는 없었던지 은란에게서는 대답이 없었다.

"9월엔 이제 주말 오프가…… 없네. 10월 근무표 나오면 어머니 안 계실 때 같이 가자."

〈어디서 하는 거라고?〉

"인사동."

〈공지 : 민사변호사실무 휴강, 이재민 교수님 부친상.〉

열람실에서 예습을 하고 있는데 액정이 반짝거렸다. 갑작스러운 휴강. 어차피 휴강이라고 해서 휴가라도 얻은 양 놀 수 있는 것은 아니다. 하지만 메시지를 확인한 은란의 머릿속에 문득 떠오른 것이 있었다.

"전시회 오픈엔 잘 다녀왔어?"

"응."

"형이 사라고 했다던, 기절하시게 큰 꽃다발은?"

"내가 사간 게 작가들이 받은 것 중에 제일 컸던 것 같은데?"
"어머니 반응은?"
"쓸데없는 짓 했다고 시원하게 등 한 대 맞았지 뭐. 아, 진짜 형이 시키는 대로 했는데."

투덜거리면서도 즐거워하던 주형. 인사동이라고 했지? 한번 가볼까. 하지만 주형의 어머니 성함도 모르고, 전시명도 모르고, 전시 장소도 모른다. 고민하던 은란은 휴대전화를 집어 들고 지금 인사동에서 열리고 있는 도예 단체전을 검색하기 시작했다.

잠시 후 인사동 사거리 한 갤러리 앞. 은란은 살짝 긴장한 얼굴로 포스터를 살폈다. 일일이 전시회들을 뒤져 찾아낸 곳. 금요일부터 시작한 곳은 이곳이 유일하니 제대로 찾은 듯했다. 이미 와버린 것, 물러서는 것도 우습다. 가방을 고쳐 멘 은란이 유리문을 천천히 밀고 갤러리 안으로 들어섰다.

널찍한 갤러리 안에는 각색의 자기들이 모양 좋게 자리 잡고 있었다. 도예라고는 국사책에 나오는 청자, 백자 정도밖에 모르는 은란으로선 청자나 백자는 물론이거니와 붉은 자줏빛의 진사자기, 무광의 흑자 같은 다채로운 자기들이 무척이나 신선하게 느껴졌다.

한참이나 감탄하며 자기들을 하나씩 넘겨가던 은란은 고운 결을 가진 달항아리 앞에서 걸음을 멈추었다. 둥그스름 풍성한 허리선, 새초롬하게 모인 굽. 어떤 유약을 썼는지, 문외한인 은란조차 궁금하게 만드는 나무 빛깔의 항아리에 은란은 시선을 빼앗겼다. 그 고운 결과 나무 빛은 달항아리를 만든 작가만의 특색인 듯, 곁에 놓인 작은 사발도 같은 결에 같은 색을 내고 있었다.

도자기가 이런 빛깔도 내는구나. 흙에 나무 냄새가 덧대어져 있네. 코끝을 대면 그윽한 나무 냄새가 날 것 같아 저도 모르게 몸을 살짝 숙이는데 등 뒤에서 누군가의 목소리가 들려왔다.

"마음에 들어요?"

고개를 돌리자 아담하고 동글동글한 오십대 여자가 은란을 바라보며 생긋 웃고 있었다. 목에 매고 있는 머플러의 문양이 독특했다. 무척 멋스럽구나, 무심결에 감탄하고 있는데 다시 은란에게 질문했다.

"오래 멈추어 서 있길래요. 마음에 들어요?"

"색이 독특해서요."

"호호, 그래요?"

이 작품의 작가로구나. 직감한 은란이 힐끗 고개를 돌려 작품명과 작가 이름을 확인했다. 이성희.

"이성희…… 작가님이세요?"

"어머, 아가씨, 눈치가 빠르시다. 맞아요, 그기 내 작품이에요."

입을 가리며 호호호 웃은 이성희 작가는 은란의 곁에 서서 손가락으로 자신의 작품 무리를 가리켰다.

"요거, 요거, 요거. 그리고 저기에 있는 것까지. 다섯 개가 내 작품이에요."

그리고 이 작가는 묻지도 않았는데 은란을 붙잡고 작품 설명을 하기 시작했다.

"이건 달항아리. 달항아리는 알죠?"

"네."

"그리고 이건 같은 달항아리인데 투각기법으로 만든 거."

"네."

손으로 입을 가리고 나직하게 호호호 하고 웃는 이 작가의 웃음은 왠지 경쾌한 구석이 있었다. 은란은 저도 모르게 그 웃음을 따라 했다.

"색깔이 예쁘다고 했죠?"

"네, 독특해요. 나무 빛깔 같고."

"나도 이 색이 마음에 드는데, 다시 만들 방법이 없네요."

고개까지 흔들며 아쉬워하는 이 작가의 모습에 은란이 궁금한 표정을 지었다.

"전날 남편이랑 말다툼을 했거든요. 유약을 만들다 교반을 한참 하는데 남편이 갑자기 들어오더니 '망해봐라' 하면서 제멋대로 막 집어넣은 거예요. 망했구나 싶어서 버릴까 하다가, 자기를 버리나 유약을 버리나 그게 그거다 싶어서 발라봤는데 저런 색깔이 나오지 뭐예요?"

생각할수록 재미있다는 듯 손뼉을 치는 모습이 전형적인 귀여운 오십대 아주머니였다. 그 모습이 왠지 귀여워 은란이 참지 못하고 소리 내어 웃자 다시 새초롬한 얼굴로 이 작가가 자신의 작품을 가리켰다.

"근데 우리 남편은 몰라요. 내가 말 안 했거든. 이 작품이 내가 몇 날 밤새워서 만든 유약에서 나온 줄 알고 있어요."

왠지 귀여운 부부다.

부부싸움을 하고는 아내를 훼방 놓는 남편이나, 남편이 망쳐 놓은 유약으로 작품을 완성하고는 시침을 뚝 떼고 있는 아내라니. 은

란은 엄마뻘 정도 되어 보이는 이 작가의 모습을 보며 빙긋 웃었
다. 그때 유리문이 열리는 소리가 들려왔다. 새로운 관람객인가 싶
어 두 사람이 고개를 돌렸다.

"어머, 우리 작은아들이 왔네. 오늘 내가 있을 거라고 했더니 온
모양이에요."

작은아들? 은란의 시선이 들어온 남자와 이 작가의 얼굴을 번갈
아 옮겨갔다.

아, 말도 안 돼.

은란과 똑같은 생각을 하는 사람이 또 있는 모양이다. 이 작가를
향해 다가오던 남자가 멈추어 섰다.

"강은란…… 여기서 뭐 해?"

"여보, 준비 다 됐으면 나오지. 갤러리 앞에 차 오래 못 세워두
는데."

아, 안 돼. 난 아직 마음의 준비가 안 됐다고. 뒤이어 들어온 커
다란 체구의 중년 남자를 보는 순간 은란의 심장이 다시 한 번 널
을 뛰었다.

어떻게 하지…….

은란이 복잡한 얼굴로 멋들어진 필체로 쓰여진 한옥집 현판을
올려다보았다. '여자친구예요' 하는 주형의 목소리에 허리를 숙여
인사를 했던 것 같고, 그사이에 '예약 변경할게요, 네 명으로 바꾸
어주세요' 하는 이 작가의 목소리가 귓등을 스치고 지나가는 것 같
았는데 어느새 한정식집 앞.

큰일 났다. 아니, 이게 뭐가 큰일이라고. 괜찮아, 괜찮아. 그래도

긴장된 마음을 숨길 수가 없었다. 은란은 저도 모르게 몇 번이나 혀끝으로 입술을 축였다.

"먼저 들어가세요. 조금만 있다가 들어갈게요."

부모님을 먼저 한정식집으로 들여보낸 주형이 은란의 팔을 살짝 잡았다.

"괜찮겠어?"

그의 이마에 살짝 주름이 잡혀 있었다. 왜?

아, 나랑 똑같이 긴장하고 있구나.

본인의 부모님과 함께하는 식사인데도 자신보다 더 긴장하고 있는 그의 모습을 보자, 이 상황이 당혹스러운 것은 자신만이 아니구나 싶었다.

생각해 보면 모두에게 갑작스러운 일이었다. 주형의 부모님도, 주형도, 자신도 다 바짝 긴장하고 있을 것이다. 그렇게 생각하자 이 상황이 마치 드라마의 한 장면처럼 느껴졌다.

"걱정하지 마."

긴장이 풀린 은란이 배시시 웃었다. 언젠가 한 번은 일어날 일이라고 생각했다. 만나고 있는 상대의 부모님을 만나는 일. 이처럼 전혀 예상치 못한 순간일 거라고는 예상치 못했지만. 그 상대가 주형이라면 그리고 주형의 부모님이라면 괜찮았다.

"진짜 괜찮겠어?"

저녁을 같이 먹자는 부모님의 제안을 제 선에서 잘라내지 못한 것이 못내 미안한 듯, 주형이 걱정스러운 얼굴로 다시 물었다. 은란이 안심하라는 듯 그의 손을 살짝 잡았다.

"임주형, 나 부모님께 소개하기 부끄러운 여자친구야?"

"대답할 가치가 없는 질문인 거 알지?"

주형이 투덜거리듯 대꾸했다.

"그럼 밥 맛있게 먹자."

대화는 자연스럽게 이번 전시와 작품에서부터 시작되었다. 주로 이 작가 쪽이 대화를 풀어놓았고, 간간이 주형의 아버지인 임 교장이 거들었다. 그리고 이 작가는 은란과의 대화가 썩 즐거운 듯 보였다.

"평소에 도예에 관심이 있었어요?"

"관심이라고 하기엔 부족합니다. 예쁜 그릇을 보면 즐거워하는 정도예요."

금세 들통 날 거짓말은 할 필요가 없었다. 은란은 솔직하게 대답했다.

"배워볼 생각도 있어요?"

"손재주가 없어서 만드는 건 자신이 없지만……."

손재주라는 단어를 들은 주형의 입꼬리에 비죽이 물리는 웃음이 보인다. 얄밉게시리. 은란은 그 웃음을 모른 척하고 말을 이었다.

"유약에 대해서는 조금 궁금해요. 오늘 전시를 보면서도 나중에 결혼……."

헉, 이 자리에서 금기의 단어라니. 튀어나와 버린 단어를 눙치려는 듯 은란이 잽싸게 뒷말을 이었다.

"……할 때, 제 취향으로 유약을 발라서 접시세트를 만들고 싶다는 생각을 했어요."

"어머, 그래요? 어떤 색이 좋은데?"

“흑자에 바닥은 심해의 짙은 파랑 같은 것도 좋고, 밝은 회갈빛도 좋습니다. 사실 아까도 어머니⋯⋯.”

아아, 어머니라니. 제 입에서 튀어나온 말인데도 낯설고 간지럽기 그지없었다. 이번에는 은란의 얼굴이 제대로 붉게 물들었다.

“⋯⋯어머니 작품을 보면서, 색이 무척이나 마음에 들어서 그런 그릇을 써보고 싶다는 생각을 했어요.”

그사이 섭산적 접시가 스윽 은란의 앞으로 다가왔다. 멀리 있어서 차마 테이블을 가로질러 집으러 가지 못했던 섭산적. 몇 번 눈길을 주었는데 어떻게 눈치채셨는지 모를 일이다. 깜짝 놀라 고개를 들자 은란의 앞으로 접시를 놓아준 임 교장이 별일이 있었느냐는 얼굴로 손을 거두어갔다. 무덤덤한 얼굴의 임 교장과 유약을 훼방 놓고 간 이 작가의 남편이 동일인물이라는 것이 도저히 매치가 되지 않아 왠지 웃음이 났다.

“근데, 이런 이야기하면 부담되려나?”

식사가 마무리될 즈음, 이 작가가 살포시 웃으며 운을 떼었다.

“부담될 거 아시면서도 하실 거잖아요.”

이제는 주형의 얼굴에도 긴장이 풀려 있었다. 그 말에 동조해 은란이 웃으며 바라보자 호호호 웃으며 이 작가의 입이 열렸다.

“형제가 몇이에요?”

어머니의 질문에 주형이 당황해 은란의 표정을 살폈다. 시작됐구나. 은란은 자세를 바로잡았다. 전시장에서 주형의 얼굴을 맞닥뜨린 순간부터 마음의 준비를 했던 질문이었다.

“두 살 터울의 남동생이 있습니다.”

“주형이랑 동갑이네. 그럼 부모님은 뭐 하시고?”

"여보."

"알았어요, 알았어."

남편의 점잖은 달램에 그만하려나 했던 주형의 어머니는 수저를 내려놓고 다시 입을 열었다.

"그래요, 일방적으로 묻는 건 좀 아닌 것 같네. 내 쪽에서 먼저 소개할게요. 난 이성희, 쉰일곱이고……."

"어머니."

이번에는 주형이 이 작가를 막아 세웠다. 그리고 은란이 그런 그의 손을 살짝 잡았다.

"괜찮아."

말씀하시라는 듯 웃으며 이 작가를 바라보자, 동그란 얼굴로 생글생글 웃으며 말을 이어갔다.

"난 고등학교에서 미술 선생을 하다가 십 년 전에 퇴직하고 이천에서 공방을 열어서 사람들도 가르치고 작품 활동도 하고 그래요. 이쪽은 우리 남편, 임재완 씨. 예순셋이고 초등학교에서 선생님 하다가 퇴직해서 백수가 되셨지. 주형이 위에 형이 있는데, 수원지검에서 검사 생활하고 있어요."

너무 간단한 소개인가? 하고 고개를 살짝 갸우뚱하던 이 작가가 다시 미소 띤 얼굴로 은란을 향해 물었다.

"뭐 궁금한 거 없어요?"

연인의 부모님과의 만남은 일방적으로 평가받는 자리가 아니라, 결국에는 쌍방면접인 모양이다. 이 질문조차 면접장에서 받을 법한 질문이었다. 은란이 웃으며 대답했다.

"나중에 궁금한 거 생기면 여쭤볼게요."

"그래요. 그러면 이번엔 은란 씨 차례."

반짝거리는 눈으로 자신과 가족에 대해 궁금해하는 이 작가의 앞에서, 은란은 살짝 입술을 축이며 천천히 가족 한 사람, 한 사람을 소개하기 시작했다. 차근차근 설명하고 났더니 목이 바싹 말랐다. 손을 뻗어 컵을 쥐는데 비어 있다. 눈치챈 주형이 가까이에 있던 물병을 집어 들고는 은란의 컵에 물을 채워주었다. 이 자리에서의 질문은 호구조사 정도에서 끝나려나? 살짝 긴장을 풀려고 할 때 다시 생긋 웃으며 이 작가가 손을 번쩍 들었다.

"추가 질문 찬스, 있어요?"

"꽝, 다음 기회에!"

은란이 무어라 답하기도 전에 막아 세우는 주형. 그런 아들을 얄밉게 흘겨보는 이 작가, 그만 됐다는 듯 계산서를 집어 드는 임 교장까지.

식당의 작은 방에 색깔 다른 웃음이 가득 차는 순간, 왠지 은란은 주형의 가족 사이에 앉아 있는 지금 이 풍경이 눈앞에 그려지는 것 같았다. 위화감 없이 자연스럽게 섞여든 이 자리가 낯설지 않다. 주형의 눈에 담긴 자신의 얼굴도 무척이나 즐거워 보였다. 자신의 눈에 담긴 그 역시 그렇겠지. 은란의 얼굴이 행복한 웃음으로 채워졌다.

✳

열한 시 사십 분.

욕실에서 머리를 털고 나온 주형이 휴대전화를 집어 들었다. 도착해 있는 메시지는 없었다. 은란은 중간고사가 끝난 기념으로 몇몇 사람들과 맥주를 마시러 간다고 했었다.

전화를 할까. 하지만 방해하고 싶지는 않았다. 집에 들어가면서 전화한다고 했으니까 조금 더 기다려 볼까……. 고민하던 주형은 안달복달하는 제 모습이 우스워 휴대전화를 내려놓고는 침대에 털썩 기대 누웠다.

부모님과 저녁 식사를 하고 난 후부터 무언가가 달라진 것 같았다. 표현하기 쑥스럽지만 왠지 진짜 내 사람이 된 것 같은 기분. 가족에게 소개한 후에 느끼는 책임감 때문일까.

불편한 저녁이 될지도 모른다는 염려를 단번에 날려 버린 은란의 생글생글한 미소. 되새김질하는 주형은 새어 나오는 웃음을 감추지 못하고 비죽이 웃었다. 집에 돌아오자마자 '네 형부터 보내야 하는데 어쩌니' 하던 어머니의 걱정 어린 목소리에 '순서가 그렇게 중요한가요' 라고 대꾸한 것을 알면 은란은 뭐라고 할까. 주형이 또 새어 나오는 웃음을 숨기지 못하고 빙긋 웃었다. 그때 휴대전화 벨소리가 울렸다.

"어디쯤이야?"

〈들어가는 중.〉

"택시 타고 들어가. 아니면 내가 갈까?"

〈응. 데리러 와.〉

침대에 느긋하게 누워 있던 주형은 은란의 말이 끝나기가 무섭게 벌떡 일어났다. 형의 차부터 빌리자. 전화를 끊고는 던져 두었던 후드 점퍼를 걸치는데 밖에서 황구가 짖는 소리가 들려왔다. 늦은 시각이라 짖으면 주변에서 싫어하는데……. 나가면서 황구도 좀 달래야겠네.

"형, 차 좀."

거실에서 채널을 돌리며 하품을 하고 있던 건형이 이마를 찌푸렸다.

"이 시각에 어딜?"

"금방 올게."

"비 올 것 같더라. 빨리 들어와."

비? 은란에게 우산이 있으려나. 현관 앞에 세워진 장우산 하나를 집어 들고 나섰다. 대문 밖을 보고 짖던 황구가 금세 꼬리 치며 주형에게 다가왔다. 그리고는 몸을 돌려 다시 격렬히 대문 밖을 향해 짖기 시작했다. 현관 앞에 그림자가 어른거리는 것 같기도 했다.

누구지?

대문을 향해 천천히 걸어갔다. 확실히 대문에 낯선 그림자가 드리워져 있었다. 잠시 멈칫하던 주형이 문고리를 잡았다. 문을 잡아당기자 철문이 움직이며 삐걱거리는 소리가 귀를 긁었다. 그리고 한 걸음 몸을 빼어 대문 밖으로 발을 내딛는 그 순간, 그림자가 자신의 몸을 와락 덮쳤다.

"헉!"

허리를 부여잡는 그림자에 당황해 몸을 빼내려는 순간 임주형, 하고 속삭이는 목소리가 들렸다. 은란이 초승달같이 눈을 휜 채 자신을 올려다보고 있었다.

"강은란! 여기서 뭐 해?"

"보고 싶어서 왔지."

집에 가는 길이라더니 어이가 없었다. 그런데 허리를 꼭 끌어안은 채 헤실헤실 웃고 있는 눈이 아무래도 심상찮다. 볼에 손을 살짝 얹어보니 역시나 따끈따끈했다.

"술 많이 마셨어?"

"응. 시험 하나는 잘 치고 하나는 못 쳤거든. 기분이 좋다가 나쁘다가 해서 막 마시다 보니까."

또 숨이 찬 모양이다. 할딱거리며 겨우 말을 이은 은란은 헐떡이는 제 모습이 마음에 안 든다는 듯이 볼을 부풀렸다.

"많이 마시지 말라니까. 그리고 늦게 끝났으면 곧장 집으로 갈 것……."

저도 모르게 잔소리가 터져 나오는데 은란이 부푼 볼을 꺼뜨리지도 않은 채 허리를 안고 있는 자신의 팔을 풀어버렸다.

"임주형, 잔소리 그만."

'보고 싶어서 왔다니까 왜 이렇게 잔소리가 많은지 모르겠다' 는 얼굴로 입술을 댓 발은 내밀고 있는 은란을 보고 있자니 화를 내려다가도 웃음이 터졌다. 귀여워 죽겠네. 주형은 제 품에서 떨어져 나간 은란을 끌어당겨 제 턱 아래에 두고는 볼그족족한 입술 위에 촉, 입을 맞추었다.

"앗."

그런데 곧장 손등으로 입술을 닦아낸다. 뭐지? 왜 닦아내지? 이해할 수 없다는 얼굴로 내려다보는데, 어느새 가슴팍 아래에서 벗어난 은란이 슬슬 뒷걸음질쳤다.

"뭐야?"

"안 돼, 임주형."

대체 뭐가? 뒷걸음질쳐 대문에서 멀어지는 은란. 멈추어 서는 것을 보고 성큼성큼 걸어가자 다시 멀어진다.

"강은란, 나 누나 잡으러 갈 힘 없어. 얼른 자고 데이 하러 가야 돼."

엄살을 부렸더니 멀찍이 서 있던 은란이 슬금슬금 다가왔다. 그리고 다시 가슴팍 아래에 섰다.

"임주형, 나는 점점 더 네가 좋아진다? 어떡하지?"

아, 미치겠네.

그렇게 눈 반짝거리면서 그런 말 하지 말라고. 정말 어찌할 바를 모르겠다는 얼굴로 자신을 올려다보고 있는 은란을 보고 있자니, 어지간한 뜨거운 고백보다도 더 심장이 쿵쾅거린다. 아, 보내기 싫다. 그냥 집에 데리고 들어가면…… 안 되겠지? 주형은 한숨을 쉬며 또다시 은란의 볼을 꾸욱 잡고 길게 뽀뽀했다.

"뽀뽀 말고 키스."

이번엔 은란이 먼저 입술을 내밀었다.

20년 넘게 산 동네, 내 집의 대문 앞.

그런데 이제는 주형 역시 아무것도 눈에 보이지 않았다. 그저 눈앞에 있는 강은란만 보였다. 아, 차라리 동네방네 소문이 나서 부모님 귀에 들어가 버리면 좋겠다. 은란의 허리를 거칠게 당겨 품에 담으며, 주형은 촉촉이 젖은 발그레한 작은 입술 위에 자신의 입술을 포개었다. 그리고 토독토독, 하늘에서 가을을 알리는 비가 장난스럽게 두 사람의 어깨를 두드리기 시작했다.

〈어제 강은란이 술을 너무 많이 마셔서 이야기 못했던 게 있어. 어머니가 '은란 씨가 우리 앞에서 고생했으니까, 이제 네 차례다. 가서 은란 씨 부모님께 밥 한번 사달라고 해' 라고 하셨음.〉

아침 일찍 주형에게서 메시지가 도착해 있었다. 눈을 비비고는 다시 메시지를 읽은 은란의 입꼬리가 슬며시 올라갔다. 식사라……. 어떤 풍경일까. 부모님 앞에 앉은 임주형을 상상해 봤다. 부모님과 주형. 긴장으로 잔뜩 얼어 있을 세 사람을 떠올리자 웃음이 나왔다.

그때 정신이 번쩍 들었다. 아직 상헌과 헤어졌다는 것을 이야기하지 않았다. 설에 한우꼬리 세트를 보낸 남자와 추석 즈음 나타난 남자가 다르다는 것을 알게 되면 당황하시겠지? 대체 어디서부터 어떻게 이야기를 꺼내야 하나……. 천장을 바라보는 은란의 얼굴에 금세 미소가 사라졌다.

추석을 앞두고, 제주의 짐이 서울로 올라왔다. 그리고 발령 문제가 해결되지 않은 은규의 것들만 제주의 집에 남겨졌다.

"서울에서 어떻게 살았었나 싶다. 정신이 하나도 없어."

이삿짐을 정리하는 어수선한 와중에도 드라이한 머리칼에 스프레이를 뿌려 고정해 놓은 깔끔한 차림새에서 정갈하고 고집스러운 은란의 어머니, 정덕신 여사의 성격이 내비쳤다.

"그래도 내년에 너 시험 뒷바라지는 할 수 있으니 다행이지."

아침은 먹었니? 과일이라도 먹고 가. 굶으면 공부 안 된다, 하며 전화로 내내 확인하던 목소리 대신 따듯한 집밥을 먹을 수 있다. 그것만으로도 큰 응원이었다.

"한 검사는 공부할 때 많이 도와주니? 요새 통 한 검사 이야기를 하지 않네."

올 것이 왔구나. 상자에서 옷을 꺼내던 은란의 손이 멈칫했다.

"엄마는 상헌 오빠 한 번도 본 적 없잖아요. 그런데도…… 마음에 들어요?"

"왜, 이번 추석에 데리고 오게?"

어느 정도 예상을 했다는 듯 평온한 목소리였다.

"데리고 오긴 할 건데요……."

은란이 말끝을 길게 빼어 물자, 역시 이 소식이 놀랍지 않다는 듯 어머니의 얼굴에 미소가 물렸다.

"데리고 오긴 할 건데, 그게 상헌 오빠는 아니에요."

입꼬리에 걸린 미소를 채 거두지도 못하고, 놀란 정 여사의 눈이 은란을 향했다.

"그럼?"

"헤어졌어요, 봄에."

"봄에?"

"네. 좀 됐어요, 헤어진 지."

"왜?"

누군가를 데리고 올 거라는 사실보다 헤어졌다는 게 더 놀라웠던 모양이다. 은란은 입을 삐죽이며 어머니에게 물었다.

"데리고 올 다른 사람이 있다는데, 왜 헤어졌는지가 더 궁금하세요?"

“둘 다 궁금해.”

이야기를 듣기 전까지는 누구를 데리고 온다고 해도 들어주실 것 같지 않다. 하는 수 없이 은란은 겨울에서 봄, 프러포즈에서부터 내내 이어진 다툼과 파국까지의 이야기를 간결하게 정리했다. 말없이 딸의 이야기에 귀를 기울이던 어머니의 입이 열린 것은 한참이나 지나서였다.

“한 검사 사람 그렇게 안 봤는데, 참.”

역시 엄마에게는 마냥 아까운 딸인가 보다. 왠지 백만 대군을 얻은 것 같았다. 옷장 정리를 끝낸 어머니 곁에 달라붙어 애교를 부리려고 하는데, 다음 말이 뒤따랐다.

“어떻게 너한테 살림 맡길 생각을 다 하니? 나도 포기한 걸.”

아, 이건 아닌데. 살갑게 다가가던 은란이 눈을 깜빡거렸다. 게다가 뒤이은 어머니의 한숨.

“널 어디서부터 어떻게 가르쳐야 할지 큰일이다. 결혼하면 어차피 하게 된다고 내버려 뒀더니……..”

결국엔 모자란 딸에 대한 걱정이었다. 이세 뭐야, 이건 아닌데.

“엄마!”

“그래서 새로 데리고 올 녀석은 어떤데?”

항의하는 딸의 부루퉁한 얼굴이 우스웠던지 웃는 낯으로 정 여사가 물었다.

“그냥…….”

쑥스러워 차마 말을 꺼내지 못하고 입술만 깨물고 있자, ‘일단 중지’라며 정 여사가 손을 내저었다.

“저녁 먹으면서 아버지 계시는 데서 이야기해. 엄만 모르겠다.”

짐이 모두 정리된 저녁. 은규의 자리가 비어 있긴 했지만 가족들과 함께하는 오랜만의 식사였다. 저녁 식사가 대충 마무리되고, 이야기할 틈을 노리던 은란은 후식으로 포도를 내어 온 어머니 앞에서 목소리를 다듬었다.

"드릴 말씀이 있어요."

두 번째 대화는 훨씬 수월했다. 이미 정 여사가 상헌과의 헤어짐에 대해 언질을 했는지 강 판사는 상헌과의 헤어짐에 대해 그다지 놀라지도 않았다. '전 그 사람 아내로 행복하게 살 자신이 없었어요' 하는 은란의 말에도 끄덕끄덕했다.

하지만 소개하고 싶다는 남자의 나이가 은란보다 두 살이 어리며, 대학병원에서 간호사 일을 하고 있다는 것에는 부모님 모두 조금 당황한 것 같았다.

"진지하게 만나는 거야?"

결혼을 생각하고 진지하게 만나는 것이냐는 말씀이겠지. 너무 무겁게 들리지 않았으면 좋겠다는 바람으로 '그냥, 저희 밥 한번 사주세요'라고 말했는데도, 어머니의 질문에는 조금의 틈도 없었다. 어떻게 대답해야 할지 고민하던 은란은 부모님을 향해 솔직하게 대답했다.

"저한테 소중한 사람이에요. 그래서 우리 가족들한테 예쁨받았으면 좋겠어요."

✳

"집으로 한번 오라고 하시네."

이제 따듯한 아메리카노로 돌아가야겠다. 달그락거리는 얼음이 더 이상 시원하게 느껴지지 않았다. 한 번쯤 비가 오고 나면 완연한 가을이 되겠지. 바람이 부는 길가에 바싹 마른 플라타너스 이파리가 뒹구는 것이 보였다.

"집으로?"

"응."

어쩔 수 없는 모양이다. 이야기를 전해 듣는 주형의 얼굴에 긴장감이 비쳤다. 왠지 우스워 놀리려고 하는데 주형의 긴장은 조금 다른 느낌이었다. 집으로 오라고 한 게 부담스러운 일이긴 하지. 그냥 부모님을 더 설득해 볼 걸 그랬나. 미안한 마음에 달래어보려고 하는데 주형이 먼저 입을 열었다.

"누나."

언제부터인지 주형이 누나라고 부를 때에는 왠지 좋은 느낌이 아니었다. 은란은 저도 모르게 미간을 찡그렸다.

"누나 부모님께서 내가 아팠다는 거 아셔?"

"뭐?"

아팠던 것? 주형의 입에서 나온 것은 이제까지 한 번도 생각해 본 적 없었던 것이다.

"이야기했었어?"

주형이 다시 물었다.

"아…… 니."

그게 중요한 문제인가? 그래, 중요한 문제 같긴 한데, 그래서 어떻게 하겠다는 거지? 이야기를 하겠다는…….

"그날 말씀드려야 할 것 같아."

"……!"

단호한 주형의 목소리에 멈칫했던 은란이 머리를 털었다.

"잠깐만."

"늦게 이야기할 건 아닌 것 같아."

"임주형, 잠깐만."

혼란스럽다. 저녁 식사를 함께하자는 쉽고 가벼운 이야기가 왜 이렇게 어렵고 곤란한 이야기가 되어버리는 거지?

"내가 마음의 준비가 안 됐어."

"뭐?"

"아니, 정확하게 말하면 우리 부모님은 아직 준비가 안 되셨…… 을 거야."

딸의 남자친구가 당신들이 알고 있던 그 남자가 아니라는 소식을 들은 것도 고작 얼마 전이다. 한번에 이렇게 몰아칠 수는 없었다.

"하나씩 천천히."

"강은란 나는……."

저렇게 진지한 얼굴을 마주하면 마음이 약해진다. 대체 무슨 이야기를 하려고. 저도 모르게 은란의 이마에 주름이 잡혔다.

"나는 진지해."

"뭐?"

"강은란과의 관계에 대해서 진지하게 생각하고 있다고."

진지? 그게 무슨…….

"난 강은란과 결혼하고 싶어."

주형의 표정은 '저녁으로 불고기를 먹고 싶어' 라고 말하는 것과 다르지 않았다. 하지만 주형의 말을 들은 은란은 누군가 얼음이라고 외치기라도 한 것마냥 동작이 일순 정지했다. 그리고 귀끝이 새빨갛게 달아올랐다.

"잠…… 잠깐만."

마음의 준비는 부모님이 아니라 내가 필요할 것 같으니까 잠시만. 은란은 혼란스러운 얼굴로 앞에 놓인 아메리카노를 단번에 들이켰다. 방금 전까지만 해도 이제 뜨거운 걸 시켜야겠다고 생각했는데 시원한 것을 주문하길 잘했다 싶다. 사람의 마음이란 어쩌면 이렇게…….

"미안, 프러포즈는 처음이라."

은란이 허둥지둥하자 이제는 오히려 주형의 얼굴이 한껏 느긋해진 것 같았다.

"뭐?"

"그런데 나는 처음부터 이렇게 될 줄 알았어."

"뭐, 뭐가?"

말까지 더듬게 된다. 반대로 여유를 찾은 주형은 은란을 향해 싱긋 웃어 보였다.

"난 그냥 강은란이 나랑 같이 살 게 될 것 같더라고."

세상에. 저 천연덕스러움은, 저 뻔뻔함은 어디에서 나오는 거지? 싱글거리는 주형을 멍하게 쳐다보던 은란이 뒤늦게 정신을 차리고는 고개를 휘휘 저었다.

"방금 프러포즈한 거야?"

"응."

"여기서 당장 대답해야 돼?"

은란의 질문에 주형이 웃는 얼굴로 고개를 저었다.

"아니."

그래, 알아서 시간을 주신다고 하니 애를 좀 태워……. 하지만 금세 주형의 말이 이어졌다.

"어차피 거절 안 할 거잖아."

"……!"

헛웃음이 난다. 어이가 없어서 몇 번 하.하.하. 하면서 웃었을 뿐인데 은란은 어느새 저도 모르게 진짜로 웃고 있었다. 황당하면서 우습고, 기분이 좋으면서 쑥스럽고, 또 분명 행복하다. 대체 이런 기분을 뭐라고 설명해야 하는 거지?

"나는 지금도 행복하지만, 강은란과 함께 살면 더 행복해질 것 같아."

이번에는 장난스러운 웃음이 걷히고 주형의 얼굴이 진지해졌다. 누나는? 하는 얼굴로 자신을 바라보는 주형에게 뭐라고 해야 할지 모르겠다. 머릿속에 떠오른 단어들이 제멋대로 뒤섞여 버렸는데 그중 겨우겨우 찾아낸 대답이 고작…….

"나한테 바라는 게 뭐야?"

"뭐?"

이번엔 주형이 당황한 눈치다.

"내가, 내가 남자라면 나랑 결혼…… 못…… 할 것 같아."

혼란스러운 얼굴의 은란을 보던 주형의 웃음이 폭발했다. 그렇게 한참이나 어깨를 들썩이며 웃던 주형이 고개를 저으며 말했다.

"내가 바라는 건 강은란이 생각하는 그런 거 아니야."

"그, 그럼?"

“그냥 지금처럼 열심히 살면 돼.”

이해할 수 없는 요구사항이다. 은란이 뭐라 대답하지 못하고 입만 빠끔거리자 주형이 부연했다.

“고군분투하는 강은란을 보고 있으면 즐겁거든. 난 그냥 지금처럼 열심히 사는 걸 제일 가까이에서 지켜보고 싶어.”

“열심히…… 살아줄 수는 있는데…….”

그건 어렵지 않다. 그냥 살던 대로 살면 되는 거니까. 사귀기 전부터 스물여덟의 임주형은 조금 이상하다고 생각했지만, 정말 이상한 남자를 좋아하게 된 것 같다. 그리고 그 이상한 남자가…… 남편이 될 것 같은 기분이 든다. 은란이 더듬더듬 말을 이어갔다.

“정말 그걸로 충분한 거야?”

“충분해.”

믿어보라는 듯 웃는 주형의 미소가 시원스럽다.

“그래서, 대답은?”

주형의 재촉에 은란이 고개를 끄덕이며 대답했다.

“좋아.”

저도 모르게 볼을 붉히며 대답하는 순간, 은란은 그제야 자신이 받은 것이 프러포즈인 것이 실감났다.

이곳은 세상을 발아래에 둔 스카이라운지도 아니고, 주형은 어둠 속에서도 혼자 새초롬하게 광채를 내뿜고 있을 것만 같은 반짝거리는 보석이 박힌 반지를 건넨 것도 아니며, 향기로운 샴페인 한 모금 마시지 않았는데도 이 담담한 프러포즈에 왜 이렇게 가슴이 뛰는 걸까.

머릿속을 가득 채운 프러포즈에 은란은 프러포즈 전까지 주형과 나누던 이야기를 완전히 잊어버리고 말았다.

그리고 얼마 후, 그것은 날벼락이 되어 돌아왔다.

✻

완벽한 식사였다.

잔뜩 긴장해서 집에 들어섰던 주형도 금세 긴장을 풀고는 싹싹한 얼굴로 부모님을 대했다. 입이 짧은 은란의 가족들과 달리 주형은 어머니가 끓여놓은 매운탕을 듬뿍듬뿍 덜어 먹었다. 쑥쑥 줄어드는 밥과 반찬에 흐뭇한 얼굴로 먹는 모습을 바라보시던 어머니와 웃는 낯으로 서글서글하게 대답하는 주형의 모습을 보면서 고개를 끄덕거리시던 아버지까지. 그러니까 아무런 문제가 없었다, 후식을 먹기 시작할 때까지는.

"오늘 두 분을 뵈면 말씀드리고 싶었던 게 있었습니다."

말씀드릴 것이라는 말에 은란을 포함해 부모님의 동작이 일순 멈추었다. 그사이 자세를 바로잡는 주형. 그때 은란의 머릿속에 퍼뜩 스쳐 지나가는 것이 있었다.

안 돼. 임주형, 안 돼.

은란이 급하게 팔을 뻗어 주형을 저지하려고 했지만 주형의 입술이 열리는 것이 조금 더 빨랐다. 그리고 순식간에 주형을 제외한 세 사람이 전혀 예상하지 못한 이야기가 후식 자리에서 쏟아져 내렸다.

"다섯 살 때, 선천성 심기형으로 수술을 했었습니다. 단순 기형이어서 한 차례 수술을 받았고 이후로는 잘 회복해서 지금까지 건강하게 생활하고 있습니다.”

침묵.

거실의 테이블 위에 놓인 잘 씻긴 거봉에 매달린 물방울이 떨어져 내리는 소리까지 들릴 것 같은 고요한 침묵이 거실을 채웠다. 그리고 갑작스러운 이야기에 방황하던 부모님의 시선이 은란을 향했다.

“딸…… 알고 있었던 거니?”

“알고 있긴 했는데…….”

알고 있긴 했는…… 데……. 고개를 돌려 바라본 어머니의 얼굴에는 이 달갑지 않은 소식에 대한 정직한 반응이 떠올라 있었다. 그런 어머니를 바라보는 은란의 가슴이 철렁 내려앉았다.

“조심해서 가게.”

“식사 감사했습니다.”

“부족한 솜씨였는데 맛있게 먹어줘서 고마워요.”

“다음에 또 인사드리겠습니다.”

주형의 인사말이 의미심장하다. 현관 앞에서 부모님은 옅은 미소를 지으며 그를 배웅했고, 은란은 지하철역까지 다녀오겠노라며 함께 집을 나섰다. 아파트 계단을 내려가는 순간 등 뒤에서 조심스럽게 현관문을 닫는 소리가 들렸다. 요란스레 닫은 것도 아니었는데, 철컥 하는 그 작은 소리에 놀라 뒤를 돌아보았다. 그런 은란을 달래려는 듯, 주형이 팔을 잡아끌었다.

“괜찮아.”

그 와중에도 그는 담담하기만 하다. 그런 주형의 얼굴을 보는 순간 갑자기 목 안이 모래라도 가득 찬 것처럼 울컥거렸다.

"난 괜찮지 않아."

억눌린 목소리에 호흡이 가빠졌다. 은란은 호흡을 가다듬으려 애쓰며 말을 이었다.

"속…… 상해."

"가자."

주형이 은란의 팔을 쥐고는 걸음을 재촉했다. 그에게 잡힌 팔이 아파서 바라보자, 주형의 얼굴이 딱딱하게 굳어져 있었다. 자신이 내던진 말이 불러온 파장에 어찌할 바 모르는 건 임주형도 마찬가지구나.

지하철역 앞에 도착해서야 은란의 팔을 풀어준 주형. 그리고 동시에 두 사람에게서 터져 나온 긴 한숨.

"내가…… 이야기하지 말라고 했었잖아."

비난하는 것처럼 들리지 않길 바라며, 은란은 목소리를 낮추었다.

"언제든 말씀드렸어야 하는 얘기였어."

어느새 주형은 언제나처럼 평온한 얼굴로 돌아와 있었다.

"그 언제가 꼭 첫 만남이어야만 하는 거야?"

"나도 고민 많이 했어. 그냥 미룰 수 있을 때까지 미뤄볼까, 아니면 누나한테 먼저 운을 띄워놓으라고 할까……"

다시 침묵.

이번의 침묵은 방 안에서의 침묵보다 더 길고 무거웠다. 잠시 은란은 고개를 숙였다. 주형의 얼굴을 마주할 자신이 없었다. 지금 눈을 마주치면 원망하는 마음을 숨길 수가 없을 것 같았고, 그게…… 주형에게는 상처가 될 것 같으니까.

"때로는 솔직함이 전부가 아닐 때가 있는데."

은란이 혼잣말처럼 중얼거렸다.

"어머니랑 이야기를 했었어, 언제 말씀드리는 게 좋을까 하고."

"……뭐라고 하셨어?"

"중요한 문제니까 어른들께 먼저 솔직하게 말씀을 드리라고 하셨어. 그건 우리 가족이, 그리고 내가 짊어지고 가야 할 어쩔 수 없는 흠이니까 그분들이 마땅치 않아 하시더라도 그건 어쩔 수 없는 일이고, 나머지는 내 몫이라고 하시면서."

아들에게 그렇게 조언을 하셨을 주형의 어머니 역시 얼마나 마음이 무거웠을까. 당신에게는 귀한 아들이 누군가에게는 큰 흠을 가진 사람으로 비추어질 것이 무척이나 속상했을 텐데. 그럼에도 담담하게 여자친구의 부모님을 뵙고 오라고 조언했을 그분을 생각하면 마음이 아팠다.

얼마나 그렇게 발끝만 바라보며 서 있었을까.

목덜미를 스치는 밤바람에 오소소 소름이 돋기 시작할 때 즈음, 폭풍이 휘몰아쳤던 은란의 머릿속도 천천히 가라앉기 시작했다.

그래, 누군가 억지로 등 떠밀어 강요한 것도 아니다. 스스로 선택한 사람이니 그를 더 믿어야 하고, 그에게 더 믿음을 주어야 한다. 조금은 단호해진 얼굴로 은란은 고개를 들었다.

"주형아."

"응."

듣고 싶지 않다, 저렇게 한숨 섞인 대답은. 머릿속을 비집고 들어오는 불안감을 떨쳐 버리려 애쓰며 은란이 또박또박 말을 이어갔다.

"우리 부모님은 날 사랑하시고, 난 널 사랑하고 있어. 그러니까 우리 부모님도 널 사랑하시게 될 거야."

다짐하듯 또박또박 한 은란의 목소리가 주형을 향하고, 한껏 긴장해 있던 그의 어깨에 천천히 긴장이 거두어졌다. 그리고 천천히 걸리는 작은 미소.

"강은란."

이번에는 주형의 손길이 한결 부드럽다. 따스한 포옹. 차갑게 식은 두 사람의 몸에 온기가 돌아왔을 때 즈음, 그가 은란의 귓가에 나직하게 속삭였다.

"사랑해."

셔츠 너머로 달음질치는 심장의 고동이 느껴졌다. 더 가까이 듣고 싶다는 듯 은란이 그 품을 파고들었다. 그 목덜미 위로 주형의 고백이 속삭임처럼 내려앉았다.

"사랑해."

"부모님이 섭섭한 말씀 하셔도 울지 말고."

"응."

"싫은 소리 해도 심호흡 한 번하고 참고."

"응."

"공연히 내 편 들어서 부모님 더 속상하게 하지 말고."

"응."

주형과의 마지막 대화를 돼새김질한 은란은 천천히 현관문을 열었다. 집은 말끔히 정리되어 있었다. 식탁에 마주 앉아 낮은 목소리로 나누던 부모님의 대화는 은란이 들어서자 갑작스럽게 끊어졌다.

"저 왔어요."

"딸, 잠시 앉아봐."

그래도 혹시나 아이가 싹싹해 보이더라, 어려서 아팠던 거니 그 정도는 괜찮지 않겠니, 하며 마음에 든다고 이야기하실지도 모른다. 부모님의 얼굴에서 희망을 찾아보려 애쓰며, 은란은 이야기가 시작되기를 기다렸다.

"나도 그렇고 네 아버지도 그렇고…… 사람만 좋으면 좋다고 생각했는데……."

긴 한숨과 함께 말을 잇길 망설이는 어머니. 은란은 무릎 위에 쥔 손에 꼬옥 힘을 쥐었다.

"다른 건 다 모자라도 좋지만, 건강한 사람이었으면 좋겠다."

예상에서 조금도 엇나가지 않는 어머니의 말. 숨이 막혔다.

"아버지 건강이 나빠지셔서 가족들 모두 가슴 졸일 때, 난 병원 밖에서 걸어 다니는 사람들 보면서 네 아버지가 다시 판사 생활 안 해도 좋고, 돈 안 벌어다 줘도 좋으니 그냥 다시 병원 밖에서 평범하게 걸어 다닐 수만 있게 해달라고 기도했어."

어머니의 착잡한 목소리에 은란은 보일 듯 말 듯 고개를 끄덕였다. 그것을 왜 모르겠는가.

"다른 건 욕심 없어. 좋은 학벌? 좋은 직업? 돈 많이 버는 사람? 엄마, 아빠는 그런 사람 아니어도 괜찮아. 그런데 건강하면 좋겠어. 앞으로 30년, 40년 같이 살면서 우리 딸이 남편 건강 때문에 불안해할 일은 없었으면 좋겠다. 그건 엄마 생각이기도 하고 아빠 생각이기도 해."

어머니의 말이 끝나기가 무섭게 이번에는 아버지의 긴 한숨이 거실을 채웠다. 그리고 나직한 목소리로 딸을 불렀다.

"은란아."

"……네."

"네 엄마 이야기, 섭섭해하지 마라."

"……."

"남의 자식 귀하다 싶으면서도 나 역시 내 딸이 가장 아프고 아까운 법이라 이기적인 마음은 어쩔 수 없는 것 같구나."

아버지의 무거운 목소리는 원망조차 못하게 한다. 그 앞에서 무어라 이야기할 수 있을까. 은란은 그저 낮은 시선으로 꼭 쥔 자신의 두 손만 바라보고 앉아 있을 수밖에 없었다.

✳

"웬 거야?"

다음날, 차 한잔 마시자는 주형의 데이트 신청에 잠시 학교를 빠져나왔다. 주형의 손에는 보자기로 곱게 묶여진 대바구니가 들려 있고, 그 속에는 단감이 한가득 담겨 있었다. 주홍빛으로 빨갛게 물든 감이 반질반질했다.

"이 많은 감이 어디서 났어?"

"어머니가 주셨어."

"어머니가?"

“공방에 감나무 몇 그루가 있거든. 지난주에 따셨나 봐.”

“나 챙겨주라고 하셨어?”

“나눠 먹으라고.”

말씀으로는 그렇게 하셨지만 저렇게 곱게 대바구니에 싸서 보내신 걸 보면 은란이네 가져다 드리라는 이 작가의 언질이 있었음이 분명했다.

“어머니한테…… 저녁 식사 하고 온 거 이야기했어?”

“응.”

“다…… 이야기했어?”

“적당히.”

적당히 어떻게 했느냐고 묻고 싶지만 염치없는 짓 같아서 더 이상 묻지 못하겠다. 고개를 끄덕이고는 바구니를 끌어당겼다. 그때 주형의 입이 열렸다.

“매운탕이 맛있었다고 했는데, 그 이야기 들으시더니 오늘 공방에서 민물매운탕 해서 드실 거래.”

‘어머, 엄마도 그거 잘 만들어’ 하며 신나게 매운탕 준비를 할 이 작가의 모습이 떠오르는 것 같았다. 미소 짓는 은란을 바라보며 주형이 말했다.

“상처 안 나고 잘생긴 것들로만 모아왔으니까 맛있게 먹어.”

그날 저녁 묵직한 보따리를 안고 집에 들어서자 은란의 어머니의 눈이 휘둥그레졌다.

“그게 뭐니?”

“감이에요.”

“감? 웬 감이야?”

“저녁 고맙다고 주형이 어머니가 주셨어요.”

보자기를 풀어헤치고는 탐스럽다고 감탄하던 정 여사의 동작이 일순 멈칫했다.

“뭘 또…… 그런 걸 준다고 덥석 받아오고 그래.”

불편한 기색이 묻어나는 목소리. 은란은 못 들은 척 돌아섰다.

“그냥 드세요, 먹는 건데.”

감을 내려다보고 있는 어머니의 얼굴이 무척이나 곤혹스러워 보였다. 그 모습은 지난 설, 상헌이 떠밀듯 건네었던 한우꼬리 세트를 전해 받았을 때와 너무나도 달랐고, 그것이 은란의 마음을 아프게 했다. 주형에 대한 미안함, 어머니에 대한 섭섭함, 다가올 일에 대한 막막함까지. 방으로 돌아오는 걸음이 무거웠다.

제 14 장

괜찮을 거야

"한 번도 생각을 안 해봤어요."

기말고사가 코앞인 11월의 중순. 점심을 먹고 따듯한 커피를 손에 든 은란은 영화와 함께 천천히 캠퍼스 산책에 나섰다.

"뭘?"

"집에서 반대할 수도 있을 거라는 생각이요."

내가 함께 살고 싶다고 마음먹게 된 사람이 있다면, 그 사람은 분명히 내 부모님의 마음에도 차는 좋은 사람일 거라고 막연하게 생각해 왔다. 그래서 의심한 적이 없었다. 내가 하는 연애의 결실이 모든 사람에게 축복을 받을 것이라는 사실을.

"쉽지 않아요."

자신의 부모님은 주형을 그저 지나갈 연애로 생각하시는데, 주형의 부모님은 은란을 당신의 아들 곁에 있을 사람으로 무척이나 마음에 들어 하신다. 양쪽 부모님 사이의 온도 차이를 어떻게 해소해야 할지 도저히 알 수가 없었다.

"흐음……."

"잘해주셔서 더 마음이 불편해요."

"너한테 안부전화도 하고 그러셔?"

"그렇게 하면 부담스러울 텐데 그것도 아니에요. 주형이한테는 당신들 신경 쓰지 말고 그냥 둘이 재밌게 연애나 하라고 하셨대요. 연애는 둘이 하는 거지 여섯이서 하는 거 아니라고."

"여섯?"

"양쪽 부모님까지 여섯이요."

"하하, 남자친구 어머니 재미있는 분이시네."

영화가 즐거운 듯 웃었다. 같이 웃던 은란은 이내 맥 풀린 얼굴로 한숨을 내쉬었다.

"우리 부모님이 이상한 건 아닌데."

"물론 그렇지."

"남들이 볼 때엔 우리 부모님이 너무 꽉 막힌 것처럼 보이겠다 싶다가도, 난 또 두 분의 마음이 너무 잘 이해가 되는 거예요. 특히 엄마 마음이."

상헌에게서 한우꼬리 세트를 받았을 때에는 은란이 싫대도 황금향 한 상자를 들려 보내시더니, 이번에는 탐스런 감을 받고서도 아무런 말이 없었다. 경우를 모르는 분들도 아니면서 일부러 모르는 체하는 부모님이 섭섭했다. 하지만 그것이 당신들의 얼토당토않은 욕심을 채우려 부리는 고집이 아니라는 것을 모르지 않았다. 배우자의 죽음이 풍기는 고약한 향기를 코앞에서 맡았고, 그것을 가까스로 떨쳐 낸 은란의 어머니에게 배우자의 조건에서 건강보다도 더 큰 가치를 매길 수 있는 것은 없었으니까.

"은란아."

"네."

은란의 얼굴에 내려앉은 근심을 한참이나 살피던 영화가 입을 열었다.

"모질게 이야기하자면……."

미안한 얼굴의 영화. 계속 이야기하라는 듯 은란이 영화의 얼굴을 바라보았다.

"부모님과 남자친구 중 어느 한쪽을 택해야 하는 상황에 대해서도 생각해 두는 게 좋지 않을까?"

어느 한쪽을 택해야 하는 상황.

당장 선택을 하라고 한 것도 아닌데 머릿속이 새하얗게 변했다. 금세 질려 버린 은란의 얼굴을 본 영화가 급하게 뒷말을 이었다.

"너도 지금은 알고 있잖아, 뭔가를 단지 간절히 바란다고 해서 이루어지는 건 아니라는 걸. 간절히 바라더라도 이루어지지 못하는 바람도 있고, 큰 욕심 없었는데도 이루어져 버리는 희망도 있다는 거."

부정하지 못하고 끄덕일 수밖에 없다는 것이 가슴 답답하지만 영화의 말은 틀린 것이 없었다.

"그저 집착이나 오기일 뿐인데도, 간절한 바람이라고 포장하는 경우도 많고."

단어 하나하나가 가슴을 친다. 은란은 결국 눈을 감았다.

"내가 경험하고 곁에서 지켜본 바로는 물 흐르는 듯 어느새 정신을 차려보니 상견례를 하고 있고, 집을 구하고 있고, 결혼식장에 서 있고 그렇게 결혼해서 사는 쪽이 반대를 무릎 쓰고 쟁취하는 그런 전투적인 결혼보다 행복하게 살 확률이 더 높은 것 같아."

가슴이 아프다.

눈가가 시큰거려 와 은란은 억지로 입술을 깨물었다. 왜 의심하지 않았던 행복이, 어느새 닿을 수 없는 오기로 바뀌어 버린 걸까. 손에 들고 있는 커피가 어느새 차갑게 식어 있었다.

오후 내내 영화가 한 말이 머릿속에 맴돌아 책을 제대로 넘기지 못했다. 최악의 상황에 대한 조언일 뿐이며, 사람 일이란 게 어떻게 풀릴지 모르는 거라며 대화를 잘 마무리 지었지만 마음이 쓰이는 것은 어쩔 수가 없었다. 그런 말을 들은 후라 그런지 주형과 시선을 마주치기가 어렵다. 혼란스러운 머릿속을 들켜 버릴 것 같아서.

"이거."

계절은 어느새 주형과 처음 만났던 겨울이 되어가고 있었다. 따듯한 차가 어울리는 계절. 캐모마일 티를 건네어 주는데 주형이 커다란 상자를 내밀었다.

"어제 공방 다녀왔어."

기분 좋은 일이라도 있는 모양이다. 주형의 얼굴이 밝았다. 뭔가 싶어 열어보았더니 커다란 접시 두 개가 포개어져 있었다. 고운 밝은 회색빛에 하늘색이 조금 섞여든, 은은한 청회색의 널찍한 접시.

"웬 거야?"

"가져왔어."

"어디서?"

"공방. 예전에 만들었던 건데 생각나서."

"만들었던 거?"

"지금은 손이 굳었는데, 학교 다닐 때에는 공방 가서 그릇 빚고 했었거든."

"나 주는 거야?"

"쓸모가 있을까?"

"나한테?"

"뭐, 강은란이나 강은란의 가족들에게."

누나네 어머니께서 접시를 마음에 들어 하시면 좋겠는데, 하며 들뜬 얼굴을 보고 있자니 가슴이 먹먹했다. 손끝으로 접시를 만지작거리던 은란은 이내 주형의 가슴팍에 파고들었다.

"어어, 왜?"

"그냥."

목덜미를 쓸어내리는 주형의 손에서는 옅은 레몬의 알코올 냄새가 난다. 일터에서 묻혀 가지고 온 향기. 오늘노 열심히 살았다는 증거. 하루 종일 종종걸음 치며 응급실을 뛰어다니느라 다리도 부어 있겠지.

"학교에서 무슨 일 있었어?"

"그냥, 기말고사 다가오니까 스트레스받아서."

스트레스라는 단어에 주형이 손바닥으로 은란의 어깨를 쓸어보더니 갸우뚱했다.

"그러고 보니 조금 마른 것 같은데."

"아닐걸?"

“밥은 잘 챙겨 먹는 거지?”

“뭐, 그냥저냥.”

“그냥저냥이 뭐야?”

“잘 챙겨 먹어.”

대답했는데도 영 탐탁찮은 목소리다.

“내가 간식이라도 만들어다 줄까? 뭐 먹고 싶은 거 있어?”

“별로 없어.”

“먹고 싶은 거 있으면 만들어줄게.”

“음…… 같이 만들면 좋겠는데.”

“그것도 좋지.”

강은란 기말고사 끝날 때가 언제더라…… 하며 근무스케줄을 확인하는 주형의 얼굴이 즐거워 보였다. 왠지 주방에 서 있는 자신과 그의 모습이 그려지는 것 같다. 급한 마음에 허둥지둥하고 있으면 등 뒤에 바싹 다가와서는 침착한 목소리로 하나하나 일러주겠지. 마음대로 안 돼서 성질을 부리고 있을 때에도, 어설프게 완성하고는 혼자 신나 으쓱하고 있을 때에도 그냥 귀엽다는 듯 웃고 있겠지. 그러다 조금의 허풍을 섞어 잘난 척도 했다가 하는 족족 실패하는 은란에게 타박을 주기도 하겠지.

그러다 문득 그 풍경이 정말 상상에서 끝나 버릴지도 모른다는 생각이 들었다. 정말 상상만으로 끝나 버린다면…….

“강은란?”

“어?”

자신의 얼굴을 들여다보는 주형의 표정이 당혹스러워 보인다. 왜 그러지?

“내가 뭐 잘못 말했어?”

“뭐?”

뻗어 나온 주형의 손이 은란의 볼로 향했다. 그의 손가락이 눈가를 훔치는데 엄지에 촉촉한 물기가 배어 있다. 당황한 은란이 손등으로 눈을 훔쳤다.

“왜 그래?”

“아니야.”

“강은란.”

또다시 ‘아니야’ 라고 대꾸하는 은란을 보는 주형의 얼굴은 이해할 수 없는 것들에 대한 혼란으로 가득 차 있었다. 그렇지만 은란은 그 혼란을 깨어줄 수가 없었다. 주형이 급하게 상자 안에 접시를 다시 담는 은란의 손을 낚아챘다.

“나 좀 봐.”

“늦었어, 들어가자.”

“나 좀 보라고.”

주형의 목소리에 화가 담겨 있었다. 은란은 저도 모르게 시선을 피했다.

“집에서 무슨 일 있었어?”

“…….”

“같이 해결해야 하는 문제잖아.”

“…….”

도저히 이야기할 수 없었다. 임주형이라는 단어가 집에서 금기가 되어버린 것을. 집에서 주형의 메시지를 확인하는 것도, 통화하는 것도 몰래 숨어서 하고 있다는 것을. 한참을 기다려도 은란의 입이 열리지 않자 주형이 나직한 목소리로 말했다.

"매번 강은란이 그렇게 혼자 감당하려고 할 때면 난…… 내가 의지할 만한 사람이 못 되는 건가 싶어서 화가 나."

"그런 뜻이…….""

당황한 은란이 안타까운 얼굴로 입을 열자 주형이 고개를 끄덕였다.

"알아. 나한테 다 이야기해. 같이 해결하게."

알았지? 하고 재차 확인하는 주형의 말에 은란은 어렵게 고개를 끄덕거렸다.

주형과 헤어져 무거운 마음으로 돌아온 길. 은란은 주방에서 마무리 정리를 하고 있는 어머니에게 조심스럽게 상자를 내밀었다.

"이게 뭐야?"

"주형이가 만든 거예요."

"이런 거 받아오지 말라니까."

"만든 거니까 한번 보시기라도…….""

"됐다. 그냥 네가 가지고 있어."

틈 없이 닫힌 마음. 내용물이 무엇인지 확인하려고도 하지 않는 어머니의 태도가 넘을 수 없는 벽같이 느껴졌다.

차라리 마음을 얻기 위해 노력하는 쪽이라면 편하겠다. 갖은 방법을 다 동원해서 마음을 얻으려 애쓰면 되니까. 그렇게 애쓰다가 결국 얻지 못하면 최선을 다했지만 어쩔 수 없었다며 후회 없이 물러나면 되니까.

하지만 부모님은 밀어내는 쪽이었고 은란은 그 사이에 어설프게 매달려 있었다. 어느 쪽에도 터 잡지 못하는 아슬아슬한 위태로움.

마음이 타들어가고 있었다.

"아침 먹고 가."

"학교 가서 간단하게 먹을게요."

주형의 나이트 근무가 끝난 날에는 가끔 아침을 함께 먹곤 했다. 이제까지는 시험이니 뭐니 하며 대충 핑계를 대서 넘겼는데 오늘따라 유난히 어머니의 질문이 집요했다.

"시험 있어?"

"아니…… 요."

"그런데 왜 이렇게 일찍 가? 일곱 시밖에 안 됐는데."

그냥 솔직하게 주형이 근무 끝나서 아침 같이 먹으려고요, 라고 이야기할 수 있다면 좋겠지만……. 입술 끝에 매달린 그 말을 삼키고 은란은 무난한 답을 꺼냈다.

"그냥, 일찍 가서 아침 공부 좀 하려고요."

"편의점 샌드위치 같은 거 먹을 거잖아. 아침 먹는 데 길어야 십오 분이야. 차려줄 테니까 먹고 가."

그렇게까지 이야기하는데 계속 고집을 부릴 수도 없었다. 현관 앞까지 나섰던 은란은 가방을 내려두고 다시 식탁에 앉았다. 막 일이 끝난 주형이 기다리고 있을 텐데……. 늦는다고 하고 아침을 두 번 먹을까 고민하다 휴대전화를 들어 메시지를 찍었다.

〈엄마가 아침 먹고 가라고 붙잡으셨어.〉

〈그럼 먹고 와.〉

〈기다리지 말고 퇴근해. 피곤하잖아.〉

〈괜찮아.〉

〈난 아침도 먹고 가잖아. 그냥 들어가서 너도 집밥 먹어.〉

〈내일도 나이트인데. 볼 수 있겠어?〉

〈내일 아침도 똑같은 상황이 되지 않을까?〉

이제 아침 데이트는 어렵겠구나. 아침 일찍 얼굴을 보고, 커피 한 잔을 마시고 수업을 들으러 가는 기분이 썩 좋았었는데……. 아쉬운 마음에 다시 메시지를 찍는데 등 뒤에서 어머니의 목소리가 들려왔다.

"아침부터 무슨 휴대전화를 그렇게 손에서 못 놓니?"

은란은 저도 모르게 무슨 나쁜 짓이라도 한 것처럼 액정을 뒤집어 식탁 위에 내려놓았다. 긴장한 딸 앞에 국그릇을 내려놓으며, 정 여사의 말이 이어졌다.

"남녀가 아침부터 밖에서 밥 먹는 거 누가 보기라도 하면 엉뚱한 말 난다. 이제 그만해."

어머니의 말에 당황한 은란이 번쩍 고개를 들었다. 이미 알고 계셨구나. 그런데도 내내 모른 척하시다 더는 안 되겠다 싶으셨구나. 이제까지는 그래도 주형과의 만남을 방관했던 어머니가 처음으로 그만하라는 신호를 보냈다. 가슴을 짓누르는 불편한 마음. 들고 있는 수저가 돌덩이라도 되는 것처럼 무겁게 느껴졌다.

✻

입맛이 없다.

은란은 부질없이 반찬들 몇 개를 집어 들다가 내려놓았다. 기말이 코앞인데, 제대로 챙겨 먹지 않으면 힘없어서 늦게까지 공부가 잘 안 되는데……. 억지로 밥을 밀어 넣으려던 은란은 밀려 올라오는 욕지기에 급하게 냉수를 들이켰다.

“주형아.”

“응?”

일이 바빠 점심도 제대로 못 먹었다고 했던 주형은 은란과 달리 수저를 놀리는 손이 씩씩했다. 그래, 한 사람이 제대로 못 먹으면 다른 사람이라도 잘 먹어야지.

“그냥 싸울까?”

“뭐?”

“그냥 우리 부모님한테 반항할까?”

무슨 말인가 했던 주형이 피식 웃었다.

“농담 아닌데.”

요사이 어머니의 신경이 유난히 곤두선 것 같다. 은란이 조금 일찍 나가거나 조금 늦게 들어오면 어디서 무엇을 했는지 꼬치꼬치 캐물었다. 가족들이 모두 잠든 사이에 소리를 죽여 통화를 하고 있자면 대체 내가 지금 뭘 하고 있는 건가 싶은 때가 한두 번이 아니었다.

“우리의 제일 큰 문제점이 뭔지 알아?”

“뭔데?”

“아니, 우리가 아니라 나한테만 해당하는 걸지도 모르겠는데…….”

“말해봐.”

"너무 착해."

은란의 한숨 섞인 대답을 듣는 주형의 입가에 미소가 걸렸다.

"내가 맏이라서 그런가? 도저히 부모님께 반항을 못하겠어. 나이가 들수록 그게 안 돼. 부모님 얼굴만 봐도 마음이 약해져. 대들어서 이겨먹어도 행복할 것 같지가 않아."

한숨 섞인 은란의 이야기에 주형은 대답 없이 식사를 이어갔다. 그리고는 한참이나 대화가 이어지지 않았다. 그리고 주형이 수저를 천천히 내려놓았을 때였다.

"강은란."

여느 때보다 조금 낮은 목소리. 그리고 예상치 못한 질문이 이어졌다.

"어머니께 접시 드렸어?"

"뭐?"

"어머니께 내가 만든 접시, 안 드렸지?"

갑작스러운 질문에 은란은 임기응변으로 대꾸하지도 못한 채 입만 벙긋거렸다.

"어머니가 싫어하셨어?"

"……."

좋아하시느냐 묻기에 대충 얼버무렸었는데 갑작스럽게 다시 묻는 이유가…….

"그럼 안에 들어 있던 것도 못 보셨을 테고……."

어떻게 대답해야 할지 몰라 머뭇거리는데 주형이 쓸쓸한 얼굴로 중얼거렸다. 그리고는 다시 긴 한숨을 내쉬었다. 씩씩하게 밥을 먹던 표정은 얼마간의 연기였을까, 그의 얼굴에도 숨길 수 없는 피로

감이 묻어나왔다. 한참이나 테이블 위로 정적이 흘렀다. 그리고 주형이 다시 입을 열었다.

"나는 의지가 안 되는 사람이야?"

"……뭐?"

"날 믿기는 해?"

은란이 급하게 도리질 쳤지만 주형의 시선은 이미 잔뜩 어두워져 있었다.

"주형아."

여느 때와 달랐다. 은란은 순식간에 식사를 계산하고 식당을 빠져나가 버린 그의 뒤를 다급하게 따랐다.

"잠시만, 임주형."

어둑해진 가로등 아래, 주형의 얼굴에 드리워진 그림자에 심장이 제멋대로 날뛰기 시작했다. 호흡을 가다듬으며 은란은 조심스럽게 그의 팔을 잡았다.

"믿지 못하는 게 아니라……."

돌아서서 자신을 바라보는 주형을 마주한 은란은 저두 모르게 한 걸음 물러섰다.

"그렇…… 게 보지 마."

모르는 사람처럼 그런 얼굴로 보지 마. 은란이 입속으로 중얼거렸다. 늘 눈꼬리에 가늘게 매달려 있던 웃음기가 완전히 걷힌 주형의 얼굴은 차갑고, 아팠다.

"내가 강은란한테 필요한 사람이기는 해?"

그 순간, 아득하게 잊고 있었던 상헌의 목소리가 귓가에 울렸다.

“네가 도망친 거야.”

도망친 것이 아니다. 한 번도 상상조차 못한 일이라 어떻게 해야 할지 몰랐을 뿐인데. 나는 그의 부모님께 사랑받고 있는데, 그를 사랑하지 않는 내 부모님의 모습을 어떻게 내보여야 할지 도저히 용기가 나지 않았을 뿐인데.

“필요…… 해.”

차갑게 가라앉은 주형 앞에서 고작 할 수 있는 말이 이것뿐이라니.

필요해. 너는 나를 진심으로 궁금해하는 사람이니까. 너는 나를 달라지게 하는 사람이니까. 너는 내 볕이고, 물이고, 바람이고 또…… 울타리니까. 그래서 나도 네게 그런 사람이 되고 싶어지니까. 네가 나한테 얼마나…….

“난 모르겠어.”

메마른 주형의 목소리가 서걱거리며 마음을 베어냈다.

“나는…….”

입을 열었지만 어디서부터 어떻게 이야기해야 할지 모르겠다. 해야 할 말은 너무 많은데, 딱 한 마디의 말만 열리면 전부 다 이야 기할 수 있을 것 같은데, 너무 많은 것들이 뒤엉켜 있어서 그 첫마 디의 말을 도저히 골라낼 수가 없었다. 하얗게 질린 얼굴의 은란 앞에 주형이 말했다.

“강은란한테 화내는 거 아니야. 단지 내 자신이 실망스러워 서…….”

하지만 여전히 눈조차 마주치지 않은 채 돌아서 버리는 주형. 발이 바닥에 붙어버린 것만 같다. 그 뒤를 따라갈 수가 없었다. 돌아섰을 때 자신을 바라보는 눈이 다시 그렇게 차갑게 굳어 있다면 미안하다는 말조차 할 수가 없을 것 같아서, 은란은 한참이나 그 자리에 우두커니 서 있었다.

집까지 데려다 주는 동안 끝내 주형은 입을 열지 않았다. 눈도 마주치지 않았다. 그의 말대로 지금 그의 화는 자신을 향한 것인지도 모른다. 하지만 결국 그 모든 것은 서투르게 침묵한 자신 때문이었다. 그게 은란을 못 견디게 했다.

"너 또……. 일찍 다니라니까."

그렇게 헤어지고 집에 들어서자마자 탐탁지 않아 하는 어머니의 얼굴을 보고 있자니 은란의 가슴에서 무언가가 치받아왔다. 어쩌지 못하고 우물쭈물하다 모두 다 잃을 것 같다. 주형도 부모님도 모두 다. 저도 모르게 어머니 앞을 가로막고 선 은란이 입을 열었다.

"제 인생이잖아요."

"뭐?"

늦은 시각, 안방은 이미 불이 꺼져 있었다. 주무시다 나오신 거겠지. 하지만 생각할 겨를이 없었다. 마음이 터질 것 같았으니까.

"제가 책임질게요. 열 달 뒤의 고통이든 십 년 뒤의 고통이든 제가 책임질게요."

"애가 지금 무슨 소리를 하는 거야?"

"주형이."

금칙어처럼 내뱉지 못했던 이 이름이 어머니와의 대화에서 등장한 것이 얼마만인지. 은란의 목이 울컥거렸다.

"주형이 때문에 고생하게 되더라도 어차피 제 인생이잖아요. 제가 책임질게요."

어머니의 얼굴이 당혹감으로 멍해졌다.

"내 인생인데 왜 엄마가⋯⋯!"

아니, 이렇게까지 이야기해서는 안 됐었다.

산딸기를 한 바구니 가득 따는 태몽을 꾸고, 볼이 붉은 귀여운 딸을 얻을 거라 행복해하면서, 상처 난 과일 하나 먹지 않고, 좋은 말만 하고, 좋은 말만 듣고, 좋은 것만 보려 애쓰면서 아홉 달을 보내 낳은 딸이라고 했다. 열네 시간의 산통 끝에 하늘이 노래지기를 여러 번, 그래서 은란을 낳고 나서 실신까지 했다고 했던 어머니였다. 그러니까 어차피 내 인생이니 내버려 두라고 이야기해서는 안 됐었다. 뒤늦게 입을 닫았지만 이미 하지 말아야 할 말도, 듣지 말았어야 할 말도 다 터져 나온 후였다.

"⋯⋯그래, 어차피 네 인생인데."

하얗게 굳어진 어머니의 얼굴. 한참 만에 어렵게 열린 입술이 파르르 떨렸다. 그 순간 어머니 역시 서른 해를 키워온 딸에 대한 상념이 스쳐 갔음이 분명했다. 배신감과 상처가 뒤범벅된 표정을 보는 순간, 은란은 눈물이 그렁그렁 고인 얼굴로 어머니의 옷자락을 잡았다.

"잘못했어요."

내뱉자마자 후회할 말을 왜 하고야 말았을까.

주형이가 아무리 소중해도 엄마와 아빠는 내 가족인데, 그러니까 그렇게 말하면 안 되는 거였는데. 차가운 주형의 눈을 마주했을 때에도 참았었던 울음이 뒤늦게 터져 나왔다. 떨어지는 눈물을 닦아내지도 못한 채, 은란은 어머니의 옷자락을 움켜쥐었다. 하지만 어머니는 딸의 손을 뿌리치고 안방으로 휭 하니 들어가 버렸다.

누구에게도 상처 주고 싶지 않았는데 오히려 사랑하는 모두에게 상처를 주고 말았다. 어둠이 내려앉은 고요한 거실. 거실의 창밖에서 들어오는 희미한 불빛에 흐린 그림자가 길게 드리워졌다. 그리고 그 위로 뚝뚝, 은란의 눈물방울만이 짙고 어두운 얼룩을 남기고 있었다.

＊

"강은란, 강은란."

귓속의 속닥거림에 열람실 자리에 엎드려 있던 은란이 바르르 몸을 떨며 깨어났다.

"너 괜찮아?"

눈앞에 영화의 얼굴이 드리워져 있었다.

아프다.

은란은 찌르는 듯한 통증에 무심결에 명치께를 만지작거렸다. 고통이 스르르 가라앉는 것이 느껴졌다.

"시험 치러 가야지."

그래, 시험, 기말고사.

눈앞이 까무룩해져서 조금만 눈 붙인다고 해놓고서는 이십 분 가까이 잠든 모양이다. 시험을 앞두고 잠이라니, 미쳤구나. 정신을 차리려 머리를 터는데 목덜미가 끈적거렸다. 무심코 손으로 만져 보자 미끈한 땀에 손바닥이 흠뻑 젖었다.

"너 어디 안 좋아?"

"아니에요."

고개를 저은 은란이 책을 챙기기 위해 자리에서 일어났다. 그리고 순간 눈앞이 어질해 급하게 책상 모서리를 잡아챘다. 영화가 잽싸게 팔꿈치를 잡아 쥐었다.

"너 진짜 괜찮아?"

"안 괜찮아도 괜찮아야죠."

시험을 이대로 날려 버릴 수는 없으니까. 다급한 마음에 법전을 낚아채는데 다시 명치께가 찌르는 듯이 아파와서 은란은 무심결에 배를 문질렀다.

상황은 더 악화되어 가고 있었다. 딸에 대한 배신감으로 눈도 마주치지 않는 어머니와 침묵으로 어머니에게 동조하고 있는 아버지. 그리고…… 주형까지.

은란은 자신이 경사진 길에서 거대한 바위를 등지고 서 있는 사람 같이 느껴졌다. 바닥이 깊게 패일 정도로 몸이 밀리고 있는데 이를 아득 물고서는 버티고 있는 기분. 체념하는 순간, 바위는 자신을 짓누르고 굴러가 버릴 것이다. 시험만 끝나면 어떻게든 해결책을……. 법전과 필기구를 챙겨 든 은란이 책상 위에 놓인 커피를 급하게 마셨다. 다시 찌르르 통증이 밀려왔다가 사라졌다.

＊

"오늘이 마지막 시험이라고 했지?"

열흘 만의 대화였다. 아침 식탁 앞에서도 A4 종이에 정리해 놓은 요약자료를 손에서 떼지 못하던 은란이 번쩍 고개를 치켜들었다.

"네."

"몇 시에 끝나니?"

"네 시쯤이요."

어머니의 목소리가 눈물 날 만큼 반가웠다.

"일찍 들어와."

"왜…… 요?"

"일찍 들어와."

어머니의 말은 거기서 끝이었다. 주형과 관련된 이야기임이 분명했다.

잠시 후, 집을 나섰던 은란은 보고 있던 요약자료를 식탁 위에 놓고 왔다는 것을 깨달았다. 아무리 정신이 없기로서니……. 정신 차리자, 강은란. 바깥공기에 차갑게 식은 손으로 뺨을 토닥거린 은란은 다시 집으로 돌아왔다. 환기를 시키려는 듯 현관이 빠끔히 열려 있었다.

"내버려 두면 알아서 헤어질 수도 있는 걸 괜히 긁어 부스럼 만들지 말고."

"내버려 뒀더니 이 모양이잖아요."

부모님의 대화.

고작 두 문장을 들었을 뿐인데, 대화의 전부를 들은 것 같았다. 은란은 현관 문고리를 잡은 채 호흡을 멈추었다.

"나도 좋은 애인 거 알아요. 남의 자식 모자란 사람 취급하는 거 싫어. 그런데 나이 들어 어떻게 합병증이 올지 모른다잖아. 왜 그런 불구덩이에 내 딸이 제 발로 들어가야 해요?"

"만나면 안 돼요?"

어느새 집에 들어선 은란이 부모님의 대화 사이에 끼어들었다.

어머니가 놀란 눈으로 갑자기 나타난 딸을 바라보았다.

"왜 만나면 안 돼요?"

날뛰는 심장을 가라앉히기 위해 은란은 입술을 꽉 깨물었다. 당황했던 정 여사는 금세 침착을 되찾았다.

"일단 학교 가고, 저녁때 이야기하자."

"저한테 볕 같은 사람이에요."

하지만 결국 목소리가 파르르 떨려 나오고야 말았다.

"나한테도 부족한 게 많은데…… 채워주는 사람이에요."

당당하게 이야기해. 내 좋은 점만 봐주는 사람이라고. 내 모자라는 점은 자신이 채우면 된다고 하는 사람이라고. 이 사람 곁에 있으면 좋은 기운 얻어 쑥쑥 커갈 수 있을 것 같다고. 곁에 있는 것만으로도 볕이 되고 거름이 되어주는 사람이라고.

가슴속에 울컥거리며 차오르는 말은 이번에도 꽉 막혀 한마디도 나오지 않는다. 당황한 부모님의 표정을 외면한 채, 은란은 가방 한쪽에 넣어두었던 편지봉투 하나를 꺼냈다. 오늘처럼 마음이 격해져, 도저히 침착하게 이야기할 수 없을 것 같은 날이 오면 글로 전하고 싶었던 자신의 마음. 읽고 나면 이해하실까. 식탁 위에 편지봉투를 내려놓는 은란의 손끝이 가늘게 떨렸다. 고요해진 집을 빠져나오는 은란의 걸음에 물기가 배어 있었다.

＊

무슨 정신으로 시험을 쳤는지 모르겠다. 엉망진창이 된 머릿속. 미리 정리해 놓은 자료를 무슨 주술이라도 되는 것처럼 쉴 새 없이 읽다가 시험을 치러 강의실에 들어갔다. 그렇게 답안지를 미친 듯이 채우고 났더니 어느새 기말고사의 마지막 시험이 끝나 있었다. 방학이라며 기뻐하는 동기들을 뒤로하고 은란은 급하게 메시지를 찍었다.

심장이 제멋대로 뛰었다. 가슴이 터질 것 같았다. 지금 당장 만나고 싶었다.

〈집이야?〉

〈응.〉

〈지금 거기 가도 돼?〉

〈우리 집?〉

〈응.〉

몸에는 열이 펄펄 오르고, 입안은 버석하고, 입술은 바싹 말라 있었다. 반쯤 미쳐 있는 것 같은 기분이 들었지만, 어쩔 수 없었다. 이대로 동기들과 맥주를 마시다가는 테이블에 고개를 치박고는 미친 듯이 울어댈 것 같았고, 그렇다고 이대로 집으로 들어갔다가 부모님과 마주치기라도 한다면 정말 돼먹지 못한 딸처럼 악을 쓰며 대들 것 같았다. 도로로 나선 은란은 마침 나타난 택시를 향해 거칠게 손을 흔들었다.

"오늘 피곤하다고……."

통화를 마치고 채 삼십 분도 지나지 않아 도착한 은란에 적잖이 놀란 얼굴이었다.

“임주형, 나는 네가 필요해.”

“뭐?”

“너랑 헤어지고 싶지도 않아.”

집에 들어서자마자 눈물이 그렁그렁한 채 다짜고짜 옷자락을 잡아 쥐는 은란의 모습에 주형이 당황했다.

“그래서 우리 부모님이 널 싫어하시는 게 너무 힘들어.”

숨이 가빠왔다. 은란은 헐떡거리며 주형의 옷자락을 더 힘주어 움켜쥐었다.

“강은란.”

그래, 차가운 얼굴보다 차라리 당황한 얼굴이 낫다. 덜 마음이 아프니까. 마주 선 주형을 바라보던 은란의 어깨가 들썩거렸다.

“그냥 나는 너한테 싫은 소리 듣게 하는 것도 싫었고, 우리 부모님이 널 싫어하는 것도 싫었어. 그리고 네가 우리 부모님을 싫어하게 될까 봐 걱정됐어. 그냥 엄마, 아빠는 나를 너무 많이 걱정해서 그래서 그런 거니까…….”

그저 나는 내 나름대로 내가 사랑하는 사람들이 서로를 사랑하길 바라서, 그래서 그럴 수밖에 없었다고. 그러니까 네 탓이 아니니까 너를 탓하지 말라고, 내가 어설프게 굴어서 미안하다고. 나는 네가 필요하다고. 그러니까 너까지 나를 그렇게 차갑게 바라보지 말라고…… 정리되지 않은 생각들이 혼란스럽게 터져 나왔다.

“강은란.”

서러움이 폭발하자 눈물을 감출 수가 없었다. 말을 채 끝맺지 못한 은란은 결국 어깨를 들썩이며 눈물을 쏟아냈다.

“그런데, 그런데 너까지 나한테 이러면 나는…….”

“미안해.”

주형은 뚝뚝 떨어지는 눈물을 손등으로 연신 훔쳐 내고 서 있는 은란을 당겨 안았다. 그리고 미안하다는 듯 등을 다독거렸다. 잠겨든 은란의 어깨가 한참이나 들썩거리고, 주형의 셔츠가 축축하게 젖어 들었을 때 즈음 천천히 고개를 들었다. 눈이 퉁퉁 부어올라 있었다.

“나, 미쳤나 봐.”

이 말들을 왜 그렇게 하기 힘들었던 건지 모르겠다. 터뜨리고 났더니 겨우 제정신이 돌아온 것 같다. 열기로 붉어진 입술로 은란이 중얼거렸다.

“시원해?”

“……아니.”

해결된 게 아니잖아. 달라진 건 하나도 없는걸. 은란은 다시 주형의 가슴팍에 얼굴을 묻었다. 그래도 익숙한 그의 향기가 위로가 된다. 또 한참이나 고요하게 뛰고 있는 심장 소리에 귀를 기울이던 은란이 입을 열었다.

“임주형.”

그의 얼굴은 더 이상 차갑지 않다. 대신 점점 달아오르는 심장 소리가 귀에 닿아왔다.

“심장이 왜 이렇게 빨리 뛰어?”

“아…….”

당황해 쑥스러워하는 주형을 보며, 눈물이 채 가시지 않은 눈으로 은란이 물었다.

“방이 어디야?”

“뭐?”

“2층?”

“잠시만.”

제 손을 이끌고 눈앞의 계단으로 향하는 은란의 모습에 적잖이 당황한 주형은 몸에 힘을 줘 걸음을 멈추게 했다.

“싫어?”

“……아니.”

싫을 리 없다. 주형이 한숨을 쉬며 고개를 저었다.

계단을 올라가자 왼편으로 보이는 주형의 방. 청회색의 시트. 차분한 회색 스트라이프의 커튼. 그의 손을 끌어당기며 방으로 들어선 은란은 새어 들어오는 빛을 막으려는 듯 커튼을 쳤다. 방 안에 눅눅한 어둠이 내려앉았다.

이제 어떻게 할까.

발갛게 달아오른 얼굴로 자신을 올려다보고 서 있는 은란을 향해 주형이 천천히 손을 뻗었다. 부어오른 눈두덩 위에 천천히 내려앉는 주형의 손이 시원하게 느껴졌다. 그의 손이 떨어져 나가고, 은란은 팔을 뻗어 주형의 가슴에 천천히 손을 얹었다. 고요한 표정과 달리 그의 심장은 벌써 가쁘게 뛰고 있었다. 은란은 가만히 제 뺨을 그의 가슴 복판에 가져갔다.

달캉달캉, 심장이 힘차게 진동하고 있었다.

“심장…… 잘 뛰고 있지?”

나직하게 물었다. 이렇게 잘 뛰고 있는데, 이렇게 건강하게 잘 뛰고 있는데……. 모자라게 태어났던 다섯 살짜리의 작은 심장이 수술도 잘 버텨내고, 이렇게 건강하게 서른 해 가까이 열심히 뛰어

주고 있는데······. 은란은 긴 한숨을 내쉬었다.

"은란아."

가슴의 진동이 가쁘게 느껴질 때 즈음, 주형의 목소리가 머리 위에서 들려왔다.

"응."

그가 부르는 자신의 이름에 새삼스레 가슴이 뛴다.

"볼래?"

"응?"

"내 심장, 볼래?"

말을 마친 주형이 셔츠의 단추를 툭 하고 풀었다.

그 모습을 바라보던 은란이 손을 뻗어 두 번째 단추를 풀었다. 세 번째 단추를 다시 주형이, 네 번째 단추를 다시 은란이. 느릿느릿 단추를 풀어가는 동안 아침부터 온몸을 휘감아 미치게 했던 몸 안의 열기가 천천히 가라앉기 시작했다.

마지막 단추까지 풀리고 어둠 속에서 주형의 맨몸이 드러났다. 조심스레 손을 뻗자 까슬한 피부 아래 온기가 느껴졌디. 손가릭 끝에 닿는 맨살의 감촉. 그의 긴장감이 느껴졌다.

"여기야?"

"응."

은란의 손을 쥐어 제 가슴 한복판에 가져다 대는 주형. 어둠 속에 손가락 하나쯤 되는 길이의 선이 보인다. 새하얗게 바랜 긴 흉터와 그 주위를 둘러싼 핑크빛의 여린 피부.

"지금도 간지러워?"

"그렇게 만지면 당연히 간지럽지."

흉터 주변을 조심스럽게 쓸어내리는 은란의 손길에 주형이 나직한 웃음으로 답했다.

"조금 더 만져 봐도 돼?"

조심스러운 목소리로 묻자 주형이 살짝 미소 지으며 고개를 끄덕거렸다.

"응."

손끝으로 천천히 흉터의 가장자리를 매만져 내려가는 동안, 몇 번이나 주형의 목울대가 출렁거렸다. 은란은 고개를 숙여 길고 하얀 선에 조심스럽게 입술을 가져갔다.

"강은란."

신음처럼 제 이름을 부르는 그의 목소리가 들렸지만 상관없었다. 부드러운 입술로 조심스럽게 흉터 위를 오물거리는 사이, 주형의 손이 어느새 은란의 셔츠 자락을 끌어 올리고 있었다. 자신의 등을 더듬어오는 주형의 손에 충동적으로 혀끝을 내밀어 흉터를 핥았다. 다시 그의 몸이 출렁거렸다.

"강은란."

더 이상은 제멋대로 하게 내버려 두지 않겠다는 듯, 어깨를 끌어당긴 주형이 거칠게 귓불을 빨아들였다. 혀끝이 귓바퀴를 날카롭게 파고드는 순간 발끝까지 타고 내려오는 짜릿함에 다리에서 힘이 풀렸다.

"각오한 거 아니었어?"

힘없이 녹아드는 은란의 몸을 제 침대에 눕히며 주형이 나직한 목소리로 물었다.

"내가 삼켜 버리려고 했는데, 너를."

머리끝에서 발끝까지. 그리고 저 건강하게 뛰는 심장까지 오늘은 내가 완벽히 다 삼켜 버리려고 했는데. 자신의 몸을 더듬어오는 손길에 뜨거운 숨을 내뿜으며 은란은 천천히 눈을 감았다. 온몸이 화르르 불타오르고 있었다.

"누나?"

누나라고 부르는 거 싫은데…….

코끝에 주형의 향기가 스치는 것 같다. 가까이에 있는 모양. 팔을 뻗어 연인의 몸을 끌어안으려던 은란은 힘없이 떨어지는 자신의 팔에 당황해 눈을 떴다. 아니, 눈을 뜨려고 노력했다.

"강은란, 눈 좀 떠봐."

차가운 무언가가 겨드랑이를 파고들었다. 체온…… 계?

"일어나. 옷 입자."

은란은 무심결에 명치를 만지작거렸다. 또 아픈데. 주형이한테 죽이라도 만들어달라고 할까.

"강은란, 어서 일어나서 옷 입어."

주형이의 목소리가 왜 이렇게 다급하게 들릴까……. 자신의 어깨를 흔드는 주형의 목소리가 멀어져 가고, 은란은 정신을 잃었다.

✳

다디단 잠이었다.

어딘가 당기는 느낌이 드는 것만 제하면 기분 좋은 잠이었다. 얼마 만에 이렇게 푹 잔 건지. 하지만 당기는 기분이 별로 좋지 않아서 은란은 그 불편함의 진원지를 찾기 위해 팔을 들었다. 무언가 출렁거렸다.

출렁?

어렵게 눈을 뜨자 낯선 풍경이 보였다.

꿈인가?

고개를 숙이자 뻣뻣한 환자복을 입고 있는 자신의 모습이 보였다.

환자복?

다시 고개를 돌리자 손등에 꽂힌 바늘이 보였다. 그리고 길게 이어진 수액 스탠드도.

"깼어?"

들려오는 목소리에 고개를 돌리자 주형이 서 있었다. 입을 뻥긋거렸지만 배에 힘이 들어가지 않으니 목소리도 제대로 나오지 않았다. 그 모습에 주형이 달래듯 미소 지었다.

"병원이야. 지난번에 중첩되었던 장이 또 꼬여서 이번엔 어쩔 수 없이 수술했어."

수술?

당황한 은란이 바늘이 꽂히지 않은 오른손으로 옷을 더듬거렸다.

"손대면 안 되는데."

주형이 다가오더니 옷자락을 살짝 들추었다. 왼쪽 가슴 아래로 커다란 드레싱 자국이 보였다. 은란은 저도 모르게 이마를 찡그렸다.

"흉터 적게 남게 해달라고 교수님한테 말씀드렸는데……."

어쩔 수 없지, 하며 주형이 다시 옷을 잠가주었다.

"부모님…… 은?"

잔뜩 잠긴 목에서는 쇳소리가 튀어나왔다. 오늘이 몇 일인지, 지

금은 몇 시인지, 주형의 집에서 병원에는 어떻게 온 건지 궁금한
게 많았지만 당장은 부모님이 급했다.

"어제 밤새 지키시다가 집에 잠시 쉬러 가셨어. 깨어났다고 말
씀드렸으니 곧 오실 거야."

아직 하루밖에 지나지 않았구나. 은란이 느리게 눈을 깜박거렸다.

"어제 저녁때 응급으로 들어와서 CT 찍고 바로 수술 들어갔어.
벌써 두 번째라 풀리길 기다리는 것보다는 그냥 열자고 하셔서. 작
은 양성 종양이 발견돼서 떼어냈어. 이제 아플 일 없을 거야."

대답 대신 은란이 고개를 끄덕거렸다.

"강은란."

'응?'

"혼자 감당하게 해서 미안해."

울고 싶지 않다. 은란은 눈을 지그시 감았다. 주형의 다정한 손
길이 머리를 쓰다듬었다.

"화내서 미안해. 나랑 다른 강은란이란 걸 생각 못했어."

'아니야.'

은란이 고개를 흔들었다.

"이제 괜찮을 거야."

주형의 입꼬리가 부드럽게 선을 그린다. 이제 괜찮을 거라니, 무
슨 뜻이지?

머리를 쓰다듬는 그의 다정한 손길에 다시 까무룩 졸음이 쏟아
지려는 찰나, 수선스런 소리가 들려왔다.

"은란이 깼어?"

"네."

자리에서 일어나는 주형. 그리고 보이는 부모님의 얼굴. 깨어난 딸을 보고 반가움에 환하게 웃는데, 눈이 푹 꺼져 있었다. 두 분이 얼마나 초조하게 밤을 보냈는지 여실히 보여주는 모습에 또 눈가가 저미듯 아려왔다.

“……죄송해요.”

“못된 것, 어디서 못된 것만 배워서 아픈 걸로 부모를 협박하고.”

어머니의 말은 모질기 짝이 없는데 정작 눈가는 새빨갛다. 그 사이에 아버지의 바삭하고 따스한 손이 링거가 꽂힌 왼손을 부드럽게 감싸왔다. 은란은 반사적으로 잡힌 손을 꼬옥 쥐었다.

“외과에 콜 했으니 금방 오실 겁니다.”

“그래.”

아버지가 끄덕거리고 어머니도 뒤이어 고개를 끄덕거렸다. 대화하는 세 사람의 풍경이 어쩐지 친밀해 보인다. 하지만 그런 모습을 보고 있는 은란은 오히려 그 모습이 낯설었다. 어떻게 된 일인가 싶어 주형을 바라보자 그가 다시 씩 웃었다. 거봐, 이제 괜찮을 거라고 했지? 하는 얼굴이었다.

제 15장
그 리 고 에 필 로 그

\#1

"조심해서 들어가세요."

"그래, 그동안 고생했네."

강 판사의 손이 주형의 등을 도닥거렸다. 아직은 조금 어색함이 남아 있지만, 그 모습을 바라보고 있는 어머니의 시선도 한결 부드럽다. 퇴원 수속을 마치고 휠체어에 앉은 채 택시를 기다리고 있던 은란이 손짓해 주형을 불렀다.

"어떻게 된 거야?"

"뭐가?"

"그날 있었던 일 얘기 좀 해봐."

"음……."

“엄마한테 물어봐도 대답을 안 해주시잖아.”

분명 시험 마지막 날 아침만 해도 완강하셨던 부모님이었다. 절대로 넘을 수 없을 장벽 같았는데 대체 자신이 기억하지 못하는 하룻밤 동안 무슨 일이 있었던 거지?

“편지 썼었어?”

“뭐?”

“강은란, 편지 썼었어?”

“어떻게 알았…… 너도 편지 썼었어?”

주형이 빙그레 웃었다.

“언제? 어떻게?”

“부모님한테 뭐라고 썼어?”

은란의 부모님은 그날 아침에 은란이 남기고 간 편지를 읽고서는 많은 생각을 하셨다고 했다. 그리고는 주형이 만들었다던 접시가 떠올랐고, 상자 안에 들어 있던 주형의 편지를 뒤늦게 발견했다고 했다. 하지만 은란이 쓴 편지 내용에 대해서는 주형 역시 듣지 못했다. 그래서 궁금했다. 강은란이 담은 어떤 이야기가 두 분의 마음을 흔든 것인지.

“……안 알려줄 거야. 넌 뭐라고 썼는데?”

“글쎄.”

궁금증으로 반짝거리는 은란의 눈 속에 자신이 보인다. 그 모습은 무척이나 즐거워 보였다. 주형은 은란의 눈동자 속의 자신을 향해 싱긋 웃었다.

#2

—사랑하는 엄마, 아빠께.

(전략)…….

몇 번의 연애를 하면서 내가 사랑하는 사람이 나를 사랑하는 일이 얼마나 드물고 기적 같은 일인지 알게 됐어요. 그래서 그것만으로 충분하다고 생각한 때도 있었던 것 같아요.

그런데 주형이를 만나기 전에는 사랑하는 사람이 저를 가치 있는 사람으로, 좋은 사람으로 바라봐 준다는 것이 이토록 힘이 되는 일인지 몰랐어요. 제 눈에는 약점으로 보이는 것들이 주형이의 눈에는 가능성으로 보이나 봐요. 그런 주형이의 시선이 저를 행복하게 해요. 곁에 있으면 관심과 애정으로 쑥쑥 자랄 수 있게 해줄 것 같은, 주형이는 저한테 그런 사람이에요.

아빠가 아플 때 그런 생각을 했었어요. 잃어서 아플 사람이라년 만나지도 말았다면 얼마나 좋았을까.

그런데 지금은 나중에 잃을 때의 고통보다 앞으로의 시간을 함께 누리면서 나눌 행복이 훨씬 더 클 것 같아서, 그래서 주형이가 포기가 안 돼요. 일 년을 살고 십 년을 헤어져도, 십 년을 살다가 또 그만큼을 헤어져 지내도, 삼십 년을 함께 살다 더 오랜 세월을 헤어져 지내도 같이 산 시간의 행복으로 모두 치유할 수 있을 것 같다면…… 그 마음이 이해되실까요?

그런데 그런 사람을 어떻게 싹둑 베어내요.

그냥 흐르는 대로 내버려 둬주시면 안 될까요? 제게 이렇게 소중한 사람을 두 분도 사랑해 주시면 안될까요?

(후략)

*

—두 분께 드립니다.

(전략)…….

어머니는 집 안을 장식할 자기를 빚을 때는 그것을 볼 사람의 눈을 생각하고, 그릇을 빚을 때에는 맛볼 사람의 입을 생각하면서 빚으라고 말씀하곤 하십니다. 한참 손에 물이 올랐을 때, 저는 문득 앞으로 내 가족이 될 사람을 위한 그릇을 빚고 싶다는 생각을 했습니다. 그리고 어떤 그릇이 좋을지 한동안 고민하다 가족들이 한데 모여 과일을 먹을때 쓸 수 있는 넓은 접시를 만들어보기로 했습니다. 둥그런 접시를 가운데 두고 가족들이 둥글게 앉아 있는 모습을 떠올리면서 말이지요.

그렇게 빚은 것이 이 두 점의 청자입니다.

흐린 여름의 하늘빛을 닮은 이 청회색의 접시가 구워져 나왔을 때, 혼자 벅찬 마음에 접시를 손에 들고 실없이 웃었던 기억이 지금도 생생합니다. 그리고 그게 벌써 4년 전입니다.

(중략)…….

은란이 자신을 두고 '나는 한계가 많은 사람' 이라고 이야기한 적이 있었습니다. 그런데 그 말을 듣는 순간 저는 그 한계를 넘기 위해 고군분투하고 있는 은란이 사랑스러웠습니다.

은란은 아마도 제가 자신을 달라지게 했다고 생각하겠지요. 하지만 정작 달라져 가는 것은 저라는 생각이 듭니다. 제가 고요하게 흘러가는 물이라면 누나는 그 안에서 팔딱거리며 튀어 오르는 연어 같아서 담담하던 제 일상을 생기롭게 하니까요.

은란은 때로는 당황스러울 만큼 충동적이고 불같이 자신을 표현하고, 또 어느 순간에는 끝없이 자신의 마음을 숨기려 애쓰곤 하지요. 그리고 사랑을 받는 것에도, 사랑을 주는 것에도 아무런 두려움이 없습니다. 그리고 저는 그런 은란의 곁에서 한없이 나약해지기도 하고, 또 반대로 한없이 강해지기도 합니다. 그렇게 이제까지는 고작 개울이었던 제 마음의 품이 은란으로 인해 점점 커져 가는 것을 느낍니다.

한없이 큰물이 되어서 강은란을 품고 싶은데, 저를 받아들여 주실 수 있을까요.

(후략)

#3

〈나 병원 밖에서 대기 중.〉

뭐? 휴대전화를 확인한 주형의 눈이 커다래졌다. 나이트 근무의 피로가 순식간에 휘발됐다. 저녁부터 시작해 밤새 내린 눈 때문에 길이 엉망인데 밤중에 눈길을 뚫고 병원에 와 있다고?

옷을 갈아입을 생각도 하지 못하고 급하게 로비로 향했다. 병원을 둘러싼 전면 유리창 밖으로 보이는 하늘은 어둑어둑한 회색으로 짙게 가라앉아 있고, 세상은 온통 새하얗게 눈옷을 덮어쓰고 있었다. 일찍 출근한 사람들이 질렸다는 얼굴로 발에 묻은 눈을 털어냈다. 두리번거렸지만 은란은 보이지 않았다. 다시 메시지를 확인했다. 병원 밖?

"강은란!"

병원 정문을 나서자마자 냉기가 주형의 몸을 휘감았다. 저 멀리 커다란 나무 아래 누군가 앉아 있는 것이 눈에 들어왔다. 나무도 벤치도 주변의 길도 온통 하얀색. 은란의 그림자만이 아른아른 회색빛이었다. 아직 제대로 치워지지 않아 푹푹 빠지는 눈을 헤치고 나무 아래로 뛰어가자, 얇은 유니폼을 본 은란이 화들짝 놀랐다.

"추운데! 왜 이렇게 급하게 왔어?"

"뭐야? 무슨 일 있어?"

"감기 걸리겠다, 빨리 들어가."

손을 잡아끌고 로비로 들어서자마자 은란은 온풍기 아래에 주형을 들이밀었다. 차갑게 식은 몸을 데우고 있는데 빙긋 웃는 은란의 얼굴이 눈에 들어왔다.

"놀랐어. 이 눈을 뚫고 어떻게 온 거야?"

"남극 탐험 같았어."

신고 있는 패딩 부츠를 자랑스레 내보이는 모습에 주형이 웃음을 터뜨렸다.

"여기서 조금만 기다려. 옷 갈아입고 올게."

"응, 커피 사놓을게."

고개를 끄덕이며 아침 일찍 문을 여는 카페를 턱짓으로 가리켰다. 그런 은란의 웃음에 화답하던 주형이 다시 돌아왔다.

"왜?"

"진짜 갑자기 무슨 일이야, 이 아침에? 집에서는 아셔?"

"깨지 말고 늦잠 푸욱 주무시라고 알람 꺼놓고 몰래 나왔지."

은란의 장난스런 목소리에 주형이 어이없다는 듯 웃었다. 그런 그를 보며 은란이 손을 뻗어 살짝 옷자락을 잡았다.

"사실은."

"응."

"간밤에 네 꿈 꿔서."

"꿈?"

"응. 네가 나온 꿈이었는데, 기억이 안 나지만 그냥 좀 슬펐어."

슬펐어, 라고 말하는 은란의 목소리가 어쩐지 울적하다. 고개를 숙여 얼굴을 살피는데 눈가가 발그레했다.

"울었어?"

"꿈에서 울었나 봐. 눈 뜨니까 울고 있더라."

은란이 쑥스러운 듯 고개를 돌렸다. 귀엽다고 해야 마음이 아프다고 해야 하나. 주형은 피식 웃으며 은란의 어깨를 감싸 안았다. 은란의 코트가 품어온 냉기가 몸을 시리게 했지만 상관없었다.

"임주형, 여기 병원이야."

가슴 아래에서 우물거리는 은란의 목소리가 들려왔다.

"상관없어."

"그럼 백까지 헤아릴 때까지만 이러고 있자."

"응."

마음속으로 일흔아홉, 여든, 여든하나 하면서 숫자를 세어가고 있을 때 즈음, 가슴 아래에서 다시 은란의 목소리가 들려왔다.

"주형아."

"응."

"사실은 꿈 기억 안 난다는 건 거짓말이고."

"응."

"네가 죽는 꿈을 꿨어."

가슴 아래에서 들리는 목소리에 다시 물기가 배어 나왔다.

"나 살아 있는데."

머리를 쓰다듬자 은란이 품 안에서 고개를 끄덕거렸다.

"알아. 그냥 꿈에서 그랬다고."

"슬펐어?"

"……응."

"강은란."

"응?"

"여기서 잠시만 기다려 봐."

허리를 꼬옥 붙잡고 있는 은란의 팔을 살짝 떼어내고, 주형은 급하게 간호사실로 달려갔다. 그리고 잠시 후 주형이 돌아왔을 때, 은란은 로비의 한쪽 자리에 미동도 하지 않고 가만히 서 있었다. 눈을 헤치고 어렵게 출근한 병원 사람들의 시선이 힐끗 달려오는 주형에게 닿았다가 떨어졌다.

자신을 기다리고 있는 은란의 앞에 서자 목이 바싹 말랐다. 저도 모르게 혀끝으로 입술을 축였다.

멈추어 선 주형의 주머니 속에는 작은 반지 두 개가 숨을 죽이고 영원을 약속하는 순간을 기다리고 있었다. 아무런 무늬도 장식도 없고 보석 하나도 박히지 않은 무광의 심플한 은반지. 누군가의 손가락에 자리 잡고 있는 동안에는 담담하게 빛을 내지만, 주인의 손에서 빠져나오면 그때부터 힘없이 광택을 잃고 잿빛으로 변해 버리는 것. 그래서 결코 손에서 뺄 수 없고 또 그래서 영원을 담고 있는 그것.

그러니까 강은란, 이 반지는 절대로 못 빼게 될 거야.

주형은 주머니 속에 들어 있는 작은 상자를 꺼냈다. 달칵 하는 소리와 함께 열린 상자 안을 바라본 은란의 얼굴이 분홍빛으로 발그레해졌다. 그리고는 쑥스러운 얼굴로 입술을 깨문 채 주형의 손에 자신의 왼손을 내맡겼다. 천천히 떨리는 손이 은란의 넷째 손가락에 반지를 끼워 넣고, 은은한 빛깔의 반지가 제자리를 찾았을 때 다시 주형이 입을 열었다.

"오늘도 멋진 곳에서 프러포즈하는 건 실패인 것 같네."

미안한 얼굴로 은란을 바라보자 괜찮다는 듯 은란이 방긋이 웃었다. 주형은 고개를 들어 주변을 돌아보았다. 병원의 풍경이 눈에 들어왔다. 스무 살 이후 아주 많은 시간을 보내왔고, 앞으로도 많은 시간을 보내게 될 이 병원을 증인으로 세우고 프러포즈하는 것도 나쁘지 않겠지, 생각하며 그는 은란의 손을 쥐었다.

"일단 내 심장은 오늘도 건강하게 잘 뛰고 있어."

심호흡을 한 주형은 은란의 손을 잡아 제 가슴 위에 올려놓았다. 손바닥 아래에 느껴지는 고동에 은란의 눈이 반짝거렸다. 그가 사랑하는 그 반짝거리는 눈을 바라보며 주형의 입술이 천천히 열렸다.

"나랑 결혼하자."

간밤의 슬픈 꿈은 이미 어디론가 사라졌다. 은란의 눈꼬리에 웃음이 매달렸다. 팔을 뻗어 은란을 다시 품에 담은 주형이 고개를 숙여 귓가에 속삭였다.

"오늘도 내일도 앞으로도 매일같이 아끼고 사랑할게."

#4

1년 후.

"강은란."

"응?"

"듣고 있어?"

"안 듣고 있어."

아아, 은란은 머리칼을 귀 뒤로 휙 하고 넘기며 한숨을 내쉬었다. 넷째 손가락에 끼워진 은빛의 반지가 겨울 빛에 온화하게 반짝거렸다.

하아……. 체념한 주형이 몸을 길게 늘어뜨렸다. 중요한 질문을 하려는 참인데 대체 왜 그걸 어제 안 하고…….

주형의 방, 창밖으로 간밤에 다시 내린 눈이 소복하게 쌓인 정원이 내려다보였다. 그리고 책상 위에는 시험지로 보이는 것들과 출력한 A4 종이, 연두색 색연필이 뒹굴고 있었다.

"잠시만 기다려 봐. 도저히 집에서는 진정이 안 돼서 채점을 못 하겠더라. 엄마, 아빠한테는 그 꼴을 보여줄 수가 없어서."

“나한테는 괜찮고?”

“응.”

은란이 히죽 웃으며 주형의 허리를 끌어안았다.

“그럼 빨리 해. 보고 있자니 내가 더 초조해지네.”

동그라미와 드문드문 엑스 표시가 범람하는 시험지를 내려다보는 주형의 얼굴이 메스꺼운 듯 일그러져 있었다.

“얼마나 남았어?”

“공법만 채점하면 돼. 넌 틀린 갯수만 좀 확인해 줘. 대충 세긴 했는데…….”

말을 채 끝맺지 못하고 은란은 ‘또 틀렸다!’ 며 단말마의 비명을 질렀다.

“하나, 둘…….”

“으아, 임주형, 입으로 세지 말고.”

“왜.”

“불안해서 토할 것 같으니까.”

정말 토할 건 아니지? 하는 얼굴로 주형이 은란을 바라보았다. 하지만 마지막 과목을 채점하는 은란의 시선은 시험지와 모범답안을 분주히 오가고 있었다.

그리고 잠시 후.

“끝?”

“끝.”

“합해서 100개 넘었어?”

“백스물두 개.”

주형의 침대에 휙 몸을 던진 은란이 히죽 웃었다. 그리고는 웃음을 참을 수 없었던지 이불을 감싸 쥐고는 <u>으흐흐흐흐</u> 하고는 실없이 웃어댔다.

"그 정도면 잘 본 거야?"

"불안을 조금은 덜어도 될 만큼?"

"다른 것도 다 잘 본 거지?"

"몰라. 뭐라고 썼는지 하나도 기억 안 나. 그래도 객관식 넉넉히 맞아서 마음이 놓여."

긴장이 풀렸다는 듯 은란은 이불 위를 헤엄치며 히죽히죽 웃었다.

"좋아. 그러면 일단 시험 결과는 넉 달 후에 보고, 아까 질문에 답부터 해봐."

"무슨 질문?"

은란은 '기분 좋으니 뭐든 대답해 줄게' 하는 얼굴로 주형을 바라보았다.

"나랑 언제 결혼하고 싶다는 생각이 들었어?"

"……생뚱맞게."

결혼을 두어 달 앞두고 뒤늦게 무슨……. 대충 얼버무리려던 은란은 예전부터 궁금했었다며 재촉하는 주형의 등쌀을 이기지 못하고 입을 열었다.

"넌 내가 걱정 안 해도 되도록 언제 어디서 누굴 만나는지 미리 다 이야기해 주잖아."

"그렇지."

"그래서 결혼해도 되겠다고 생각했어."

뭐 더 궁금한 거 있어? 하는 표정의 은란.

"그게 전부야?"

"응."

"그건 그냥…… 습관인데?"

어려서부터 가족들과의 규칙 같은 거였다. 특히 어머니와의 규칙. 독서실 끝나고 출발할 때 메시지 보내라. 야식을 먹을 거면 준비해 놓게 미리 이야기하거라. 학교 끝나고 늦어질 거면 미리 메시지를 보내라, 그래야 저녁 준비를 하지 않지……. 일상의 습관일 뿐이었는데 그게 결혼을 결심한 결정적인 이유였다고? 주형의 설명에 은란이 빙긋 웃었다.

"그 작은 것들을 잘 못해서 연애도, 결혼도 힘들어지는 거거든."

이유를 듣고 났더니 오히려 더 혼란스럽다. 하지만 은란의 표정을 보아하니 농담 같아 보이지는 않았다. 주형은 여전히 해소되지 않은 의문을 품은 채 종이가방을 꺼냈다. 시험을 핑계로 은란이 미루어왔던 결혼 준비에 대한 것들이었다. 하지만 은란도 궁금한 얼굴로 물었다.

"너는?"

"뭐가?"

"넌 언제 내가 네 아내로 괜찮겠다고 생각했었는데?"

묻고 나니 정말 궁금해진 듯 은란이 돌돌 말린 이불 속에서 빠져나와 제대로 자리를 잡고 앉았다. 귀를 쫑긋 세운 은란을 바라보며 피식 웃은 주형이 머릿속으로 기억을 더듬으며 대답했다.

"우리 처음으로 싸웠을 때."

"그게 언제지?"

"강은란 여름방학 끝난 지 얼마 안 되었을 때였어."

눈을 가늘게 뜨며 기억을 더듬어가던 은란은 그 다툼이 그렇게 대단한 사건처럼 느껴지지 않았던지 재차 물었다.

"그런데 싸운 게 뭐 어때서?"

"왜 다퉜는지는 기억도 안 나는데, 우리 그날 꽤 크게 다퉜었어. 그래서 그때 매일 커피 마시던 벤치, 거기서 기다리긴 했지만 나오지 않겠구나 생각했었다고."

"나 그날 나갔던 것 같은데?"

"그래, 나왔지."

이번에는 은란이 이해할 수 없다는 얼굴이 되었다. 다투긴 했지만 그렇다고 늘 하던 것까지 안 해버리면 완전히 사이가 틀어져 버리니까…….

"맞아, 그때도 그렇게 이야기했었어. 아니, 정확하게 이렇게 이야기했었지."

그때의 풍경과 은란의 표정, 말투, 목소리까지 생생하게 기억이 났던지 주형의 얼굴에 웃음이 비쳤다.

"어른들이 자고로…… 부부싸움을 해도 각방은 쓰지 말랬다고."

"내가 그랬어?"

은란이 깔깔거리며 침대 위를 통통 뛰어 올랐다.

"그랬어."

재미있긴 하지만 그 말이 결혼이랑은 무슨 관련이 있는지 모르겠다. 더 설명해 보라고 주형을 재촉하려는데 눈앞에 종이가방이 턱 하고 놓였다.

"자, 얘기는 끝났고. 내가 강은란 시험이 끝나기를 기다리면서 골라놓은……."

"난 안 끝났어, 더 설명해 봐."

"끝. 그게 전부야."

고개를 저으며 주형은 종이가방 안의 것들을 꺼내기 시작했다.

"청첩장 샘플부터 골라봐. 그리고 이건 가전제품 리스트. 내가 엑셀로 만들어뒀으니까 선택만 하면 돼. 그리고 또 뭐가 있더라……."

"아……."

은란은 귀찮은 듯 종이가방을 밀어내고 침대 끄트머리로 도망쳤다.

"강은란, 수험생이라고 핑계대고 나한테 다 미뤘지?"

"으……."

"빨리. 고르기만 하면 된다고."

주형이 애벌레처럼 돌돌 이불을 말고 있는 은란을 잡아끌며 재촉했다.

"주형아."

"왜."

이제 수험생도 아니니까 뭐라고 해도 안 봐줄 거야, 하는 얼굴로 주형이 고개를 돌렸을 때, 은란은 발그레한 얼굴로 목이 깊게 패인 긴 셔츠의 어깨를 샐쭉 끌어 내렸다. 새하얗고 동그란 맨어깨가 이불 사이에서 부끄럽다는 듯 모습을 드러냈다.

꿀꺽.

수험생 강은란을 배려한답시고 보낸 금욕의 6개월. 주형의 눈에

섬광이 번쩍했다.

"그…… 그런 거 가지고……."

"그런 거?"

은란이 배시시 웃으며 혀끝으로 입술을 축였다. 촉촉하게 반질거리는 붉은빛의 입술. 그리고 마지막으로 유혹.

"형이 언제 온다고?"

오후 두 시. 칼퇴근을 해도 최소 다섯 시간은 자유다. 주형의 한숨이, 아니, 열기가 깊어졌다. 천천히 데워지는 연인의 열기를 보며 은란이 다시 배시시 웃었다. 그리고 스르르 풀어지는 이불. 그 위로 주형의 커다란 몸이 풀썩 쓰러졌다. 깔깔거리는 웃음이 찰랑찰랑 방 안을 채워가기 시작했다.

The End

<h1 style="text-align:center">작가 후기</h1>

'땅에 발 딛고 있는 로맨스'를 써보겠다고 호기롭게 시작한 글이 1년 만에 마무리되었습니다. '그언그잃'은 지금이 아니라면 쓸 수 없었던 글이었다는 생각이 들어요. 십여 년쯤 지나서 이 글을 다시 읽게 되면 어떤 느낌으로 다가올지 궁금합니다.

수정 작업을 끝내고 지난여름에 쓰기 시작했던 초고를 꺼내봤습니다. 좋아하는 장면이나 문장들을 많이 덜어냈는데, 아쉬운 마음에 그중 하나를 이곳에 소개해 볼까 합니다.

'연인을 위해 집안과 목숨을 버릴 각오를 했던 줄리엣은 고작 열네 살이었다. 열네 살의 무모함 혹은 열정을 서른의 은란이 흉내 내는 것은 불가능했다. 로미오만을 선택할 수 있었던 줄리엣은 아마도 은란만큼 괴롭지는 않았을 것이다. 하지만 제가 한 짓이 부모의 가슴에 못을 박는 것이라는 것을 몰랐던 열네 살의 줄리엣과 다르게, 은란은 사랑을 위해 부모님을 버릴 생각도, 부모님만을 위해 연인을 놓을 생각도 없었다.'

그럼에도 불구하고 저는 여전히 열네 살의 줄리엣 같은 무모한 열정을 다시 한 번 맛보고 싶다는 생각을 합니다. 지금은 그런 감정에 어떻게 맞설지 궁금하거든요.

　삼십대 여자에 대해 '순수한 것 같다가도, 뭔가 현실적이고, 그러면서 아직 환상을 꿈꾸고, 숨겨진 과거가 있으면서도 미래에 대해 갈망한다' 라고 멋지게 묘사해 준 친구님, 주형이의 이미지 모델로 글을 쓰는 내내 저를 즐겁게 해주었던, 그리고 최근 무척이나 바쁜 행보를 보이고 있는 모 배우님. 연재 때 댓글로 저를 기쁘게 해주셨던 독자님들. 그리고 충분히 수정 작업할 수 있도록 인내심을 가지고 기다려 주신 청어람 출판사와 장미연 편집자님께 감사드립니다. 저는 또 새로운 이야기로 찾아뵙겠습니다.

오월, 다섯 번째 달 드림.

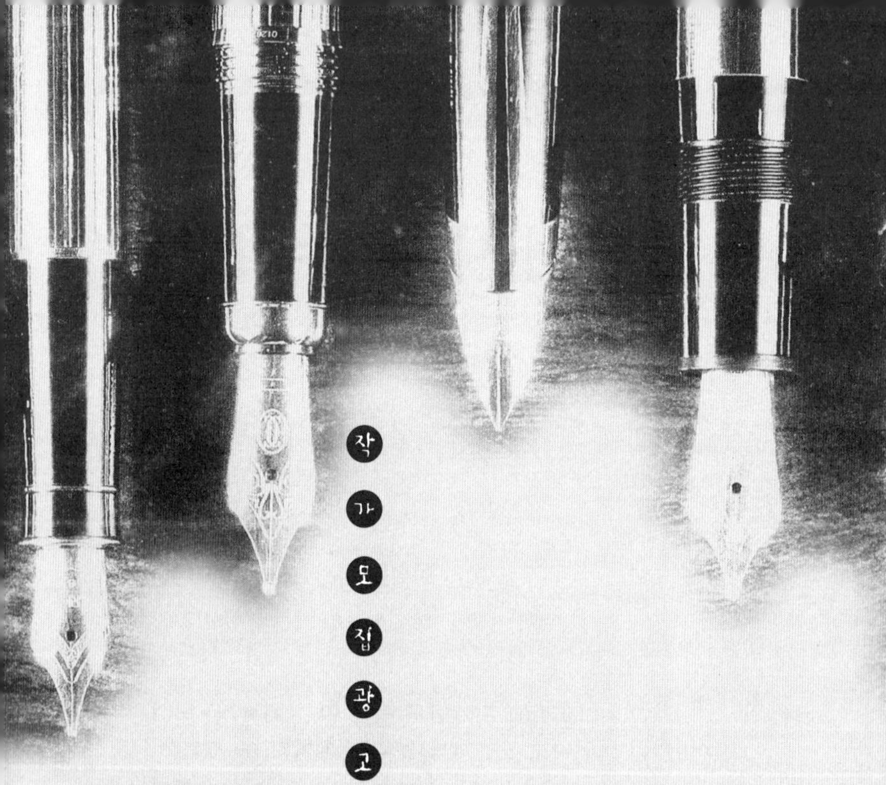

작
가
모
집
광
고